K E OSBORN

ATRAÍDO

Traduzido por Eduarda Rimi

1ª Edição

2023

Direção Editorial:	**Revisão Final:**
Anastacia Cabo	Equipe The Gift Box
Tradução:	**Arte de capa:**
Eduarda Rimi	glancellotti.art
Preparação de Texto:	**Diagramação:**
Ligia Rabay	Carol Dias

Copyright © K. E. Osborn, 2022
Copyright © The Gift Box, 2023

Todos os direitos reservados.
Nenhuma parte do conteúdo desse livro poderá ser reproduzida em qualquer meio ou forma – impresso, digital, áudio ou visual – sem a expressa autorização da editora sob penas criminais e ações civis.

Esta é uma obra de ficção. Nomes, personagens, lugares e acontecimentos descritos são produtos da imaginação da autora. Qualquer semelhança com nomes, datas ou acontecimentos reais é mera coincidência.

Este livro segue as regras da Nova Ortografia da Língua Portuguesa.

CIP-BRASIL. CATALOGAÇÃO NA PUBLICAÇÃO
SINDICATO NACIONAL DOS EDITORES DE LIVROS, RJ
Gabriela Faray Ferreira Lopes - Bibliotecária - CRB-7/6643

O81a

Osborn, K E.
　　Atraído / K E Osborn ; tradução Eduarda Rimi. - 1. ed. - Rio de Janeiro : The Gift Box, 2023.
　　304 p.

　　Tradução de: Gravitate.
　　ISBN 978-65-5636-262-5.

　　1. Ficção Americana. I. Rimi, Eduarda. II. Título.

CDD: 823
CDU: 82-3

AVISO

 Este livro traz linguagem gráfica e conteúdo sexual e foi pensado para adultos a partir dos 18 anos.
 Esta obra é ficcional, mas algumas situações debatidas são de natureza sensível.
 Se você ou conhecidos estiverem enfrentando problemas emocionais, alcoolismo ou sofrer qualquer tipo de abuso, por favor, procure ajuda ou os auxilie a procurar também.
 Serviços para ajudar pessoas em crise existem no mundo todo, então, por favor, não hesite em contatá-los.

DEDICATÓRIA

Para Cindy.
Por me levar a Nova Orleans e me deixar apaixonada por essa cidade linda, eclética e incrível. Esta obra não teria nascido se nós não tivéssemos visitado aqueles lugares e andado por aquelas ruas, então meu muito obrigada por ter me ajudado a dar vida a esses personagens.
Eu te amo para todo o sempre.

NOTA AO LEITOR

Para sua conveniência, segue um glossário de termos usados neste livro. Caso surjam dúvidas, não hesite em entrar em contato com a autora.

1% – O uso de um *patch* 1% simboliza essa porcentagem de motociclistas que são membros de clubes fora da lei.
Jaula – Automóvel, caminhão, van. Nunca uma motocicleta.
Colete – Vestimenta com as cores do clube.
Capela – Lugar onde os membros do motoclube Rebeldes de NOLA se reúnem para tratar de negócios.
Missa – Nome dado às reuniões importantes que tratam dos negócios do clube e das quais apenas membros com *patches* no colete podem participar.
Dar uma de pato – Manobrar em um estacionamento guiando a motocicleta com os pés.
Pisar fundo – Acelerar rapidamente.
La Fin – Em francês: fim. É também o nome do jacaré de estimação do clube.
Aberto – Capacete usado por motociclistas cuja frente é aberta.
Nome de asfalto – O nome de asfalto é conquistado, dado e concedido ao motociclista. É comum que haja uma história por trás dos nomes.
Sha – Gíria própria da Luisiana originada das culturas Cajun e Crioula e derivada do francês *cher*. Termo afetivo que significa querido/a.
Traseira – Fique atento.
Fardados – Polícia.
VP – Vice-presidente.
NOLA – Apelido usado por residentes de Nova Orleans para se referirem à cidade.

PRÓLOGO

Assim que penduro a metralhadora em meu corpo, sinto a adrenalina percorrendo. O Rebeldes de Houston pediu reforço, e quando nossos irmãos precisam de ajuda, eles sabem que podem contar com a gente.

Dou um sorriso largo para Razor, o vice-presidente, e ele solta uma risadinha.

— Você me parece animado demais para quem está indo para a guerra, Prez.

Acelero o jet ski e me mexo para aliviar a tensão.

— Sei lá, Razor, estou a fim de uma carnificina. Você não?

A forma como ele me olha deixa claro que a perspectiva o anima também.

— Sempre, Prez, sempre.

Todos os membros do clube dão partida em seus jet skis.

Razor levanta as sobrancelhas, animado, e eu rio de leve.

— Isso que vai ser uma senhora chegada — anuncio.

— Vamos pegar os caras do Milícia de surpresa, eles vão cagar nas calças. Mas é assim que fazemos. Sempre a postos para chocar.

— É assim que se fala, senhor Vice-Presidente.

— Se eu nunca te disse isso antes, quero que você saiba que eu amo ir para a batalha ao seu lado, Prez... — Razor acelera de novo, e está mais feliz do que um pinto no lixo. — Mesmo que você seja um babaca sem educação e arrogante, ainda assim eu te seguiria até o inferno se fosse preciso.

Deixo uma risada alta escapar e dou um sorriso enorme para o meu melhor amigo.

— Porra, seu filho da mãe. Chega dessa merda sentimental, você sabe muito bem que dá azar falar assim antes de uma briga.

— Não é uma briga, é só um passeio no parque. Damos conta, você vai ver.

Faço uma reverência ao meu vice-presidente e depois sinalizo para o resto dos caras. É hora de começar a batalha.

Disparamos através do rio San Jacinto em direção ao nosso destino. Nós somos a emboscada, o elemento-surpresa que passa despercebido por todos, principalmente por nossos rivais de longa data de Houston, o Milícia das Águas. Seu líder, Hawke Hernandez, sequer vai saber o que o atingiu quando os cercarmos pelo rio de um lado ao mesmo tempo em que os Reis Bastardos de Tampa, nossos aliados, margeiam a parte de trás pelas árvores, bloqueando a outra parte do rio.

O plano de Zero é sólido.

Bem pensado.

Perfeito.

Vamos vencer essa luta.

Conforme o vento bate em meu cabelo loiro-escuro na altura do ombro, uma sensação de tranquilidade toma conta de mim. Não há nada como saber que você está seguindo em direção à mãe de todos os combates. Mesmo que essa jornada não seja sobre duas rodas e se desenrole na água, um jet ski traz a mesma sensação de liberdade que uma motocicleta. Amo a água tanto quanto o asfalto, mas, agora, estou me *coçando* de vontade de entrar em ação.

Quando nos aproximamos do deque, pego minha metralhadora e a posiciono em frente ao corpo, e é nesta hora que avisto Zero e seus irmãos em terra firme com Hawke e os membros do Milícia. Uma coluna de fumaça crepita por trás deles como se uma bomba tivesse explodido.

A ação começou!

Ergo a metralhadora e não hesito em mirar no Milícia e disparar quantas vezes for possível enquanto estaciono o jet ski na costa. A arma impulsiona meu braço para trás conforme dispara as balas em direção aos otários do Milícia em um sonoro *ratatatá*. Meus irmãos do NOLA Rebeldes me seguem.

Sangue começa a jorrar no chão de terra. É nesta hora que vejo Nycto e seus Reis Bastardos saindo do bosque como havíamos planejado. Eles correm até nós vindo de trás, enquanto os outros se espalham feito um bando de passarinhos assustados.

Filhos da mãe.

Isso me deixa ainda mais no clima.

Porra, como eu amo uma boa e velha perseguição!

Bato o jet ski com força na margem, pulo e sinto minha bota se encher de água instantaneamente enquanto começo a correr com o dedo já no gatilho, mirando diretamente nos membros do Milícia. Corpos ricocheteiam para trás por conta das balas que perfuram a pele, e eu continuo a atirar.

Sangue e pedaços de carne voam, para depois os corpos caírem no chão um atrás do outro sem parar. Eu me arrepio devido à descarga de endorfina que me percorre inteiro, e minha mente permanece focada em apenas uma coisa: matar todos!

Aperto o passo com meus irmãos ao meu lado, ao mesmo tempo que o Milícia ruma floresta adentro. Se esses desgraçados pensam que podem se esconder de nós, pensaram errado. O som de disparos ecoa pelos ares, homens berram em agonia, os Houston e NOLA Rebeldes e os Reis Bastardos se juntam para acabar com a raça dos filhos da mãe mais famosos de Houston.

Uma bala roça em meu braço. *Merda! Por um triz.*

No mesmo instante, eu me viro e vejo que alguém do Milícia está na minha cola. Ele aponta a arma na minha direção. Eu mergulho atrás de uma árvore enquanto Bayou e Raid continuam a espiar por detrás dos arbustos. Enquanto espero até que o desgraçado se aproxime, ouço alguém pisar em um galho, o que me faz jogar o braço para trás bem depressa e acertá-lo na garganta. Ele arfa e agarra o próprio pescoço, tentando respirar seu tão precioso oxigênio. Sem demora, ele se afasta, com os olhos arregalados de medo.

Devagar, dou passos cuidadosos, porém sem conseguir esconder o sorriso enorme do meu rosto.

— Você e os seus desgraçados do Milícia acharam mesmo que conseguiriam derrubar o Rebeldes?

O sujeito continua a arfar, erguendo a mão para agarrar o meu colete num gesto de desespero. Agarro seu pulso, arranco sua mão do meu colete e a jogo para o lado. Um estalo agudo ressoa através das árvores. O pobre coitado tenta gritar, mas nada sai além dos sons engasgados.

Faço cara feia e aperto os olhos.

— Não ouse tocar no meu colete, porra.

Agarro seu cabelo pela raiz na altura da testa, e ele arregala os olhos enquanto segura firme em meu braço, mas eu sou forte demais para ele. Com toda a minha força, puxo sua cabeça para a frente e depois bato com tudo na árvore; o impacto é tão intenso, que seus olhos saltam um bom tanto para fora do crânio, cheios de sangue e veias por conta do traumatismo. O tronco da árvore fica todo vermelho. O corpo do sujeito amolece e cai no chão.

— Patético — resmungo e, depois, limpo as mãos na minha calça. Quando me viro, sigo por entre os arbustos.

Corto pelo matagal, que se abre em uma clareira. Assim que avanço, vejo que há homens brigando por todos os lados.

Corpo a corpo.

Balas voando.

É um completo caos.

Avisto, então, Bayou e Raid escalando cordas altas em direção à copa das árvores. *Aposto que isso foi ideia do Raid.* Ele sempre tem as melhores sacadas.

Eu me apresso e corro até a corda pendente, pulo e me impulsiono para cima. Sinto a palma da mão queimar por conta da corda puída, mas mesmo assim subo até a plataforma para me juntar aos meus irmãos. Desta altura, temos vantagem por conseguir localizar os Milícia e derrubá-los um a um, como franco-atiradores. Vou me erguendo até em cima, resmungando e grunhindo. Bayou agarra minha camiseta e me puxa até que eu esteja sentado na borda com ele e Raid.

— Foi ideia sua? — pergunto ao Raid enquanto ele ajeita a metralhadora.

— Você sabe que sim.

Dou uma risada, trazendo minha metralhadora bem à frente do corpo e a ajeitando para mirar.

— Você não é só um rostinho bonito.

Raid dá um sorriso malandro, e nós sincronizamos os tiros, cada um repousando o dedo no gatilho e apertando ao mesmo tempo, abatendo vários caras do Milícia. É uma sensação deliciosa ter em mãos esse tipo de poder e ser capaz de ficar aqui em cima protegendo nossos irmãos e clubes.

Um movimento abaixo me chama a atenção e percebo dois homens do Milícia começando a escalar as cordas para chegarem até nós. Com isso, alcanço meu revólver e miro nos desgraçados.

Um tiro.

Dois tiros.

Três tiros.

Atiro para matar.

O babaca cai.

É como uma cena em câmera lenta: ele agita os braços enquanto, aos poucos, vai caindo em direção ao chão, batendo em tudo que está no caminho. Ele aterrissa com um baque, uma camada de terra o envolve e um rio de sangue escoa e lhe circunda as costas.

Uma baita cena linda.

Coloco o revólver de volta na calça jeans enquanto Bayou ri para mim, balançando a cabeça.

— Você meteu bala o suficiente nele, irmão?

— Só para ter certeza.

De repente, o ronco de um motor me chama a atenção, e me viro para ver o que está rolando lá embaixo. Três veículos *all-terrain*, tipo quadriciclos robustos, aceleram abaixo de nós, subindo e passando por cima das dunas de areia. Os Milícia estão ao volante, e alguns Reis Bastardos, pendurados no lado, brigando para tomar o controle. Tiros disparam, mirando aleatoriamente em nossos irmãos.

— Mas que loucura! Eu tenho que descer até lá! — Eu me gabo, pulo e agarro a corda.

Não espero por Bayou e Raid antes de deslizar pela corda — que queima minha mão, mas nem ligo — e sair correndo. Quando avisto Quarter e Hoodoo saindo na mão com um sujeito do Milícia, aperto o passo. Hoodoo dá um soco no cara, que rodopia em direção a Quarter, que, por sua vez, pega uma tábua de madeira e a acerta bem no meio do rosto do Milícia; o impacto é tão brutal que o sujeito cai no chão. Quarter bate nele com a tábua, acertando sua cabeça e corpo, enquanto Hoodoo pega sua arma e atira em outro Milícia que tentava se aproximar.

É óbvio que os meus rapazes sabem se virar sozinhos.

Continuo correndo e avisto Kevlar, o Sargento de Armas do Houston, em uma luta pau a pau com um Milícia, e me parece que o desgraçado está levando a melhor sobre Kevlar. Decido correr até eles e meto um soco na cara do babaca, que larga Kevlar e vem para cima de mim. *O cara é enorme,* maior do que eu e Kevlar, que logo se coloca de pé de novo. Com isso, pego minha faca e a passo pela barriga do Milícia o mais forte que consigo. Ele mal se mexe, e a risada maníaca que ecoa dele enquanto sangue banha sua camiseta branca me diz que será preciso eu e Kevlar para acabar com o sujeito.

— Você acha que essa *faquinha* vai dar conta de mim?

Kevlar se coloca atrás dele.

— Não, mas isso aqui talvez sim.

O Milícia se vira para encará-lo.

É aí que aproveito a distração e dou o bote, enfiando a faca na jugular do cara. Ele grunhe palavras incompreensíveis ao cair de joelho. Arranco a faca do seu pescoço, e ele olha em meus olhos, o que me faz dar um sorrisinho malicioso e vagaroso.

— Eu dou conta dos maiores otários, *otário*.

Serpenteio minha mão e deslizo a ponta da lâmina por toda a extensão do seu pescoço, apenas por precaução. A pele rompe, e sangue espirra enquanto ele engasga e cai no chão.

Morto.

Pego um pano que sempre levo comigo no bolso e limpo as mãos. Kevlar balança a cabeça para mim.

— Você sempre foi meio louco.

— Você sabe como sou, irmão. Gosto de manter as coisas interessantes.

— Obrigado por salvar a minha pele.

— É para isso que servem os amigos — respondo com uma piscadela, e depois volto para me juntar aos meus irmãos.

Preciso da vista privilegiada da copa das árvores para ver como estamos nos saindo, então escalo as cordas para me encontrar com Bayou e Raid, que riem.

— Não foi tão bom estar em campo como pensou que seria?

Dou uma risada.

— Eu só quero ver como as coisas estão. Estamos progredindo?

Bayou faz que sim, mas, de repente, o chão abaixo de nós é tomado por gente do Milícia. Alguns tentam escalar as cordas, enquanto outros miram as armas em nossa direção. Bayou, Raid e eu miramos de volta, atirando nos desgraçados lá embaixo e tentando mantê-los longe de nós. Balas atingem a plataforma de madeira que nos segura no alto, e nós continuamos disparando contra eles; uma bala roça na minha canela, mas a sensação de ardência me faz sentir ainda mais vivo, e eu grito bem alto:

— Aaaah!

Observo Bayou e Raid descarregarem pente atrás de pente, disparando as balas aos nossos pés.

Enfim, os Milícia conseguem alcançar a plataforma, o que me faz parar de atirar. Bem rápido, agarro o primeiro e lhe dou um soco na cara. Ele vacila, quase me levando junto beirada afora, mas logo outro sujeito escala e toma seu lugar — parece que estamos em algum tipo de videogame. Ele me golpeia na barriga e me joga na plataforma, enquanto Bayou e Raid tentam atirar nos outros que chegam. Porém, não há dúvida: eles vão nos vencer.

O Milícia me golpeia no maxilar, fazendo minha cabeça girar para o lado, e depois a arrasta até a beirada da plataforma. Agarro sua camiseta, tentando afastá-lo de mim, mas o desgraçado pega uma faca. Bato em seu punho com a minha mão para tentar impedi-lo de enfiar a lâmina em meu coração. Esse vai e volta da faca vira uma briga acirrada, e o cara está cada vez mais perto do meu peito. Quando percebo que não está adiantando, ergo os joelhos e os acerto bem na bunda dele. O corpo do sujeito dá um impulso para a frente, e ele perde o equilíbrio, rola por cima de mim e grita enquanto cai da plataforma. Sinto a faca cortar meu ombro conforme seu dono se vai.

Vá para o inferno!

Faço uma careta e olho para o meu ombro ensanguentado.

Ossos do ofício.

Bayou e Raid impedem que o restante dos Milícia chegue à plataforma. Eu rolo para ficar de pé e voltar para o embate, mas dou uma olhada em direção ao rio. Merda! Razor, meu vice-presidente, está encrencado. Ele está apanhando feio de quatro otários.

Meu estômago revira.

A diversão acabou. É questão de vida ou morte agora.

Meu irmão, meu VP, precisa de mim.

Bem que eu avisei para ele não fazer aquele discurso.

— Irmãos, chega de brincadeira, o Razor está encrencado. Precisamos ir até ele... Tipo, pra ontem! — grito enquanto corro até a beirada da plataforma.

Ajeito a metralhadora e a descarrego, abatendo todos os Milícia abaixo. Que se dane poupar munição, preciso alcançar Razor.

Bayou e Raid me seguem, gastando tudo o que temos e acabando com todos os desgraçados pelo caminho. Eles caem como moscas, nos permitindo descer.

Nós largamos as cordas e começamos a correr, sem deixar que nada nos impeça de salvar um dos nossos. Saltando por cadáveres, avisto Koda, o irmão bem mais novo do Zero, no embate.

Razor está sem se mexer com a cabeça mergulhada na água.

O pânico toma conta de mim. *Não vou conseguir alcançá-lo a tempo.*

Koda tenta chegar até Razor, mas o Milícia agarra seu tornozelo, o fazendo ir de cara no chão, e o puxa para longe. O garoto grita alguma coisa para Razor, porém é impossível discernir qualquer coisa com esse caos ao redor.

Meu coração bate feito louco dentro do peito esperando que Razor se levante e saia da água.

Koda tenta se impulsionar na areia, só que o Milícia novato o vira para si e lhe dá um soco forte no maxilar. Koda, por sua vez, ergue o joelho, acertando o outro bem no meio do saco, o que o faz dar um solavanco e cair ao lado de Koda.

Ele vacila até ficar de pé, e dá um chute na cara do Milícia que o faz desmaiar. Sem pestanejar, ele corre até a água, agarra Razor e o puxa para fora enquanto, enfim, os alcançamos. Meu coração quase sai pela boca quando vejo que Razor está roxo. Não sou um homem que se assusta fácil, mas vê-lo assim, sem vida, me deixa aterrorizado.

— Viemos o mais rápido que conseguimos. Estávamos encurralados na plataforma nas árvores. Ele está... — Bayou não termina a pergunta.

Razor está de olhos fechados e lábios roxos. Koda verifica seu pulso enquanto estou aqui em choque, assustado demais para pensar no que pode acontecer. Koda empalidece, leva as mãos ao peito de Razor e começa um ritmo frenético de reanimação, tentando fazer o coração dele voltar a bater.

Merda.

Não.

Caio de joelhos ao lado de Razor. Pensar em ser presidente sem ter ele comigo é apavorante.

Razor é meu braço direito.

O anjo em meu ombro.

É ele quem me mantém na linha.

Como diabos eu vou conseguir tocar essa merda sem ele?

— Meu Deus, Razor, vamos lá, irmão. — Pego sua mão amolecida. — Eu sei que eu te deixo puto, mas você não precisa fazer isso comigo.

Koda continua a pressionar com força o peito de Razor. Há água saindo de sua boca, mas nada acontece.

Nada.

Puta que me pariu!

Sinto um suor frio descer pela espinha, minha pele se eriça inteira com arrepios de agonia. Meu estômago revira com uma náusea repentina tão intensa, que sinto que vou vomitar em cima de Koda. Não consigo respirar, e minha mente está tão acelerada, que não sou capaz de pensar direito. Todos os momentos que compartilhei com Razor... Ele sempre esteve ao meu lado para qualquer coisa.

É meu melhor amigo.

Meu confidente.

Como diabos vou conseguir tocar as coisas sem ele?

Ele *não* pode estar morto.

Não.

Ele não pode, porra.

Dou uma olhada para Koda e penso: *ele não está dando duro o suficiente.* Então, eu o empurro para o lado e o faço cair de bunda no chão enquanto me coloco acima de Razor, assumindo a reanimação cardíaca.

— Vamos lá, seu desgraçado. Você não *ouse* fazer isso.

— Prez... — Bayou agarra meu ombro, mas eu o afasto com agressividade.

— Não.

— Prez... ele morreu — Bayou explica, delicado, mas suas palavras me atingem feito lâminas afiadas.

Apesar disso, continuo a reanimação, mesmo sentindo seus ossos quebrando.

Ele precisa lutar.

Um Milícia murmura alguma coisa, então Koda corre até ele, lhe ergue pela jaqueta camuflada ridícula e o arrasta até o lago.

Continuo a pressionar.

— Vamos lá, seu desgraçado.

O Milícia tropeça, e Koda lhe chuta os pés, o fazendo cair de joelhos. Depois, ele curva o sujeito para a frente e enfia sua cabeça na água.

Continuo pressionando.

— Porra, Razor, acorda.

O Milícia esperneia, lutando, conforme bolhas surgem na superfície por conta do ar que lhe escapa.

Koda é implacável e o mantém submerso.

Minha respiração está entrecortada, mas não paro enquanto tento reanimar Razor.

— Porraaa! — grito ao mesmo tempo que o corpo do Milícia sacode, uma reação ao assalto da água enchendo seus pulmões.

Continuo a reanimação.

Mas de nada adianta.

Razor já estava morto antes mesmo de Koda o tirar da água.

Demorei demais para reagir.

Eu não deveria ter voltado para a plataforma.

Eu deveria ter saído em busca do Razor.

— Mas que droga, Razor! — Bato o punho em seu peito, mais em um gesto de derrota do que qualquer outra coisa, conforme a culpa se abate sobre mim e eu caio no chão.

Koda permanece segurando o desgraçado do Milícia submerso. Seu corpo dá um último solavanco e desiste. Ele aspira água pela última vez e cai com o peitoral dentro do rio. Koda solta o sujeito, se afasta fazendo uma cara bem feia e o chuta nas costelas por precaução.

Meu coração vai no pé quando penso que nunca mais vou falar com Razor. *Não consigo acreditar que ele morreu.* Repouso minha cabeça em minhas mãos e caio num abismo ainda maior.

Eu me deleitei com o fato de que estaríamos aqui hoje. Vivo pela violência, pelo êxtase da matança. O problema é que *nunca*, nem nos meus sonhos mais loucos, eu pensei que um dos meus, que meu melhor amigo, fosse cair em batalha.

Uma mão gentil em meu ombro me arranca dos meus pensamentos enraivecidos.

— Eu sinto muito, irmão. Eu deveria ter chegado nele antes. Eu tentei... Tentei de verdade. — A voz vacilante de Koda percorre o barulho cessante da guerra à nossa volta.

Travo os dentes.

— Todos nós vamos à batalha cientes de que pode ser nossa última, Koda. Ele era um vice-presidente e tanto. Me dava bronca e me mantinha na linha.

Bayou suspira.

— Vamos dar um jeito, Prez.

De repente, à minha direita, todos avistamos Hawke tentando fugir.

De jeito nenhum!

Sinto a adrenalina bater.

Mesmo depois de ter passado por tudo isso, a necessidade de cuidar dos negócios fala mais alto.

Koda se prepara para correr, mas então para e se vira para mim.

Nós viemos aqui para colocar um ponto-final nessa guerra entre o Houston Rebeldes e o Milícia.

Hawke é essencial para isso.

— Vai! Vai pegar o filho da puta! — falo por entredentes para Koda.

Alguém tem que pagar pela morte do Razor, e sem sombra de dúvida vai ser o desgraçado que nos trouxe até aqui.

Koda assente e dispara com sangue nos olhos que eu nem sabia que ele tinha, então sinto a certeza de que a morte do Razor não vai ter sido em vão. Koda vai fazer Hawke pagar caro.

Por ora, porém, vou abrir mão desse embate e dizer adeus ao meu VP. Porque, agora, não tenho mais armas com que lutar.

CAPÍTULO 1

HURRICANE

Três semanas depois

O trabalho está feito.

Nós ajudamos os Houston a vencer a guerra.

Mas o preço que pagamos foi alto demais.

Agora, a luta pela qual passo é somente minha.

Não ameniza.

Não fica mais fácil.

Aquele nó na garganta que sentimos quando perdemos alguém... apenas cresce todo santo dia.

Não sou de demonstrar tristeza.

Não sou aquele que deixa o clube inteiro ver que estou sofrendo.

Preciso ser um presidente.

Mostrar a todos eles que tenho colhões para defender minhas convicções e ser corajoso mesmo diante das adversidades.

Só que isso é difícil pra caramba.

Alguns dias são mais pesados que outros.

Principalmente por não termos mais aquela pessoa que era nosso porto seguro, aquela que nos aconselhava e nos mantinha equilibrados.

Todo mundo sabe que sou uma bomba prestes a explodir.

Sou pavio curto quando estou em batalha.

Ajo sem pensar.

Posso ser um verdadeiro idiota.

Mas faço o que precisa ser feito, de um jeito ou de outro.

Vai ser um pouco mais complicado sem ter alguém para me dizer se estou fazendo o certo ou o errado. É óbvio que o clube vai eleger um novo VP, mas Razor me conhecia como a palma da sua mão. Só tem outra pessoa neste clube que me conhece tão bem assim.

Caminho até Bayou e lhe dou um tapa no ombro.

— E aí? Você pensou naquilo que te perguntei?

— Não sei, cara... — ele grunhe. — Você é quem deve liderar o clube. Não é o meu destino, não sou um líder, caramba.

Solto uma risada e olho bem feio para o meu irmão de sangue.

— Bayou, nós somos gêmeos, a gente literalmente compartilha o mesmo DNA. Você *consegue*.

— Para começo de conversa, não somos gêmeos idênticos, ou seja, literalmente *não* compartilhamos o mesmo DNA, e... — ele suspira, balançando a cabeça — estou atolado de coisas para fazer.

Dou um sorrisinho e pendo a cabeça para o lado.

— Que coisas?

— O La Fin, ele precisa de mim.

Arregalo os olhos e tiro sarro dele:

— Você está falando sério? La Fin? Seu jacaré de estimação? Você não quer ser vice-presidente por causa da porcaria de um bicho? Talvez você não tenha mesmo jeito para esse trabalho.

Bayou dá uma risadinha.

— Viu? Eu te falei.

Dou um empurrão nele enquanto caminhamos juntos até o bar.

— Você é esquisito pra porra.

Bayou dá um sorriso enorme, como se soubesse que se livrou da enrascada... *por ora*.

— Então... quero falar com você sobre a minha tatuagem em homenagem ao Razor. Você disse que arranjou alguém para mim, já que o meu tatuador não está trabalhando no momento.

Nós nos sentamos nos banquinhos do bar, e Bayou dá um tapinha no balcão para chamar Frankie, a líder do bar, e pedir que nos sirva bebidas. Ela desliza dois copos em nossa direção com uísque puro.

— Obrigado, Frankie. — Pisco para ela, que tem um cabelo comprido, vermelho e cacheado como o daquela personagem da Disney, aquela corajosa, sabe? *Ah, até parece que vou me lembrar do nome.*

— Não há de quê, meu bem.

Bayou leva o copo aos lábios.

— O que rolou com o seu tatuador afinal? — Dou um sorrisinho, girando os ombros.

— Traiu a mulher, e ela ficou tão cega de raiva que teve até taco de beisebol no meio. — Bayou começa a gargalhar.

— Taco de beisebol?

— Ahã. Ela pegou o cara *de jeito*. Ouvi dizer que ele vai ter que operar os joelhos.

— Caramba! — Bayou balança a cabeça fazendo uma careta, depois dar um gole na bebida. — Certo, bem, a tatuagem vai ser no estúdio que frequento. Marquei um horário, você só tem que aparecer e falar com a Quinn na recepção. Ela tem o cabelo curto e acinzentado, cara de poucos amigos, mas ela é bacana e vai te ajudar.

Assinto e termino minha bebida. A sensação de ardência é muito acolhedora. Há algo na quentura do uísque que faz com que tudo pareça perfeito. Bato com o copo no balcão, dou um tapinha nele em agradecimento a Frankie e fico de pé.

— Obrigado, irmão. Vou para lá agora mesmo.

— Vou ligar para eles e avisar que você está indo.

— Avisar para quê?

Bayou dá uma risada.

— As pessoas preferem se preparar para te receber.

— Hum, se eles não sabem lidar comigo quando estou de bom humor, então eles que se fodam.

Bayou dá um sorriso largo.

— Eles que se fodam? É *essa* a sua resposta?

— *Eles que se fodam* — falo ainda mais alto para que fique bem claro.

Bayou ri enquanto me retiro, mas não deixo de perceber quando ele pega o celular. *Babaca*.

Quando chego ao meu quarto, vou até a escrivaninha e pego o desenho que Raid fez em seu computador a pedido meu. Ele é talentoso demais nesses programas de design, então desenhou exatamente o que pedi. Todos sabem que sou bastante exigente quando se trata das minhas tatuagens, e estou grato que Raid tenha sido capaz de entender com exatidão o meu desejo para este desenho.

Coloco o papel dentro do bolso traseiro da calça, saio do clube e sigo em direção à minha motocicleta, passando uma perna por cima dela e respirando fundo ao sentir as vibrações do motor me percorrerem por inteiro. Não há nada como a sensação de saber que o asfalto e eu nos tornaremos um, que o vento vai bater no meu cabelo... Eu amo isso.

Sigo para a saída, e Bodhi, nosso novo recruta, abre o portão. Ele acena para mim enquanto faz isso.

— Até mais, cara — ele fala quando passo pelo portão.

Rio para mim mesmo por conta do seu jeito todo despojado de surfista. O rapaz é jovem, tem muito que aprender, mas ainda assim é cheio de vida, sempre disposto a fazer qualquer coisa pelo clube, e é isso que procuro nos meus recrutas.

Dedicação.

Lealdade.

Respeito.

Se eles tiverem essas qualidades, serão recebidos de braços abertos.

O motor ronca e ressoa conforme acelero, o asfalto me chama. É revigorante navegar pelo trânsito em alta velocidade. O barato de passar tão perto dos veículos sem tocá-los me eletriza, como se fosse heroína pura. Os motoristas buzinam, mas eu apenas rio na cara dessa arrogância vaidosa deles, porque eu sei como pilotar, não vou bater em seus carrinhos preciosos — mesmo pensando que, às vezes, eu amaria arrancar um retrovisor e levá-lo comigo de lembrança.

Pode parecer que dirijo de forma arriscada, mas só estou vivendo perigosamente.

Sei o que estou fazendo.

E cair de moto enquanto piloto é algo que *jamais* vou fazer, nem quero.

Quando me aproximo de um semáforo, diminuo uma marcha ao ver que ele fica amarelo. *Vai ser por um triz.* Acelero conforme me aproximo da esquina, e o pneu traseiro derrapa, mas mantenho o controle e faço a curva no momento que o sinal fica vermelho. Sinto meu estômago revirar com a adrenalina, cada poro do meu corpo se acende de empolgação. Viver perigosamente me faz sentir vivo por conta da necessidade de querer mais.

Ao ver o estúdio de tatuagem à frente, diminuo a velocidade a um nível responsável e entro no estacionamento.

Respiro fundo, sorrindo para mim mesmo e sentindo a alma de algum jeito mais leve por causa da diversão no trajeto. Estaciono a moto, me remexendo e saltando dela. Estou de muito bom humor. Sigo para a entrada e abro a porta. Minha chegada é anunciada por um sininho acima da porta.

Burburinhos e gente conversando preenchem o lugar enquanto entro. O estúdio é de tamanho médio, parece higiênico o bastante e cheira a álcool recém-passado, coisa que causa uma boa primeira impressão. Ao espiar em volta, vejo desenhos alinhados nas paredes vermelhas, e uma jovem atrás do balcão me olha de cima a baixo, sorrindo satisfeita.

Conheço esse olhar.

Ela está me secando.

Não posso culpá-la, sabe?

Ela também é gata demais.

Ando todo pomposo até o balcão. Seu cabelo curto, acinzentado e de corte reto vai até o queixo, suas sobrancelhas grossas e pretas feito nanquim são cuidadas com perfeita precisão. O nariz empinadinho é adorável, mas ela definitivamente tem cara de poucos amigos, assim como disse Bayou. Descanso o cotovelo no balcão alto e abro um sorriso radiante para ela.

— Você é a Quinn?

Ela lambe os lábios, inspirando profundamente.

— Para você, posso ser quem quiser.

Arqueio as sobrancelhas e dou uma risadinha.

— Acho que podemos marcar alguma...

— Ei, Quinn, meu próximo cliente já chegou? Pelo visto, ele é um tremendo de um babaca — uma voz grita por trás de uma porta à direita.

Quinn arregala os olhos enquanto limpa a garganta.

— Hã, sim, Kaia, ele... está aqui.

Um barulho alto ecoa, seguido por:

— Puta que pariu, que merda. Filho de uma puta.

Incrédulo, arregalo os olhos e dou um sorrisinho malicioso.

Quinn une os lábios e grita:

— Tudo bem aí?

— Sim! — um gritinho agudo responde, e a cortina de contas pendurada em frente à porta se abre, revelando o que só pode ser uma deusa havaiana.

É como se o sol se esgueirasse pelo telhado, fazendo brilhar seus raios gloriosos naquela pele perfeitamente bronzeada. Ela reluz, e seus olhos cor de âmbar brilham com reflexos dourados tão intensos que fico hipnotizado por um instante.

As ondas indomáveis e selvagens de seu cabelo repousam em seus ombros. Deixo meu olhar se demorar em seu pescoço, onde uma gargantilha preta incrustrada de tachinhas prateadas lhe dá toda uma *vibe* punk que acompanha um colar mais comprido, cuja ponta traz uma pena pendente entre seus seios de tamanho perfeito.

Ela não está vestida feito uma vadia ou com roupas punk para combinar com a gargantilha. Nada disso. Ela está usando uma camiseta azul-escura do KISS e jeans rasgados, mas juro que essa mulher poderia vestir o que quisesse que, ainda assim, ela continuaria tão sexy quanto o próprio pecado. Mesmo não sendo muito o meu tipo, ela *com certeza* me chamou a atenção.

Ela franze o cenho enquanto me encara.

— Você acha que é legal ficar olhando para uma mulher desse jeito?

Balanço a cabeça, chocado.

Eu estava sendo tão óbvio assim?

Que se dane! Sou o rei do óbvio, e estou pouco me lixando.

— Se uma mulher é gata o bastante para ser admirada, por que não?

— Porque é uma grosseria, isso sem falar que é assustador.

— Pensei que as mulheres amassem receber atenção. — Dou um sorriso mostrando os dentes, branquíssimos, mas ela não se abala. Em vez disso, ela contorce os lábios e começa a se afastar.

Hum.

— Nem toda mulher acha legal ser encarada feito um bendito pedaço de carne. — Ela vai até sua estação de trabalho para começar a preparar o equipamento.

Volto meu olhar para Quinn, que dá de ombros.

— Eu gosto que me olhem — ela sussurra e dá uma piscadela.

Eu rio, discreto, arqueando as sobrancelhas para ela, mas logo em seguida giro sobre os calcanhares para seguir em direção à misteriosa garota.

— Bem, estamos de acordo que você me acha um babaca mesmo sem me conhecer. Você também pensa que sou grosso e assustador. Tem mais alguma coisa que posso tirar da lista antes de começarmos?

Ela suspira, batendo com as luvas na bandeja.

— Tem. Você gosta de me fazer perder tempo. Tenho outros compromissos, meu amigo, então, se você não se importar, será que dá para você sentar essa bunda arrogante para darmos uma olhada no desenho?

Pego o papel de dentro do bolso, entrego a ela e me sento em uma cadeira. Ela analisa o desenho, semicerrando os olhos ao fazê-lo.

— Uma navalha? Você quer morrer?

Meu coração aperta e meu sorriso desaparece.

— É uma homenagem... para um amigo.

Seu olhar suaviza.

— Meus sentimentos. — Ela parece sincera, de verdade.

Engulo em seco, suspirando.

— É a primeira coisa gentil que você me diz.

Ela revira os olhos.

— Não vá se acostumando.

— Qual seu nome mesmo?

— Kaia. — Ela anda pelo lugar como se flutuasse.

— Kaia. — O nome desliza pela minha língua como se fosse mel quentinho. — Vou me lembrar disso quando eu fizer minha avaliação no site Yelp... Kaia. Uma recepção tão calorosa e amigável... altamente recomendável se você estiver procurando por um belo sacode na sua autoestima.

Ela me encara bem feio.

— Babaca — ela murmura bem baixinho, o que me faz rir, e depois veste as luvas com um estalido, pronta para começar a preparar a estação.

Levanto as sobrancelhas e dou um sorriso malandro.

— Eu amo luvas de borracha...

— Será que você pode *não* falar? — Ela ergue a voz, frustrada.

Ora, ora, ora... Parece que estou tirando-a do sério.

Há duas coisas que amo fazer com as mulheres: fazê-las gozar e tirá-las do sério. Ela está a fim de mim, só não percebeu isso ainda.

Preciso admitir que a forma como seu rosto enruga quando ela está zangada é uma delícia. Há algo nela que me atrai.

— Onde você quer fazer a tatuagem? — ela pergunta.

Arqueio a sobrancelha, sem dizer uma palavra. Estou num joguinho aqui. Quero vê-la enfurecida. Ela olha para mim como se estivesse confusa e tentando entender por que eu não falei nada, até que ela nota o olhar petulante em meu rosto e resmunga.

— Você pode responder à minha pergunta, só pare de ser arrogante. Você se acha encantador agindo assim? Pois eu acho que isso só te faz parecer um imbecil.

Solto uma risada conforme levo uma mão ao peito, simulando um infarto.

— Ó, mulher, você me apunhalou... Como posso continuar?

Ela faz uma careta, nem um pouco impressionada.

— Acabou?

Ainda rindo, me sento mais ereto e tiro o colete, seguido pela camisa. Percebo quando ela percorre o olhar até chegar ao meu tanquinho, e não consigo evitar um sorriso malicioso em meu rosto enquanto ela tenta esconder a satisfação em seus olhos; já vi esse olhar antes, inúmeras vezes.

— Acabei. — Recosto de volta na cadeira e aponto para o espaço vazio no meu peitoral esquerdo. — Aqui! E eu sou muito detalhista, então quero o desenho exatamente como você está vendo.

Ela analisa a imagem, apertando os lábios.

— Hum... talvez eu ajuste o contorno um pouquinho só para destacar melhor, mas acho que dá para trabalhar em cima disso.

— Ótimo! Agora, anda logo, ok? Tenho outros compromissos — zombo, usando suas próprias palavras contra ela.

Ela revira os olhos, depois se levanta.

— Vou preparar o estêncil. Já volto. Não toque em nada.

Kaia se afasta, e eu observo sua bunda maravilhosa balançar de um lado para outro enquanto anda até os fundos para preparar o desenho, tirando as luvas ao fazer isso.

— Porra! — murmuro baixinho e pego o celular para mandar uma mensagem para Bayou.

> Eu: Primeira coisa: você não me disse que era uma tatuadora. Segundo: ela é muito gostosa.

Envio a mensagem e espero Bayou responder. Os três pontinhos piscam na tela e quase instantaneamente sua resposta pipoca na conversa.

> Bayou: SEJA GENTIL. Não tente comer ela.

Solto uma risada, talvez mais alto do que eu deveria, porque Quinn olha em minha direção. Aceno para ela, que balança o corpo tentando sensualizar, e eu dou um sorrisinho de lado, mas, no mesmo instante, recebo outra mensagem. Volto os olhos para o celular.

> Bayou: Eu preciso que a Kaia termine de fechar meu braço, então POR FAVOR não faça nada idiota.

> Eu: E quando foi que eu fiz alguma coisa idiota?

Dou uma risadinha para mim mesmo quando meu celular toca, mas Kaia já está voltando, então preciso silenciá-lo e recusar a chamada do meu irmão, devolvendo o aparelho ao meu bolso. Relaxo ao me recostar na maca e dar toda a minha atenção a Kaia, que me mostra o estêncil, porém eu apenas dou uma olhada superficial, sem analisá-lo de verdade. Eu já disse a ela o que eu quero, então deve estar um arraso.

ATRAÍDO

— Seja gentil comigo. Eu sou frágil — provoco.

Kaia dá uma risada.

— Frágil como uma marreta.

Ela veste luvas novas, raspa os pelos do meu peito, limpa a região com álcool e depois coloca o estêncil, tendo certeza de dar tapinhas fortes além da conta.

Eu realmente a tirei do sério.

Devagar, Kaia retira o papel branco, e logo vejo a tinta azul em meu peito. A tatuagem não é grande, nem extravagante; é cheia de significado, então quero que fique perfeita. Uma navalha bem simples, dando a impressão de estar cortando minha carne, com um fio de sangue saindo dela, além da data de morte de Razor logo abaixo.

Deve ser fichinha para Kaia.

— Quer conferir o lugar? Veja se está posicionado no lugar certo.

Enquanto dou um sorrisinho, me sento e olho no espelho que fica aos pés da maca. Assim que vejo o contorno da navalha, sinto uma pontada de tristeza tomar conta de mim.

O rosto de Razor invade minha mente.

Só preciso fazer isso logo.

Eu me deito de volta na maca, sinalizando para Kaia com um simples aceno de cabeça.

Ela pega sua maquininha e começa a verter a tinta, a testar a agulha, cujas vibrações ressoam poucas vezes conforme ela derrama a tinta.

— Preparado, valentão?

— Sim, senhora. Pode começar a tortura.

— Algo me diz que você gosta de sentir dor.

Ela não está errada.

Há algo de tranquilizante quando as agulhas tocam a pele, uma sensação de completa liberdade ao saber que estamos dando vida a uma obra de arte. É uma representação cheia de significado que está sendo entalhada em você para sempre. É quase tão bom quanto pilotar uma moto. *Quase.*

Quando a agulha atinge minha pele, não faço outra coisa além de relaxar na maca e deixar que Kaia faço seu trabalho.

— A dor vem em todas as formas e tamanhos, Kaia. Quando você encontra uma dor boa, não há nada mais libertador que isso.

— Você gosta de sentir dor? Que vida mais triste. — Ela aperta os lábios.

Eu respiro fundo e percebo a concentração extrema em seus lindos olhos âmbar, que oscilam em tons de dourado quando ela é intensa. É quase hipnótico.

— Todos nós convivemos com a dor. Tenho certeza de que você tem uma história para contar.

Ela mexe o maxilar de um lado para o outro, tentando esconder qualquer emoção, mas eu as vejo. Com certeza há uma história ali.

— Minha vida é um mar de rosas.

Começo a gargalhar, e ela enfim dá um sorriso verdadeiro com aqueles lábios macios.

— O Bayou disse que eu não posso fazer nada idiota... ele precisa que você termine de fechar o braço dele — conto.

Kaia dá um sorriso enorme.

— O Bayou é uma lenda, então não importa o que aconteça, tá tudo bem entre a gente. Você, por outro lado, ainda não sei dizer.

Faço beicinho e direciono o olhar para ela que, por um instante, troca olhares comigo. Kaia interrompe a tatuagem ao sentirmos algo rolar entre nós, enquanto meu coração começa a bater um pouquinho mais forte. Não sei o que é, mas há alguma coisa nela que me deixa balançado — e olhar em seus olhos neste momento me deixa sem fôlego.

— Que pena. Acho que a gente poderia se dar muito bem, você e eu.

Ela limpa a garganta, desviando o olhar sem pestanejar, e religa a maquininha; sinto as agulhas cutucarem a carne.

— Você é doido, talvez até um pouco psicótico.

Assinto e dou risada.

— Provavelmente é verdade.

Ela ri balançando a cabeça.

— Você sempre é tão convencido assim?

— Com mulheres atrevidas que provavelmente dariam conta de mim numa briga, sim.

Kaia sorri.

— Eu acabaria tanto com a sua raça, que você nem conseguiria levantar essa bunda do chão.

— *Sha*, você pode fazer o que quiser com a minha bunda.

Ela arqueia a sobrancelha.

— Nunca imaginei que você seria do tipo que, um, usa um termo Cajun carinhoso para falar "querida", e dois, deixaria alguém fazer qualquer coisa com a sua bunda.

— Eu sou um pouco psicótico, lembra? Não tem como você adivinhar quais palavras vão sair da minha boca.

— E eu nunca vou saber perto do quê sua boca chegou. Aposto que é um caos aí... herpes... sífilis... talvez até gonorreia, se você tiver sorte?

Dou uma risadinha, balançando a cabeça.

— Tem *tudo isso* na minha boca?

Kaia abre um tremendo sorriso, ainda concentrada no trabalho e fazendo as agulhas perfurarem minha pele mais fundo.

— Oras, são coisinhas sorrateiras. É como Forrest Gump diz no filme: "A vida é como uma caixa de chocolates, você nunca sabe o que vai encontrar" quando entramos na boca do *Hurricane*.

Não consigo evitar um sorriso ao arquear a sobrancelha.

— Você fala assim com todos os seus clientes?

Ela ergue o olhar de uma vez, encontrando o meu e parecendo um tanto intrigada, como se estivesse tentando desvendar alguma coisa.

— Na verdade, não... só você.

— Ahhh, então eu *sou* especial?

Ela desdenha, como se estivesse ofendida.

— Especial? Não. Irritante por alguma razão? Definitivamente.

— Que sorte a minha que meu ego não se fere tão fácil, não é?

— Você vai deixar eu me concentrar? Estou criando uma obra de arte aqui.

Repouso a cabeça no descanso da maca, respirando fundo. Kaia tem alguma coisa que me faz querer cutucá-la, provocá-la, apenas para ver aquela faísca, aquele inferno dentro dela explodir. Ela é um vulcão prestes a entrar em erupção, e com certeza eu quero estar por perto quando ela explodir.

Ela continua trabalhando na minha tatuagem, enquanto eu fico aqui, deitado, deixando que as agulhas afiadas me lembrem da dor de perder Razor. Minha mente vagueia por todos os momentos em que ele esteve ao meu lado, pela amizade que compartilhamos por décadas enquanto crescíamos. Ele não era só meu irmão de clube, o cara era meu melhor amigo. A única pessoa, além de Bayou, que sabia tudo sobre mim, então acaba comigo saber que eu não estava ao seu lado em seus momentos finais, que ele foi para a luta sozinho. Claro, Koda estava lá, mas ele também chegou tarde demais. Não tenho nada contra Koda, ele tentou. Caramba, ele tentou pra valer, mas um contra quatro é pedir demais.

Razor não tinha chance nenhuma.

Meu coração acelera quando o momento em que bombeio o tórax

de Razor — sua pele e lábios arroxeados — inunda minhas lembranças de uma vez, o que me faz fechar os olhos com força, tentando controlar minha respiração.

— Tudo bem aí, valentão? Você não vai dar um tapa na minha mão, vai? — Kaia pergunta.

— Anda logo com isso, pode ser? — respondo, arredio.

Não quero ser um escroto, mas a conversinha divertida que estávamos tendo era apenas uma distração, uma maneira de impedir que as lembranças tomassem conta de mim. Kaia agora quer que eu fique quieto, e tudo em que consigo pensar é no motivo pelo qual estou fazendo esta tatuagem... isso está acabando comigo.

— Estou quase terminando, só mais uma coisinha... e pronto! — Ela limpa o excesso de tinta e sangue, esterilizando a região, para depois admirar o próprio trabalho. — Certo, pode ir lá no espelho dar uma olhada.

Hesito, e o sorriso de Kaia dá lugar a um aceno empático como se ela compreendesse.

— Sem pressa.

Umedeço os lábios, giro as pernas até a beirada da maca e me ponho de pé. Quando inspiro fundo, sinto Razor me envolver. Não sei o que isso quer dizer, se é por eu estar perdendo a cabeça ou se é por já ter enlouquecido de vez, mas vou até o espelho e me concentro na tatuagem.

Cerro os punhos ao lado do corpo conforme analiso o desenho, que está parecido com aquele que dei a Kaia, mas ela o modificou, mais do que eu havia imaginado. Minha respiração fica pesada enquanto encaro a tatuagem, piscando devagar.

Sim, ficou um trabalho incrivelmente maravilhoso, mas eu tinha um desenho pronto. Tinha decidido um estilo. Eu tinha um plano para Razor, mas, agora, esse desenho *não* é o que eu queria. A homenagem *não está* como eu havia planejado.

Sinto meu corpo ficar quente e gotas de suor descerem pelas minhas têmporas. Ela arruinou o pedacinho de Razor que eu guardaria comigo, roubou uma parte dele que eu manteria no meu peito para sempre.

— O que você *fez*?! — grito com ela e me viro, me aproximando dela.

Kaia arregala os olhos em completo choque.

— Eu usei o seu desenho, e te disse que iria ressaltar o contorno para destacar mais a tatuagem. Foi isso que eu fiz. Eu te mostrei o desenho antes de começarmos.

— O meu desenho era plano, isso aqui está em 3D, caramba.

— É realista, dá a impressão de que a navalha está mesmo entrando no seu peito. É dramático e simboliza a sua dor mais do que qualquer desenho plano de uma navalha simbolizaria.

— Não é o que eu *queria*. Você tomou completamente as rédeas. Você *não* pode fazer isso.

Ela cruza os braços sobre o peito.

— Eu não... eu te falei que eu ia mudar um pouquinho, e você concordou.

Jogo as mãos para o alto e volto pisando duro até onde estão minha camisa e colete, pronto para vesti-los.

Kaia deixa os ombros caírem.

— Preciso cobrir a tatuagem com papel-filme...

— Eu dou um jeito... Não quero você perto de mim de jeito nenhum. — Pego um maço de dinheiro da carteira, jogando em direção a Kaia. As notas voam pelo ar e caem aos pés dela, enquanto eu sigo até a porta.

— Muito maduro da sua parte, Hurricane.

— Não amola, *Sha*. — Saio correndo do estúdio, com o peitoral latejando, a cabeça completamente desmiolada e uma dor no pau que não consigo entender muito bem.

A situação toda é uma merda.

Por mais que eu esteja puto, entre a avalanche de lembranças e a coragem de Kaia de fazer o que bem entendesse com a tatuagem, apesar disso tudo, eu estou inequívoca, indubitável e inegavelmente excitado.

CAPÍTULO 2

KAIA

— Aquele maldito filho da mãe jogou o dinheiro em mim como se eu fosse uma puta. — Curvo-me para juntar as notas espalhadas pelo chão.

Que se fodam ele e a moto que ele dirige.

— Você está bem, querida? Aquela discussão foi bem tensa. — Quinn se coloca ao meu lado, também se abaixando para me ajudar a organizar tudo.

Fico de pé, ereta, e repouso as mãos nos quadris.

— Quem ele pensa que é? Eu fiz uma tatuagem épica pra cacete nele, e ainda *avisei* que alteraria algumas coisas e até mesmo mostrei o desenho. Mas o cara estava ocupado demais tentando me comer para prestar qualquer atenção ao que eu estava falando... *babaca arrogante do caralho.*

— Quer saber? Ele pode até ser um gato, mas caras assim são sempre iguais... a velha síndrome do pau grande.

Solto uma risada.

— Como assim?

— Bom, ele com certeza tem pau grande e por isso acha que pode sair por aí agindo como um grande babaca.

Abro os braços para abraçar minha melhor amiga.

— Eu te amo. Já te disse isso?

Quinn dá risadinhas.

— Todo santo dia.

— Que bom! Graças a Deus ele foi meu último cliente hoje. Acho que não daria conta de lidar com outro, estou um trapo.

Quinn junta todas as notas e começa a caminhar até o balcão.

— Querida, por que você não vai embora? Pode deixar, eu limpo a sua estação de tatuagem.

Olho por cima do ombro e suspiro. *Eu adoraria chegar em casa.* Quando me viro para Quinn, deixo meu corpo amolecer.

— Tem certeza?

— Kaia, vou ficar mais quatro horas aqui. Pelo amor de Deus, me arranje alguma coisa para fazer.

Assinto, dando risada, para depois ir até a estação e juntar minhas coisas. Dou uma limpadinha, mas logo vejo Quinn me olhando feio, o que me faz erguer as mãos em derrota. Pego meu celular, vou até ela e lhe puxo para um abraço.

— Obrigada. Até amanhã.

— Ei, não fique se remoendo por conta daquele imbecil, ok? Lembre-se: você é uma mulher forte, corajosa e destemida. Você não tem que dar ouvidos às merdas que ele fala.

Dou outro abraço ligeiro nela antes de ir embora, acenando brevemente para os caras no estúdio. No trajeto até o carro, não consigo deixar de pensar em como o término do expediente foi uma porcaria. Hurricane não é nada do que eu havia esperado. Bayou, que faz tatuagens comigo com frequência, sempre me contou muita coisa sobre o irmão. Claro, os dois são parecidos, mas, no que diz respeito à personalidade, são o oposto.

Bayou é tranquilo, um tanto brincalhão. Já Hurricane é excêntrico, me deixando um pouco em dúvida se é totalmente brincadeira quando ele diz ser psicótico.

Mas o que me tirou do sério pra valer foi o frio na barriga que senti ao vê-lo, como se eu estivesse rodando dentro de uma máquina de lavar, como se estivesse sendo arremessada para lá e para cá, porém sem sair do lugar ao mesmo tempo. Nunca senti isso antes.

Fiquei abalada.

É por isso que fiquei tão na defensiva no começo.

Não sou de me deixar afetar pelos outros, mas Hurricane conseguiu mexer comigo de várias formas.

Ele é todo errático, de humor oscilante. Sim, eu sei que ele foi até o estúdio para fazer uma homenagem, mas, ainda assim, ele flertava num momento e, no outro, estava pronto para quebrar o pau comigo. Não quero saber de caras assim, eles são imprevisíveis. O melhor a fazer é tentar ao máximo *não* pensar em Hurricane.

Tomo o atalho até em casa, ciente de que minha irmã mais nova, Lani, já vai estar com um jantar delicioso pronto. Depois do dia que tive, tudo o que preciso é de um prato de comida caseira. Ela é uma cozinheira de mão cheia, e morar com ela é divertido, mas às vezes é difícil e exaustivo, por conta da sua condição médica.

Para ela e para mim.

Mas damos um jeito.

É isso que irmãs fazem.

A única razão pela qual nós saímos de casa foi para ter um pouco de independência, mesmo sabendo que Lani não poderia morar sozinha. Estou muito feliz em morar com ela e ter certeza de que ela está *bem*. Não há laço mais forte do que o amor de irmã, ainda mais quando preciso cuidar dela.

Lani não pode ficar sozinha por muito tempo, por precaução. Apesar de ela ficar bem em boa parte do tempo, quando ela não está bem, a coisa é *feia*. As crises tendem a vir como ondas. Por um período, Lani fica de boa, às vezes por alguns dias, outras vezes por semanas. Certa vez ela ficou dois meses sem qualquer crise.

Mas elas sempre estão por perto, a assombrando.

Às vezes, eu me pergunto como o mundo pode ser tão cruel com alguém tão perfeita.

Não é justo.

Estaciono, salto do carro e vou em direção à porta de casa, que não é grande, de jeito nenhum, mas é ideal para nós duas. Quando abro a porta, sinto um cheiro como se algo estivesse queimando na cozinha, e franzo o cenho assim que coloco a chave no aparador.

— Lani, você está queimando o jantar de novo? — provoco, porque ela nunca deixa nada queimar.

Ela não responde.

Meu coração acelera, enquanto o alarme de incêndio dispara de repente, o que me faz correr o mais rápido possível até a cozinha. Avisto a panela no fogão espiralando fumaça em direção ao teto, e o salmão está quase preto. Começo a suar frio ao desligar rapidamente o fogo e tirar a panela do gradil incandescente, ao mesmo tempo em que percorro a casa com os olhos à procura da minha irmã.

— Lani! — grito, disparando pelo corredor, abrindo portas enquanto a procuro. — Lani! Responde!

Nada.

Meu coração bate feito louco enquanto vou ao quarto dela. Quando escancaro a porta, eu a vejo no chão, bem aos pés na cama. Seus olhos estão revirados, brancos, seu corpo, arqueado, e ela se sacode tão violentamente, que sua cabeça bate no chão.

— Merda! — Corro até ela, ralando os joelhos ao deslizar pelo carpete.

Alcanço o travesseiro e, logo em seguida, viro Lani de lado antes de ajeitá-lo embaixo de sua cabeça, que está aos solavancos, para suavizar as batidas.

— Vai, maninha, você consegue — sussurro em seu ouvido sem deixar de olhar para o meu relógio, cronometrando os espasmos.

Você pode até pensar que eu já estaria acostumada com isso a essa altura, mas cada convulsão faz meu coração disparar sempre que observo seu corpo descontrolado dessa forma. Faço carinho em seu cabelo e fico ali, sentada, esperando, observando os segundos passarem, esperando que acabe logo — se a coisa se alongar demais, preciso levá-la ao hospital.

Uma mancha molhada se forma no carpete abaixo de Lani, e eu faço cara feia. Ela odeia quando seu corpo perde o controle durante esses ataques terríveis. Meus olhos marejam quando a tremedeira começa a abrandar, o corpo vai desacelerando, e eu enfim respiro fundo. Permaneço fazendo carinho em seu cabelo e limpo uma única lágrima que desce pelo meu rosto.

Essa convulsão foi feia.

Lani resmunga um pouco, e eu repouso minha mão na sua bochecha.

— *Shiiiu*, você está bem. Estou aqui.

Ela pisca algumas vezes, mas ainda está distante, ainda não voltou para mim.

Dou uma fungada, relaxo os músculos tensionados e faço o de sempre para trazê-la de volta.

— Você lembra daquela vez que éramos bem jovenzinhas e o papai levou a gente naquele restaurante de temática havaiana? Ele disse que era cafonérrimo, com os colares de flor tradicionais por todos os cantos e abacaxi enlatado em todos os pratos. Mas nós amamos porque foi o primeiro vislumbre que tivemos da nossa terra natal. Quer dizer, já fomos ao Havaí muitas vezes desde então, mas o restaurante nos apresentou pra valer ao nosso lar.

Lani suspira e se mexe um pouco para ficar confortável.

— O suco de laranja, maracujá e goiaba era tão artificial que tinha gosto de suco de pozinho.

Abaixo a cabeça e a vejo olhando para mim, ainda um pouco confusa, mas já de volta. Dou um sorriso enorme, sem parar o carinho em seus cabelos.

— Nem vamos mencionar o Poke.

Ela dá uma risadinha, fazendo careta por conta da dor de cabeça óbvia e latejante.

— Fiquei convulsionando por quanto tempo?

— Você já estava no chão quando cheguei em casa, então não sei quando a crise começou antes de eu chegar, mas eu cronometrei noventa segundos.

— Não quero ir para o hospital, Kaia. — A angústia no seu rosto me diz o quanto essa afirmação é verdadeira. Sinto meu coração apertar com a tristeza que a atinge.

Sei que ela não quer ir, mas talvez tenha convulsionado por bastante tempo.

— Você deveria ir, já que não sabe há quanto tempo a crise tinha começado quando eu cheguei. Você sabe que pode ser um problema.

Ela inspira com dificuldade e logo se ajeita para se sentar, movendo o corpo bem devagarinho.

Hesito, esperando para ver se há alguma sequela, mas ela está se mexendo bem. Lani olha para baixo em direção à mancha úmida e balança a cabeça.

— Eu só quero tomar banho e descansar... por favor, Kaia.

O desespero em seus olhos dilacera meu coração. *Não tem como falar não para ela.* Então, eu a ajudo a ficar de pé, e ela cambaleia um pouco. Apenas para ter certeza de que ela não vai cair, eu a levo até o banheiro, cujo box é grande — coisa pela qual prezamos, para que ela possa se sentar no banho depois de episódios como aquele.

Eu a coloco escorada na pia e a encaro no fundo dos olhos.

— Vou ficar aqui com você.

Lani dá um sorrisinho malandro.

— Sua pervertida.

Aí está ela, minha irmã sarcástica e bocuda.

Enquanto ela desabotoa o sutiã, balanço a cabeça e vou até o vaso sanitário, onde me sento.

— Não fique se achando. Vamos, tire a roupa e vá tomar banho. Não vou olhar até que você entre no box.

— Olha, muita gente ia achar isso bem inapropriado, você aí, me cercando. Ainda bem que sei que você faz por amor.

Ouço Lani colocar a roupa no cesto, depois abrir a cortina e entrar no box. Assim que ela a fecha, eu me viro.

— Eu bem que poderia te deixar aqui sozinha, mas, se você tiver outra convulsão e se afogar, não quero ter que limpar *toda* a bagunça.

Lani ri, colocando a cabeça para fora por baixo da cortina, já que ela obviamente está sentada no chão.

— Nossa, que mórbido. É por isso que nos damos tão bem. — Ela volta para dentro do box, e eu dou risadinhas.

Minha relação com a minha irmã é de puro amor. Sim, ela sofre de epilepsia, mas não deixa que isso a defina. É claro que sua condição a impede de levar uma vida normal e ela toma remédios, porém não é o suficiente para lhe esmorecer a alma.

Lani é a pessoa mais feliz que conheço.

— Quer saber o que rolou comigo hoje? — pergunto.

— Por acaso isso envolve algum bilionário todo viril que roubou seu coração? Ou, espera... um *rock star*? Talvez um alienígena azul? Vai, me diz que é algo super sexy como nos romances que leio.

Dou uma risada, franzindo o cenho.

— Alienígena azul?

— Ah, é um fetiche comum... droga, agora preciso de um banho gelado.

— Meu Deus, Lani, pornografia alienígena te deixa com tesão? Tem certeza de que você não bateu demais a cabeça durante a convulsão?

Ela ri.

— Posso te emprestar meu livro, aí você vai entender.

— Pode guardar seu pornô com alienígenas azuis para você... enfim, voltando ao meu dia louco, sabe aquele motociclista que vai tatuar comigo de vez em quando?

— O Bandit, ou sei lá?

Dou um sorrisinho e me encosto, tentando ficar confortável, o mais confortável possível em uma privada.

— Bayou... enfim, ele me disse, sem antecedência, que seu irmão gêmeo queria fazer uma tatuagem. Fiquei pensando que, se ele fosse parecido com o Bayou, seria tranquilo.

— Deixa eu adivinhar, eles não são idênticos em tudo?

Rio, cruzando os braços sobre o peito.

— Nem um pouco. Ele se chama Hurricane, e o sujeito é um idiota arrogante, egoísta e cabeça-dura. Basicamente, um tremendo de um babaca.

Lani, mais uma vez, coloca a cabeça para fora da cortina, franzindo o cenho.

— Que diabos ele fez? Matou seu cachorrinho?

— Pior, ele me acusou de fazer uma tatuagem ruim.

Ela arfa, claramente fingindo.

— Ó, não! O horror!

— Cala a boca! Não é por ele não ter gostado do que eu fiz. Até aí, tudo bem, não sou uma florzinha delicada. Foi a forma como ele reagiu, simplesmente jogando dinheiro em mim como se eu fosse uma prostituta.

Lani arqueia a sobrancelha.

— Tipo... ele jogou notas em você literalmente?

— *Literalmente*.

Ela dá um sorrisinho sem-vergonha.

— Eu sempre te chamei de vadia pelas costas, acho que o cara só confirmou.

Sorrio, mas também pego uma escova de dentes da pia à minha frente e a jogo em Lani, que se esconde atrás da cortina dando risada.

— Não, falando sério agora... Por que você está deixando esse tal de Furacão te aborrecer? Já foi, acabou, deixa ele sumir com a tempestade que o trouxe[1].

— É Hurricane, e sei lá por quê. Tem alguma coisa nele que me irrita. Não consigo parar de pensar nisso.

Lani dá uma risadinha.

— Ele é gostoso? Tão gostoso que estaria num livro de romance?

Faço uma cara feia, balançando a cabeça em seguida.

— Eu nem sei o que isso significa.

Ela desliga o chuveiro e estica a mão, procurando pela toalha, e eu a entrego para ela. Lani sai do box devagar, com a toalha enrolada naquele corpo lindo; seu rosto ainda está pálido, mas há um sorrisinho ali.

— Ok, suas partes latejaram quando você viu o cara?

— O quê?

— Sua boceta se animou?

Dou risada e arqueio a sobrancelha para ela.

— Minha boceta se animou?

— Quando você botou os olhos nele, seu coração vacilou e sua caverninha começou a piscar?

— Ai meu Deus, quem diabos é você?

Lani se encosta na pia, cruzando os braços sobre o peito.

— Olha, só estou dizendo que você está apresentando o clássico sintoma da boceta latejante.

— Isso nem existe! — retruco.

— Claro que existe, e você não estaria tão na defensiva se não fosse verdade. — Ela sai do banheiro em direção ao quarto, só que num ritmo incrivelmente lento.

---

1 Trocadilho em relação ao nome do personagem que significa furacão

Permaneço sentada no vaso, tentando processar o que quer que ela tenha insinuado.

Sim, Hurricane era um gostosão. Mas... ele me irritou além do limite, para depois me tratar feito um nada.

De jeito nenhum eu estou me sentindo atraída por um idiota desse nível.

De jeito nenhum, de forma alguma.

Eu me levanto, indo até a lavanderia para pegar o limpador de tapete. Estou agitada, porque o dia foi uma loucura. Primeiro, Hurricane, depois encontro Lani tendo uma convulsão.

Tem como esse dia ficar pior?

Com o limpador em mãos, vou até o quarto de Lani enquanto ela se veste. Quando ela vê o produto, seus olhos entristecem e toda a animação de antes desaparece no minuto em que ela dá uma olhada para a mancha úmida no chão.

Lani cerra o maxilar e os punhos ao lado do corpo.

— Eu consigo lidar com as convulsões, sei que não tem escapatória, mas isso precisa mesmo acontecer? A tremedeira, e os engasgos, e as dores de cabeça já não são suficientes?

Deixo meus ombros caírem, vou até ela e a puxo para um abraço apertado.

— Eu te acho incrível, e nem ligo se você fizer xixi em *cima* de mim. Um pouquinho de urina não faz mal a ninguém. Você é a mulher mais forte que conheço.

Lani desvia os olhos de mim para encarar a mancha.

— Eu é que deveria limpar isso.

Mas eu a dispenso.

— Você deveria se sentar no sofá e pedir algum delivery para a gente. Vai, levanta, agora. Não vou aceitar "não" como resposta.

Ela me dá um sorriso fraco.

— Sim, mãe.

Respondo com um sorriso esperto, despejo o produto e começo a limpar o tapete.

— Se a mamãe te ouvisse falando isso, ela te daria uma coça.

— Eu sei, por isso é que eu falo para você e não para ela. — Lani ri antes de seguir devagarinho até a sala.

Meu Deus, como eu a amo.

Ela é uma mulher tão rebelde, destemida, ousada, sarcástica e amável. Ela não merece nada disso. Não é justo que ela aos 25 anos tenha que viver tão reclusa, e é louco pensar que Lani não é capaz de fazer as coisas que ama. Ela não pode dirigir, precisa limitar atividades prazerosas, não consegue emprego porque ninguém a contrata. Ou seja, o papai e eu precisamos trabalhar dobrado para manter a casa e Lani de pé.

É complicado porque, sempre que estou no trabalho, me preocupo com ela sozinha em casa — apesar de que a mamãe vem para cá com frequência para dar uma olhada em Lani, já que ela também não trabalha.

Elas fazem companhia uma à outra.

Quando termino a limpeza, não há vestígios da mancha. Depois de guardar o limpador na lavanderia, vou até a sala e encontro Lani no sofá, aninhada debaixo do cobertor, com a Netflix ligada e celular em mãos.

— O que vamos jantar? — pergunto.

— Pizza, com abacaxi extra.

Rindo, jogo o cobertor em cima de mim, procurando ficar confortável para maratonar qualquer coisa que ela tenha escolhido para nós.

— Por mim, está ótimo. Você está bem?

Lani sorri, mesmo com o rosto ainda pálido e os olhos meio distantes.

— Estou. Por favor, não se preocupe.

Assinto e tomo o controle de sua mão, dando *play*.

O problema é que, sim, eu me preocupo.

Sempre vou me preocupar.

Agora, não é só Lani que toma meus pensamentos, mas há também um latejar bem no fundo na minha caverninha.

O que quer que isso signifique.

CAPÍTULO 3

HURRICANE

Alguns dias depois

É muito difícil liderar o clube sem o meu VP ao meu lado, principalmente quando a verdade é que parece que ninguém está muito ansioso para preencher o vácuo gigantesco que Razor deixou.

Pensar nele faz meu peito doer, e a dor é um lembrete da caricatura que Kaia fez. O que era para ser sagrado agora é uma recordação agonizante de tê-lo perdido e da injustiça feita à sua homenagem.

Com a raiva mais uma vez fazendo meu sangue ferver, grito para chamar Bayou. Ele *tem* que assumir o fardo, porque me conhece melhor do que ninguém aqui.

— Bayou! Capela, agora!

Meus passos são firmes no meu trajeto até a Capela. Quando empurro a cadeira para tomar meu lugar à mesa, Bayou entra.

— Nem precisa se sentar, não vou demorar — desembucho sem delongas. Minha irritação deixa o ar pesado.

— Oi para você também — ele retruca, ficando de pé na porta.

— Olha, eu sei que já te pedi isso várias vezes, mas agora estou te dizendo. Você precisa dar um passo à frente e se tornar meu vice-presidente. Pelo amor de Deus, você me conhece melhor do que qualquer um desses babacas, e você sabe muito bem disso. Eu...

— Estou pouco me lixando para o que você está tentando dizer, Prez. Você sabe que posso fazer tudo, menos liderar. Vou te apoiar, você sabe disso, mas ser vice-presidente não tem nada a ver comigo — ele responde, me interrompendo.

Porra, ele tem razão.

Sei que estou tomando medidas desesperadas.

— Que diabos eu devo fazer, irmão?

Ele dá de ombros.

— Terceirizar?

Não consigo controlar o sorriso. Esse desgraçado sempre alivia o clima.

— Eu posso ligar para o Nash e contratar um de seus engravatados para preencher a vaga. Dá para imaginar? — zombo.

— Caramba! Você está mesmo desesperado se pensa em recorrer ao Nash e seus discípulos.

Nash é nosso meio-irmão.

Bilionário.

Arrogante.

Um babaca.

Por sorte, Grudge, o Sábio do clube, preencheu a posição de VP nesse meio-tempo, mas ele está de saída, então não quis assumir o posto permanentemente. Ou seja, eu preciso encontrar alguém, e rápido.

Definitivamente *ninguém* relacionado a Nash.

Esfrego as mãos no rosto e suspiro. O problema requer uma solução urgente, que precisa se resolver logo. No fundo, não sei mais o que fazer.

— Bem, se você não vai assumir o cargo, seja útil e me ajude de verdade a encontrar alguém disposto e capaz, nós estamos fodidos. Quando temos babacas como a Máfia Novikov na nossa cola, a última coisa que queremos é um clube fragilizado.

— Eu sei disso. Vamos dar um jeito. — Ele aperta meu ombro e depois se vira, saindo da Capela.

Infelizmente, procurar por um VP capacitado vai ter que esperar. Agora, preciso deixar essa questão de lado, porque Cole, filho de Grudge, está ficando cada vez mais conhecido no mundo do boxe. Seu treinador ajeitou tudo para que Cole participasse de uma luta amistosa entre lutadores em ascensão. Isso lhes dá a chance de compreender em que nível estão em relação a outros lutadores, de trabalhar com profissionais e, talvez, de até mesmo encontrar patrocinadores. É uma chance real para Cole ascender em sua carreira no boxe. Por conta disso, há algumas semanas, liguei para Huntsman, o presidente do motoclube Os Oito Exilados, de Nevada, e lhe disse, com todo o respeito, que pegaríamos um avião até lá.

Um tempo atrás, meu pai e Huntsman tinham um acordo entre clubes, que concordei em manter quando ele faleceu e eu assumi a presidência.

Os clubes são aliados, e é assim que eu gostaria de manter as coisas.

Por conta disso, alguns de nós vão voar até Vegas para apoiar Cole na luta amistosa. Além do mais, é Vegas, caramba! O único problema é que eu odeio andar de avião, o que me fez entornar tanto uísque quanto possível, para dormir o máximo que eu conseguisse.

Mas, antes de partirmos, liguei para City, o Sargento de Armas do Rebeldes de Los Angeles, para que ele pedisse a seus caras que arranjassem motos para assim que chegássemos ao aeroporto. Se há uma coisa que os Rebeldes de NOLA não podem fazer é aparecer na sede d'Os Oito Exilados em jaulas em vez de motos.

Nunca superaríamos o trauma.

Meus rapazes e eu estamos caminhando pelo aeroporto, já sentindo o calor incômodo de Vegas bater enquanto fazemos o trajeto. Sorrio quando vejo Cole andando com garra, a passos firmes, e percebo o homem que ele está se tornando. Esse garoto cresceu no clube, passou por tanta coisa quando era mais jovem, mas está na luta para se tornar alguém, mesmo tendo crescido com uma mãe praticamente inútil e ausente.

— Está pronto para a luta, Cole? — pergunto enquanto rumamos para a saída.

Ele se vira para mim, e seu boné de beisebol quase cobre seus olhos.

— Sim, senhor. Acho que vou arrasar dessa vez.

Cole não venceu a última luta, mas está quase lá. O garoto tem talento, não há dúvida. Tenho fé de que ele vai detonar por conta do treinamento pelo qual está passando.

Dou um tapa em suas costas.

— Claro, você vai conseguir, com certeza. A gente não teria vindo até aqui para torcer por você se não acreditássemos.

Grudge ri, desdenhando.

— Vocês vieram para foder, beber e apostar dinheiro, Prez. Você não engana ninguém.

Pendo a cabeça para o lado.

— Não dá pra negar.

Todos riem. Avistamos a fileira de motocicletas bem no fundo do estacionamento. Gesticulo para os caras, sinalizando que devemos ir até onde se encontram City, Dice e Strings, que estão ao lado das motos. Assim que nos aproximamos, cumprimento erguendo o queixo para os três irmãos de Los Angeles.

— E aí? E esse tempo? Quente pra cacete — menciono, falando mais alto.

City dá risada.

— Não aguenta um calorzinho, Hurricane?

Dou um empurrão em seu ombro, e ele me puxa e me dá um abraço de amigo, com tapas nas costas.

— Que bom te ver, seu desgraçado.

Eu me afasto para olhar bem para o meu amigo de longa data.

— Bom mesmo, irmão. Faz quanto tempo desde a última vez? Um mês?

City tensiona um pouco o olhar ao dar uma espiada em direção a Dice, para depois se voltar de novo para mim e assentir. City é conhecido por ser um oscilante, porque ele transita entre o Los Angeles e o NOLA. Sua sede natal é o Los Angeles Rebeldes, mas ele nos visita com frequência e fica por um bom tempo toda vez. É óbvio que isso causa uma tensão no Los Angeles, só que eu nunca o pressiono. Nós permitimos que ele dê as caras quando está a fim de passar um tempo longe, isso porque ele é como um irmão em nosso clube e se encaixa muito bem com o NOLA. Eu não pensaria duas vezes antes de aceitá-lo se ele pedisse transferência para o nosso clube, mas isso cabe a ele. Estaremos lá, se um dia ele bater à porta.

— Bem, nós arranjamos essas motos para vocês. Pensei que poderíamos dar uma volta, colocar as novidades em dia, beber alguma coisa antes da luta.

Assinto.

— É uma baita ideia. Só preciso levar os rapazes para ver o Huntsman, para que ele saiba que chegamos e fazer aquela visita tão necessária. Depois te mandamos uma mensagem dizendo onde estamos.

— Perfeito.

— Obrigado pelas motos, City. Agradeço demais o galho que você quebrou, irmão.

City aperta meu ombro.

— Você faria o mesmo por mim.

Assinto uma vez e vou até a motocicleta que me chama. Coloco minha mochila dentro do alforge da moto, passando uma perna por cima dela.

— Já, já falamos.

— Dá um abração no Huntsman por mim.

Rio, debochando, e dou partida enquanto os rapazes montam em suas motos, logo estamos no asfalto em direção à sede d'Os Oito Exilados. O ronco das cinco motocicletas é alto conforme pilotamos em formação — não há nada como pilotar em grupo.

O trajeto não é demorado, mas está quente pra caramba, e o reflexo no asfalto dá a impressão de que estou dirigindo em uma poça em ebulição o tempo todo.

Quando chegamos, um jovem confere quem somos e logo abre o portão de aço. Entramos, seguimos até onde estão as motos d'Os Oito Exilados e estacionamos. Esta sede é muito diferente da nossa, mas acho que cada sede é única; o diferencial desta é que se destaca pelo toque que Huntsman lhe deu.

Barulhos de tiro rasgam o ar no momento em que passo a perna por cima da moto, mas são únicos e esporádicos.

Alguém está praticando tiro ao alvo.

Nada com que se preocupar.

Quando estou reunindo os rapazes, um garoto aparece, acho que ele se chama Rylan.

— O Huntsman falou para vocês me acompanharem.

— Que bom, porque eu preciso de uma bebida e de um lugar para me sentar. Estou exausto pra caramba — respondo a Rylan.

Ele não tem reação alguma, apenas nos guia pela sede até os fundos onde uma jovem atira em alvos postos no gramado. Ela tem um olhar muito determinado, definitivamente está imaginando alguém no alvo.

— Você está desenvolvendo algum programa de tiro para garotas? — provoco, enquanto marcho a passos firmes até Huntsman, com meus homens atrás de mim.

Huntsman me dá a mão, e eu a aperto. Nós nos puxamos para um abraço e damos soquinhos um nas costas do outro de punhos cerrados antes de nos afastarmos.

— É bom te ver, meu velho.

— Digo o mesmo. Faz tempo.

Dou uma risada.

— Pois é, nós não aparecemos por essas bandas tanto quanto gostaríamos. É longe pra cacete para virmos pilotando só para ficar uns dias, e andar de avião não é muito divertido para mim.

— Rylan, leve esses caras até o bar e traga cervejas — Huntsman ordena.

O garoto assente, e Raid e Bayou o seguem até lá dentro. Grudge, Cole e eu nos sentamos à mesa acompanhados de Drake em vez de entrarmos com os outros.

— Não vai beber? — Drake pergunta.

Grudge ri.

— Esse aqui, não — ele responde, pegando o ombro de Cole e lhe dando um apertão. — Preciso que ele esteja com a cabeça boa para a luta de hoje à noite.

— Ah, você deve ser o boxeador.

Cole estica a mão.

— Cole.

Huntsman a aperta e semicerra os olhos para Cole quando este desvia o olhar para além daquele e se concentra na garota que atirava no alvo como se sua vida dependesse disso.

— Ouvi coisas muito boas a seu respeito. — Porém, antes que Cole tenha qualquer chance de se recompor dos olhares para a garota, Huntsman continua e gesticula para o outro motociclista. — Hurricane, você se lembra do meu filho, Drake? — ele pergunta, antes de se virar para a garota que ainda tem a arma em punho e está nos observando.

É possível perceber a incerteza em seu olhar, e eu não sou capaz de dizer se é por conta de nós, caras novas por aqui, ou se ela não está curtindo a atenção de Cole.

— Essa é a Blair — Huntsman explica.

— Ela está com você? — pergunto aquilo que acho que todos estão pensando.

— Nã...

— Ela é bem capaz de responder por si mesma — Blair intervém, jogando os ombros para trás. Ela tira o pente da arma, colocando as partes separadas em cima de uma mesinha ao seu lado, bem ágil para quem está aprendendo a atirar. — Não, não estou com ele. Ele está dormindo com a minha mãe.

Drake grunhe.

— Meu Deus.

Não consigo evitar um sorrisinho, voltando minha atenção devagar a Huntsman.

— Ah, é? — Arqueio a sobrancelha para ele ao perguntar.

— Blair, volte para dentro. Preciso bater um papinho com esses caras — Huntsman lhe diz, e ela apenas revira os olhos e segue em direção à porta aberta.

— Isso, é melhor você entrar. Talvez não seja uma conversa apropriada para menores de idade — acrescento, só porque sou um metido a besta e gosto de provocar pessoas ousadas.

Blair para quando chega à porta.

— Pelo jeito, você não é muito inteligente — ela retruca sem piscar. — Foi um prazer te conhecer. Hurricane seu nome, não é?

ATRAÍDO

Huntsman balança a cabeça enquanto Blair se retira, e eu não consigo evitar o sorrisinho que surge em meu rosto.

Eu me viro para Huntsman com a sobrancelha arqueada, e ele ergue as mãos.

— Essa boca grande ela herdou da mãe.

A mãe que, pelo visto, ele está comendo.

— Me parece um tremendo *que se foda* — falo devagar quando Raid e Bayou aparecem trazendo cervejas. Rylan está bem atrás dele, e logo entrega uma garrafa para mim e outra para Huntsman antes de entrar de novo.

— Vamos ficar na cidade por uns dias. Hoje à noite estamos ocupados, óbvio, mas pensei que você talvez pudesse nos indicar lugares onde seja fácil de arranjar mulher e que a cerveja seja das boas.

Sendo bem sincero, a verdade é que não estou muito a fim de pegar mulher alguma. Não consigo parar de pensar em Kaia, mas preciso que meus rapazes fiquem felizes; ou seja, tenho que arranjar um lugar onde suas necessidades sejam atendidas.

É esse o trabalho de um presidente.

— Você precisa de ajuda para arranjar mulher com um rostinho bonito feito o seu? — Drake zomba.

Esfrego minha barba, e eu até poderia lhe dizer que não estou muito a fim, só que preciso manter as aparências.

— É esse rostinho bonito que é o problema. Assim que eu dou a mão, elas querem o braço inteiro, já querem namorar.

— E que sejam garotas que sabem o que estão fazendo, de preferência — Bayou comenta, dando um gole na cerveja e mostrando que estou certo quando digo que meus rapazes precisam satisfazer seus mais urgentes desejos. — Já peguei garotas gostosas pra cacete que, no fim das contas, eram boazinhas demais e só tinham transado com namorados saradões de pinto pequeno que achavam selvagem a garota ficar por cima.

— E você está querendo me dizer que você não trepa com elas por conta disso? — Huntsman desdenha.

Bayou balança a cabeça.

— Ah, não sou um babaca, não vou negar a essas garotas uma noite comigo, mas vejo como um ato de caridade... elas transam comigo e eu ensino algumas coisinhas para elas no processo.

— Mas que generosidade a sua, doar seu tempo... — Grudge zomba.

Dou uma risada sutil.

— O que eu quero dizer é que imagino que talvez você conheça um bar que não esteja abarrotado de homens, como os benditos casinos, mas que tenha um padrão de mulher alto o suficiente para que eu não acabe pegando alguma coisa.

Preciso me certificar de que meus rapazes sejam bem cuidados e não peguem nada daquelas merdas que Kaia mencionou. Sífilis, gonorreia e tudo mais.

Huntsman abaixa a garrafa já meio vazia e seca a barba com as costas da mão.

— Conheço um lugar. O dono é um velho amigo que leva o negócio muito a sério. Algumas das nossas garotas vieram de lá, e você sabe que eu não aceito qualquer vadia aqui.

— É longe?

— Uns vinte minutos — ele responde, pegando a carteira e puxando um cartão. — O lugar chama Vertigem. Diz para o Sammy que eu indiquei o bar, ele vai cuidar bem de vocês.

Pego o cartão e levanto minha garrafa.

— Agradeço, irmão.

Nós brindamos com nossas cervejas.

— Nós vamos tentar ir ao amistoso hoje, mas não prometo nada. Tem merda demais acontecendo por aqui, as coisas estão ficando um pouco agitadas — Huntsman explica, e um olhar perturbado lhe toma o rosto.

— Podemos ajudar de algum jeito? — Bayou oferece.

— Você sabe como evitar a mordida de uma cadela?

Por um instante, Bayou semicerra os olhos, confuso, como se estivesse tentando entender o que isso significa, antes de dar de ombros.

— Cara, ouvi dizer que, se elas não pararem de morder, a única coisa a se fazer é dar um jeito nelas.

— É, esse é o plano.

Pendo a cabeça de lado, suspirando.

— Boa sorte, irmão, e obrigado pela hospitalidade, mas estou vendo que a coisa anda tensa por aqui, então não vamos mais te amolar — digo.

Huntsman dá um grunhido fraco.

— Você não sabe da missa a metade... obrigado por darem uma passada por aqui.

— Ligue se você precisar da gente. Estaremos por aqui, podemos ajudar. — Dou um tapa em seu ombro, e Huntsman assente, olhando em seguida para Cole e semicerrando os olhos.

ATRAÍDO

47

— Obrigado, mas vamos dar um jeito.

— Certo, irmão. Até de noite, quem sabe.

Huntsman nos acompanha até as motos, e ele e seus homens ficam parados ali, enquanto subimos nas motocicletas e partimos rumo ao hotel para fazer o check-in. Depois, penso que é melhor darmos uma olhada nesse tal de Vertigem para que meus rapazes se acomodem bem. Preciso também chamar os garotos do Los Angeles, assim começaremos a relaxar antes da luta amistosa da noite.

Se tem uma coisa de que o meu clube precisa é um levantar de moral, e acredito que esta viagem seja ideal para isso.

CAPÍTULO 4

HURRICANE

Depois de passar um tempo com City e Dice no Vertigem, foi fácil perceber a tensão entre eles, e, por conta disso, acabei convidando City, meu amigo das antigas, para ir à luta com a gente e prestigiar Cole detonando no ringue.

Grudge e Cole se dirigem para a área de aquecimento, enquanto o restante de nós caminha pela multidão. A arena está lotada hoje. O garoto sabe mesmo como atrair um mar de gente; bem, com tanto talento, não é de surpreender.

O cheiro de álcool e *junk food* carrega o ar enquanto tentamos encontrar um lugar em meio a homens empolgados tentando fazer suas apostas.

A fumaça de gelo seco, combinada com a de cigarros e charutos, inunda o espaço bem depressa, tomando toda a pequena arena e fazendo com que fique mais difícil de enxergar do que eu gostaria — mais por questão de segurança, mas, de verdade, não acho que vá haver problemas hoje.

É uma luta amistosa, afinal de contas. Há barraquinhas encostadas nas paredes, cujos proprietários vendem toda sorte de coisas: *whey protein*, equipamentos de boxe, merchandising, bonés de beisebol... há também algumas barraquinhas de tatuadores.

Sinto o estômago embrulhar quando penso instantaneamente em Kaia e levo por instinto a mão ao peito, onde está minha tatuagem para Razor. O desenho já começou a coçar, e é um lembrete de que ela fez tudo errado, um constante soco na boca do estômago por Razor ter morrido e eu ainda não ter nomeado um VP.

— Ei, você está bem? — City pergunta enquanto passamos pelas barraquinhas em busca de nossos assentos.

— Sim, só tentando esquecer uma... — Paro de respirar quando vejo Kaia dentro de uma barraca, sentada e à espera de um cliente.

Solto um grunhido desdenhoso, a adrenalina bate conforme vou pisando duro até Kaia.

— Você está me seguindo?

Ela ergue o olhar na mesma hora e, logo em seguida, fica estarrecida ao ser tomada por puro desgosto.

— Estou trabalhando, então, pelo visto, quem está perseguindo alguém *é você*.

— *Sha*, se eu quisesse você por perto, você saberia.

Ela me olha dos pés à cabeça, arqueando a sobrancelha.

— Bem, você não está se esforçando nem um pouco para ficar longe de mim agora, coisa que eu *prefiro* que você faça. Ou seja, me parece que é *você* a pessoa com problemas de separação, Hurricane.

Jogo as mãos para cima, bufando.

— Você é irritante pra cacete.

— E, mesmo assim, *você* ainda está aqui *me* atormentando.

— Você realmente tem problemas, Kaia.

— Meu único problema neste momento é *você*.

Bayou para ao meu lado, e Kaia sorri para ele enquanto se levanta para abraçá-lo. Sinto um aperto no peito ao ver a cena.

Por que diabos eu senti isso?

— Será que vamos precisar levar vocês dois para o ringue para vocês resolverem essa briguinha? — Bayou pergunta todo espirituoso.

— Acho que já deixamos bem claro que eu acabaria com a raça do Hurricane dentro e fora do ringue. Não quero que ele passe vergonha na frente de tanta gente boa.

Todo mundo ao nosso redor tenta disfarçar um sorriso, mas eu me aproximo de Kaia, e ficamos a centímetros um do outro. Ela arregala os olhos, como se tivesse sido afetada pela proximidade forçada, e depois me encara enquanto eu me inclino para mais perto, roçando meus lábios em seu ouvido.

— Você se acha durona, mas você é só uma menininha assustada. Quer acabar comigo? Vamos resolver isso na cama, onde você *realmente* pode descontar toda a sua raiva em mim.

Ela dá uma bufada, ergue as mãos e me empurra para longe.

— Você é nojento. Fica bem longe de mim, Hurricane.

Meu sorriso é malandro, e com isso me viro e começo a me afastar.

— O prazer é meu. Vamos, rapazes — chamo meus homens, que não pestanejam em me seguir.

O problema é que, agora, estou andando com uma semiereção, fico agitado de uma maneira que não entendo muito bem.

Por que diabos discutir com Kaia me deixa tão excitado?
Ela me irrita, e eu simplesmente desprezo o chão em que ela pisa.
Então por que eu quero arrancar sua roupa e fodê-la no meio do ringue com todo mundo olhando?
Chegamos aos nossos assentos. Bayou se senta de um lado, City, do outro, e eu esfrego as mãos pelo rosto, desejando poder fumar depois daquele bate-boca. De todos os lugares no mundo, eu nunca esperaria, nem em milhões de anos, que seria aqui que eu trombaria com Kaia.
Olho bem na minha reta, e lá está ela, no meu campo de visão, o que me faz soltar um suspiro profundo. City dá risadinhas ao meu lado.
— Caramba, irmão, você está querendo pegar ela ou quê?
Eu me viro para ele, curvando o canto da boca.
— Pra jogar longe? Se for isso, sim.
City desliza a mão pela cabeça raspada.
— Continue se enganando, mas a química entre vocês dois é estratosférica.
Resmungo, franzindo o nariz.
— Nada disso.
— É, sim.
— Vá se foder! Não estamos aqui para falar de mim. Qual é o problema entre você e o Dice? Pensei que vocês fossem próximos. Vocês não se conhecem faz tempo?
City esfrega a nuca, frustrado.
— Muito tempo. Esse é o problema.
— Certo... E o qual é o problema?
Ele olha para baixo e faz cara feia.
— Uma garota.
Dou um sorriso enorme e, depois, um tapa em suas costas.
— Ahá! É sempre uma garota. Certo, desembucha.
City afunda no assento, cruzando os braços sobre o peito.
— Izzy... minha vizinha, uma garota toda boazinha. Nós crescemos juntos, eu a conheço minha vida *inteira*, e ela sempre esteve por perto.
— Hum...
— O Dice, meu melhor amigo, é um cara incrível. Eu amo o sujeito, mas agora... eles estão namorando... e...
— E você não suporta ver a Izzy com outro cara.
City solta um suspiro demorado.
— Não suporto. Mas eles são meus melhores amigos, então não tem

como eu impedir que fiquem juntos. Não posso me engraçar para cima dela quando ela está tão feliz, quando *ele* está tão feliz... é tudo uma merda.

— E é *por isso* que eu não namoro. Eu só durmo com elas e dou no pé depois.

City me olha feio.

— Você não está ajudando em nada, Hurricane.

Ergo a mão.

— Certo... ou seja, a vida no clube está uma porcaria no momento?

Ele dá de ombros.

— Para qualquer lugar que olho, eles estão lá, cheios de amor e sorrisos. Minha vontade é socar a cara dele e brigar com ela por não ter *me* escolhido. Não tem sido o melhor lugar para ficar.

— Eles sabem?

City balança a cabeça.

— Não. Bem, eles percebem que estou estranho, que alguma coisa está errada, mas não sabem o motivo.

Uma ideia de repente me ocorre. Quer dizer, está mais para a ideia de Bayou de "terceirização".

Eu me viro para Bayou, pois eu sei que ele estava escutando a conversa inteira, e inclino a cabeça. Ele arqueia a sobrancelha como quando está preocupado por não saber em que estou pensando.

— Vice-presidente — gesticulo com a boca, e Bayou dá uma olhada para City, deixando um sorriso vagaroso lhe tomar o rosto.

Ele me dá apenas um aceno com a cabeça, e eu logo me viro para City.

— Tenho uma proposta para você.

City aperta os lábios.

— Não quero um *ménage*, não importa o quanto a garota seja gostosa.

Ainda segurando em seu ombro, começo a gargalhar.

— Caralho, não. Nós somos amigos faz bastante tempo, eu confio em você, meu clube confia em você. Se você quiser um *patch* do NOLA, é seu. A vaga de vice-presidente está aberta. Sei que você é o Sargento de Armas do Los Angeles, então seria uma promoção, e meus rapazes precisariam votar. Mas, se você quiser o *patch*, é seu.

City arregala os olhos enquanto os percorre entre mim e Bayou.

— Você está de gozação com a minha cara?

— Não. Se você quiser vir com a gente, o *patch* é seu. A vice-presidência, também.

City começa a gargalhar e estica a mão para que eu a aperte, só que eu dou um tapa nela e o puxo para um abraço de amigos, todo cheio de tapas nas costas. Ele se afasta, perplexo.

— Nem sei o que falar.

— É só dizer que vai fazer as malas e se mudar para Nova Orleans.

— Beignets fritos e Bourbon Street, aí vou eu! Preciso avisar o meu presidente... avisar ao clube que vou sair.

— Pode deixar que eu mesmo ligo para o Alpha para oficializar a troca. Se tiver qualquer ressentimento, que recaia sobre mim.

City afunda no assento assim que a música começa a tocar, anunciando o adversário de Cole no ringue.

— Obrigado, Prez. Te devo a minha vida por isso.

— Nada disso. Só entre para o NOLA e seja feliz com a gente.

— Combinado.

Eu me viro para Bayou, que assente e aperta meu ombro.

— Ele é a escolha certa para vice-presidente, Prez.

Assinto e suspiro. Teria sido ótimo ter meu irmão gêmeo ao meu lado, mas eu sei que Bayou não foi feito para esse trabalho. Já City, conheço o cara há tempos, ele é praticamente um irmão NOLA e vai me manter na linha. Ele vai fazer um trabalho excelente, e, mesmo que nunca tenha ocupado esse cargo, sei que nós dois juntos vamos formar uma equipe sensacional.

Deslizo a mão sobre meu peitoral esquerdo, sobre a tatuagem, e deixo minha mente vagar até Razor, torcendo para que ele aprove seu sucessor. Razor sempre gostou do City; eles sempre se deram bem, então não consigo pensar em outra pessoa que Razor quisesse ocupando seu lugar.

É a jogada certa.

Só precisamos oficializar tudo.

Minha tatuagem lateja um pouco, e eu entendo como um sinal de que Razor está nos observando.

Preciso resolver isso agora. Fico de pé, sentindo que City e Bayou me olham, mas eu os ignoro enquanto sigo para fora da arena até um beco lateral. Preciso de silêncio para maturar melhor o assunto. A busca por um VP não é apenas para preencher uma vaga — há um vazio, um buraco, uma ferida aberta que precisa ser curada. Não ter meu braço direito ao meu lado me parece errado em muitos níveis. Não ter Razor todos os dias brigando comigo por eu ter feito alguma estupidez está acabando com a minha vida.

Só que eu sei que preciso encontrar alguém para assumir seu posto.

Talvez City não seja tão competente quanto Razor, mas, desde que consigamos liderar o clube juntos — coisa que penso que vamos conseguir —, é só o que eu quero. Isso não significa que vou me esquecer de Razor, só quer dizer que preciso continuar tocando o barco, e ele iria querer que eu fizesse isso.

Encosto na parede de tijolos, pego meu celular e respiro fundo.

— Aí vou eu.

Ligo para Alpha, cujo número chama algumas vezes antes de ele atender e soltar um resmungo gutural; consigo ouvir uma mulher dando risadinhas ao fundo.

— É bom que seja coisa boa. Estou enterrado até os ossos numa boceta aqui, e, se eu precisar me vestir, vou ficar muito puto.

Dou um sorrisinho malandro e balanço a cabeça.

— Não precisa se vestir, só peço cinco minutinhos da sua atenção.

Alpha grunhe, e eu ouço um tapa bem sonoro.

— Vai esperar por mim no chuveiro, gatinha. Preciso conversar um instante com esse sujeito marrento. — Mais risadinhas ecoam, e eu ouço o celular remexer como se Alpha estivesse se ajeitando para ficar confortável. Em seguida, ele bufa: — Certo, desembucha. Meu rapaz está se fazendo de palhaço aí com você, suponho.

Alongo o pescoço para o lado, pensando que é melhor falar de uma vez.

— Alpha, você sabe o quanto eu te respeito... aquela coisa de conduta entre presidentes e essa merda toda...

— Mas que porra, Hurricane? O que você fez?

— Nada. Só andei conversando com o City.

— Certo, e...?

— Veja bem, com o Razor morto, nós precisamos de um vice-presidente...

— Porra, você está querendo me roubar um dos meus melhores homens?

Fico tenso, cerrando o maxilar.

— Nós dois sabemos que está rolando uma tensão com o City no Los Angeles. Eu ofereci o cargo para ele, que ficou bastante empolgado...

— Deus do Céu, Hurricane, você deveria ter falado comigo antes de oferecer a vaga para ele. Mas é óbvio que ele vai aceitar, com toda essa merda que está rolando entre ele e Dice. Você nem me deu uma chance para entrar com uma contraoferta.

Deslizo a mão pelo cabelo, dando de ombros mesmo que Alpha não consiga ver.

— Ele precisa sair, Alpha. Precisa de uma mudança. Posso dar a ele uma posição melhor e um novo começo... não o impeça de conseguir isso.

— Você é um filho da puta, sabia? — ele retruca em um tom um tanto humorado.

Sorrio, assentindo.

— Sim, eu sei.

Alpha hesita por um instante, depois grunhe.

— Está bem. Vou mandar a papelada para você, seu maldito.

Sinto um aperto no peito, não só porque City vai ser meu VP, mas porque oficialmente estou substituindo Razor.

Quando um capítulo se encerra, outro começa.

Uma pontada de tristeza toma conta de mim, mas, ao mesmo tempo, estou empolgado com o que City pode oferecer ao clube.

— Agradeço muito, Alpha.

— Agora, vê se me deixa aproveitar aquela bocetinha.

Rindo, assinto.

— Faça bom proveito.

— Vá se foder! — Ele encerra a ligação, e eu não consigo parar de sorrir.

Respiro fundo e olho para as estrelas no céu. Penso em Razor me olhando lá de cima, gargalhando por Alpha ter me dado uma dura.

— Cala a boca, seu otário — murmuro para Razor antes de me virar e voltar para a arena, onde, mais uma vez, me sento entre City e Bayou.

Os dois me olham, curiosos, e eu dou um sorrisão para City.

— Logo, logo, a papelada vai ficar pronta.

City arregala os olhos.

— Você conversou com o Alpha?

— Agorinha mesmo.

Ele alonga o pescoço para aliviar a tensão.

— Como ele reagiu?

— Ele xingou... muito. Mas sabe que é o melhor para você. — Agarro seu ombro. — Bem-vindo ao NOLA, irmão.

Ele dá risada, e sua expressão é de alegria, como em uma manhã de Natal.

— Obrigado, Prez, do fundo do meu coração.

Assinto assim que a música soa, anunciando o começo do evento. Olho em direção à Kaia, que está sentada observando o adversário de Cole ser apresentado. A multidão vai à loucura, com algumas vaias aqui e ali, muitas vindo do meu pessoal.

ATRAÍDO

Continuo encarando Kaia, e é fácil de perceber que ela apostou na luta: seus braços estão erguidos enquanto ela grita em apoio, animando o adversário de Cole enquanto ele anda pelo ringue. Não sei se ela o conhece, se é fã dele, ou se ela simplesmente sabe que Cole está com a gente, então está agindo feito uma escrota. A questão é que observá-la toda empolgada assim é inebriante e dá raiva ao mesmo tempo.

O nome de Cole é anunciado, o que me faz desviar os olhos de Kaia para vê-lo correr até o ringue. Nós ficamos de pé, jogando as mãos para cima e ovacionando o mais alto possível, e as pessoas deliram enquanto fazemos barulho para o nosso garoto. A cabeça dele está no jogo, consigo ver isso em seus olhos. Ele está focado e mais do que pronto para a luta. Cole andou treinando duro para isso.

Quando a empolgação cessa, nós nos sentamos de novo. O locutor anuncia o começo da luta, e os garotos entram na briga. Cole, gingando, vai em direção ao adversário e não segura os socos. O outro sujeito se protege, e eu me pego desviando os olhos para Kaia.

Ela está berrando a plenos pulmões. *Definitivamente ela conhece o outro cara.*

Só de pensar nisso, sinto uma raiva me atingir, embora eu não saiba muito bem o porquê.

Não consigo parar de observá-la.

Eu deveria me concentrar na luta, mas estou hipnotizado pela maneira como ela agita os braços acima da cabeça, fazendo sua blusa se erguer um pouco, mostrando vislumbres da barriguinha firme e bronzeada. Ela está usando um short bem curto, todo desfiado nas beiradas, e a peça fica roçando no interior de sua coxa. Lambendo os lábios, sinto meu pau endurecer e arregalo os olhos, os desviando de Kaia, chocado por conta da reação que meu corpo teve.

Não.

Não, não.

Não, não, não.

Você não pode pensar nela dessa maneira.

Ela é sua inimiga.

Você a odeia, Hurricane.

Lembre-se do que ela fez.

Lembre-se do porquê você a odeia.

Volto a atenção para o ringue bem a tempo de ver Cole nocautear o adversário tão forte, que o sujeito gira e cai de cara no chão, todo mole e sem se mover.

Enquanto o treinador do adversário corre para dentro do ringue, o árbitro conta até dez e, ao final, levanta a mão de Cole. O sino toca três vezes.

A multidão ovaciona. Eu me levanto, pulando, batendo palmas, berrando. *Eu sabia que ele conseguiria*, mesmo tendo ficado tão distraído em boa parte da luta.

Foi o último confronto da noite, o evento está no fim, então nós vamos para o Vertigem a fim de dar uma relaxada. Cole vai para alguma festa com seus colegas boxeadores. O rapaz é jovem, é preciso deixá-lo aproveitar a vida, mas ele sabe que estaremos por perto caso precise.

Depois dos cumprimentos e despedidas, seguimos para o bar, onde nos acomodamos em uma mesa com sofás e começamos a beber. Conto para os rapazes sobre a proposta que fiz a City, e todos eles concordam. Assim que voltarmos para a nossa sede, falarmos com todo mundo e votarmos, nós o nomearemos como VP.

Parece que o trato está feito.

Mas que tremendo alívio.

As bebidas não param de chegar, e estamos nos divertindo pra caramba quando Cole surge de repente, pálido. Grudge o faz se sentar.

— Você está bem? A festa não foi boa? — Grudge pergunta para o filho.

— Eu precisei ligar para o Huntsman.

Todos nós nos endireitamos.

— Como assim? Por quê? Se você estava em apuros, por que não ligou para a gente? — pergunto.

Cole suspira.

— Sabe aquela garota, a que estava praticando tiro ao alvo quando passamos lá na sede deles?

— A Blair? — pergunto.

— Ela estava na festa, agindo meio estranho... tenho quase certeza de que estava chapada. Daí, ela subiu para os quartos com um sujeito... eu só estava cuidando dela.

— Você fez a coisa certa. — Grudge aperta o filho pelos ombros.

— Caramba! E o que o Huntsman fez quando chegou lá? — indago.

Cole faz uma careta.

— Ele a arrancou do quarto praticamente aos berros e chutes, e quase matou o sujeito de medo. Nem preciso dizer que a Blair não é mais muito minha fã.

— Aposto que o Huntsman ficou muito agradecido pela ligação. Ele parece se importar com ela.

— Eu estava morrendo de medo de ligar para ele, mas a Blair ia cometer um erro... e eu não me perdoaria se a deixasse fazer isso.

Grudge puxa o filho para um abraço.

— Leva tanto soco na cabeça e, ainda assim, é um moleque sensível.

Cole dá um sorrisinho, e eu assinto.

— Você fez bem, garoto. Vai ficar em alta conta com o Huntsman.

Cole suspira e se acomoda no banco, parecendo aliviado.

Ergo a mão.

— Será que dá para trazer uma cerveja para esse rapaz aqui? — grito.

Todos caem na risada porque sabemos que ele é menor de idade e não pode, legalmente, beber neste bar.

Pobre coitado.

— Preciso mijar. City, essa rodada é por sua conta — brinco, e ele ri, mas vai para o bar mesmo assim.

Fico de pé e sigo até o banheiro, sentindo o calor do álcool me aquecer bem gostoso por dentro. Amo a sensação, o formigamento, o pico de energia que um bom uísque te faz sentir. Não há nada igual.

Vou até o mictório, coloco o pau para fora e fico ali, olhando para o teto. Minha mente se volta para Kaia mais uma vez. Como é que pode uma mulher tomar conta dos meus pensamentos quando tudo que eu quero é esquecer essa maluca?

Dou uma sacudida, fecho o zíper e vou até a pia, onde lavo as mãos enquanto me olho no espelho. Balançando a cabeça, rio de leve.

— Caralho, você está um arraso hoje. — Faço um breve discurso motivacional e depois saio do banheiro, quando trombo em alguém menor que eu.

Dou um passo para trás, segurando a pessoa para que ela não caia no chão e percebendo que é Kaia.

— Mas que...?

— Isso é absurdo. Você está rastreando o meu celular ou o quê?

Minha risada é de desagrado.

— Que é isso, mulher, eu cheguei aqui primeiro. Você acha mesmo que eu estou *tão* louco assim por você? Eu posso pegar *qualquer* mulher daqui.

Ela revira os olhos.

— Ah, por favor... como se *você* fosse um Deus grego.

— Você acha que eu não sou capaz de fazer qualquer mulher aqui ficar caidinha por mim?

Kaia dá uma gargalhada.

— Eu teria mais sorte com esses caras do que você com as garotas.

Assinto uma única vez, respirando fundo, e estufo o peito.

— Valendo, então.

Kaia arregala os olhos.

— Co… como assim?

Dou as costas a ela e sigo até uma loira de belas pernas. Ela é linda; não chega aos pés de Kaia, mas, para essa brincadeira, dá para o gasto. O fato de ela já estar dançando com outro cara só joga mais lenha na minha fogueira, porque preciso me provar para Kaia, e esse é melhor jeito de fazer isso.

A loira esfrega a boceta na coxa do otário que a acompanha. Os dois estão praticamente se pegando no meio da pista de dança, então olho por cima do meu ombro e vejo Kaia me observando com a sobrancelha arqueada.

Hora de partir para o ataque.

Chego perto da loirinha, sem me incomodar em tocá-la no ombro e pedir permissão para dançar — *o que eu quero, eu pego*. Me coloco atrás dela e a envolvo pela cintura, dando um empurrão no otário e a virando para mim.

— Ei! — ela reclama, mas só até me notar.

A mudança é perceptível. A raiva em seus olhos desaparece, dando lugar ao desejo, enquanto ela me olha de cima a baixo. Ela prende o lábio inferior entre os dentes e dá uma risadinha, me envolvendo pelo pescoço com os braços. Quando eu a puxo para mim, o otário para ao meu lado com os punhos cerrados, e eu me viro para encará-lo bem feio, sem parar de dançar com a loira de pernas lindas.

— Algum problema? — rosno para o sujeito.

Ele olha para o meu colete e dá um passo para trás.

— Hã, não. Não, senhor. Problema nenhum. Tenha uma boa-noite.

Enquanto dá risadinhas, a garota desliza os dedos pelo meu cabelo que chega até os ombros e pisca várias vezes, como se houvesse algo em seus olhos.

— Você é tão sexy — ela ronrona.

Continuo focado em Kaia, e a loirinha se derrete toda em meus braços, como se afetada pela minha pose de *bad boy*. Kaia fica ali, me encarando em puro choque. Um sorriso vagaroso toma conta do meu rosto enquanto deslizo as mãos até a bunda da loirinha e a puxo para mim.

Kaia balança a cabeça, e eu vejo o instante exato em que seus olhos faíscam. Enfurecida, ela entra na pista de dança e agarra o primeiro cara que vê, fazendo meu estômago revirar assim que ela se enlaça nele e o envolve pelo pescoço com os dedos. Seus corpos estão colados, e assim eles dançam, remexendo para a frente e para trás.

Os movimentos são sensuais demais.

Ela se envolve em uma dança sexy para provar que é imune a mim, e que é capaz de pegar quem ela quiser, assim como eu.

Estamos jogando aqui, e é extremamente perigoso enquanto dançamos separados, mas sem tirar os olhos um do outro.

Kaia se esfrega no sujeito, cujas mãos passeiam por todo o corpo dela. O problema é que a raiva começa a me consumir ao vê-lo se apossar de Kaia, e o brilho em seus olhos me diz que ela sabe que estou ficando irritado. Aproveito para virar a loirinha e colocá-la de costas para mim, o que a faz esfregar a bunda no meu pau com tanta vontade, que não tem como não ficar duro, embora eu saiba que é principalmente por assistir a Kaia dançando daquele jeito.

A forma como ela se mexe é perfeita. Seu corpo é perfeito, e sua sensualidade é tamanha, que acaba comigo.

A loirinha dança, subindo e descendo encostada em mim, enquanto eu levo minhas mãos à frente do seu corpo, pressionando uma no cós da sua calça e esfregando a outra em seus seios. Ela arfa — talvez não seja justo excitá-la assim — e passa a língua pelos próprios lábios no momento em que o sujeito agarra uma das pernas de Kaia e a ergue, para conseguir um ângulo melhor da sua boceta.

Sinto meu rosto ficar *vermelho de raiva*.

Minha vontade é empurrar essa vadia para longe de mim, sair pisando duro até Kaia, arrastá-la até o banheiro e puni-la por me obrigar a fazer isso.

Por fazer eu me sentir dessa forma.

Kaia e eu trocamos olhares, e ela entreabre a boca, deslizando a mão pelos cabelos em um gesto tão sensual, que eu quase gozo aqui mesmo, feito um moleque virgem — e é quando o sujeito aproveita para beijar o pescoço dela.

Meu estômago revira assim que desvio o olhar, virando a loirinha para mim. Seus olhos brilham, e ela mais uma vez me envolve pelo pescoço com os braços, para depois me beijar. Perplexo, arregalo os olhos. Não consigo não dar uma risada ao me afastar com um tremendo sorriso no rosto e olhar para Kaia.

Toma!

Kaia respira fundo ao interromper de supetão a dança com o cara.

Ela me olha feio e, depois de me mostrar o dedo do meio, pega o sujeito pela mão, o guiando até a saída e clube afora.

Ela foi embora.

Com ele.

Ela vai transar com esse babaca descontando nele toda a sua tensão sexual.

Grunhindo, olho para a loirinha, não mais interessado nesse jogo estúpido. Ela se apressa para me beijar de novo, mas eu ergo as mãos, praticamente a enxotando para longe de mim.

Ela solta uma bufada de desdém e joga as mãos para o alto, frustrada.

— Babaca! — ela grita na minha cara antes de ir embora apressada.

Deslizo a mão pelos cabelos, dando um suspiro profundo e me sentindo um idiota.

Eu me envolvi em um jogo com Kaia, um jogo que eu estava certo de que ganharia; mas o feitiço, sem dúvida, virou contra o feiticeiro.

Acontece que, agora, ela deve estar transando com aquele sujeitinho, e eu vou ficar aqui, passando o resto da noite pensando no quanto ela estava incrível dançando daquele jeito.

Volto para a mesa e, quando me sento no banco, os caras dão risadinhas disfarçadas.

— Acho que a Kaia levou a melhor nessa, Prez — City comenta.

— Vá se foder! Me arranja uma bebida.

Bayou ri assim que me afundo no banco, cruzo os braços sobre o peito e fecho a cara.

Por que diabos essa mulher me afeta tanto? Mas, mais importante ainda, como pode uma mulher que tanto desprezo me deixar tão excitado?

Kaia é um mistério, e eu odeio problemas que não consigo resolver.

De maneira fácil. Rápida. Fim.

Pelo jeito, vou precisar escarafunchar mais fundo para descobrir quem ela é e por que consegue me manipular sem que eu ao menos perceba.

Ela não é confiável, disso eu tenho certeza.

Porém, é como diz o ditado: mantenha seus amigos próximos e seus inimigos mais próximos ainda.

CAPÍTULO 5

KAIA

A manhã seguinte

O latejar constante na minha cabeça me faz sentir como se eu tivesse sido atropelada por um trem; isso sem mencionar a sensação horrível de secura na boca. É nojenta e me faz querer vomitar, ou talvez seja o fato de que meu estômago revira sempre que sinto a cabeça girar quando tento me levantar da cama.

A última vez em que tive uma ressaca tão pesada assim foi na faculdade. Devagar, abro os olhos e resmungo, me cobrindo com o lençol ao ver que estou completamente pelada no quarto do hotel. Minhas lembranças de ontem à noite são um tanto confusas, mas eu me lembro daquela dança sensual estúpida, ou o que quer que seja, em que me envolvi com Hurricane. Também me lembro de ter trazido aquele rapaz para cá e termos bebido feito dois gambás.

Alcanço meu celular e logo vejo uma mensagem de bom-dia de Lani, que me enche de aconchego enquanto digito uma resposta incoerente. Depois, percebo que há uma mensagem de Bayou, provavelmente enviada tarde da noite.

> Bayou: Se você precisar de ajuda, é só me ligar. Não vou beber hoje, então vou estar por aqui.

Sorrio e não consigo deixar de pensar no quanto Bayou é o oposto do irmão. Ele é sempre tão gentil comigo. Sendo bastante sincera, não consigo compreender como os dois podem ser gêmeos e tão diferentes ao mesmo tempo.

> Eu: Obrigada. Apaguei aqui no hotel, não me lembro de muita coisa, mas preciso voltar para casa. Te vejo por aí.

Quando vejo as horas, arregalo os olhos e me sento de uma vez.

— Merda!

Pulo para fora da cama, correndo mais rápido do que imaginei ser possível, me vestindo e arrumando tudo. Preciso chegar ao aeroporto, e estou atrasada.

Sequer tomo café da manhã porque, se eu não me apressar, vou perder o voo. Já estou longe de casa há tempo demais, preciso voltar para Lani. A mamãe ficou tomando conta dela enquanto estive fora, mas tenho que chegar em casa. Estou morta de saudades da minha irmãzinha.

Faço check-out, pego um Uber e logo estou em disparada pelo aeroporto. Nunca corri tanto na minha vida. Vou o mais rápido possível em direção à área de segurança, percebendo que o final da fila está próximo ao embarque. Acelero o passo, e é quando avisto um grupo de pessoas que logo reconheço.

Coletes de couro.

Atitudes de quem é metido à besta.

Puta merda!

— Ah, pelo amor de Deus, só pode ser brincadeira — resmungo para mim mesma ao parar bem atrás deles.

Quando Hurricane me vê, seus olhos brilham, e ele não deixa de notar minha aparência catastrófica. O babaca se aproxima, me cheirando como quem não quer nada.

— Você está com um cheiro tão ruim quanto a sua aparência. Você deveria ter tomado um banho para tirar o fedor de suor daquele sujeito, e pelo menos ter trocado de roupa antes de subir no avião.

Dou um sorrisinho de lado.

— Ora, ora, Hurricane, alguém até poderia pensar que você está com ciúme. Quer substituir o cheiro dele pelo seu? Me dar uns amassos? Quanto você aguenta?

Ele grunhe de novo, se inclinando para mais perto de mim, de forma que consigo sentir resquícios de álcool de ontem à noite em seu hálito.

— Você não vai querer entrar nessa brincadeira comigo, Kaia.

Dou uma risada sutil antes de lamber meus lábios.

— Então dá... o... fora.

Ele abre um sorriso enorme, como se eu tivesse lhe oferecido um desafio, e se afasta, me deixando chegar até os seguranças. O guarda acena para mim, e eu coloco minha mala de mão e kit de tatuagem na esteira.

Hurricane faz a mesma coisa com seus pertences na esteira ao lado da minha e passa pelo detector de metal, e eu o imito no outro detector, que acende a luz verde, enquanto o dele fica vermelho e apita.

Dou um sorrisinho, indo para onde minhas coisas supostamente devem chegar depois de passarem pela revista, mas os guardas as seguram. Nesse meio-tempo, Hurricane para ao meu lado, com o segurança o revistando com um detector de metal portátil, e ele sorri como se fosse o bambambã, dando a impressão de estar ciente de que vão achar alguma coisa durante a revista.

Enfim, o guarda menciona meu kit de tatuagem.

— Senhora, isso é seu?

— É, sim, senhor. É um kit de tatuagem. Eu vim para uma convenção. Tem uma máquina muito cara aí dentro e...

— Talvez seja bom verificar se não tem drogas na mala dela — Hurricane fala alto.

Mas que porra?! Sério, que porra?!

Chocada, arregalo os olhos, e ele dá risadinhas.

Arfando, não consigo evitar o olhar mortal que lanço a Hurricane.

— Ele está brincando.

— Estou? — Hurricane dá um sorriso radiante.

O segurança semicerra os olhos para mim.

— Senhora, tem alguma coisa que você queira nos falar?

— Só que esse sujeito é um tremendo de um babaca e que vocês não devem acreditar em nada do que ele diz.

— Senhor, você tem alguma arma com você? — a segurança de Hurricane pergunta.

— Não, senhora, mas ela provavelmente tem. É melhor que ela seja levada lá para os fundos, despida inteira e revistada em cada buraco, *muito bem* revistada. — Ele gargalha, e eu fico tensa de medo.

— Meu Deus, Hurricane. — Eu me viro para o guarda, que termina de verificar minhas coisas.

— Não sei como vocês se conhecem, mas, se eu fosse você, querida, ficaria bem longe desse cara. Ele vai acabar te prejudicando... você está liberada. Da próxima vez, despache o seu kit de tatuagem, ok?

Meu estômago revira de alívio depois do nervoso, e eu pego meus pertences enquanto sinto a adrenalina correr.

— Obrigada, muito obrigada.

Dou o fora dali o mais rápido possível, deixando Hurricane e o resto dos idiotas do NOLA para trás.

Só preciso chegar ao avião e tentar esquecer que isso aconteceu. Hurricane é um babaca sem tamanho.

Se os seguranças o tivessem levado a sério, as coisas poderiam ter sido muito diferentes. Hurricane é imprevisível. Pavio curto. Depois de ontem, nós somos como explosivos, e um de nós vai acabar queimado se não ficarmos longe um do outro.

Às pressas, sigo para o avião, ouvindo o embarque ser anunciado. Corro até a comissária de bordo, para quem entrego minha passagem com mãos trêmulas por conta de tudo que acabou de acontecer.

— Tem medo de avião? — ela pergunta.

— É só um nervosismo geral — respondo, com um sorriso fraco.

Ela inclina a cabeça para o lado.

— Você está indo para casa?

— Graças a Deus, sim.

— Antes de perceber, você vai ter chegado. Vamos cuidar muito bem de você.

— Obrigada.

Ela gesticula para que eu siga pela rampa de embarque até o avião, e saio andando, aliviada por estar bem longe daqueles motociclistas idiotas.

Já entrando no corredor do avião, dou uma olhada na passagem, guardo minha mala no compartimento acima e, depois, me sento ao lado da janela. Com um suspiro demorado, fecho os olhos, enfim me permitindo relaxar por um instante.

Minha cabeça ainda lateja. Sei que estou desidratada, além de estar morrendo de fome. Só quero chegar em casa.

Pego minha máscara de dormir na bolsa. Sem demora, eu a coloco no rosto, assim vou conseguir minha tão necessária soneca. Não sou aquele tipo de pessoa em aviões que gostam de conversar com desconhecidos que, talvez, se sentem na cadeira ao lado.

Preciso descansar e me recuperar.

Repouso a cabeça na janela, soltando um suspiro demorado e sentindo meu corpo, enfim, relaxar. Pelas próximas quatros horas, é isso que vou fazer, além de compensar o sono perdido.

Passageiros se deslocam pelo avião à procura de seus lugares, mas ignoro os ruídos e conversas. Sinto o assento ao meu lado afundar, então sei que alguém se sentou ali. Contraio o nariz, tentando me esquivar da vontade de saber quem é, mas o cheiro de couro e álcool está em todo lugar.

— Filho da mãe — murmuro bem baixinho e, devagar, levanto a máscara.

Não é possível.

Hurricane está sentado ao meu lado, me encarando com um sorrisinho dos grandes.

Balanço a cabeça bem rápido.

— Você roubou o lugar de alguém só para me tirar do sério?

Ele ri, pegando a passagem e me mostrando o número do seu assento, que é, de fato, ao lado do meu. Solto um grunhido, cubro os olhos com a máscara e cruzo os braços em cima do peito.

— Me deixa dormir, só isso.

— Sim, senhora — ele responde.

Sua resposta é chocante e surpreendente.

Fico sentada, de máscara nos olhos tentando dormir, mas o cheiro de Hurricane está impregnado em mim, e não me deixa relaxar.

Ele está olhando para mim?

Em que ele está pensando?

O que ele aprontou ontem à noite depois que eu fui embora?

Meu cérebro não desliga, por mais que eu tente.

Nunca gostei muito de andar de avião, e fazer isso de ressaca só me deixa ainda mais com os nervos à flor da pele. A questão é que viajar ao lado do homem que me faz querer gritar internamente de raiva e prazer ao mesmo tempo só deixa tudo ainda mais intolerável.

Começo a tremer de novo e, quando o avião decola, aperto tanto o assento que os nós dos dedos da minha mão ficam brancos. Hurricane não fala nada, mas, estando eu de olhos tampados, não faço ideia de como ele está lidando com a viagem até então.

Durante o trajeto, permanecemos assim, comigo pensando demais, de máscara e fingindo dormir, enquanto ele fica quietinho ao meu lado.

Isso é angustiante, porque nunca pensei que ele fosse ficar sentado sem falar nada. Está dando um nó na minha cabeça.

Quase no final da viagem, sinto minha ansiedade num nível crítico. Não consegui pegar no sono por medo do que Hurricane pudesse estar fazendo, mas eu também não quis tirar a máscara para não aparentar fraqueza na frente dele.

Um tremendo paradoxo.

Por que, com tantos assentos, ele tinha que se sentar bem ao meu lado?
E por que seu perfume tão único tem que ser tão bom?

De repente, o avião despenca, e meu coração vai à boca enquanto pessoas arfam por todos os cantos. A aeronave começa a chacoalhar violentamente, o que me faz arrancar a máscara do rosto e perceber o carrinho de bebidas passar descontrolado pelo corredor. Uma mulher grita, um bebê chora, e eu agarro o assento tão forte, que minhas unhas lascam, e é quando giro a cabeça bem rápido para Hurricane, que se vira para mim a tempo de me ver empalidecer.

Ele estica o braço, segurando em seguida minhas bochechas, e a sensação de seu toque me abala inteira.

— Kaia, respira.

Começo a arfar, mas ele balança a cabeça.

— Não, mais devagar... assim. — Ele inspira, para depois expirar, bem devagar, e eu o imito, prestando atenção a cada palavra dita enquanto o avião chacoalha com a turbulência. Sempre tive medo de avião, só que o estado em que me encontro, e ainda sentada ao lado do maior mulherengo do mundo, não ajuda em nada.

Não estou muito a fim de morrer ao lado dele.

O avião sacode feito um castelo inflável, e há bebidas voando por todos os lados. Meu coração está disparado, minhas mãos começam a suar, e eu respiro ainda mais rápido. É quando Hurricane alcança minha mão suada e a pega. Sinto uma faísca me percorrer pelos dedos, como se um raio houvesse me atingido bem no meio do peito. É tudo tão intenso, que eu paro de pensar no caos ao redor, mas logo meus pensamentos se aceleram, e eu tento entender por que Hurricane está me ajudando.

Ele me olha no fundo dos olhos. Por um instante, vejo gentileza e preocupação nos olhos dele, como se ele soubesse que estou fora de mim enquanto ele tem tudo sob controle, me ajudando a lidar com a situação. Este não é o homem que eu conheci, mas sim alguém completamente diferente, alguém que colocou o próprio medo de lado para me ajudar a enfrentar o meu.

Talvez ele não seja tão babaca no fim das contas?

Há uma conexão, uma fagulha, uma centelha de atração, e eu não sei como me sentir quanto a isso.

Eu o odeio.

Eu o desprezo.

Mas esse ato de gentileza mexe um pouquinho comigo.

Assim como começaram, os movimentos instáveis do avião cessam, e a voz do piloto emana dos alto-falantes.

— Pedimos perdão por esse momento de turbulência, que não havia aparecido no radar. Estamos quase em casa. Tripulação, preparar para o pouso.

Expiro devagar e demoradamente, dando um sorriso fraco para Hurricane. Ele solta minha mão, depois desvia o rosto para longe, não demorando a assumir a postura marrenta de sempre, sem dizer nada e basicamente me evitando.

Preciso admitir que, depois do que acabamos de compartilhar, isso me magoa um pouco. Não sei se devo agradecer ou algo assim, mas é quando ele limpa a garganta e ri.

— Eu sabia que você me queria.

Meu estômago embrulha de raiva, e eu me afasto dele num solavanco. Reclamo antes de me virar para a janela.

— Babaca.

Como é possível que ele seja esse homem tão horrível? O tipo de sujeito que vive fazendo piadinhas ridículas e pedantes o tempo todo, mas também ser aquela pessoa que acabei de presenciar, que me ajudou quando precisei. Por que ele não pode ser um pouquinho mais como *essa* pessoa?

Continuo virada para janela. Não suporto olhar para ele agora. Conforme o avião pousa, sinto um frio na barriga. Espero que esta seja a última vez que vou ver Hurricane; acho que não dou conta de passar por mais coisas com ele.

O avião para na plataforma, onde já está a rampa de desembarque, e Hurricane se levanta, se reunindo no corredor com os rapazes. Me esgueiro à sua frente, pego meus pertences, e Bayou sorri para mim.

— Te vejo por aí, Bayou — falo mais alto.

— Vou lá no estúdio logo, logo — ele responde.

Assinto, jogo minha mala por cima do ombro e espero os passageiros pegarem suas coisas enquanto a tripulação abre as portas do avião. Parece demorar uma eternidade, mas enfim a fila começa a andar, e eu caminho o mais rápido possível, deixando Hurricane e seu bando de babacas felizes para trás. Tenho a impressão de que eles estão em todos os lugares que estou, porém meu foco agora é chegar em casa e ver Lani. Sinto muita saudade dela quando faço essas viagens interestaduais a trabalho, só que a grana é boa, e como eu e o papai somos os únicos que sustentam a família, preciso fazer essas viagens vez ou outra para manter o barco andando.

Faço isso pela minha família, por Lani.

Tudo o que eu faço é por Lani.

Não posso, então, me perder no que quer que seja essa briga com Hurricane porque, na minha situação, a coisa não vai acabar nada bem.

Preciso ficar longe dele. Não importa o quanto seu toque seja eletrizante ou o quanto o seu cheiro seja bom.

Hurricane não é uma opção.

Porque...

Primeiro, e o mais importante, ele é um babaca. Segundo, ele é um otário arrogante. E, terceiro, um mulherengo todo sedutor. Preciso me lembrar disso.

CAPÍTULO 6

Alguns dias depois

A verdade é que eu não deixo as mulheres me conhecerem. Se não for do meu jeito, elas que caiam fora. Elas são só brinquedinhos, uma conveniência que atende às minhas necessidades.

Não me apego, não me envolvo.

Mas, por alguma razão bizarra, não consigo parar de pensar em Kaia no avião.

Enquanto ela surtava, e eu a ajudava, senti que havia algo ali. O que quer que estejamos jogando, a coisa vem se intensificando desde a noite no bar. Acontece que, durante o voo, olhando nos olhos dela e percebendo um medo sincero ali — uma fraqueza que eu, sinceramente, não pensei que ela pudesse ter —, eu a vi vulnerável pela primeira vez.

Acho que isso fez dela mais humana.

Porra, não faço ideia. Só sei que *isso* me assustou. Fez meu coração disparar, meu estômago revirar. Vê-la tão transtornada me fez querer ser a pessoa a livrá-la da dor. Porém, não sou um cavaleiro com uma armadura cintilante montado num cavalo branco. Nunca serei.

Ou seja, quando ela me olhou de um jeito dando a entender que eu talvez fosse esse cara, eu entrei em pânico, recorri ao meu repertório de sempre e fiz uma piada. Eu não deveria ter feito isso, porque agora ela me vê como um babaca de novo.

Não tenho dúvida de que minha idiotice estragou qualquer progresso que possamos ter feito, só por eu ter medo dos meus próprios sentimentos. Só que Kaia e eu somos como gasolina e fogo. Não sei como poderia dar certo quando somos tão inflamáveis.

E eu sequer *estou a fim* de que dê certo. Eu a detesto em todos os aspectos. Ela é grosseira, desagradável. E linda pra cacete.

Mas que droga! Eu estou ferrado.

— Prez? Você está ouvindo? — Bayou me dá um tapa nas costas enquanto caminhamos pelo cultivo de papoula na plantação.

Afasto esses pensamentos confusos da mente, dou uma olhada ao meu redor e vejo alguns dos meus irmãos e Maxxy, a horticultora da nossa fazenda, me encarando como se eu tivesse enlouquecido.

— Hã? Eu estava ouvindo, podem continuar — murmuro.

Maxxy dá um sorriso largo, pressiona a prancheta no peito bastante tatuado, e suspira profundamente. Seu cabelo castanho e dourado, curto dos lados, mas comprido em cima, cai por sobre a cabeça e olhos.

— Hurricane, você estava resmungando sobre alguém ser detestável, e eu sei que não era eu, porque eu sou incrível *pra cacete*.

Arregalo os olhos e, de esguelha, olho para City e Bayou, que apenas assentem. Ergo o queixo, cruzando os braços sobre o peito.

— Sou todo ouvidos, Maxxy. Por favor, continue.

— Como eu estava dizendo... — Ela anda por um corredor em que há uma fileira de flores altas de papoula, de cores vibrantes, combinando com seus braços completamente tatuados. Ela é meio grosseirona, mas, mesmo aparentando tamanha dureza, seu rosto é lindo, quase um contraste com o ar marrento que ela aparenta ter. — Essa seção do campo tem um bom lote... vejam só, estão crescendo tão bem. Todos os nossos esforços no processo de germinação deram certo, então o crescimento está mais rápido. Até agora, por conta dos resultados vistos, me parece que enfim acertamos a técnica.

Pego Maxxy pelo ombro e dou um baita sorriso.

— Maxxy, eu poderia até te beijar.

Ela dá um sorrisinho lateral.

— Por favor, não.

Rindo, caminhamos de volta e por entre o estaleiro que se liga à fazenda.

— Quanto tempo mais temos que esperar até o crescimento dessa safra?

Ela olha para a prancheta e arqueia a sobrancelha.

— Acho que mais algumas semanas. O estoque no estaleiro é suficiente até lá. Está correndo tudo bem, Prez. Estou com tudo sob controle... é por isso que você me contratou, lembra?

— Eu te contratei porque você é formada em Ciências da Horticultura, se envolveu com gente errada, foi presa por uma coisa banal e precisava de um lugar para se manter ocupada, assim você não acabaria no xadrez de novo.

— Ah, então você está *me* fazendo um favor?

— Gosto de pensar que sim.

Maxxy relaxa os ombros assim que chegamos ao estaleiro.

— Quase não falo isso, mas eu sou muito grata por você ter me acolhido, Hurricane. Eu amo esse trabalho.

— Eu sei... a gente não seria nada sem você, Maxxy. Você é da família, não se esqueça disso.

A típica mulher durona em seus 25 anos não sabe o que responder.

Puta merda! Kaia está me deixando sentimental demais.

Preciso dar um basta nessa merda.

— Pronto, agora de volta ao trabalho.

Maxxy sorri.

— Sim, sim. E vê se você não se chateia à toa. — Ela pisca para mim antes de voltar para a fazenda.

Bayou para ao meu lado, sobrancelha arqueada.

— Você está bem? Você acabou de ser mais gentil do que o normal com ela?

Faço uma cara feia e lhe dou um empurrão, enquanto seguimos até o escritório de Felix.

— Vai se foder!

City ri às nossas costas ao entrarmos.

Felix está ao telefone tratando de alguma merda logística para a qual não dou atenção, mas seus olhos se iluminam quando ele nos vê entrar.

— Certo, me manda a lista assim que possível. Tenho que desligar. — Ele encerra a ligação, depois se encosta na cadeira para ficar confortável. Sua barriga protuberante faz o último botão da sua camisa quase se abrir. É uma visão horrorosa.

— Felix, me dê notícias boas.

Ele se inclina para a frente, pega uma pasta e me entrega.

Dou de ombros.

— É só me explicar. Não quero ler nada, quero ouvir de você.

Felix suspira, se encostando de novo na cadeira.

— Acho que você vai gostar das novidades, Hurricane. Por que vocês não se sentam?

— Ficamos de pé mesmo. Anda logo com isso, Felix. Já estou impaciente aqui, achando que você vai demorar uma eternidade para me dar os detalhes.

Felix franze o cenho, chega mais para a frente e coloca as mãos na mesa.

— Certo, está bem. A plantação de papoula está indo muito bem, e, com a ajuda da Maxxy e equipe, o produto está sendo empacotado. Meus rapazes estão usando o estaleiro para carregar os caminhões que navegam pelo rio Mississippi e passam por diversos canais até chegar às muitas cidades para que nossos compradores peguem os lotes.

— Está tudo correndo bem até agora? — pergunto.

— Sem problema algum.

— E quanto ao nosso produto aqui na cidade?

— Marcel Laveau ainda mantém o acordo de pé. Ele é o único na cidade. City se vira para mim.

— Você permite que outro traficante faça negócios no seu pedaço?

Eu deveria ter explicado a questão para City.

— Nós fizemos um acordo com o Marcel para que pudéssemos manter a paz entre nós e sua gangue aqui em Nova Orleans. Nós produzimos a heroína e vendemos para ele, que revende nas ruas e repassa uma parte do lucro para nós, ficando com o resto. Resumindo: lucramos quando vendemos para eles e com a parte do lucro que eles têm, e os caras ainda podem operar na cidade. É um ganha-ganha para nós, e a gangue livra a cara na cidade.

City aperta os lábios.

— E esse tal de Marcel não acha ruim você pegar uma parte do lucro?

Dou de ombros e rio.

— É isso ou não vendemos para ele, que acaba não tendo permissão para operar nas ruas de Nova Orleans. Nosso clube dá conta da gangue, e ele sabe disso. Mas ele tem influência e o respeito dos moradores. Ou seja, trabalhamos juntos para manter a harmonia. Funciona... de algum jeito.

City ri.

— Mantenha seus inimigos próximos, e coisa e tal?

Inclino a cabeça para o lado, rindo.

— Exato. O Marcel é um sujeito decente o bastante. Cabeça-dura, mas justo. Você só precisa saber como agir para conseguir o que quer.

Volto a atenção para Felix, jogando a pasta em sua mesa.

— Continue fazendo um bom trabalho, e me liga se tiver qualquer problema no deque. Sei que os Novikov andam por lá e talvez queiram interceptar os carregamentos, então fique de olho neles, ok?

— Pode deixar. Não vou te decepcionar.

— Sei disso. Você sabe o que aconteceu com o seu antecessor quando ele me decepcionou? — pergunto enquanto seguimos até a porta.

— Não.

Olho por cima do ombro.

— Ninguém sabe. — Pisco para um Felix chocado e de olhos arregalados antes de seguir para fora com os rapazes.

Bayou e City riem no caminho até nossas motos.

— Você é mesmo um babaca, sabia? — Bayou fala.

Dou de ombros e abro um sorriso.

— Preciso manter os caras na linha.

Passo a perna por cima da moto, e nós três damos partida para voltar à sede. Saímos, com Bayou à frente, seguido por mim e logo atrás vem City; pilotamos em grupo pelas ruas de Nova Orleans, um lugar que sempre chamei de lar. Uma cidade que amo com cada batida do meu coração.

Não consigo me imaginar em outro lugar, porque aqui paira uma atmosfera festiva, há um constante burburinho no ar, um aroma de algo místico, mesmo que não seja possível de se enxergar. É algo que faz você se sentir vivo. Não sei o que há em Nova Orleans, mas esta cidade me atinge no fundo da alma. Conforme piloto pelas ruas efervescentes, tenho certeza de que é aqui que vou viver e morrer.

Nada vai me arrancar de Nova Orleans.

Nada.

O vento bate em meu cabelo e o afasta do meu rosto. Kaia me vem à mente. *Como seria tê-la na garupa da minha moto?* Ela se seguraria em mim e me abraçaria pela cintura. Ela teria medo? Amaria? Eu a imagino como uma mulher selvagem e indomável. O tipo de mulher que jogaria os braços para o alto e gritaria a plenos pulmões de tão empolgada.

Sim, aposto que ela amaria se sentar na garupa de uma motocicleta.

De repente, porém, sou arrancado do meu redemoinho de pensamentos por um carro que acelera e pareia ao nosso lado, e alguém abaixa o vidro.

Merda!

Desvio, passando por outro carro no momento em que um soldado da Máfia Novikov se inclina para fora do vidro traseiro com uma maldita arma, mirando em nós três. Eu o reconheço, acho que se chama Maka, e ele está em uma posição bem alta na liderança. Nós nos separamos em direções variadas, tornando a mira do soldado bem mais difícil, mas ele foca em mim e dispara. O som reverbera pelo ar, e eu só consigo pensar *por que ele não usou um silenciador*, e em seguida pondero que é *uma estupidez pensar isso*. Eu me abaixo conforme me protejo atrás de um veículo em movimento.

A bala atinge o vidro lateral do carro, fazendo o motorista se assustar e jogar para a esquerda, bem na direção do carro dos Novikov.

Dou um sorrisinho e acelero, alcançando minha arma na parte de trás da calça enquanto o carro inimigo desvia e começa a me seguir. Bayou se coloca ao meu lado, também pegando sua arma. Nós nos viramos para trás, miramos no carro e damos alguns tiros. As balas ricocheteiam do carro como se fossem pedrinhas, e eu arregalo os olhos.

— Porra, é blindado! — grito para Bayou.

Ele faz uma careta, se afastando de mim para ir em direção à lateral do carro em movimento. City se coloca atrás, pois estamos tentando circundar o veículo. Maka mira em mim de novo, mas a verdade é que ele está pendendo para fora da janela, ou seja, também posso mirar nele. Disparamos ao mesmo tempo. Jogo a moto para o lado, mas a bala passa de raspão no meu ombro, o que me faz dar um pulo. Só que eu o acerto bem no braço, e ele deixa a arma cair na rua ao voltar para dentro do carro em busca de proteção.

Dou um sorrisinho para City, sinalizando para que ele finalize o serviço.

Bayou e eu nos afastamos, City mira no pneu traseiro e dispara. O carro dá uma guinada e começa a derrapar. Outro soldado coloca a cabeça para fora do vidro; acho que se chama Viktor. Ele também ocupa uma posição alta na Máfia, talvez seja o terceiro na cadeia de comando. Ele aponta a arma em direção a City, que tenta se proteger atrás do carro, e eu não hesito.

Não vou perder outro VP.

Minha mira é certeira, e eu não me importo com as consequências de abater um soldado de alta patente. Aponto para sua cabeça e disparo três vezes.

Cada tiro acerta o alvo.

A cabeça de Viktor praticamente explode, e seu corpo fica pendurado vidro afora enquanto a borracha do pneu sai, fazendo o carro pegar no asfalto e capotar.

Paro de pilotar para assistir ao carro girar. Vejo metal e vidro estilhaçando quando o veículo tromba em outro carro, o levando junto conforme derrapa. Um Novikov está morto e estirado no chão, num amontoado de sangue, enquanto Bayou e City se colocam ao meu lado, todos nós arfando e olhando um para o outro.

City me encara com gratidão.

— Obrigado, Prez.

— Você teria feito o mesmo por mim. — Olho nos arredores, percebendo que outros carros se aproximam. — Temos que dar o fora daqui.

Dou partida e arranco, com meus rapazes atrás de mim disparando feito foguetes em direção à sede. Precisamos voltar para que nada na cena do crime seja ligado a nós. É óbvio que as pessoas nos viram; caso tenha alguma consequência, pediremos que Marcel nos ajude com os trâmites legais.

É por isso que é bom tê-lo ao nosso lado. Ele tem amigos em posições importantes, e é nesses lugares que precisamos de amigos.

Quando chegamos à sede, Bodhi, nosso recruta, abre o portão. Estacionamos as motos, e olho de relance para o meu ombro para conferir o machucado. Vou dar uma passada no Hoodoo mais tarde só se eu achar que algum tratamento é necessário, mas, agora, tenho que falar com os rapazes.

Piso duro em direção à sede, onde entro com City e Bayou ao meu lado, e dou um assovio alto para que todos ali prestem atenção.

— Irmãos... Capela... já!

Todos se levantam sem pestanejar e seguem rumo ao nosso lugar sagrado.

Eu vou no encalço deles, para dentro de uma sala de tamanho médio que traz orgulhosamente em seu centro uma mesa grande e única, que eu fiz especificamente para o clube. A superfície de acrílico cobre a madeira petrificada que se ramifica por baixo, lhe dando um ar místico — bem a cara de Nova Orleans. Bem no centro do acrílico, uma flor-de-lis foi entalhada para representar nossa casa. O teto é circundado por luzes neon que cintilam nas paredes, cobertas por lembranças, merchandising de motocicletas e homenagens a Nova Orleans. Não há Capela como a nossa. *Somos nós que a tornamos assim.* Talvez, a seus olhos, não seja uma capela com a qual se está acostumado, mas, para nós, é um lugar para lembrarmos daqueles que vieram antes de nós e celebrarmos esta cidade em que moramos, também conhecida como *The Big Easy.* É como dizem por aqui, por conta da influência francesa: *Laissez les bon temps rouler*, que significa "divirta-se como se não houvesse amanhã", e é isso que estamos fazendo.

Cada um toma seu lugar à mesa; o meu é na ponta, com City à minha esquerda, e Bayou à direita. Quarter, Hoodoo, Omen, Grudge e Raid estão reunidos ao redor, cada um em seu devido lugar e me olhando, preocupados.

— Você está ferido, Prez? — Hoodoo pergunta. — Precisa que eu dê uma olhada?

Olho para o meu ombro, o sangue escorre devagar, mas balanço a cabeça.

— Depois, porque agora temos coisas para discutir. — Bato meu martelo na mesa, indicando o começo da reunião. — Como vocês sabem,

Bayou, City e eu estávamos fora, numa visita à plantação... está correndo tudo bem lá, mas, na volta para a sede, topamos com um problema.

— Dá para perceber — Quarter zomba.

Lanço um olhar feio para ele antes de continuar.

— A Máfia veio para cima de nós, do nada. Começaram a atirar. É óbvio que saímos ilesos, mas um dos soldados de mais alta patente foi pego no fogo cruzado. Quase certeza de que ele está morto.

— O Viktor morreu, Prez. Se não pelas balas, pelo carro capotando em cima da cabeça dele — City explica, confirmando o que eu temia.

Viro-me, e minha expressão não é das melhores.

— Eu atirei, e qualquer um dentro daquele carro viu que o tiro foi *meu*. Os caras têm um objetivo, mas acredito que não seja nada com que não estejamos acostumados vindo da Máfia. Não é de hoje esse arranca-rabo com esses otários. Porém, agora, precisamos nos preparar.

City concorda.

— Eles me pareceram muito descuidados, mas, seja o que for, Prez, conte comigo.

Giro a cabeça bem rápido em direção a City e dou um suspiro demorado.

— E isso me leva para outro assunto. O City está na vice-presidência desde que chegou, mas ainda não votamos oficialmente. É a coisa certa a se fazer para o clube, ou seja, vamos fazer isso agora.

City se ajeita mais ereto na cadeira, claramente preocupado.

— Você quer que eu saia?

Olho ao redor da mesa, mas o pessoal sequer pisca. Já sei o voto de cada um.

— Pode ficar, vai ser rápido. Quanto a eleger o City como novo vice-presidente do NOLA Rebeldes, preciso de uma resposta simples de cada um. A maioria vence. Vou perguntar um a um. Quarter?

— Sim.

— Hoodoo?

— Sim.

— Omen.

Ele apenas assente. Enfim, ele não é de muitas palavras, então não tomo sua falta de resposta como algo desfavorável.

— Raid?

— Sim.

— Grudge?

— Sim.

Chego em Bayou, que tem o voto decisivo. É uma situação em que me sinto dividido, porque eu amaria ter Bayou ao meu lado, mas não se pode forçar um homem a fazer o que ele não quer. Bayou sempre vai ser meu porto seguro.

Ainda somos irmãos de sangue. Isso nunca vai mudar.

— Bayou?

Ele dá um baita sorriso.

— Porra, com certeza!

Todos riem, e eu olho para City enquanto bato o martelo no acrílico.

— Bem, então seja oficialmente bem-vindo ao clube, vice-presidente.

Os rapazes comemoram, e City nos dá um tremendo de um sorriso. Grudge vai até um armário no canto da sala, pega alguma coisa e volta, deslizando pela mesa em direção a City um *patch* escrito VP.

Eu o pego pelo ombro e dou um leve chacoalhão.

— Agora você vai ter que me aguentar, seu maldito.

Ele ri.

— Eu não gostaria de estar em nenhum outro lugar.

— Bem, então vai lá costurar esses emblemas e vamos comemorar, já que está rolando uma festa de *boas-vindas ao clube*.

Os rapazes batem os punhos na mesa, City dá um sorrisinho.

— Obrigado por me receberem, isso significa muito para mim.

— Chega de sentimentalismo, vamos beber. — Eu me levanto, dando por encerrada a reunião enquanto os rapazes correm até a festa, que já começou.

City pega seus *patches* e vai correndo para costurá-los no colete. Bayou para ao meu lado.

— Você está bem? Ter um novo vice-presidente não significa que vamos esquecer o anterior.

Deslizo a mão por cima do meu peitoral esquerdo, onde está a tatuagem.

— Ele iria querer que seguíssemos em frente. Hoje, vamos celebrar Razor e City... vai ser uma noite muito boa.

Bayou balança a cabeça.

— Tudo é desculpa para beber, não é?

Dou de ombros e assinto.

— Não vejo por que não... Convide a Ingrid e a Novah para a festa. Faz um tempo que eu não vejo as duas. Seria legal se elas comemorassem o novo comando com a gente.

Bayou franze o nariz.

— Elas não gostam dessas festas, Hurricane.

Bufo de desdém, balançando uma mão para ele.

— Você não pode só ligar para elas? Se elas quiserem vir, que venham. Se não quiserem, tudo bem... simples assim.

Bayou suspira e se retira, pegando o celular para fazer a ligação. Quando saio da Capela, vou até Grudge e Cole, em quem dou um tapa no ombro.

— Como foi o amistoso? Conseguiu algum contato?

Cole dá um sorriso tão largo que parece que sua bochecha vai descolar do rosto.

— Acho que impressionei algumas pessoas. Um caça-talentos me ligou para me dizer que sou bom. Ele quer me botar debaixo da asa dele e desenvolver minhas habilidades.

— Esse é meu garoto! Sempre tivemos certeza de que você seria grande.

Grudge bufa.

— Vamos esperar esse deslumbramento com o caça-talentos passar, depois pensamos em você se tornar profissional.

— Sim, claro, meu velho... eu sei, eu sei.

— Chega dessa bobagem de "meu velho". Eu ainda conseguiria te detonar no ringue se eu tentasse — Grudge zomba o filho.

Dou uma risadinha.

— Está aí uma luta que eu pagaria para ver.

— Você pode até ter dezoito anos, mas eu ainda sou seu pai.

— É bom você lembrar que eu aprendi boxe com você, então conheço todos os seus movimentos... *meu velho*. — Cole dá um baita sorriso, para depois ir embora antes que Grudge lhe dê uma coça.

— Moleque espertinho do cacete... tenho certeza de que ele herdou da mãe essa boca grande.

Não consigo não rir.

— Tem certeza?

— Nem começa, Hurricane. Aliás, já que tenho uma boca grande, qual é o lance entre você e aquela tal de Kaia? Vocês estavam se bicando lá no aeroporto... aproveitando que estamos aqui, tem alguma coisa que você queira dividir com esse seu amigo?

Quando ouço o nome dela, levanto o nariz e deslizo a mão pelo cabelo.

— Ela é um pé no saco, só isso.

Grudge semicerra os olhos para mim.

ATRAÍDO 79

— Às vezes, se feito com cuidado, uma dorzinha no saco pode ser bem prazerosa.

Começo a gargalhar, balançando a cabeça.

— Você é fodido da cabeça.

Grudge ri.

— Sou, mas fodido sempre de um jeito bom. Falando em foder, depois da viagem a Vegas, preciso aliviar a tensão.

— Oras, as garotas do clube me parecem bem caidinhas por você assim, todo ranzinza, então… vá em frente, irmão.

— É só tratá-las com respeito e prestar atenção quando falam que elas, como você disse, vão ficar caidinhas por você… — Grudge dá um sorrisinho. — Eu trato as mulheres como elas merecem. Já você…

Solto uma risada, bufando, e reviro os olhos.

— Eu trato as mulheres como elas *querem* ser tratadas. Lá no fundo, todas elas têm esse fetiche *Cinquenta tons de cinza* e macho alfa e coisa e tal. Todas querem ser tratadas que nem vadias, então é isso que eu faço.

Grudge desdenha de mim.

— É aí que você se engana, Hurricane. Um dia, você vai encontrar uma mulher que você queira tratar com respeito. Quando esse dia chegar, vai ser épico de ver.

— Ahã, certo. Ainda não conheci mulher alguma que tenha demonstrado querer algo diferente. São todas iguais.

Grudge começa a gargalhar.

— Sua afirmação tem por base as mulheres piradas que você leva para a cama e o fato de que sua mãe era uma alcóolatra abusiva… não são bons parâmetros.

— Meu parâmetro de mulher não tem nada a ver com a fodida da minha mãe.

Bayou passa por nós balançando a cabeça.

— Tem tudo a ver com a mamãe. Cada escolha que você fez na vida foi respaldada nela e no que acontecia.

Eu me arrepio inteiro, sentindo uma inquietação bem no fundo da alma.

— Mas que merda é essa? Uma intervenção psicológica? Pensei que estivéssemos nos preparando para comemorar, não para a porra de uma sessão de terapia.

Dou as costas a eles e saio andando, deixando Grudge e Bayou para trás, sentindo o estômago embrulhar de ansiedade ao lembrar da minha mãe.

E é pisando duro que ando, meus pés acertam o chão de concreto com força, cada passo vibra em meu corpo, como se um tsunami estivesse me atingindo bem em cheio. Fecho os olhos com força, me escorando na parede e respirando fundo quando a lembrança me toma com violência.

A bota dela afundou na boca do meu estômago enquanto eu cuspia sangue. Eu só consegui pensar em ficar em posição fetal para me proteger do abuso, constante e contínuo. Eu até poderia bater de volta, mas bater em mulher, ainda mais na minha mãe, me parecia errado em muitos sentidos.

Então eu deixava que ela me batesse.

De novo e de novo.

— Seu merdinha, eu disse que você era um desperdício de gente. Por que você tem que provar que estou certa?

Ela pegou a garrafa de cerveja, a quebrou na beirada da mesa e partiu para cima de mim, mas Blaise, meu irmão gêmeo, se apressou para lhe agarrar o braço. A garrafa caiu da mão dela e se esmigalhou no chão, bem nos meus pés descalços, mandando estilhaços que me cortaram a sola do pé.

— Mãe, para! Você bebeu de novo — Blaise falou, tentando acalmá-la.

Ela deu um empurrão em Blaise, como se estivesse enojada, para depois se virar para mim de novo.

— Veja bem, Lynx, as mulheres querem um homem com atitude, não um merdinha feito você.

Ela cuspiu perto do meu pé, pegou outra cerveja da geladeira e saiu porta afora, rumo a sabe Deus onde, por quanto tempo sabe Deus.

Blaise me olhou com empatia.

Ela sempre descontava em mim porque sabia que eu não revidaria.

Eu nunca revidei. Nunca revidaria.

E ela sempre voltaria para fazer de novo.

Respiro com dificuldade enquanto retorno da memória tão dolorosa, rangendo os dentes. Se Bayou não tivesse se metido, sabe Deus se minha mãe não teria me matado naquele dia. Só sei que ela foi minha primeira ideia de como as mulheres poderiam ser. Ela entalhou em mim a impressão que tenho das mulheres e, suponho, me fez agir com elas da maneira como faço hoje.

Nunca vou bater em uma mulher. Esse princípio não vai mudar.

Mas é muito difícil para mim respeitá-las, porque Deus sabe o quanto as mulheres na minha vida não me respeitaram. Posso contar nos dedos quantas têm minha lealdade eterna.

No resto, eu não confio.

Por que eu deveria?

CAPÍTULO 7

HURRICANE

Estou aqui, respirando devagar para tentar acalmar meu coração acelerado, quando me assusto ao sentir uma mão me dar um tapa nas costas.

Ao me virar para ver quem é, City fala:

— Merda, desculpa, Prez. Eu não queria te pegar de surpresa.

Dispenso as desculpas, balançando uma das mãos.

— Eu estava no meu mundinho, não tem nada que se desculpar. *Patches* maneiros que você tem aí, vice-presidente. — Dou uma olhada nos emblemas costurados à perfeição em seu colete.

— Quero te agradecer de novo pelo cargo. Vou dar duro e trabalhar em grupo, ser seu braço direito e fazer o que o clube precisar que eu faça.

— Fico feliz em saber disso, mas já estou bem ciente do irmão que você é... o tipo que arriscaria tudo pelo clube. Sou grato por ter alguém em quem eu possa confiar.

City olha por cima do próprio ombro em direção à sede.

— Vou me dar muito bem aqui.

Agarro seus ombros, lhe dando um empurrão viril.

— Porra, mas é claro que vai. Agora chega de falatório, vamos nos divertir.

Frankie aumenta a música a um nível quase incômodo enquanto nos reunimos ali, com bebidas em mãos, deixando toda a merda pela qual passamos nas últimas semanas se dissolver à nossa volta. É bom demais relaxar. Houve um contratempo hoje, um erro que talvez volte para nos assombrar, mas, por hora, vamos comemorar as vitórias enquanto elas são nossas.

A festa está a todo vapor, já bebi um pouco, e é quando avisto Ingrid e Novah entrando na sede. É incrível como encontrar duas pessoas que significam o mundo para você pode alegrar o seu dia. Minha mãe era uma vagabunda alcóolatra que não se importava com nada nem ninguém, só consigo mesma. Por conta disso, quando eu e Bayou tínhamos dez anos, meu pai percebeu isso e se divorciou da idiota. Já estávamos com quinze anos quando ele conheceu Ingrid, também divorciada. Ela tinha uma filha, Novah, alguns anos mais nova que nós, e um filho, Nash, dois anos mais velho que a irmã.

Nash é o oposto de Novah e Ingrid, que são tranquilas, gentis e amáveis. Nash puxou ao pai, preocupado demais com o cargo de alta liderança na sua empresa multibilionária para se preocupar com a mãe e a irmã. Com certeza Nash não viu com bons olhos a mãe indo morar com um motociclista e, ainda por cima, lhe fazendo lidar com dois irmãos postiços que também eram motociclistas.

Nash não tem nada a ver com a nossa vida, então mal nos encontramos.

E tudo bem por mim.

Riquinho de merda.

Ingrid, por sua vez, é tudo o que minha mãe não é. Ela é gentil, pura e linda — a pessoa mais amável que já conheci. Essa mulher sabe como manter meus pés no chão. Ela é o que uma mãe ou, melhor dizendo, uma madrasta deveria ser, e é ela quem me dá esperança de que nem todas as mulheres são megeras metidas. Ela e meu pai se casaram quando Bayou e eu tínhamos dezoito anos, e, desde então, ela tem sido meu porto seguro.

Mesmo depois da morte do meu pai, ela nunca nos abandonou. Quando nos separamos por um tempo, ela ficou por perto, mesmo comigo agindo errado, e eu não a culparia se ela tivesse ido embora. No seu entender, somos uma família, e a família fica junta, não importa o que aconteça. E Novah? Bem, ela é a irmãzinha postiça mais preciosa que alguém poderia querer, e eu daria a vida por ela. Elas são boas demais para gente como eu e Bayou. Elas são doçura e gentileza no nosso caos e corrupção.

Mas damos certo, de algum jeito.

Sempre que as vejo aqui na sede, não consigo não pensar que elas não pertencem a esse lugar. Somos motociclistas corruptos e sinceros, mas aí eu me lembro de que Ingrid já foi *old lady* de um presidente. O conhecimento dela é bem maior do que imagino, então eu não deveria tratá-la como se fosse frágil.

Apressado, vou até elas, que se iluminam de alegria quando me veem. Corro até onde estão e puxo Ingrid para um abraço apertado. Essa mulher sempre cheira a biscoitos e aconchego, e seu cabelo loiro-escuro cascateia até os ombros. Os pés de galinha em volta dos olhos azuis-claros mostram sinais da idade, mas, nela, ficam perfeitos. Ela está com um vestido preto bem justo com um cinto branco, dando a impressão de que está indo para o trabalho e não para uma festa; só que Ingrid é sempre assim, profissional.

Talvez seja o álcool falando, mas ela tem sido mais uma mãe para mim do que aquela megera foi ou poderia ter sido. Eu me afasto, sorrindo, para depois envolver Novah em um abraço caloroso. Quando olho para Davina, uma garota do clube, ela arqueia a sobrancelha.

— Em que posso te ajudar, Prez?

— Certifique-se de que essas duas damas adoráveis sejam bem cuidadas a noite toda. Qualquer coisa que elas queiram, pode trazer.

— Pode deixar.

Amável, Ingrid coloca as mãos na minha bochecha.

— Você mima demais a gente.

— Vocês são família.

Bayou para ao nosso lado, se inclina para a frente e abraça Ingrid. Ela o aperta com vontade, e lhe dá um beijo na bochecha.

— Você tem puxado ferro, Bayou? Parece que seu braço está maior.

Bayou dá um sorrisinho malandro.

— Um pouquinho.

Ele se vira para Novah, que o observa com atenção, e então lhe dá um tapinha na cabeça como se faz com uma criança, mesmo que Novah não seja nada jovem. Ela é só alguns anos mais nova que nós, além de ter encorpado bastante. Na verdade, ela está lindíssima com seu cabelo loiro e comprido preso em um meio-rabo. Seu corpinho curvilíneo preenche o vestido branco rodado. É bem provável que haja uma fila de homens atrás dela; e acredite quando digo que eu mataria *todos* se eles a magoassem. É gritante a maneira como ela está olhando feio para Bayou, como se ela quisesse enfiar o salto alto na bunda dele por ser tratada feito uma criança.

Bayou, por sua vez, percebe, se afasta e suspira.

A mesma tensão entre os dois dá as caras, como sempre. É um tipo de estranheza que prefiro ignorar. Acho que Bayou não é capaz de compreender que Novah não é mais aquela garotinha com a qual crescemos. Ela é uma mulher agora. Uma mulher madura e adulta. Com peitos, menstruação e, assumo eu, não é mais virgem. Qualquer que seja essa imagem santa que ele tem dela, é preciso largar mão, ou Novah vai acabar dando uma surra nele *com certeza*.

— Estou tão contente que vocês vieram. Mas, já vou avisando, talvez as coisas fiquem insanas aqui hoje. Estamos comemorando nosso novo vice-presidente — Bayou explica, apontando para City.

Novah dá um sorrisinho bobo.

— Hum... *ele é bem gostoso.*

Bayou para de sorrir na hora, e eu resmungo.

— Novah, você é minha irmã, não tem a menor possibilidade de você se engraçar com esses otários. De. Jeito. Nenhum. Você está fora do alcance de qualquer um deles, e eles sabem disso. Você é pura demais para ser maculada pela *nossa* conversa fiada.

Novah ri, debochada.

— Você acha que pode me dizer o que fazer, Hurricane? Você até pode ser da família, mas, se eu acho aquele rapaz bacana, e talvez ele seja, por que ele não pode ser parte da família também? — Ela começa a caminhar em direção a City, e eu solto um grunhido baixo.

— Novah! Novah Lee Harrington, volta já para cá, mocinha! — grito, mas Ingrid ri.

Eu me viro para Ingrid e vejo Bayou cruzar os braços sobre o peito, nada contente.

— Para quem jura não respeitar mulher alguma, você bem que está mostrando seu verdadeiro eu, Hurricane.

Faço cara feia.

— A Ingrid e a Novah não contam, elas são da família. Eu amo as duas mais do que qualquer coisa, é claro que eu tenho respeito por elas. Eu nunca as trataria como trato as mulheres que fodo.

— Meu Deus, Hurricane — Ingrid caçoa de mim.

— Perdão, Ingrid.

Bayou solta um tipo de risada misturada com um quê de zombaria.

— Viu? Você não pede desculpas para ninguém. Nem uma única alma conseguiria fazer você admitir que fez algo errado... com exceção da *Ingrid*.

— Bayou, querido, pare de amolar o seu irmão.

Dou um sorriso sarcástico.

— Certo, está bem. Então tenho em mãos o poder de tratar as mulheres com respeito e dignidade. Entendi. Vou fazer isso com mais frequência... quando as mulheres à minha volta merecerem. Que tal?

Ingrid balança a cabeça.

— Hurricane, você realmente deveria dar ouvidos ao seu irmão. Sei que pareço um disco riscado, mas você é capaz de melhorar. Para cada mulher que você trata como uma vadia insignificante, apenas tente se lembrar de que ela é a Novah de alguém... — Ela respira fundo. — Você gostaria que alguém tratasse a Novah da mesma maneira como você trata as mulheres no geral?

Merda! Agora ela me pegou.

— Se alguém tratar a Novah como uma vadia insignificante, eu corto fora o pau do sujeito e o faço engolir até engasgar.

Ingrid respira, arregalando os olhos.

— Mesmo eu amando o seu dom para o drama, querido, procure se lembrar dessas palavras *exatas* da próxima vez que você agir feito um babaca com uma mulher.

Ingrid me deu algo em que pensar.

Talvez eu tenha sido duro demais com Kaia.

Há algo nela que me incendeia por dentro e me faz derreter feito lava na mesma hora. A última mulher que teve esse efeito em mim foi Savanah, a melhor amiga de Jovie. Quando a *old lady* do Houston Rebeldes e sua melhor amiga apareceram aqui no NOLA, eu não sabia o que tinha me atingido. Aquela mulher incendiária feito fogo chacoalhou minhas bases. Savanah foi a primeira mulher a me responder. Ousada pra cacete, ela não tinha medo de mim nem do *patch* no meu colete. Savanah acendeu uma faísca, me fazendo desejar uma mulher que inflamasse algo em mim.

Não quero uma mulher que aja feito um cachorrinho cumprindo ordens.

Quero uma pessoa que vá brigar pelo que *ela* deseja.

Alguém que tenha coragem de *me* dizer que estou fazendo alguma merda com a qual ela não concorda.

Alguém com quem eu possa compartilhar ideias e que, na mesma hora, me dê respostas.

Quero uma companheira.

Uma igual.

Alguém que doe na mesma medida em que receba.

O problema em relação a Kaia é que essa faísca, essa centelha pela qual venho procurando, se acendeu no instante em que ela começou a falar de mim com insolência no estúdio de tatuagem. Ela não tem medo de mim, nem de quem eu sou ou do que eu represento. Ela é exatamente a pessoa por quem estive procurando desde Savanah. O único ponto negativo é que, ao mesmo tempo em que Kaia acende esse calor intenso dentro de mim, ela também me faz borbulhar de raiva. Ela faz meu coração disparar com adrenalina, mas *não* da boa. Ela é frustrante, irritante e incômoda, características que deveriam me manter bem longe.

Então por que eu não consigo parar de pensar nela?

— Cacete, preciso beber.

Giro sobre os calcanhares e sigo até o bar. Quando me sento em um banquinho, Frankie desliza uma garrafa de cerveja em minha direção, e eu brindo em agradecimento. Com a bebida em mãos, me afasto do bar e sinto que preciso me sentar por um instante para pensar melhor sobre essa merda. Vou serpenteando até chegar a um pufe, onde me jogo e as bolinhas macias logo tomam a forma do meu corpo; me permito afundar até ficar confortável, enquanto a festa atinge o auge ao redor.

Bayou bate papo com Ingrid e Novah, City conversa com alguns dos rapazes. Todos se divertem enquanto eu fico aqui, bebendo minha cerveja e lamuriando.

As coisas vão estar melhores de manhã.

Tudo sempre melhora quando estamos de cabeça fria.

Na manhã seguinte

Acordo num sobressalto, batendo a cabeça em algo rígido e logo sentindo a dor se alastrar pelo meu crânio. Caio no chão, rolo de costas e olho para cima, percebendo que estou debaixo da mesa de sinuca.

— Mas que porra?

Eu olho à minha direita, ainda com um copo vazio em mãos, e, conforme observo o lugar, vejo que há homens por todos os cantos da sede.

Pelo jeito, nós realmente nos deixamos levar ontem à noite.

Quem me dera eu conseguisse lembrar.

O aroma de bacon recende por aqui. Conforme deslizo para longe da mesa de sinuca, levo a mão até a têmpora e a pressiono, sentindo como se minha cabeça fosse explodir. Sigo até a cozinha, grunhindo, e avisto Ingrid e Novah com as garotas do clube fazendo café da manhã.

Arqueio a sobrancelha, dando um sorrisinho vagaroso.

— Por que vocês ainda estão aqui?

Ingrid vem até mim e dá leves tapinhas na minha bochecha.

— Você ficou um tanto fora de controle ontem, então ficamos para ter certeza de que você não morreria dormindo.

Deslizo a mão pelo cabelo.

— Eu não fiquei *tão* bêbado assim.

Novah me traz um copo d'água e analgésicos.

— Você se lembra de tentar pular do telhado?

— O quê?! Não.

— *Exatamente*, porque nós tivemos que te convencer do contrário. Você ficou tão bêbado que achou que era invencível... — Ela sorri, e é um sorriso que me acalma.

— Você *sabe* como fica — Ingrid diz o que eu já sei. Ela está decepcionada por eu estar seguindo o mesmo caminho dos meus pais; o álcool não foi gentil com nenhum deles.

Eu deveria melhorar.

Eu deveria ser como Bayou, que limita seu consumo de álcool. Mas, assim que começo a beber, não consigo parar.

— Obrigado por ficarem.

Ingrid dá um sorriso fraco, estica mão e pega a minha.

— Eu te amo, querido. Só porque seu pai não está mais com a gente não significa que vou deixar de ser a melhor madrasta que posso. Você e Bayou são tudo para mim. Sempre vou fazer tudo que estiver ao meu alcance para proteger vocês... mesmo que seja de vocês mesmos.

Puxo Ingrid para um abraço apertado. Eu a amo mais do que tudo, e sou muito grato pelo meu pai ter se casado com ela, e mais grato ainda por ela ter escolhido ficar, mesmo após a morte dele.

Eu me afasto, olhando para ela.

— Obrigado... por sempre estar aqui.

— Sempre. Agora, vamos comer algo gorduroso porque *só Deus sabe* o quanto você precisa se livrar desse álcool.

Sim, porra!

CAPÍTULO 8

KAIA

Sinto os olhos pesados. Acho que a falta de sono está, enfim, batendo. Parece que faz uma eternidade desde que Hurricane pisou neste estúdio, e eu ando tendo dificuldade para me concentrar; mais ainda desde aquela noite na boate em Vegas. Não sei que diabos estávamos tentando provar nos exibindo um ao outro daquele jeito. A única coisa que sei é que, mesmo com as merdas que ele fez e falou para mim, eu não consigo parar de pensar nesse babaca petulante.

Ainda assim, fico sem fôlego ao me lembrar de quando o azul-claro intenso de seus olhos se concentrou nos meus enquanto o avião chacoalhava em uma tentativa frenética de se manter no ar. Pensar nisso faz meu estômago embrulhar, como se estivesse numa espécie de turbulência própria.

O que tem de errado comigo?

— Kaia, como foram as coisas na convenção? — Jackson pergunta, me arrancando dos meus pensamentos confusos.

Desvio o olhar da minha estação, e coloco as tintas na mesinha e um sorriso radiante no rosto.

— Correu tudo muito bem, chefe. Os cartões de visita acabaram, assim como os panfletos. Consegui fazer umas sete tatuagens no tempo que tínhamos e agendei mais doze para os próximos meses. Ou seja, eu diria que foi um sucesso pelo pouco tempo que investimos no evento.

Jackson dá um baita sorriso para mim antes de olhar de relance para Yuri.

— Ouvi dizer que o novato ali se saiu bem na luta.

Olho para Yuri. Ele entrou para a equipe há pouco tempo e, até agora, não me causou uma boa impressão. Ele leva muito a sério sua paixão pelo boxe, e Jackson pensou que a ida de Yuri para Vegas para participar da luta amistosa poderia ser uma ótima chance para eu passar um tempo com ele e nos conectarmos.

Não deu certo.

Eu ainda o acho um esquisitão pervertido.

Porém, sorte a minha, ele ficou com os amigos boxeadores, o que me deixou livre para focar nas tatuagens sem precisar me preocupar com ele.

— Se você acha que levar uma surra de um moleque motociclista é se sair bem, então, sim, ele se saiu bem.

Jackson balança a cabeça.

— Ele é um artista bom pra cacete, Kaia. Precisamos de um cara assim na equipe. Cedo ou tarde, você vai ter que aprender a se dar bem com ele.

Olho para Yuri no fundo do estúdio junto com os outros rapazes, e ele está flexionando os músculos e beijando o próprio bíceps. Fico enojada e, de dedos cruzados atrás das costas, respondo para Jackson:

— Vou tentar, chefe.

— Ótimo. Nesse meio-tempo, estou muito feliz que você tenha conseguido fazer tantos trabalhos bons para nós. Parabéns, Kaia. — Jackson se vira e vai embora, me deixando toda orgulhosa por ter feito um bom trabalho.

Eu me levanto e vou até a prancheta para começar a trabalhar no desenho do meu primeiro cliente do dia, mas Yuri para ao meu lado. Ele sempre tem um ar intimidador por ser muito maior do que eu por conta do boxe, porém tento ignorá-lo, mesmo com sua respiração resvalando no meu pescoço.

Minha ansiedade dispara, e eu me viro, batendo o lápis com força na mesa.

— Yuri, você tem mesmo que ficar tão perto? Dá para sentir o cheiro do atum que você comeu no café da manhã.

— Ah, não foi atum, Kaia, mas sim um taco de peixe. Estava muito gostoso, e eu comi bem devagarinho, até que a suculência escorresse na minha cara.

Faço uma careta, enquanto meu estômago embrulha de desaprovação, e encaro Yuri.

— Eu não precisava saber disso.

Vou para o lado para passar por ele, mas Yuri se coloca no meu caminho, me impedindo de sair. Ele desliza a mão e brinca com a alça da minha regata.

— Quer saber, Kaia? Vejo que você está confusa.

E é franzindo o cenho que mordo a isca.

— Confusa?

— Por conta da atração entre a gente.

— Eca! — Dou uma risada alta.

Yuri se aproxima, e eu me afasto, ficando presa e não curtindo nem um pouco a situação. Ele demora o olhar nos meus seios, o que me faz estremecer, apreensiva.

— Sejamos sinceros, você seria perfeita para mim.

Não quero irritá-lo, porque isso seria loucura. Só quero, mas não sei como, sair dessa cilada. Então respondo:

— Não namoro colegas de trabalho, sinto muito.

Ele se inclina mais para perto, bem ao lado do meu ouvido, sua respiração é pesada.

— Mas ninguém precisaria saber.

— *Eu* saberia — retruco quase gritando, enquanto meu corpo enrijece.

Ele desliza as mãos até os meus ombros e os agarra, para depois se inclinar ainda mais e percorrer o nariz pela lateral do meu cabelo, me cheirando.

— Você tem um aroma... — ele faz uma pausa prolongada, talvez para dar efeito dramático — fresco.

Ah, não.

Nem vem.

Isso é *ridículo*.

Pouco me importa o que Jackson acha desse imbecil, eu *não* vou tolerar isso.

Ergo as mãos e lhe dou um belo de um empurrão, e ele cambaleia para trás, me dando a chance de me aproximar e lhe chutar as bolas. Yuri se curva, se apoiando numa bandeja de tintas, que vai ao chão e enfim faz alguém aparecer para testemunhar a comoção.

Ele me olha estarrecido enquanto arfa.

— Psicopata do caralho — ele balbucia antes de sair mancando de volta à sua estação.

Quinn, de olhos arregalados, corre até mim, claramente amedrontada.

— Ai, meu Deus! Você está bem? Mas que porra aconteceu?

— Estou bem... — Dou um suspiro demorado, tentando acalmar meu coração acelerado. — Mas ele não aceita não como resposta.

Sutilmente, Quinn observa Yuri se jogar na cadeira.

— Sim, ele também me passa essa mesma impressão. Vê se toma cuidado, ok?

Assinto enquanto vejo meu primeiro cliente entrar no estúdio.

— Obrigada por vir aqui.

Quinn me puxa para um abraço.

— Perdão por não ter chegado antes, mas, garota, se ele está sendo um babaca, você tem que falar com o Jackson... sério. Faça com que o otário seja demitido.

Não consigo evitar a revirada de olhos.

— O Yuri é o menino de ouro do Jackson. Duvido que vá mudar alguma coisa se eu falar. É bem provável que a demitida seja eu.

Quinn, preocupada, lança um olhar mortal para Yuri.

— Bem, se ele tentar algo de novo, grite. Tem um monte de gente aqui que conseguiria impedi-lo.

Eu a abraço mais uma vez, sabendo que ela é a melhor amiga que alguém poderia ter.

— Obrigada. O que eu faria sem você?

Quinn sorri, dando uma reboladinha.

— Isso você vai ter que descobrir. Bem, seu cliente chegou, então é melhor começar a trabalhar.

— Sim, senhora. — Sorrio, enquanto vou com ela até a recepção do estúdio.

Depois de cumprimentar meu cliente, começo a trabalhar, tentando parar de pensar em Yuri. Em vez dele, é em Hurricane que penso. A coragem que o sujeito teve de fazer aquela gracinha na área de segurança do aeroporto foi muito desnecessária, além de ter passado do limite, assim como tudo que ele faz – com exceção daquele momento contraditório, daquele gesto incomum que ele me deixou testemunhar no avião.

Isso parece ter me sacudido mais do que a turbulência.

Mas a verdade nua e crua é que ele *é* um babaca.

A sensação de suas mãos na minha pele...

Ele ainda é um babaca, Kaia.

E tem muitos desses ao meu redor no momento, então não preciso de mais um na minha lista enorme. Ou seja, preciso que qualquer pensamento sobre Hurricane caia no esquecimento; já tenho coisas demais com que lidar no estúdio.

O dia passa correndo, e estou finalizando a tatuagem de um cliente quando vejo alguém abrir a porta do estúdio. Dou uma olhada de relance só para avistar Lani entrando, e eu me alegro por ver minha irmã passeando por aí.

— Lani! — Quinn chama, se apressando para fora do balcão para abraçá-la enquanto Lani segura dois copos de café.

— E aí, irmãzinha? — Joker cumprimenta sem nem tirar os olhos da maquininha de tatuagem.

— Aí vem encrenca... — Wren caçoa ao passar por ela com um sorrisinho.

— Oi, gente. — Lani se dirige a Quinn. — A Kaia tem tempo para um cafezinho? — ela pergunta toda gentil, enquanto eu me aproximo sentindo meu amor por ela borbulhar dentro de mim.

Quinn confere no computador e assente.

— Sim, ela tem um tempinho antes do próximo cliente chegar. Aproveitem!

Gesticulo com a cabeça para Quinn, e ela responde com um aceno, como se entendesse meu agradecimento silencioso. Estico o braço, abraçando Lani de lado e a guiando até os sofás na área de espera dos clientes.

— Como você veio para cá? — pergunto.

Ela me entrega o café enquanto nos sentamos no sofá de frente para a porta. Ela balança a sobrancelha, dando de ombros.

— Peguei carona.

Chocada e incrédula, quase cuspo o café ao encará-la.

— Você *o quê*?!

Ela ri.

— Relaxa, é brincadeira. Eu vim andando. O ar puro me faz bem.

Afundo no sofá, deixando o ombro relaxar.

— Jesus, garota, você deveria ser atriz, porque sua atuação foi perfeita!

O sininho da porta ecoa, mas não presto atenção em quem acabou de entrar, porque o tempo com a minha irmã é sempre mais importante.

— Falando em perfeição... caramba! — Lani balbucia baixinho, o que me faz olhar para cima.

E, bem na minha reta, está Hurricane, entrando no estúdio e olhando para a minha estação.

Eu me afundo ainda mais no sofá, grunhindo e tentando cobrir o rosto.

— Não, nem vem, Lani.

Ela se vira para mim de olhos arregalados.

— Você o conhece?

Curvo o lábio para cima.

— Infelizmente.

Lani dá um sorriso enorme.

— Oi!

Jesus Cristo!

Na esperança de que o sofá vá me engolir, eu me afundo nele mais ainda. Hurricane gira o corpo e nos vê. Ele dá um sorriso safado e vem em nossa direção.

— Por que você fez isso? — resmungo.

Lani ri.

— Porque é óbvio que aí tem coisa, e eu estou *desesperada* para ver como tudo vai se desenrolar.

— Você é uma vadia — murmuro.

— Mas você me ama. — Ela ri.

Hurricane para à nossa frente, de peito estufado num gesto um tanto másculo, e semicerra os olhos como se estivesse confuso com alguma coisa. Mas, depois de tudo pelo que ele me fez passar, eu não vou ficar aqui sentada esperando que ele me destrate, então endireito a postura e cruzo os braços sobre o peito, cheia de atitude, enquanto Lani praticamente baba ao meu lado.

— Senhoritas — ele cumprimenta, educado.

— O que você quer? — retruco.

Hurricane suspira, e há um semblante muito sério em seu rosto.

— Eu sou um babaca?

Balanço a cabeça, um tanto perplexa com a pergunta.

— Isso é uma pegadinha?

— Não... é uma pergunta séria.

Solto uma risada sutil, assentindo com vontade.

— Ah, sim, Hurricane... você é um tremendo babaca.

Ele assente como se esperasse essa resposta. Em seguida, se vira, pronto para ir embora. Confusa, arregalo os olhos.

— Como assim? *Só isso?* Não vai retrucar? Não vai dar uma de espertinho?

Hurricane gira sobre o calcanhar para me encarar com um ar de quem não se importa.

— Não. — E, mais uma vez, ele se vira para a saída.

Isso é estranho, angustiante e não me agrada nem um pouco.

Fico de pé, jogando a mão para o alto.

— Quem é você e o que você fez com o Hurricane?

Ele ri, voltando e parando a centímetros de mim.

— Ah, eu ainda estou aqui, só estou segurando a língua.

Eu me aproximo um pouquinho mais, e fico tão perto que sinto o cheiro de álcool no seu hálito.

— Não se segure por minha causa, sei que você tem muita coisa para dizer. Eu dou conta de *você*.

Um sorrisinho vagaroso e aflitivo surge em seus lábios, e com certeza há um cintilar em seus olhos.

— Você dá conta de mim *quando quiser*, docinho.

Dou um grunhido e um empurrão em seu tórax, o que o faz dar uns passos para trás, enquanto Lani se coloca ao nosso lado e estende a mão para ele.

— Sou a Lani.

Nós dois giramos a cabeça em sua direção; ela está sorrindo mais do que o bendito Gato da Alice. Hurricane pega a mão dela e a aperta.

— Lani, é um prazer te conhecer. Sou o Hurricane.

— O babaca? — Lani pergunta.

Ele ri.

— Pelo jeito, sim.

Lani o examina da cabeça aos pés, e Hurricane a segue, claramente confuso enquanto ela estala a língua no céu da boca.

— Acho que você tem motivos para ser arrogante, você é lindo, mas...

Hurricane arqueia a sobrancelha.

— Tem um *mas*?

Lani dá de ombros.

— Já transei com melhores.

Engasgo, mas Lani apenas se senta de novo no sofá, nada abalada por Hurricane, que sorri de orelha a orelha; uma reação completamente oposta à que eu achei que ele teria.

— Vocês são parentes, não são? — ele pergunta, indo até o sofá e se sentando.

Esbugalho os olhos.

Isso não foi um convite para você se juntar a nós, otário!

— Ela é minha irmã mais nova, e eu estou trabalhando, então...

— Então? — Hurricane gira os ombros. — Você não me parece ocupada, e eu fiz uma amiga nova. Se você quiser, pode voltar para o trabalho. Lani e eu vamos bater um papo.

Lani pisca para mim, enquanto eu me jogo no sofá ao lado de Hurricane.

Puta que me pariu.

— Bem, Hurricane, é óbvio que você é um motociclista. Será que você poderia me levar num passeio na sua moto? — Lani pergunta.

Muito brevemente, ele olha para mim, e isso é inesperado. Nem por um instante, eu pensei que ele seria o tipo de pessoa a confirmar comigo se tudo bem, ainda mais quando parece que nos repelimos e nos atraímos a todo momento.

Olho para Lani, e minha expressão não é das melhores.

— Lani, você sabe que não é uma boa ideia.

Ela afunda no sofá, bufando.

— Você é tão estraga-prazeres.

— Lani, você sabe o motivo...

— Se tem alguma coisa a ver comigo, posso te garantir: talvez eu seja um babaca, mas, quando tem alguém na garupa, eu sou muito cuidadoso.

— Viu? Ele vai cuidar mim, por favoooor! Vamos lá, eu *sou* adulta o bastante para decidir se quero ir ou não.

Mordisco o lábio, balançando a cabeça.

— Não, Lani.

Sinto um aperto no peito, odeio ser o Lobo Mau que estraga toda a diversão, mas, se ela tivesse uma convulsão na garupa da moto e se machucasse, eu nunca me perdoaria. Além disso, estamos falando de Hurricane, e eu tenho quase certeza de que ele pilota feito um louco.

Hurricane semicerra os olhos para mim, mas não é de raiva ou frustração, é preocupação enquanto me observa. Não gosto desse momento incomum de pena vindo dele, então limpo a garganta e pego o café; há uma tensão esquisita à nossa volta.

De repente, Lani se projeta para a frente e puxa a camisa de Hurricane para o lado, deixando à mostra seu peitoral esquerdo. Os botões estão tão abertos que era mais fácil nem ter fechado.

— Essa tatuagem é da minha irmã, não é?

Hurricane respira fundo.

— Ahã...

Lani sorri.

— Tem o estilo dela, é bem maneira. O Razor era um dos seus companheiros?

Dou uma risada, e Hurricane ri de leve.

— Nós nos chamamos de irmão, não de companheiro, mas, sim... ele era um dos melhores.

Lani franze o cenho.

— Meus sentimentos.

Hurricane olha para o chão, respirando demorada e profundamente.

— Obrigado.

— Bem, então me diz uma coisa... — Ela se remexe no sofá, sentando sobre as pernas para ficar confortável. *Jesus amado, parece que isso vai demorar.* — Você acha certo colocar abacaxi na pizza? Isso é muito importante, Hurricane, então *não* me decepcione.

Ele ri, e depois olha para mim. Não consigo não sorrir pelo entusiasmo da minha irmã.

— Se tiver abacaxi, tem que ter pepperoni. Eles combinam muito.

Lani ergue as mãos.

— Amém, sim! Eu sabia que eu ia gostar de você.

Hurricane se senta mais para a frente.

— Agora é sério. Preciso da sua opinião sobre beignets. Eles são melhores do que os sanduíches de frutos do mar?

Lani ri e revira os olhos.

— Não tenho nem dúvidas. Eu moraria no Café Du Monde se eu pudesse.

Fico ali sentada encarando minha irmã e Hurricane, que estão se dando bem como se fossem amigos que há muito não se encontravam. Estou boba com a facilidade com que conversam.

Limpo a garganta.

— Vocês estão se divertindo?

Hurricane dá um sorrisinho.

— Gosto mais da Lani do que de você, *Sha*. Ela me trata bem.

— Você não merece que te tratem bem, Hurricane.

Ele ri.

— *Touché*! Ainda assim, Lani e eu somos amigos, não somos?

Ela olha de mim para Hurricane, e depois para mim de novo.

— Claro que somos. Ser amiga de um motociclista só pode ser vantajoso. Não que eu esteja interessada só no fato de você ser motociclista. Também te acho legal pra caramba.

Hurricane dá uma risadinha.

— Pode contar comigo.

— Obrigada, cara.

Balanço a cabeça, suspirando.

— Vocês estão me assustando.

— Deixa disso, maninha, estamos nos divertindo bastante aqui. Por que você não sobe nesse trem da diversão? — Lani se endireita mais alto sobre os joelhos, demonstrando toda a sua felicidade. Meu Deus, como ela se anima fácil.

Faço uma careta, grunhindo.

— Lani...

De repente, ela junta as mãos com um estalo, fazendo com que eu e Hurricane pulemos.

— Eu tive uma ideia!
Hurricane balança a cabeça.
— Você é sempre assim tão... *ligada no 220*?
Lani dá de ombros, mexendo a cabeça.
— Quase sempre, não é, Kaia?
— É bem irritante, principalmente de manhã.
Hurricane dá um sorrisinho enquanto Lani repousa as mãos na mesa à sua frente.
— Acho que o Hurricane deveria ir jantar em casa.
Nós dois damos um solavanco com a cabeça ao mesmo tempo, mas eu, em seguida, logo a balanço com vigor, gesticulando "não" com a boca; Lani, porém, continua:
— Presta atenção, Hurricane. Você é bom em consertar coisas de casa?
Ele pende a cabeça para o lado.
— Sei manejar bem um *martelo*.
— Faça-me o favor — Bufo, revirando os olhos.
— E eu ando querendo que alguém que não seja do Havaí prove meu *Mochiko chicken*, um frango frito havaiano. É um ganha-ganha. O Hurricane pode ser a cobaia do meu jantar enquanto conserta algumas coisas em casa que precisam de reparo urgente.
— Você sabe cozinhar? — Hurricane pergunta a Lani.
— Se eu sei cozinhar? Ah, espera só até você provar meu frango. Nossa casa, hoje, lá pelas... sete?
Solto um grunhido, esfrego as mãos no rosto, e Hurricane dá de ombros.
— Acho que vou levar minhas ferramentas, então.
— Perfeito. Sinto no meu coração que vai ser ótimo! — Lani exclama.
Resmungo.
— E quando eu vou dar minha opinião?
— Já está decidido, maninha.
Sim, Lani assumiu completamente as rédeas da situação.
Sei quais são suas intenções. Eu cresci com ela a vida inteira, já vi isso antes.
Ela percebeu o que quer que seja essa situação esquisita entre mim e Hurricane, e vai tentar forçar algo entre nós porque *ela* acha que ele é legal. Bem, nem tudo funciona assim, irmãzinha. Algumas pessoas não são compatíveis, mas sim combustíveis.
Hurricane pega o celular e o passa para mim, mas eu o olho feio.
— Você quer que eu chame um Uber para você?

ATRAÍDO 99

— Não, espertinha. Quero seu número para depois te mandar uma mensagem pedindo seu endereço... para hoje à noite.

Arranco o celular da sua mão, e logo em seguida adiciono meu número — contra a minha vontade —, com o nome "Não me ligue", e devolvo o aparelho para ele.

Hurricane ri ao colocar o celular de volta no bolso.

— Certo, senhoritas, isso foi... interessante. — Ele balança o corpo. — Lani, você é uma garota bacana. Estou ansioso para experimentar o frango cappuccino, ou qualquer que seja o nome.

Lani dá risadinhas.

— É *Mochiko chicken*, e você vai amar. Te vejo às sete.

Hurricane se levanta e olha para mim, piscando e dando um sorriso brincalhão. Em seguida, ele se vira e segue para a saída. Tão rápido como chegou, trazendo uma tempestade, logo ele se foi, deixando meus sentimentos destruídos em seu rastro.

Lani se vira rápido para mim, e há entusiasmo gravado em seu rosto, enquanto ouvimos o motor da Harley de Hurricane roncar lá fora.

— Ele é *tããão gostoso*.

E é franzindo o cenho que ergo a lateral da boca.

— Ele é um idiota petulante que se acha o maioral, Lani. E convidá-lo para jantar foi uma coisa escrota.

Lani mordisca o lábio inferior, cruzando os braços sobre o peito, tentando conter um sorriso.

— Você pode negar o quanto quiser, Kaia, mas *você está bem a fim dele*. Dá para perceber... e você vai me agradecer no futuro.

— Ah, meu Deus, Lani. Por favor, não vá tornar a noite de hoje em uma das suas missões.

— Ah, sim, vai acontecer. Você e Hurricane, com certeza vai dar em alguma coisa. — Grunhindo, me levanto e volto para a minha estação. — Você ainda vai me agradecer.

— Vai para casa, Lani — grito por cima das risadinhas melódicas.

Vai ser um desastre épico!

CAPÍTULO 9

ANÔNIMO

Kaia é diferente de tudo.

Eu nunca poderia imaginar como seria estar perto dela.

Me disseram que ela era destemida.

Me disseram que ela era como o fogo.

Mas eu nunca pensei que ela fosse despertar algo em mim.

Me mandaram aqui para protegê-la.

Ela até pode pensar que sou um pé no saco, mas vou fazer de tudo para cuidar dela.

Especialmente *dele*.

CAPÍTULO 10

HURRICANE

Sim, não restam dúvidas de que tenho uma espécie de conexão maluca com Kaia, e nunca imaginei que sua irmãzinha seria tão adorável. Há algo nessas duas que me toca bem fundo. Enquanto Kaia me faz querer matá-la e fodê-la ao mesmo tempo, Lani me desperta a vontade de protegê-la e de passar um tempo com ela, por me parecer uma pessoa tranquila.

No entanto, não pude deixar de perceber que a maneira como Kaia protegeu a irmã foi extrema. Eu compreendo que ela não confie em mim pilotando uma moto, mas negar de prontidão que Lani passeasse comigo como se fossem mãe e filha, ou algo assim, me pareceu estranho.

Talvez tenha mais coisa por trás dessa história.

Ou talvez Kaia apenas goste de ter o controle.

Vou tentar descobrir mais sobre a relação delas hoje à noite. Não posso me preocupar com isso agora, quando há trabalho a se fazer na sede.

No trajeto de volta, pondero sobre todas as possibilidades que podem ocorrer à noite, mas dou uma sacudidela na cabeça. Preciso tocar o dia, tenho coisas mais importantes com que lidar.

Assim que chego à sede, mando uma mensagem curta para Kaia.

> Eu: Ei, Sha, me manda seu endereço. Quero chegar na sua casa sem atrasos :)

Dou um sorrisinho e devolvo o celular ao bolso, mas logo ele toca. Rio sozinho, suspirando.

— Não enjoa de mim, hein? — murmuro para mim mesmo.

Só que arregalo os olhos quando pego o celular e vejo a tela piscar com uma ligação de Felix. Droga. Deslizo o dedo na tela, atendo e entro na sede.

— Felix, fala logo. O que foi?

Ele está ofegante, alarmes soam ao fundo, instantaneamente fazendo o cabelo da minha nuca arrepiar.

— Hurricane, está um caos aqui.

Paro de supetão, e meu coração acelera enquanto presto total atenção ao que ele diz.

— Felix, o que está acontecendo?

Sua respiração pesada ressoa no telefone. Tenho a impressão de que ele está correndo, o que é uma loucura porque não consigo imaginar um homem daquele tamanho correndo para lugar algum.

— A fazenda foi atacada, e os meninos do carregamento estão assustados demais para ir lá verificar. Tentei apagar o fogo o máximo possível, mas Hurricane... não é nada bom.

Tensiono o maxilar, rangendo os dentes, e sinto meus músculos queimarem com uma raiva tão incandescente que começo a pingar suor. Cerro os punhos enquanto respiro pelo nariz tão rápido que o ar sibila.

— Mantenha tudo sob controle o máximo que puder. Estou indo com os rapazes.

— Depressa, Hurricane. — Felix desliga sem mais nem menos, e eu me viro, entrando no bar, pegando um copo que está no balcão e o atirando pelo salão. O copo acerta a mesa de sinuca, quase atingindo Hoodoo e Omen, que pulam para o lado ao mesmo tempo em que eu ando para lá e para cá, enfurecido.

— Merda! — rosno, deslizando os dedos pelo cabelo e o puxando.

City, de sobrancelha arqueada, vem se aproximando de mim, e Frankie corre para limpar os estilhaços de vidro.

— Mas que porra foi essa? — City exige saber.

Suspiro, alongando o pescoço para os lados.

— A Máfia atacou a fazenda. Precisamos ir até lá para avaliar os danos.

City empalidece ao entender o que isso significa. Sem papoula, sem lucro para o clube; pior ainda, sem distribuição para os nossos compradores.

Estamos na merda, fodidos e mal pagos.

City se vira, assoviando para toda a sede.

— Irmãos, se preparem, temos que ir até a plantação. Estamos com problemas.

Todos arregalam os olhos, me encarando como que na espera por confirmação.

— Vocês ouviram o vice-presidente. Vamos andando, porra.

Ninguém hesita enquanto disparamos em direção às nossas motos.

Omen, capitão do asfalto, lidera o grupo. Saio depois dele, com City atrás. O próximo é Bayou, seguido pelo restante de nós com Grudge armado e na defensiva traseira.

Pilotar em formação normalmente me eletriza, mas não agora, não quando estamos seguindo para o que pode ser um desastre.

Aceleramos, pilotando acima do limite legal. Mas desde quando a lei era um problema para o NOLA Rebeldes?

Não demora até que estacionemos no estaleiro. A cortina de fumaça cinzenta oriunda do fogo extinguido e espiralando da plantação faz minha pele arrepiar de ansiedade. A maneira como o portão de entrada do estaleiro está detonado e cheio de buracos de bala me diz que o ataque foi planejado.

Os Novikov vieram aqui, distraíram os meninos do carregamento, enquanto outros entraram de fininho na plantação e destruíram provavelmente a porra toda. Estou espumando de raiva por dentro conforme pulo da moto, sem sequer esperar por meus irmãos, e saio disparado para o estaleiro. Há trabalhadores mortos espalhados pelo chão, o que me faz ranger os dentes com a cena. Felix se apressa para nos receber.

— Porra, ainda bem que vocês chegaram. Não sabíamos se o Novikov e seus capangas voltariam ou não. Fomos alvo fácil, Hurricane. Eles trituraram meus homens como se fosse brincadeira.

Coloco minha mão no ombro de Felix, lhe segurando forte.

— Eles pegaram algum arquivo? Algum documento?

Felix fecha a cara.

— É com isso que você está preocupado agora? Meus homens foram *mortos*.

— Felix, se os Novikov puserem a mão na nossa papelada, *todos* nós vamos morrer. Eles vão entregar tudo para as autoridades. E seus homens, você e todo o clube, vão acabar numa prisão em que os policiais são corruptos e vamos ter um alvo nas *nossas* costas. Então, sim... eles estão mortos, porra, mas nós também estaremos.

Felix relaxa o ombro.

— Perdão, Prez. Não... eles entraram, tocaram o terror e deram no pé.

— Cadê a Maxxy? — pergunto.

Felix arregala os olhos como se somente agora tivesse pensado no paradeiro dela.

— Merda... Eu, hã, não a vi.

Não perco o passo enquanto disparo pelo estaleiro, depois pela porta dos fundos, em direção à plantação. Quando entro, o cheiro me atinge primeiro, aquele aroma acre de planta chamuscada me pega em cheio enquanto olho para as papoulas mortas. É fileira atrás de fileira de cultivo queimado.

Anos de trabalho duro.

Destruído por chamas.

Num piscar de olhos.

Cerro os punhos, e meus rapazes me alcançam.

Agora, porém, não posso dar atenção ao cultivo, preciso achar Maxxy. Corremos para cima e para baixo nos corredores de papoulas chamuscadas, e, quando dobro uma esquina, vejo nos fundos um tronco erguido e com um corpo preso a ele, como uma crucificação.

Paro num solavanco, e fico somente encarando a silhueta nua de Maxxy. Suas pernas estão queimadas por conta do campo que pegou fogo abaixo dela, pregos foram martelados em seus pulsos para prendê-la ao tronco. Ela está destruída, mas ainda mexe a cabeça como em agonia, e um gemido sutil lhe escapa dos lábios.

Ela está viva!

— Hoodoo, Omen, Raid... tirem ela dali. *Agora!*

Os três se apressam até lá.

Raid encontra uma escada em algum lugar, e eles correm para livrar Maxxy da mensagem que Anton Novikov me mandou.

E eu estou ouvindo, *nitidamente*.

Isso é retaliação pela morte de um dos seus soldados.

Mas ele foi longe *demais*.

Mataram nossos trabalhadores no estaleiro, queimaram nossa fazenda — só Deus sabe o quanto vamos nos ferrar por conta daquele tiro de merda — e agora *isso*.

Machucar Maxxy... *nada bom*.

Enquanto fervo de raiva por dentro, Bayou para ao meu lado.

— Isso não é nada bom. O Novikov nos pegou onde ele sabia que ia doer. Ele está querendo guerra, Prez.

— Ele quer a porra de uma guerra? Então ele vai ter a porra de uma guerra — esbravejo entredentes no momento em que os rapazes conseguem tirar Maxxy do tronco. Gemendo, ela cai nos braços de Hoodoo e se segura a ele como se sua vida dependesse disso.

Furioso, vou a passos duros até ela, levando minha mão ao seu rosto exausto e agoniando e faço um carinho.

—Maxxy? Maxxy, você está me ouvindo?

Ela balbucia algo incompreensível, depois deixa a cabeça pender.

Olho para Hoodoo.

— Não me importa o que você tenha que fazer, só cuide dela. Ela é a nossa *prioridade*. Ela tem que ir para o hospital porque você não vai conseguir tratar desses ferimentos na sede, então faça isso. Mas se *certifique* de que os contatos do Marcel te encontrem lá.

Hoodoo assente, para depois correr em direção à saída, e eu esfrego o rosto.

— *Porraaa!* — grito para ninguém em particular.

City para ao meu lado, agarrando meu ombro.

— Prez, enquanto todos lidavam com a Maxxy, eu fui dar uma olhada na plantação, ver se dava para salvar alguma coisa.

— Me dá alguma notícia boa.

City gira os ombros.

— Algumas plantas não foram atingidas pelo fogo, mas, sem a Maxxy aqui para me dizer se estão boas ou em que fase do cultivo estão, não posso te falar se poderemos aproveitá-las na próxima... — Ele me encara de sobrancelha arqueada — remessa. Precisamos da Maxxy, Prez.

Giro sobre os calcanhares e começo a andar de um lado ao outro, pisando tão forte no pedregulho que a vibração sobe por minha panturrilha.

— Maldito Novikov. Eu vou esfolar esse desgraçado vivo. Que porra nós vamos fazer sem a nossa horticulturista? E como vamos recuperar meio ano de produção? Nossos clientes precisam continuar felizes, ou vamos nos foder. Eles são nossa prioridade acima de tudo...

Dou um grunhido, me virando, e detesto o que preciso dizer em seguida:

— A única coisa que me vem à cabeça é que precisamos parar a distribuição para Marcel agora. *Merda!* Ele vai adorar. Mas nossa renda das ruas vai acabar, então ele tem que perceber que estamos perdendo lucro também, que não estamos tentando enganá-lo... — Esfrego a mão pelo cabelo por saber como Marcel vai reagir. — Só estamos tentando sobreviver. Espero que ele seja compreensivo até que Maxxy possa retomar o cultivo de plantas saudáveis para nos colocar de volta na jogada.

City assente.

— Por mais que precisemos do Marcel para manter a paz nas ruas de Nova Orleans, acho que é a única coisa que podemos fazer, Prez. Estamos feridos, sangrando demais. Temos que encontrar uma solução, e acho que Marcel é o curativo que precisamos.

Viro-me, assentindo.

— Jesus Cristo, precisamos de mais do que um curativo. Vamos torcer para que Marcel compreenda. Porra, preciso beber alguma coisa.

City dá de ombros.

— Marcel tem um bar.

— Entendi... Irmãos, estamos indo para o Revel Rose.

O Revel Rose é um bar de personalidade, das paredes puídas às obras de arte de figuras históricas de Nova Orleans que não combinam entre si, penduradas de maneira aleatória por todo canto. Até mesmo o jeito como as garrafas de bebida estão dispostas atrás do bar é antiquado, e tudo neste lugar é vintage. Se voltássemos para 1940, o Revel Rose sequer sentiria, porque ele se encaixaria muito bem ali.

O bom e velho cheiro bolorento, junto ao de álcool, sempre me faz sentir em casa. Os ventiladores baixos pendurados no teto rodopiam na velocidade mínima, fazendo circular uma brisa pelo bar e tornando o ar abafado quase tolerável. Mesas de madeira de quatro lugares, com suas manchas arredondadas dos muitos copos suados, preenchem o lugar, cada uma com um cardápio de bebidas. O balcão de madeira é comprido e rústico, conferindo a esse lugar antigo um ar acolhedor que te convida a querer puxar um banquinho e ficar por um tempo.

Andamos pelo prédio vintage, e Marcel está sentado nos fundos do bar, sozinho, com um copo nas mãos. Ele sabe que estamos aqui, embora não tenha feito qualquer gesto que demonstre isso. Suas vestes são pretas, como sempre: a camisa de seda foi passada com perfeição, a gravata preta está desfeita, mas ainda pendurada em seu pescoço, e a calça social não tem um fio fora do lugar. Marcel continua imaculado como o homem de negócios que verdadeiramente é. Os anéis cintilantes de ouro em seus dedos de pele escura deixam claro para todo mundo que ele tem grana, inclusive pelo brinco de diamante que está em sua orelha.

Ainda sinto o nervosismo percorrer meu corpo por conta dos eventos recentes. Uma sensação inquietante se agita dentro de mim quando Marcel leva o copo alto de cristal à boca e dá um gole demorado no líquido amarronzado. Paramos ao lado dele, e eu puxo o banquinho que está próximo. Meus rapazes permanecem de pé. Marcel não se move, ainda parecendo que não nos viu.

É o jeito dele. Estou acostumado com isso.

— Temos um problema — desembucho.

Não tem por que enrolar. Se ele ainda não sabe, e talvez não saiba mesmo, não há motivos para amenizar as más notícias que preciso lhe dar.

Devagar, Marcel coloca o copo no balcão, pega um guardanapo e limpa a boca. Enfim ele se vira para me olhar, erguendo a sobrancelha.

— Eu *estava* aproveitando o meu drink.

Expiro e inspiro profundamente, para me acalmar.

— Você é dono da porra de um bar. Pode beber quando quiser. Estamos fodidos, e eu não tenho tempo para te deixar apreciando seu próximo drink.

Marcel esmurra o balcão, franzindo o cenho com raiva.

— É um uísque puro malte, não a porcaria de um vinho. Meu Deus, Hurricane, pensei que um alcóolatra feito você saberia distinguir uma bebida excelente de uma medíocre.

— Se você acabou seu chilique, será que podemos conversar como dois adultos?

Marcel faz cara feia, balançando a mão no ar.

— Está bem. Mas anda logo, tenho que ir a uma assembleia civil.

Tensiono um pouco e aperto os lábios.

— Então você não ficou sabendo?

Marcel gira os ombros como se estivesse se entediando com a conversa.

— Que você enrola para ir direto ao ponto numa conversa? Ah, sim, disso eu sei muito bem.

Prefiro ignorar a cutucada e continuar:

— A Máfia atacou o estaleiro e matou vários trabalhadores. Depois, o grupo foi até a plantação e detonaram a Maxxy. Ela está *bastante* ferida.

Marcel se endireita no banquinho, e sua teimosia parece ter desaparecido.

— Ela vai conseguir dar continuidade ao nosso trabalho?

Nosso trabalho? Ha!

— Essa é a questão. A Máfia também ateou fogo em uma boa parte do cultivo.

Marcel pega o copo e o bate com a palma da mão no balcão. O copo esmigalha, e estilhaços de vidro se encravam em sua pele. Sangue começa a pingar no balcão, mas Marcel não se contorce de dor. É a raiva em seu rosto que é problemática neste momento.

— *Bouss to liki!* — ele rosna em língua *créole* um "puta que me pariu!".
— O que você vai fazer quanto a isso, Hurricane? — Ele semicerra os olhos, me fitando como a morte.

Ele sabe. Ele já sacou.

Estico o braço e coloco uma mão em seu ombro, procurando amenizar o impacto da explicação.

— Temos que economizar o máximo possível do que sobrou para vender aos nossos clientes, o que significa... que sofreremos um baque no produto que nós mesmos vendemos por aqui. Preciso me certificar de que continuaremos fiéis àqueles a quem fornecemos, ou eles vão procurar outro distribuidor. Eles são *prioridade*. Nossa distribuição local precisa ser pausada, e como é você quem a faz, precisamos segurar a venda da sua parte até que o cultivo volte a crescer.

Marcel se encosta no balcão, uma risada ressoando do peito.

— Você *ousa* falar em lealdade... Quem é mais fiel ao NOLA Rebeldes do que *eu*, Hurricane? Eu distribuo sua heroína por toda a cidade por uma ninharia, quando eu poderia faturar bem mais se eu produzisse por conta própria ou arranjasse de outro distribuidor, mas eu trabalho com *você* porque supostamente estamos gerindo a cidade juntos. Agora *você* vai *me* fazer de palhaço diante dos *meus* clientes porque parece que sou eu quem não fornece nada? Como você acha que isso vai impactar os *meus* negócios?

— A situação não é boa para nenhum de nós...
— É *minha* renda extra além do bar, Hurricane. Mesmo que o bar esteja a todo vapor durante toda a noite, esse pequeno contratempo vai me quebrar as pernas... *muito*. Isso não é nada bom para a nossa aliança, devo dizer... — Ele fecha os olhos e respira profundamente pelo nariz. — Talvez, eu *tenha* que começar a negociar com alguém que me forneça aquilo que preciso, já que você não pode. Que tal?

Meu corpo borbulha de raiva, a adrenalina corre por minhas veias, enquanto eu saio do banquinho, ficando de pé, e deixo que Marcel perceba que não estou para brincadeira.

— Somos aliados há décadas, e ao primeiro sinal de que estamos com problemas, coisa que *não* é culpa nossa, você vai dar no pé? Desde quando *isso* é lealdade?

Marcel se inclina por cima do bar, alcançando a garrafa de uísque puro malte e outro copo.

— Isso se chama fazer negócios, Hurricane. Você comanda o seu, eu comando o meu.

Meu coração dispara quando vou até ele, pego a maldita garrafa de uísque e a jogo no chão. O líquido amarronzado banha o antiguíssimo chão de madeira enquanto eu me viro e sigo em direção à saída.

Marcel desdenha e joga as mãos para o alto.

— *Al fair bour toi!* — Ele me manda à merda.

O que mais poderia dar errado?

Eu perdi a plantação.

Maxxy está fora da jogada.

É provável que Felix peça as contas.

Marcel está em desavença com a gente.

O que caralho vai acontecer a seguir?

Reúno os rapazes para voltarmos à sede. Durante todo o trajeto, espumo de raiva por conta do desfecho com Marcel. O clube está em apuros, e é tudo culpa da Máfia Novikov.

Eles machucaram Maxxy. Se ela está ferida, o clube também está. Agora, é preciso pensar com ousadia. Como dito antes: se é guerra que eles querem, é guerra que eles terão. Temos que atingi-los onde dói.

Eles estão nos caçando desse jeito... tentando tomar nosso negócio...

Então vamos tomar o deles.

CAPÍTULO 11

HURRICANE

Demorou algumas horas para que bolássemos algo concreto, mas, depois do encontro com Marcel, sinto um calor no estômago. Estou no jogo por *vingança*. Preciso partir para o caos, e meu alvo certeiro são os russos da Máfia. Anton Novikov e seus capangas sequer vão saber o que os atingiu.

Eles nos pegaram onde dói, foram atrás da nossa fonte de renda, então agora vamos fazer a mesmíssima coisa. Pedi a Raid que mexesse com sua parafernália tecnológica e vasculhasse onde eles guardam as armas. Os Novikov são bem conhecidos como negociantes, traficantes e produtores em massa de armas. Se atingirmos a fonte do negócio, podemos deixá-los numa posição pior do que a nossa.

E isso faz valer a pena uma parte de toda essa merda.

Eles que se fodam.

Que se fodam gostoso.

Raid descobriu que eles mantêm uma base de armamento no rio Mississippi. *Há jeito melhor de roubar suas armas da base do que usar as águas desse grande rio?*

Protegidos pelo anoitecer, seguimos nosso caminho até a base de operações da Máfia. Vamos agir rápido, com sangue nos olhos, e tão logo surgirmos, desapareceremos.

Máximo esforço. Máximo dano. Máxima carnificina.

Omen, por conta de seus dias no Exército, sabe todos os macetes. Portanto, com ele tomando a dianteira na missão, andamos na surdina contornando a parede do prédio. Raid hackeou o sistema de segurança, o fazendo rodar em *loops*, então não seremos detectados. Não tem como não amar o que ele é capaz de fazer.

Eu começo a me mover, com City às minhas costas e o restante do pessoal atrás dele. Sabemos bem nosso objetivo aqui e, se fizermos a coisa direito, vai ser épico.

Sinalizo para Omen e gesticulo para que ele avance, enquanto o restante de nós se prepara para lhe dar cobertura. Não sabemos ao certo quantos Novikov protegem a base; nossa única certeza é de que há três do lado de fora e mais dois na entrada.

City dá um tapinha no meu ombro para que eu saiba que ele está me protegendo enquanto nos separamos do restante do grupo e disparamos até a entrada principal, chamando a atenção dos dois soldados no portão.

— Ei! — um deles grita e aponta a arma para mim.

City, porém, é mais rápido, mirando e atirando na lateral da cabeça do soldado antes que este consiga falar qualquer outra coisa.

O segundo guarda assopra um apito e sai correndo, enquanto City e eu escalamos a grade ligeiros. O guarda continua correndo para buscar ajuda.

Pulamos do outro lado, City aperta um botão vermelho grande para que os outros entrem. Omen passa correndo por nós. Hoodoo o acompanha como um guarda-costas, e eles seguem para o prédio principal em direção a uma escada alta. Mais guardas surgem lá de dentro, armas em mãos, e não hesitam antes de começar a atirar.

Nós nos dispersamos em várias direções apenas para mantê-los ocupados. Eu me esgueiro atrás de uma Mercedes, e uma bala acerta o pneu próximo a mim, fazendo o ar escapar. Raid desliza ao meu lado, arfando.

— Olha só, se nós diminuirmos a temperatura do ar-condicionado em apenas alguns graus, seria uma boa economia para o clube.

Eu me viro para ele franzindo o cenho.

— Estamos no meio da porra de um tiroteio. Você acha mesmo que é a hora certa de falarmos sobre economizar dinheiro?

Ele dá de ombros no instante em que outra bala passa ligeira por nós, se alojando na terra aos seus pés.

— Com a plantação fora da jogada, vamos precisar segurar grana, então acho que estou contribuindo.

— Olha, será que a gente pode deixar essa conversa para outra hora? Talvez quando tivermos menos chance de levar uma bala na cabeça, que tal?

Raid olha por cima do ombro e depois para mim.

— Claro, sem problemas, Prez.

Ele se levanta, mirando e atirando sem pestanejar no joelho de um soldado, que grita de dor ao cair no chão. Como se nada tivesse acontecido, Raid corre em disparada até a briga, e eu balanço a cabeça.

Dou risada do quanto meus rapazes são ecléticos, mas eu não queria que fossem diferentes.

Eu me levanto e corro para o meio do pátio, dando um soco em um dos guardas enquanto City aparece atrás de mim, pega a faca do cinto do soldado e o acerta bem no pescoço. Dou um sorrisinho e o solto, então ele cai no chão em uma poça do próprio sangue. City larga a faca em cima do cadáver ensanguentado.

— Quanto tempo Omen vai demorar? — City pergunta em voz alta o mesmo que eu estava pensando.

Olho ao redor e vejo que meus rapazes abateram todos os guardas. Não há dúvida de que há mais a caminho, então apenas aguardamos.

Omen e Hoodoo saem correndo porta afora, balançando as mãos no ar.

— Corram! — Hoodoo grita.

Chegou a hora!

Nós nos viramos, saindo em disparada, porque sabemos o que vai acontecer.

Não paramos. De repente, a onda de choque me atinge, acertando minhas costas e me lançando de cara no asfalto. Quando o som da explosão machuca meu ouvido e me faz grunhir, é o calor que me atinge em seguida. Protejo a cabeça entre as mãos conforme destroços e fumaça preenchem o ar, caindo devagar sobre nós como em câmera lenta.

Estouros e estrondos das munições ao longe rompem e explodem por conta do calor, embora eu mal consiga ouvir direito, devido ao zumbido no meu ouvido. Tento me levantar com dificuldade, e não sei como finalmente consigo ficar de pé e me virar para contemplar o maior inferno que já vi. Não há possibilidade alguma de que as armas estocadas ali dentro possam ser salvas.

Num instante!

O trabalho foi muito bem-feito.

Agarro City pelo ombro. Ele está sentado no chão, encarando aquela maravilha explosiva se desenrolar bem diante de seus olhos, mas eu lhe dou um puxão no colete para ajudá-lo a se levantar.

— Vamos, temos que sair daqui. Agora!

Todos nós corremos em direção às vans em que viemos, para então voltarmos à sede. Assim que chegamos, ninguém conseguiria arrancar os sorrisinhos da nossa cara nem se tentasse. Eu me viro para os rapazes, mesmo que estejamos sem fôlego, meu rosto se ilumina como uma bendita árvore de Natal.

— Parabéns, irmãos. Olho por olho, dente por dente. — Eles riem, e nós subimos nas vans. — Vamos voltar e comemorar a vitória, da maneira certa.

Vou até o banco do passageiro, com City no volante, e me deixo afundar no assento, uma felicidade extrema toma conta de mim.

Nada poderia acabar com a euforia que estou sentindo.

Ver Kaia seria a cereja do bolo.

Arregalo os olhos quando, de repente, me lembro.

Puta merda! Era para eu ter ido jantar com ela e Lani hoje.

Apressado, pego meu celular, pronto para escrever alguma desculpinha esfarrapada, algo que talvez explique por que eu a deixei esperando, mas logo vejo que já tem uma mensagem à minha espera. Eu não senti o celular vibrar, nem ouvi quando a mensagem chegou.

Acho que me deixei envolver um pouquinho em toda a merda que rolou hoje à noite.

> Não me ligue: Cadê você, seu babaca?

Preciso editar o nome dela nos meus contatos, embora coloque um sorrisinho no meu rosto quando "Não me ligue" pisca na tela; me faz lembrar da natureza ousada de Kaia. Agora, porém, não consigo sorrir, porque a culpa fervendo dentro de mim está me consumindo de um jeito que eu não esperava. É quase meia-noite, e eu tenho consciência de que fiz algo bem escroto. Eu me deixei envolver com todo esse drama, mas, sendo bem sincero, o clube sempre vem em primeiro lugar. Só que eu preciso me desculpar com Kaia e Lani, então começo a escrever uma mensagem para Kaia, estando ciente de que tenho que reconhecer que isso aconteceu por eu ser um tremendo de um babaca.

> Eu: ...

CAPÍTULO 12

KAIA

Cinco horas atrás

O aroma da comida está incrível, e a música retumba pela cozinha enquanto eu danço pelo ambiente e sou tomada por uma felicidade que não sei bem de onde vem. Lani vem para o meu lado, me pega pela mão e me gira para longe dela no ritmo da música, enquanto com a outra mão ela segura um pegador de salada e ri, parecendo uma fadinha encantada.

— Você fica tão fofa quando se anima por conta de um garoto — Lani me provoca, pinçando minha bunda com o pegador.

Eu recuo e faço cara feia.

— Fica quieta. Eu estou feliz por estar aqui com você, não tem nada a ver com o Hurricane.

— Vocês dois vão *super mandar ver* hoje...

— Que nojo! — Contraio o nariz.

Lani sacode o pegador no alto.

— Você está mentindo para você mesma se pensa que não está encantada por ele.

Reviro os olhos, dou uma espiada no relógio da parede e vejo que são 19:10 — ele está atrasado —, mas são só dez minutos de atraso, nada com que se preocupar. Vou, então, até a mesa de jantar para arrumá-la.

— Olha só, convidar o Hurricane para jantar foi bem escroto.

Lani ri pelo nariz.

— Sempre tem o saco dele no meio. Você é uma pervertida, Kaia.

Olho de relance por cima do ombro, fazendo uma careta para ela.

— Há-há-há, muito engraçado. Vou beber vinho, você quer?

Lani balança a cabeça.

— É melhor não.

Vou até a geladeira, de onde tiro a garrafa e me sirvo de uma taça. Como quem não quer nada, verifico as horas de novo enquanto Lani começa a colocar a comida no prato, e logo caminho até a janela da frente, puxando a cortina para ver se consigo enxergar alguma coisa.

Nada.

Lani coloca os três pratos na mesa, e eu olho de esguelha para ela; são quase 19:30. Ela suspira.

— Será que a gente espera?

Começo a ficar ansiosa, além de sentir frustração e um pouquinho de raiva. Não posso tirar conclusões precipitadas, talvez ele tenha um bom motivo para estar atrasado.

— Não, vamos comer, se não vai esfriar.

Lani mordisca o lábio inferior e desliza a cadeira para se sentar.

— Onde ele poderia estar?

Espeto o frango delicioso com o garfo, odiando o olhar de decepção no rosto de Lani. Isso só faz minha raiva crescer, chegando ao ponto de fúria total quando mais uma hora se passa e nada de ele aparecer ou dar qualquer explicação.

Ele pode me dar o cano, pode me magoar o quanto quiser, mas me fazer ver Lani amuada e tão desapontada assim... É melhor que Hurricane se prepare para o que vem por aí.

Continuo conferindo meu celular para ver se ele mandou alguma mensagem ou ligou, mas não tem nada. Por conta disso, mando uma mensagem curta, apenas para gentilmente lembrá-lo de onde ele deveria estar.

> Eu: Cadê você, seu babaca?

Fico olhando a minha mensagem por um tempo, e ela continua não lida. Bufo inconformada e balanço a cabeça. Quem diria, não é? Provavelmente o filho da mãe está na farra vadiando. Eu deveria ter imaginado isso. No fundo, eu sempre soube que Hurricane era um imbecil sem igual. Não sei por que fui imaginar que recebê-lo para jantar iria, de repente, transformá-lo em algo que ele não é. Não sei por que pensei que ele ter tratado Lani bem faria dele um homem melhor.

Ele não é.

Ele não passa de um babaca mentiroso, egoísta e desonesto.

Esmurro o garfo na mesa e solto um grunhido bem alto.

— *Quem ele pensa que é?* — Lani pressiona os lábios um no outro. — Ele aparece no estúdio perguntando se é um babaca... Eu *falo* na cara dele que ele *é* um babaca, e daí sorrateiramente ele se faz convidar para um jantar só para provar que ele é, *de fato*, um *babaca filho da puta*.

Lani coloca o garfo na mesa com cuidado, e um olhar gentil e triste lhe toma o semblante.

— Me desculpa.

Faço uma cara feia.

— Desculpa por quê? Não tem nada com que se desculpar.

— Eu que o convidei. — Ela suspira. — Pensei mesmo que ele fosse aparecer, não achei que ele fosse te dar o cano.

— *Nós*, Lani. Ele deu o cano em *nós*. Em nós duas.

— Eu entendi tudo errado... Pensei que ele estivesse a fim de você. Eu... eu tinha certeza de que ele viria.

Eu me estico por cima da mesa e lhe pego a mão.

— Ei. Não se martirize, não é culpa sua. É assim que ele age, eu não estava brincando quando disse que ele era um babaca. O Hurricane... ele só pensa nele mesmo.

— Aposto que aconteceu um imprevisto, aposto que tem uma boa explicação.

Suspiro e me encosto de novo na cadeira.

— Não! Não faça isso, não vale a pena, Lani. Sinto muito que você tenha essa necessidade de me fazer sentir melhor, mas, sinceramente... estou bem.

Ela me olha como quem não está convencida, depois pega o prato e o leva até a pia.

— Certo. Bem, vou tomar um banho. Tem certeza de que você está bem?

— Para! Estou bem. Obrigada pelo jantar, estava incrível.

Ela dá um sorriso frouxo antes de ir para o banheiro.

Suspiro e pego o celular de novo, verificando a mensagem não lida. Quero ligar para ele, lhe dar um escorraço, mas a verdade é que isso provavelmente só vai inflar ainda mais aquele ego gigantesco dele. Decido, então, levar meu prato até a cozinha e depois ir até o sofá, e ligar a televisão. Uma notícia de última hora pipoca na tela anunciando uma explosão nas margens do rio Mississippi. O bombeiro e a polícia já estão no local; eles consideram que o lugar tenha uma ligação com a máfia russa.

Dobro os joelhos até encostarem no peito e mudo de canal.

— Malditos criminosos que ficam por aí explodindo coisas só por diversão.

Penso em Hurricane. Não consigo deixar de imaginar o que ele andou fazendo hoje à noite. Ou devo dizer *quem*.

Balanço a cabeça para espantar esses pensamentos, preciso parar de pensar nele como algo além do que ele realmente é: um tremendo desastre em forma de homem.

Ele *não* é atraente de doer.

Ele *não* tem um sorriso que ilumina o ambiente inteiro.

Ele *não* tem um cheiro tão bom a ponto de me deixar louca para agarrá-lo todo.

Seu papinho safado com certeza *não* me faz querer arrancar a calcinha e ficar à mercê dele.

Não.

Nada disso.

Não é possível que eu esteja a fim dele. É?

Será que é por isso que meu coração lateja doído e no fundo eu sinta tanta raiva por ele não ter aparecido? Tentei transparecer para Lani que isso não me afetou, que não significou nada, mas a verdade é que eu estava animada com a visita dele para que passássemos um tempo juntos. *Ele me empolga*. A maneira como discutimos, como ele briga comigo, como nos conectamos, tudo isso mexe comigo. Eu amo odiá-lo.

Imagino, porém, que seja uma via de mão única, que eu seja apenas um brinquedinho para ele.

Coloco um filme e me aninho no sofá assim que Lani aparece com seu pijama felpudo. Sorrio para ela, que desliza no canto oposto e joga o cobertor em cima de nós duas. Ela me olha, mas não diz nada, e nós ficamos quietinhas assistindo a um filme de amor bem piegas.

Nem parece, mas já é quase meia-noite, e eu deveria dormir — estou exausta. O tempo voou, Lani está quase cochilando, então desligo a televisão. O silêncio repentino a faz acordar na hora.

— O quê? Não fui eu — ela balbucia, sonolenta.

Rio e me levanto, lhe dando tapinhas na perna.

— Vamos, hora de dormir.

Ela resmunga e preguiçosamente se levanta, se curvando para me dar um abraço.

— Boa noite, maninha. Te amo.

— Também te amo... boa noite.

Lani vai cambaleando para o quarto, enquanto eu ando pela casa desligando luzes e conferindo se as portas estão trancadas. Em seguida, vou para o meu quarto, onde coloco um pijama e me deito na cama. Eu sequer tinha percebido o quanto eu precisava da minha cama. Quando fecho os olhos, Hurricane me vem à mente e me faz grunhir, então viro de lado, tentando não pensar nele, mas meu celular bipa.

Meu coração vai à boca quando me viro e vejo "Hurricane" piscar na tela. Hesito, e a raiva toma conta de mim por ele ter tido a audácia de me deixar esperando tanto tempo, só que logo a curiosidade vem à tona.

Que desculpa ele vai dar?

> Hurricane: Eu queria ter ido. Acredite em mim. Aconteceu um imprevisto no clube, e eu fiquei preso aqui. Não é uma desculpa, é um fato. Eu deveria ter te avisado. Acabei de voltar, me deixe te compensar por isso...

Faço uma cara feia e bufo.

— Nem sequer uma bendita de uma desculpa.

Começo a digitar uma resposta.

> Eu: Não é a mim que você tem que compensar, é à minha irmã. Ela estava tão empolgada para te receber aqui, passou tanto tempo fazendo o jantar, e para nada. A Lani estava bastante ansiosa com a sua visita, Hurricane. Você deveria ter visto a cara dela quando você não apareceu. E o pior, você nem se desculpou. Eu tinha razão sobre você...

Aperto "enviar", extravasando a raiva e espelhando meus sentimentos em Lani, mas Hurricane não precisa saber disso.

Os três pontinhos pipocam na tela, me dando a certeza de que ele está digitando uma resposta. Com isso, eu me sento na cama, ansiosa com o que ele vai dizer.

> Hurricane: Perdão...

Suspiro bem alto.

— Pelo amor de Deus... quanta sinceridade. Idiota!

Dando um sorrisinho lateral, começo a digitar uma resposta.

> Eu: Isso não significa nada vindo de você, ainda mais agora que eu te disse para pedir desculpas. Palavras não querem dizer merda nenhuma, ações dizem tudo, e suas ações falaram bem alto hoje.

> Hurricane: Eu vou me redimir com você, com vocês duas...

> Eu: Que seja, Hurricane... boa noite.

Esmurro o celular na cama, sem esperar por uma resposta. Em vez disso, reclamo muito alto:

— Filho de uma mãe!

CAPÍTULO 13

HURRICANE

Alguns dias depois

Conforme saio da sede e caminho até o pântano, de onde meu irmão tirou a inspiração para o seu nome de asfalto, eu o vejo parado na margem com um balde de carcaça de frango.

Quando abro o portão, ele range por conta da ferrugem que se formou e se infiltrou nas molas ao longo do tempo, devido ao clima e à umidade. Caminho em direção a Bayou e à comida.

Um estalido alto ressoa pelo ambiente, me fazendo sorrir ao ver La Fin, o jacaré do clube, receber a refeição do dia. Bayou me parece um tanto contemplativo enquanto joga outra carcaça de frango para o jacaré.

Admito que não sei o que está se passando na cabeça dele, mas sei muito bem o que se passa na minha. Depois de ter pisado na bola aquela noite, tenho me sentindo um otário. Deixei passar alguns dias, mas preciso fazer algo melhor — só não sei o quê.

Paro ao lado de Bayou, que me olha e me entrega o balde.

— Você acha mesmo que eu vou pegar frango cru com a mão? Não. Obrigado.

Bayou ri.

— Fresco! — Ele arremessa meio frango na água, e o jacaré emerge das profundezas turvas e depois mergulha de novo.

Ficamos ali parados perto do gradil, observando.

— Ele está cada vez maior. Estamos dando comida demais para ele.

— Você é o garotão do papai, não é, La Fin? — Bayou fala mais alto com voz de criança, como se estivesse conversando com um chihuahua ou com qualquer coisa pequenininha e peluda.

— Você é apegado demais a esse jacaré, irmão.

Bayou joga outro pedaço de frango, e o estalo sonoro da mandíbula de La Fin perfura o ar enquanto Bayou ri.

— Ele é meu desde bebê... criamos um laço.

Rio pelo nariz, revirando os olhos.

— Eu te desafio a entrar no pântano com ele para ver o quanto esse laço é forte.

Bayou coloca o balde no chão e limpa a mão suja na calça jeans.

— Não dê ouvidos a esse homem ruim. O papai te ama um montão.

— Puta merda. Você andou bebendo? — pergunto.

Bayou ri, e La Fin desaparece nas profundezas turvas.

— Isso é impressionante vindo de você. Dá para sentir o cheiro de uísque daqui.

— A diferença é que todos sabem que sou uma causa perdida, mas precisamos que você se mantenha firme para que o clube continue na direção certa. Quer dizer, isso quando você não fica aqui fora cheio de amor por esse jacaré.

— Vá se foder!

Dou risada e um empurrão leve em Bayou enquanto subimos o deque, passamos pelo portão e seguimos até onde ficam as motos.

— Acho que eu ferrei com tudo... — deixo escapar.

Bayou ri.

— Só mais um dia na sua vida. O que aconteceu?

Eu me sento no banco do lado de fora, e Bayou faz a mesma coisa.

— Kaia.

Bayou cruza os braços sobre o peitoral largo e pressiona os lábios.

— Saiba que ela é uma garota bem bacana.

— Eu sequer tive a chance de conhecê-la melhor. Estávamos ocupados demais batendo boca o tempo todo... Esse atrai e repele esquisito entre nós está me deixando doido.

— Aonde você quer chegar?

— Naquela noite, quando atacamos os Novikov, eu tinha planos de ir jantar na casa da Kaia, com ela e com a Lani. No calor do momento, esqueci de ligar para ela, e até de mandar uma mensagem, explicando que eu estava indisponível. Nós meio que estávamos ocupados.

— Então ela acha que você furou com ela?

— Bem, acontece que eu furei, e ela está furiosa pra caramba. Estávamos quase chegando ao ponto de ela não me xingar o tempo todo. Agora, acho que ela nunca mais vai olhar na minha cara de novo.

Bayou sorri devagar.

— Ora, ora, quem diria. Você gosta dela. Nunca pensei que eu fosse viver para ver esse dia.

— Como assim?

— Você gosta dela *pra valer*?

— Não sei, porra. Ela me faz sentir coisas que eu nunca senti antes. Na maioria das vezes, é raiva, frustração aos montes, mas ela tem alguma coisa que...

Bayou suspira.

— Que te acende por dentro.

Droga.

— Isso.

— Pois é... você gosta dela.

Deslizo a mão pelo cabelo, dando um suspiro demorado.

— Bem, de que adianta afinal? Só de ouvir o meu nome ela já sente ódio.

— Quer um conselho de irmão?

— Estou aqui para isso...

— Dá uma boa lambida nela. As garotas amam isso, irmão. Tem um truque que eu faço com a língua que...

— Se fosse assim tão simples, você não acha que *eu*, de todas as pessoas, já não teria pensado nisso?

Bayou ri.

— Verdade... mas é realmente uma mudança e tanto ver que você está levando a sério esse lance com a Kaia. Depois daquela nossa conversa noites atrás, eu não achei que Ingrid e eu conseguiríamos mudar a sua cabeça... me parece que conseguimos plantar uma sementinha, né?

— Ora, qual é? Muitas mulheres querem ser tratadas de determinada maneira, e é isso que eu faço. Mas conhecer a Lani, ver como ela é com a Kaia... sei lá.

Bayou semicerra os olhos para mim.

— Tem certeza de que você não está querendo pegar a irmã?

— Tenho. Não é nada disso, seu paspalho. A Lani não é como eu imaginava, e ela me mostrou um lado diferente da Kaia. Ela é toda protetora. Ainda não sei por que motivo, mas a Kaia ama imensamente a irmã, e isso acabou me mostrando que ela não é de todo ruim.

— Uhum... Você anda pensando bastante nessas duas nesses últimos dias, não anda?

— Eu sinto que preciso me redimir.

— Então faça alguma coisa, sua besta, em vez de ficar se lamentando para mim como se fosse um cachorrinho perdido. Você é Hurricane, presidente do NOLA Rebeldes. Você age, não pensa, apenas vai lá e faz. Então vê se para de reclamar e comece a bolar um plano.

Seguro meu colete pelas laterais internas e digo:

— Verdade, você tem toda razão. Eu *nunca* deixei uma mulher me abater, sempre tenho o controle. Se Kaia quiser me ignorar, então vou mostrar para ela o que ela está perdendo.

— Calma aí! Como assim? Não foi isso que eu...

— Obrigado, Bayou, sempre posso contar com você para me lembrar do homem que sou. — Saio andando, em direção à sede, enquanto ele joga as mãos para o alto.

— Pelo amor de Deus... Você entendeu tudo errado.

Continuo a andar, me sentindo revigorado. Deixei que Kaia e suas provocações me atingissem.

Mas eu *não* sou assim. Não deixo as mulheres tomarem conta dos meus pensamentos, e eu *não* vou deixar que uma mulher comande meus sentimentos.

Kaia — quem é Kaia? Isso! Hora de parar de pensar nela.

Quando entro na sede, vejo Frankie. Alta e curvilínea, ela sempre me atraiu muito. A maneira como seus cachos ruivos caem sobre os ombros... Ela não se parece nada com Kaia, é seu completo oposto, na verdade.

Ela é exatamente do que preciso.

— Frankie — eu a chamo, e ela me olha e sorri.

— Sim, Prez? — ela responde suavemente.

— Meu quarto. *Agora.*

Ela coloca no balcão o pano que segurava e se apressa em minha direção. É isso que eu gosto em relação às garotas do clube: elas não retrucam, não batem boca. Elas apenas fazem o que lhes mandam fazer.

Eu quero transar, e Frankie compreende isso. Ela está pronta e disposta.

Quando abro a porta do quarto, ela entra. Fecho a porta e a tranco, e meu coração acelera ao me virar e perceber que Frankie me encara esperando instruções — ela já conhece o esquema.

— Tira a roupa!

Bem depressa, ela tira a camiseta e a joga no chão, em movimentos impecáveis e graciosos. Ela está tentando ser sexy, e, caramba, ela é. Ah, merda. Tem alguma coisa errada nisso tudo.

Frankie desabotoa o sutiã, para depois segurar o short e tirá-lo, ficando apenas de calcinha.

Meu coração acelera, não por eu estar excitado, mas porque meus pensamentos ficam se voltando para Kaia, e eu não consigo evitar. Contraio o maxilar assim que Frankie tira a calcinha, e ela agora está completamente nua na minha frente, mas eu solto um grunhido baixo. Sempre me senti deslocado, como se estivesse passando pela vida sozinho, mesmo estando cercado de pessoas.

Eu uso o sexo e as mulheres para me sentir próximo de gente, para preencher o vazio, mas, agora, isso *não* está funcionando.

Frankie não é a mulher que eu quero para suprir minha necessidade de ser desejado.

Isso é péssimo.

Frankie semicerra os olhos e se aproxima.

— Você está bem?

Deslizo a mão pelo cabelo, balançando a cabeça.

— Não... não estou. Ela *arruinou* o meu pau. Porra, ela fodeu a minha vida sexual.

Frankie fica ali, apenas me encarando como se eu estivesse enlouquecendo. Provavelmente ela tem razão.

— Não comente isso com ninguém, apenas... saia.

Depressa, ela pega suas roupas do chão e se apressa até a porta, me deixando ali, completamente chocado. Ela fecha a porta no instante em que sinto a raiva borbulhar dentro de mim, e eu não consigo contê-la. Cerro o punho e esmurro a parede de gesso, fazendo um buraco gigantesco ali. Os nós da minha mão latejam de dor, enquanto eu me arrasto até a cama e me deito, encarando o teto.

Merda!

Fecho os olhos, minha mente é tomada por imagens de Kaia, e é só nela que consigo pensar. De repente, fico duro. Duro feito aço.

Meu coração dispara ao pensar nela e por conta do fato de que cada poro do meu corpo não queria que isso estivesse acontecendo. Eu não quero me sentir atraído por Kaia, mas meu corpo diz o contrário. Deslizo a mão até embaixo, desabotoo a calça e coloco meu pau duro para fora, o bombando com vontade. Permaneço de olho fechado, mas Kaia continua firme e forte na minha mente. Meu pau lateja de prazer com a sensação que me percorre. É tão bom que me faz ir mais forte e rápido.

ATRAÍDO

Prendo a respiração quando começo a pensar em Kaia se tocando enquanto assisto. Eu vejo a cena na minha frente com detalhes, e meu pau pulsa tão forte que deixo escapar um gemido gutural.

— Merda!

Aumento o ritmo, quase brutal, enquanto pensar em Kaia se masturbando para gozar me deixa a ponto de bala. A imagem mental do seu corpo se contorcendo faz minha pele se eriçar em arrepios por conta das ondas de prazer que a percorrem.

Arqueio as costas, sentindo faíscas saírem desde os dedos do meu pé até a espinha. Com a mão livre, agarro a cama e me punheto tão vigorosamente que vejo estrelas. Minhas bolas se contraem com a pressão que se forma.

Na minha mente, Kaia chega ao orgasmo, me fazendo soltar um gemido grave enquanto bombo uma última vez. Sinto minhas bolas subirem e meu corpo estremecer assim que a explosão me atinge feito onda. Meu pau enrijece, lançando porra quente na minha barriga e camisa.

Arregalo os olhos e arfo sem fôlego, perplexo pelo que acabou de acontecer. Eu dispensei a minha garota-chefe, aquela que sabe como me fazer gozar, e lidei com isso sozinho.

Mas que porra?

Meu coração dispara quando percebo o que aconteceu de fato, e meus músculos se tensionam. Tento me acalmar, mas a única coisa que sinto é pânico e compreensão.

— Puta merda... eu gosto mesmo da Kaia.

CAPÍTULO 14

KAIA

Mais um dia comum.

Quando entro no estúdio, vejo Yuri à minha direita. Ele assovia, o que me faz arrepiar na mesma hora.

— Caramba, garota, sua bunda fica linda nessa *legging*.

Eu o ignoro, assim como sua atitude machista, e sigo até a minha estação o mais rápido possível, fazendo uma nota mental para dar queixa de Yuri quando Jackson chegar. É provável que isso entre por um ouvido e saia pelo outro, já que Yuri é o menino de ouro de Jackson, mas esse assédio tem que parar.

Com um aceno de cabeça, cumprimento Quinn, que me responde com seu jeitinho tipicamente alegre, e, para os outros caras, aceno, caminhando em seguida até a minha estação para começar. De repente, enquanto percorro a agenda para ver os clientes do dia, sinto um corpo rente ao meu e uma ereção pressionada na minha bunda.

Paraliso, e depois me viro, socando o nariz de Yuri com a palma da mão bem aberta.

Ele berra de dor quando sangue começa a escorrer.

— Sua vadia psicótica do caralho! — ele grita.

Quinn intervém, me puxando para o lado oposto enquanto os rapazes levam Yuri até o banheiro.

— Mas que porra foi essa, Kaia? — Quinn indaga perplexa e de olhos arregalados, como se estivesse em choque.

Bufo bem alto, cruzando os braços sobre o peito.

— O Yuri, ele... *argh*! Ele é tão irritante. Ele sempre tenta me agarrar ou dar em cima de mim. O babaca acabou de esfregar o pau duro na minha bunda.

Quinn me olha bem sério, erguendo a mão para tirar um pouco do cabelo bagunçado do meu rosto.

— Você sabe que o chefe não vai mandar o Yuri embora. O Jackson é um homem que passa panos quentes para homens. Ou seja, se quiser continuar trabalhando aqui, vai ter que tentar manter a harmonia entre vocês.

Eu sei que ela tem razão.

Ser tatuador sempre foi uma área dominada por homens.

Preciso tentar conviver com isso, por mais desconfortável que seja. Então eu volto para a minha estação e pego o celular para mandar uma mensagem para Lani.

> Eu: Dei um soco na cara do Yuri...

Lani me responde em seguida, com um GIF dando risada e outro fazendo joinha. Pelo menos eu sei que alguém aprova meus esforços.

— Kaia? — Quinn me chama, e eu olho para ela. — Você tem um cliente daqui a pouco.

— Tudo bem.

Preciso me recompor. Volto a olhar para baixo sem prestar atenção, desbloqueio o celular de novo, abro a primeira mensagem e começo a digitar.

> Eu: Você tinha que ver o sangue jorrando do nariz dele!!

Aperto "enviar", dando risada sozinha, e depois checo para ver se Lani está respondendo, mas é então que noto que mandei a mensagem para Hurricane.

Arregalo os olhos.

Como diabos isso foi acontecer?

Eu estava conversando só com Lani, então a mensagem dela deveria ser a primeira. Deslizo a tela para cima e vejo que Hurricane acabou de mandar uma mensagem nova.

> Hurricane: O frango da Lani estava bom? Estou chateado por não ter provado.

Dou um sorrisinho, e logo começo a digitar outra resposta; ele vai achar que fiquei maluca ao enviar uma resposta falando sobre narizes jorrando sangue. Antes que eu consiga enviar a nova mensagem, outra dele chega bem depressa.

> Hurricane: O frango estava com o nariz sangrando? Que tipo de comida vocês duas andam comendo?

Começo a gargalhar, me encostando na cadeira enquanto deleto o que eu havia digitado e recomeço.

> Eu: Não. Eu estava em outra conversa e sem querer enviei isso para você. O frango estava incrível, você definitivamente saiu perdendo.

> Hurricane: Então quem jorrou sangue?

Sorrio de orelha a orelha, digitando bem rápido.

> Eu: Um colega de trabalho. Ele me tirou do sério, então dei um soco de mão aberta no nariz dele.

Ele demora um pouquinho para responder, mas logo vejo os três pontinhos saltitado na tela.

> Hurricane: Não me surpreende, é bem provável que ele tenha merecido. Devo esperar algo do tipo quando nos vermos? Um nariz sangrando?

Solto uma risada, dando de ombros. Ele não está errado, mas acho que posso fazer melhor.

> Eu: Não, você pode contar com um chute no saco E um nariz sangrando.

> Hurricane: Caramba, me lembre de não te provocar de novo, não sei se minhas bolas são páreo para você.

O sino acima da porta soa, o que me faz espiar naquela direção e ver que meu cliente chegou, então respondo bem rápido.

> Eu: Meu cliente chegou, tenho que ir.

ATRAÍDO

> Hurricane: Vê se não vai se dar uma licença criativa com essa tatuagem também.

> Eu: Cala a boca!

Eu rio para mim mesma, coloco o celular na bandeja e vou receber o meu cliente.

Talvez eu até tenha ficado puta com Hurricane, completamente enfurecida, mas acho que ele está me amolecendo. Será que eu lhe dou outra chance? *Talvez.* Mas é mais provável que eu me bata antes que isso aconteça.

Meu cliente arregou e pediu uma pausa, então aproveito para conversar com Quinn. Ela vai querer saber dos últimos acontecimentos.

Ela olha para cima e dá um tremendo sorriso.

— Ele arregou, é?

Olho de relance para o fisiculturista bebendo um energético e andando para lá e para cá, como se estivesse reunindo coragem para continuar.

— O coitadinho é um amor. Sinto tanta pena dele, mas, no geral, a tatuagem é pequena, então ele deveria aguentar com tranquilidade. Só que o limiar de dor de cada pessoa é diferente, não é?

— Tem cliente de todo tipo aqui, não tem?

Eu me inclino mais para perto.

— Os chorões são os piores — sussurro.

Quinn gargalha.

— Garota, você é terrível!

Solto uma bufada e me inclino sobre o balcão.

— Falando em terrível...

— Ai, meu Deus, fala logo, vou ser forte. É o TikTok que fiz hoje de manhã? Aquele em que eu pareço estar de franjinha? É melhor eu excluir, não é?

Dou risada e um empurrão em seu ombro.

— Nada disso. Na verdade, eu te achei fofa de franjinha. Você deveria fazer esse corte. Mas, mudando de assunto... o Hurricane me mandou mensagem.

— O quê? Sério? *Sério?*

— Sim, e acho que minha raiva por ele ter me dado o cano está passando.

Quinn dá de ombros.

— Olha, vou ser sincera, se ele me deixasse sentar na cara dele depois de ter me dado o cano, eu o perdoaria fácil, fácil. Por que você não sugere isso como compensação?

— Ai meu Deus.

— Ele *é* um gostoso. Eu super entendo se você estiver a fim dele, querida. Você comentou que ele tratou bem a Lani, certo?

— Sim, ele a tratou bem demais. Eu só não sei o que fazer.

— Garota, se eu fosse você, daria outra chance para ele. Se ele pisar na bola de novo, então você vai ter certeza de que ele é um babaca e, enfim, pode seguir em frente. Além disso, você viu aqueles bíceps? Ai, meu Deus.

— Eu cheguei bem pertinho dele para fazer a tatuagem, lembra? Ou seja... eu vi.

Quinn ri, me pega pelo ombro, me vira e aponta para a minha estação.

— Certo, vai, vai. De volta ao trabalho, mas mande uma mensagem para o Hurricane marcando outro jantar. A única maneira de saber se ele é um tremendo babaca ou não é testar a teoria, não é?

Por algum motivo, ela está coberta de razão.

— Vou fazer isso. Obrigada, Quinn. Você sempre sabe como me animar.

— É para isso que as melhores amigas servem.

O único jeito de saber se Hurricane realmente sente muito é ver se ele vai pisar na bola de novo. Se ele o fizer, então é isso. *Game over.*

Há algo dentro de mim me dizendo que preciso dar outra chance a ele.

Enquanto volto para a minha estação, hesito em mandar a mensagem. Mesmo que eu queira, ainda não tenho certeza se é a coisa certa a fazer, por Lani ou por mim.

Não sei muito bem se estou pronta para perdoar Hurricane. Ainda estou furiosa. Então, embora eu tenha falado para Quinn que eu mandaria mensagem, deixo o celular de lado e decido esquecer disso por enquanto.

Talvez ele não valha a dor de cabeça.

— Kaia, meu escritório — Jackson me chama, e todos prestam atenção.

Eu me levanto, andando bem rápido até o meu chefe, que me encara e gesticula para que eu entre na sala pequena. Eu sequer notei quando ele chegou hoje à tarde, nem tinha ideia de que ele estava aqui, senão eu teria dado uma palavrinha com ele sobre Yuri.

— Na verdade, que bom que você está aqui, Jackson, preciso falar com você so...

— Deram queixa contra você — ele me interrompe, e eu arregalo os olhos.

— Perdão, como assim?

Jackson aponta para a cadeira em frente à sua mesa, me fazendo ir até lá e me sentar enquanto ele fecha a porta.

— O Yuri veio me ver para fazer uma reclamação formal sobre ter sido agredido por você.

— Você só pode estar de sacanagem... — murmuro quase de forma inaudível.

— Eu dei muito duro para fazer com que o estúdio seja um ambiente seguro para os meus funcionários, Kaia, então não vou tolerar você agredindo fisicamente meu melhor funcionário.

Bufo bem alto e cruzo os braços sobre o peito.

— Você sequer está interessado em saber o que aconteceu *de fato*?

— O Yuri já me contou tudo... Ele foi conversar com você, mas você entendeu errado a gentileza dele e agiu com agressividade. Eu sinto muito, Kaia, mas eu vou te notificar com uma advertência por escrito.

Meu sangue ferve.

— Seu *menino de ouro* me assediou sexualmente. Eu me protegi no *seu* local de trabalho, mas quem leva a advertência *sou eu*? Isso é ridículo, Jackson. — Fico de pé, pronta para sair daqui.

— São três avisos... mais dois e você vai para o olho da rua, Kaia — Jackson grunhe.

Saio andando tão rápido, mas também a passos tão firmes, que não consigo não voltar pisando duro para a minha estação. Yuri, de sorrisinho estúpido na cara, me observa enquanto passo. *Babaca filho de uma puta*. Se eu não precisasse deste emprego, eu pediria as contas.

O problema é que eu amo ser tatuadora, são as pessoas que me tiram do sério.

Pra valer.

E se eu falar com Hurricane para ele lidar com Yuri?

Dou um sorrisinho ao pensar nisso, e depois me acomodo na minha estação.

Isso não seria uma coisa linda de se ver?

CAPÍTULO 15

ANÔNIMO

Kaia me machucou hoje, *me machucou pra valer*.

A maneira como ela me socou foi como se ela tivesse me esmurrado no coração.

Ela até pode achar que eu não passo de um paspalho, alguém que gosta de zoar, mas ela precisa entender que faço o que faço para protegê-la... *apenas ela!*

CAPÍTULO 16

Dia seguinte

Os rapazes e eu seguimos até a plantação para verificar o quanto a limpeza está progredindo. Tenho que dar o mérito a Maxxy, pois, por mais ferida que estivesse, assim que ela recebeu alta no hospital, logo voltou para cá apenas para ter certeza de que tudo seria muito bem cuidado.

Essa mulher é uma fortaleza.

Paro ao lado dela e a puxo para um abraço gentil. Ela me envolve com braços enfaixados, e eu me afasto para dar uma boa olhada nela.

— Tem certeza de que você quer ficar aqui?

Ela pende a cabeça para o lado.

— Hurricane, aqui é a minha casa. Eu *vivo* para esse lugar, e eles tentaram tomá-lo de mim. Eu não cairia sem brigar, então aqueles desgraçados podem até tentar arrancar esse lugar de nós, mas eu vou fazê-lo renascer.

Esse é o estilo Maxxy de ser, durona pra cacete.

— Certo, mas, enquanto estamos trabalhando nisso, se você precisar de um descanso, me avise, porra. Você é importante demais para todos nós, Maxxy. Uma peça-chave. Precisamos de você saudável.

Ela dá um sorrisão.

— Ora, ora, Hurricane, você acabou de admitir que gosta de mim?

Debocho.

— Ei, nada de sentimentalismo para cima de mim. Te ver pregada naquele tronco foi como uma flechada no meu coração.

Ela entristece o olhar, para depois me abraçar pela cintura.

— Eu sei... Eu sinto muito que vocês tiveram que presenciar aquilo.

— E eu estou indignado que você tenha sido submetida a isso. Nós tínhamos que ter colocado mais guardas para te proteger. A culpa é minha. Confia em mim... não vai acontecer de novo.

— Eu sei, e não te culpo. Apenas se certifique de dar um troco bem dado naqueles desgraçados por mim.

Balanço a sobrancelha e me inclino para lhe dar um beijo na cabeça.

— Nós já fizemos isso.

Ela ri de leve.

— Eu deveria saber. Obrigada, Hurricane. Aliás, não se preocupe com esse lugar. Se você arranjar alguns trabalhadores para me ajudar a arar o solo, poderemos reabastecê-lo, assim eu vou conseguir replantar o estoque bem rapidinho. Em torno de oito semanas, teremos um novo plantio crescendo, e os frutos devem despontar em mais ou menos 120 dias.

Eu a solto e coço meu queixo, não gostando nem um pouco do tempo que isso vai levar.

— Então nossa colheita vai cair pela metade por uns quatro meses. Você acha que daremos um jeito?

— Bem, nós trabalhamos com um sistema trimestral. O campo foi dividido em quatro partes, e em cada uma delas o plantio cresce em ritmos diferentes, para que tenhamos colheita o ano inteiro. Duas partes estão arruinadas, nos deixando apenas com duas para trabalhar.

— Certo, então você está me dizendo que temos o suficiente apenas para seis meses?

Maxxy balança a cabeça, negando.

— Menos que isso, por que, quando colhemos uma das partes, nós a replantamos e partimos para a parte seguinte, enquanto a que acabou de ser colhida é semeada para crescer de novo. As outras duas partes estarão em um ritmo de crescimento bem mais lento que da colheita madura. Ou seja, assim que a próxima parte estiver pronta para ser colhida, não teremos uma parte livre para semear, porque não será hora da colheita ainda. Ficaremos sem nada, *não* tem como acelerar o crescimento rápido o bastante para reabastecer o estoque. Se limitarmos a distribuição, usando duas partes do campo, poderíamos estender sua fertilidade, mas os frutos durariam somente por esse tempo de qualquer forma. Talvez seja possível alongarmos por oito ou nove meses, mas, depois disso, precisamos começar a planejar o que faremos até que o novo campo renasça e cresça na ordem correta mais uma vez.

"Se eu plantar nas quatro partes de uma vez, teremos uma colheita abundante, mas o lado negativo é que não vai haver estoque até a próxima colheita. Faz sentido cultivarmos do modo como fazemos para atender a demanda. Além disso, não temos capacidade de produção para tanta heroína de uma vez. Teríamos que ampliar a refinaria em uma escala tão grande a ponto de, talvez, sermos até flagrados, isso sem mencionar o investimento financeiro e humano necessários para tal. E, de novo, haveria problemas enquanto o plantio cresce de novo."

Jesus Cristo.

Nós já abrimos mão de Marcel e da nossa renda em Nova Orleans, mas, nesse ritmo, vamos ter que limitar a distribuição a outras bases de clientes também.

É pior do que eu imaginava.

Nossa indústria inteira basicamente foi extinguida.

Maldito Novikov.

Talvez precisemos procurar por outras fontes de renda.

— Deixa comigo, Maxxy, precisamos conversar sobre isso com o clube. Não importa o que aconteça, você sempre terá um trabalho aqui. Apenas continue fazendo o que você está fazendo, e qualquer coisa de que precisar, avisa o Hoodoo.

— Vai dar tudo certo. E, Hurricane... é uma via de mão dupla. Se você precisar que eu faça outras coisas para o clube, você sabe que pode contar comigo.

Estico a mão e lhe agarro o ombro.

— Apenas faça o possível para reavivar o cultivo. E nos avise se precisar de qualquer coisa.

— Deixa comigo, Prez.

Viro-me e gesticulo com a cabeça para os rapazes.

— Irmãos, hora de voltar para a sede e fazermos uma reunião.

Caminhamos até nossas motos. Saindo do estaleiro, passo por Felix e aceno com a cabeça. Ele me saúda com um gesto de mão, dois dedos erguidos, e eu passo a perna por cima da minha moto, sentindo o estômago borbulhar de raiva.

Mesmo que tenhamos dado o troco na Máfia, não parece que fizemos o suficiente.

O ataque deles foi massivo, deixando nosso negócio aos frangalhos. Precisamos dar um jeito nessa merda, e rápido.

Dou partida e arranco, sedento para que o ronco do motor alivie a tensão que me percorre. Assim que chegamos à sede, vamos todos até a Capela. Eu me jogo na cadeira e bato o martelo no acrílico, chamando a atenção de todos, que se viram para mim enquanto eu me ajeito mais para a frente com as mãos na mesa. Suspiro demoradamente.

— Como todos sabem, estamos ferrados. Em alguns meses, o clube vai estar em apuros, e precisamos dar um jeito nisso rápido. Quero ouvir suas melhores opções.

Todos se recostam nas cadeiras e permanecem olhando uns para os outros. Raid começa a digitar algo em seu notebook, mas logo ele ergue a cabeça com um brilho nos olhos.

— Certo, ouçam só.

— Ninguém está falando nada, então o palco é todo seu.

Raid direciona a tela do notebook para mim, me mostrando um mapa do rio Mississippi e da costa portuária.

— Todos sabem que a Máfia fornece a segurança no transporte de todas as barcaças e navios cargueiros no nosso porto do rio. Pelas pesquisas que andei fazendo, eles cobram uma taxa de 25% para fornecer proteção a "carregamentos especiais" em certos containers. Assim, se abaixarmos essa taxa para, digamos, 20%, podemos tomar o negócio deles e entrar para o mercado portuário... vamos dar aos Novikov um pouco do próprio veneno, ver se eles gostam quando sua fonte de renda é roubada deles.

Esfrego a barba.

— Tomar o porto do Mississippi para nós... *gostei*. A bandidagem por ali sempre vai querer a menor taxa. Ou seja, se formos até eles dizendo que podemos fornecer o mesmo serviço que a Máfia por um preço mais em conta, com certeza o trabalho será nosso. E 20% ainda é uma margem decente considerando todo aquele tráfego no porto.

Olho para City, que assente.

— É um plano válido, só precisamos fazer as coisas de forma que a Máfia não ofereça uma taxa ainda menor que a nossa para tomar o porto de volta.

Eu suspiro.

— Se eles fizerem isso, nós baixamos ainda mais o preço ou oferecemos àquela escória algo que não possam recusar... precisamos dessa renda. No momento, é a melhor maneira de conseguirmos um fluxo estável de renda dos criminosos de Nova Orleans. Eles precisam que seus produtos sejam transportados com discrição, então vamos assegurar que sejam entregues onde for necessário.

— Quando você quer fechar esse acordo então? — City pergunta.

Empurro a cadeira para trás, me levanto e bato o martelo no acrílico.

— Nada melhor que o agora.

Uma brisa suave dança pelos arredores, fazendo com que as cores amarronzadas do poderoso rio Mississippi oscilem em ondas gentis. Nós não nos aventuramos por essas bandas com frequência, afinal, é território do Novikov, mas eu vou tentar virar esse jogo.

Avistamos o sujeito com quem precisamos conversar, e, até onde sei, ele se chama Dominic. De acordo com as fotos que Raid conseguiu na internet, parece ser o mesmo cara: colete reflexivo, camisa de botões, barriga gigantesca de cerveja e barba grisalha que precisa de uma boa aparada.

Sem saber se a Máfia mantém capangas nas docas, câmeras ou espiões escondidos, precisamos ter muito cuidado nos próximos passos que vamos tomar. Só que também não queremos ser cuidadosos demais. É uma linha tênue, muito estreita. Sorte que meu equilíbrio está dos melhores agora.

Sinalizo para City e Bayou, e vamos até Dominic. Os outros rapazes permanecem atrás, atentos a qualquer espião, pois eles devem ser nossos olhos caso a Máfia apareça enquanto falamos de negócios.

Ando em um passo autoritário em direção a Dominic, que me vê e dá um sorrisinho. Os botões da sua camisa esticada ao máximo quase não fecham sobre aquela barriga imensa, e isso me faz dar um sorriso pretensioso, enquanto Dominic tem em mãos uma prancheta e despacha ordens a seus homens. Seu capacete de segurança cai e quase lhe cobre os olhos quando nos aproximamos, mas ele rapidamente o volta na posição correta para enxergar direito.

— Dominic? — eu o chamo. Ele olha em minha direção. Apenas uma olhada, e então ele esnoba minha presença, e volta sua atenção para um dos funcionários.

— Coloca essa merda no barco, Jarred. Não vou pedir de novo.

Ótimo, me ignorando logo de cara. Talvez a coisa não seja tão fácil quanto eu esperei que fosse.

Eu paro ao lado dele, que me encara com uma bufada poderosa.

— Olha só, eu tenho trabalho a fazer, então qualquer que seja a merda que você quer causar, não vou fazer parte disso, entendeu?

Arqueio a sobrancelha ao ouvir aquele tom desdenhoso e cruzo os braços sobre o peito.

— Então me permita ser direto e reto com você, Dom. Nós sabemos que você trabalha com a Máfia Novikov para conseguir traficar substâncias ilegais nesses contêineres.

Ele para, me olha dos pés à cabeça, e dá um meio sorriso.

— Não sei do que você está falando.

— Nós cobramos uma taxa de 20% para proteção e segurança, e nos certificamos de que nada aconteça com o carregamento antes de entrar ou sair dos navios.

Dominic semicerra os olhos, me analisando.

— Você e o Novikov são aliados ou inimigos?

— E o que isso importa, se estou oferecendo um acordo melhor?

Ele ri.

— Inimigos, então. — Ele respira fundo, alongando o pescoço para os lados. — Desde que essas merdas entre motoqueiros fora da lei não aconteçam na minha doca, nem tiroteios, nem nada que chame atenção para o que rola aqui, vou aceitar seu acordo por 18%.

Eu rio.

— Vinte ou nada.

Meus irmãos arregalam os olhos como se pensassem que sou um imbecil sem tamanho. Se Dominic escolher "nada", isso poderia arruinar nossa chance, mas eu sei o que estou fazendo.

Dominic grunhe.

— Porra, está bem, 20%. — Apertamos as mãos. — Temos um acordo, ... — Ele arqueia uma sobrancelha.

— Hurricane. E os rapazes são do NOLA Rebeldes.

Ele assente.

— Prazer em conhecer vocês. Voltem amanhã às 07:00 para ajeitarmos a papelada e os horários em que lidamos com essa merda. Vou dizer ao Anton Novikov que arranjamos outra fonte de segurança.

— Talvez seja melhor que você não mencione que são os Rebeldes.

— Não me diga, espertinho. Eu posso até não ser o negociante mais inteligente, mas não sou estúpido.

Acho que o Dominic e eu vamos nos dar bem.

— Agora *saiam* da minha doca — ele esbraveja.

Dou risada, assinto e me viro, me sentindo realizado.

ATRAÍDO 139

Saiu tudo *exatamente* como eu planejei.

Assim que me aproximo dos rapazes, Raid me dá tapinhas nas costas enquanto ri de leve.

— Você o enganou direitinho, subindo o preço da oferta porque sabia que ele viria com uma contraoferta.

— Dava para perceber a disposição dele para os negócios de longe. Vamos voltar. Precisamos descobrir como administrar tudo isso logisticamente.

E assim voltamos à sede. Não tem como não sentir que, mesmo que estejamos bem longe do ideal, tomar mais um negócio da Máfia talvez, enfim, nos ajude a sobreviver a esse show de horrores.

Estacionamos na sede, saltamos das motos e seguimos até a Capela para discutir o plano. Assim que todos se sentam em seus respectivos lugares, eu me ajeito e bato o martelo.

— Irmãos, fizemos um acordo com o gestor da doca. Agora, precisamos pensar na logística do serviço.

City se senta na ponta da cadeira, girando os ombros.

— Que tal um sistema de escala? Um aprendiz e um irmão de alta patente por vez tomando conta dos detalhes de segurança. Se os Novikov atacarem, precisaremos de gente nas docas com experiência em combate e sangue frio, que chame reforço caso necessário.

Todos assentem, como se isso pudesse dar certo.

— Me parece um plano válido. O que vocês me dizem?

Todos concordam, e eu bato o martelo.

— Então assim faremos. Isso vai dar certo. *Tem* que dar certo.

É impossível não ter a sensação de que talvez tenhamos achado um jeito de sair da merda em que os Novikov nos colocaram.

— Certo, acho que já foi emoção suficiente para hoje. Vamos encerrar e ter uma boa noite de sono antes de voltarmos à doca amanhã de manhã.

Todos se levantam para sair da Capela.

Bayou me segura pelo ombro e me encara.

— Vamos conseguir, irmão. Vai ficar tudo bem.

Ergo a lateral da boca.

— Sim... acho que sim.

Ele dá mais um tapa nas minhas costas antes de ir embora, e eu saio logo em seguida, indo até o meu quarto.

O caos no clube talvez esteja entrando nos trilhos — preciso esperar até amanhã para ter certeza —, mas o climão com a Kaia ainda existe.

Quero me redimir com ela, porém, antes de tudo, tenho que estar completamente focado.

Amanhã, depois que tudo estiver resolvido no clube, vou acertar as coisas.

Mesmo que eu esteja cansado de ter uma mulher guiando os meus sentimentos, a maneira como Kaia me faz sentir está me deixando maluco. O mais importante, entretanto, é que Lani merece um tratamento melhor da minha parte. Ela merecia que eu tivesse aparecido, que eu estivesse lá… e eu não fiz isso.

Preciso melhorar. Porra, eu tenho que melhorar.

Mesmo que isso estraçalhe minha alma no percurso.

CAPÍTULO 17

KAIA

Hoje parecia que o trabalho não ia acabar nunca. Yuri tem me tirado do sério, e, sendo bem sincera, não sei por quanto tempo mais vou suportar isso. Jackson não tem ficado muito por aqui, então eu não consegui dar queixa contra Yuri e sua natureza problemática. O resto da equipe tem notado seus comentários, seus flertes indesejados, suas passadas de mão sutis, mas ninguém vai ficar do meu lado, principalmente por ele ser o garoto de ouro de Jackson.

É uma merda.

Acabei de tatuar um cliente, e aqui estou, nos fundos do estúdio debruçada sobre a mesa de desenho, esboçando um design. Gosto daqui, é silencioso, longe de tudo, e eu ainda consigo ficar sozinha sem a barulheira e loucura do salão principal. Às vezes, os rapazes se exaltam demais, e eu gosto de relaxar depois de muito tempo tatuando.

Para permitir que minha mente desanuvie um pouco.

Para focar na minha arte.

A porta de correr da sala de desenho é vagarosamente aberta, e eu olho para cima e vejo Yuri entrando. Na mesma hora, minha reação é curvar o canto da boca, e eu me arrepio inteira, mas *não* por uma boa causa. Tem algo nesse sujeito que me coloca em alerta imediato sempre que fico sozinha com ele.

Não confio nele. Prefiro manter distância.

Tiro o fone de ouvido e me viro.

— Tudo bem?

Ele para bem próximo a mim, bloqueando qualquer rota de escape possível. Estou presa entre a mesa e a parede.

Merda.

— Quer saber, Kaia, essa muralha que você ergueu em volta de si mesma só te deixa ainda mais atraente.

Arqueio a sobrancelha e fecho a cara.

— Obrigada, eu acho. Mas, como eu sou sua *colega de trabalho*, você não deveria falar assim comigo.

Yuri se aproxima mais, forçando minhas costas na parede de gesso.

— Mas é aí que está... volto a dizer: ninguém precisa saber. Tenho certeza de que o Jackson se faria de desentendido.

Dou uma risada desdenhosa ao ouvir isso, porque eu sei que provavelmente é verdade. Dou um mísero passo mais para perto dele, tentando tomar um pouco as rédeas da situação.

— Só tem um probleminha com a sua teoria, Yuri. — Ele se aproxima, e está tão perto que fico zonza com o cheiro horroroso da sua loção de barba. — Eu. Não. Suporto. *Você*.

Então eu percebo o instante exato em que uma chave vira em sua mente.

Ele fica vermelho, a veia em seu pescoço pulsa conforme ele se projeta para a frente, me empurrando forte contra a parede. Arquejo quando perco o fôlego, e Yuri me encara com firmeza.

— Eu vou te mostrar como você deve me respeitar.

Com uma das mãos, ele cobre minha boca, bate minha cabeça na parede e me segura firme no lugar, enquanto com a outra ele começa a descer até minha calça, e eu me debato inteira. Yuri é imenso e forte. Eu o empurro, mas talvez eu nem devesse perder meu tempo porque ele sequer se move. Meus olhos lacrimejam, e eu lhe agarro nos braços, cravando as unhas em sua carne, mas nada o faz parar.

Um grunhido grave reverbera pela sala, um que não é de Yuri.

De repente, alguém o arranca para longe de mim. Meu corpo se verga inteiro quando eu praticamente caio no chão com um estrondo, e lágrimas rolam por meu rosto assim que olho para cima a tempo de ver Hurricane pegar Yuri e o jogar em cima da mesa de desenho, que quebra com o impacto. Yuri cai no chão com os destroços.

Ele grunhe de dor enquanto Hurricane se ajoelha em cima dele e acerta Yuri na cara com um soco, fazendo sangue jorrar na parede; o impacto é tão forte que ouço o barulho. Yuri desmaia, totalmente inconsciente.

Hurricane se vira para mim, e eu vejo a raiva queimando em seus olhos enquanto estou sentada de pernas cruzadas com os braços em volta do corpo, tremendo.

— Kaia... — sua voz é gentil quando ele chega perto de mim, me puxando para um abraço no instante em que Quinn chega apressada.

Ela cobre a boca com a mão quando vê o cenário catastrófico diante de si.

— Ai, meu Deus... Você está bem?

Eu me agarro a Hurricane, precisando da segurança de seu abraço. Eu não penso nem por um segundo no fato de não ter certeza sobre o que ele significa para mim.

Neste momento... ele me salvou.

E só isso importa.

— Por que caralho esse sujeito ainda está trabalhando aqui? — Hurricane rosna para Quinn.

Seu olhar entristece e ela suspira.

— É complicado.

— Então descomplique, Quinn. Ele estava prestes a estuprar a Kaia, nos fundos do estúdio, com todos vocês presentes. Você está querendo me dizer que esse desgraçado merece estar aqui? Ele merece uma bala no meio da testa.

Quinn estremece com o olhar.

— Concordo totalmente. Obrigada por ajudá-la, Hurricane.

Ele ergue a mão para tirar uma mecha de cabelo do meu rosto.

— Sempre.

Dou uma fungada ao secar uma lágrima solitária na minha bochecha.

— Não vou conseguir te agradecer o suficiente por você ter aparecido no momento certo. O que eu posso fazer para te recompensar?

Ele dá um sorriso enorme, mas não malicioso ou impulsivo, e sim verdadeiro.

— Me agradeça me recebendo para jantar.

Eu tensiono e me afasto dele.

— Hurricane, eu não posso fazer isso com a Lani de novo.

Ele se prepara para levantar, estica a mão para me ajudar, e eu a aceito. Ficamos ambos parados no meio da bagunça na sala onde Yuri continua desmaiado.

— Eu juro que vou aparecer, Kaia.

Hesito, olhando de esguelha para Quinn, que dá de ombros.

Ela não está ajudando *nem um pouco*.

Com isso, solto um suspiro demorado.

— Está bem. Mas, se você não aparecer, já era. Não chegue perto de mim, nunca mais fale comigo, nem nada. Entendeu?

— Entendi. Eu vou aparecer. Na verdade, vou chegar mais cedo.

Dou de ombros, encontrando forças depois desse desastre que acabou de acontecer.

Qual é o lance entre os homens e eu?

— Conto com isso. Não vou tolerar mais nenhuma merda sua, Hurricane. Você ter me salvado hoje não significa que você está livre de tudo que fez no passado. — Ele não fala mais nada, então eu espio Yuri no chão e sinto um arrepio me percorrer quando olho para Quinn. — O que nós vamos fazer quanto a isso? Ele vai estar uma fera quando acordar.

Hurricane dá uma risada, como se eu tivesse falado algo tão imbecil que ele mal consegue acreditar.

— Eu não quero você trabalhando aqui, nesse lugar horrível, ainda mais com esse otário. Junte suas coisas, você vai embora comigo... *agora*.

Arqueio a sobrancelha e dou uma bufada incrivelmente rude.

— *Como é?*

Ele cruza os braços sobre o peito como se estivesse me desafiando, o que, é claro, me coloca na defensiva na hora.

— *Sha*, quando esse otário acordar, ele vai querer guerra, e o alvo certeiro será *você*. Eu *não* quero você perto dele. É óbvio que você consegue perceber a lógica disso tudo.

— E por que você acha que tem o direito de me dizer o que fazer?

— Eu salvei a sua pele, acho que isso me dá o controle da situação.

Jogo as mãos para o alto, saindo da sala de desenho e passando pelo corredor. Os outros tatuadores estão olhando para cá, obviamente covardes demais para virem conferir a confusão.

Ando rápido e a passos firmes, mas logo me viro e respondo:

— Mas não te dá o direito de mandar na minha vida e nas minhas decisões.

— Kaia, se você ficar aqui, o que vai impedi-lo de te atacar de novo?

— Eu trabalho aqui, tenho contas para pagar, uma irmã de quem cuidar! — eu grito.

Que porra ele sabe da minha vida? Esse homem me atiça os nervos da forma errada.

Ele dá de ombros, como se isso não quisesse dizer nada.

— Eu compro um estúdio de tatuagem para você. Um só seu.

Arregalo os olhos, sentindo uma tensão nervosa me percorrer.

— *O quê?* Você nem me conhece direito.

— Se for para te manter a salvo de otários feito ele, eu compro, Kaia.

Mas, neste exato minuto... — ele esbraveja — seu expediente acabou. Junte suas coisas. *Agora*. Estamos indo.

O lampejo severo em seus olhos, a maneira como a veia em seu pescoço pulsa, seus bíceps salientes cruzados em cima do peito me dizem claramente que ele não está de brincadeira. Ele vai me arrastar daqui à força, se precisar.

— Está bem!

Enfurecida, vou até a minha estação, andando para lá e para cá com raiva, batendo coisas e sendo desagradavelmente o mais barulhenta possível para deixar bem claro que estou puta. Pego minha bolsa e vou até Quinn, que o tempo todo permaneceu boquiaberta, de cenho franzido e sem dizer uma palavra enquanto observava Hurricane e eu discutindo.

Hurricane para atrás de mim, colocando a mão na minha lombar. Eu olho feio para ele, e depois sorrio mansa para Quinn.

— Eu sinto *muito*.

Ela olha para o computador e faz uma careta.

— Você ainda tem dois clientes. Tem certeza de que precisa ir?

— Ela tem — Hurricane responde antes que eu fale qualquer coisa, mas ainda assim reviro os olhos.

— Você pode remarcar? Volto amanhã. Perdão.

Hurricane me pega pela mão e começa a me guiar até a saída.

— Kaia! — Quinn me chama, desesperada, mas é tarde demais. Hurricane já está me puxando porta afora.

Puxo minha mão com força, e ele me encara.

— Mas que grosseria.

Hurricane me pega pela mão de novo e começa a me levar até o meu carro.

— Vai para casa, Kaia. Vai direto para casa. Daqui a pouco eu apareço para o jantar.

Coloco as mãos no quadril e o encaro.

— Por que você está me protegendo tanto quando, há poucos dias, você me odiava?

Ele hesita, mas se aproxima, tirando uma mecha de cabelo do meu rosto. O toque gentil de seus dedos me arrepia a pele.

— Não faço ideia, estou tão surpreso quanto você.

Abro um sorriso vagaroso, me afasto um pouco e abro a porta do carro para guardar minhas coisas.

— Bem, eu agradeço por você ter me salvado hoje. Não sei o que teria acontecido se você não tivesse aparecido.

Hurricane tensiona o maxilar como se quisesse socar Yuri de novo.

— Essa pocilga de lugar é tóxica, Kaia. Se eles não o demitirem por conta do que aconteceu... nem você nem a Quinn estarão seguras. Vocês duas precisam sair daqui.

— Ela pode vir comigo para o estúdio que você vai comprar para mim — eu brinco.

Hurricane relaxa e dá um sorriso enorme.

— Pode apostar que ela vai.

— Você estava falando sério?

— Se você quiser, é só pedir.

— Não. Aí é demais. — Eu lhe dou um empurrão gentil.

— Então me devolva o empréstimo... me pague um dólar por semana se quiser. Eu não ligo. Só quero que você esteja segura.

— Vamos conversar sobre isso no jantar hoje.

— É um encontro!

— Não é um encontro!

Hurricane abre um sorriso radiante.

— É um encontro!

Reviro os olhos, *parece que eu ando fazendo isso demais*, entro no carro, aceno e saio dirigindo. Todas as sensações e sentimentos quanto a tudo que aconteceu hoje me acertam de uma vez só.

Um encontro com Hurricane.

Não sei se estou preparada para isso.

Quando cheguei em casa mais cedo e contei a Lani o que havia acontecido no trabalho, a vontade dela era acabar com a raça de Yuri. Porém, quando ela soube que Hurricane apareceu e salvou o dia, ela ficou em êxtase. Depois, quando eu disse que *talvez* ele viesse jantar, quase não consegui evitar que ela saísse saltitando pela casa.

Eu não consigo entender como ela pode ficar tão empolgada mesmo sabendo que não é por ela que Hurricane está interessado. Eu sei que ela quer que eu seja feliz, mas seu interesse descarado na minha vida amorosa é extremo até para mim. Mas, de novo, acho que, por ela não ter muito pelo que ansiar, qualquer coisinha meramente excitante a faz ficar entusiasmada.

— Você acha que ele vai me levar para dar uma volta na moto dele quando chegar? — Lani pergunta com um sorrisinho levado.

— Lani, você sabe que não tem como.

Ela murmura.

— Bem, será que você pelo menos pode dar uma volta com ele e me dizer como é?

Começo a pensar em como seria a sensação. Meu corpo pressionado ao dele, meus braços o envolvendo apertado enquanto corremos pelas ruas de Nova Orleans. *Parece o Paraíso.* Mas, se Lani não pode, eu não deveria.

Não é certo.

— Se você não pode dar uma volta, eu também não vou.

Lani ri, balançando a mão no alto.

— Bobagem! Não vou deixar que você abra mão de fazer alguma coisa por minha causa. Por favor, não coloque esse peso no meu ombro, Kaia.

— Olha só, talvez ele nem queira me levar num passeio na moto dele. A gente nem sabe se não tem alguma regra sobre mulheres na garupa da moto, então ainda precisamos falar sobre isso.

— Bem, o que eu estou querendo dizer é, se ele oferecer, por favor não deixe de ir por minha causa. *Por favor.*

Alcanço sua mão, lhe dando um apertão.

— Está bem. Mas, se ele não aparecer hoje, quero que você saiba que vou dar um basta… e, dessa vez, pra valer.

Lani assente.

— São 18:30, ele tem…

De repente, o ronco de uma Harley estacionando na garagem nos chama a atenção e corta Lani no meio da frase. Vamos até a porta da frente para espiar lá fora. Hurricane está descendo da moto e vindo até nós.

— Bem, ele está aqui e meia hora adiantado. Você tem que dar um crédito a ele por isso, não é? — Lani pergunta.

Sorrio, e um nervosismo repentino me percorre enquanto ajeito o cabelo e aliso o vestido.

Lani me dá uma olhada, assentindo.

— Você está linda, não se preocupe.

Sorrio e abro completamente a porta assim que ele pisa no alpendre com um buquê de girassóis na mão. Meus olhos cintilam quando Hurricane e toda a sua presença imponente vêm gingando até nós, todo vigoroso e musculoso. As tatuagens maravilhosas, a barba bem-feita, o cabelo loiro-escuro no penteado habitual... esse homem transpira sexo.

— Você veio — eu provoco.

Ele assente.

— E mais cedo, como eu disse. — Ele leva as flores à frente, e eu estico o braço para pegá-las, mas ele balança a cabeça. — Perdão, mas não são para você. — Hurricane passa por mim e as entrega direto a Lani.

Ela as aceita, de olhos arregalados, e suas covinhas ficam ainda mais aparentes de tanta felicidade. Lani fica petrificada, chocada, e meu coração explode ao ver a alegria tomar conta dela. Na verdade, meus olhos marejam assim que ela leva as flores ao nariz para sentir o perfume, e o sorriso em seu rosto é o mais radiante que já vi em muito tempo. Pressiono meu tórax tentando impedir que meu coração saia pela boca.

Esse foi o melhor presente que Hurricane poderia ter me dado.

Fazer Lani sorrir desse jeito... O presente é *incrível*.

Tudo o que Lani deseja é não se sentir um fardo ou não ser a mulher incapacitada para a qual todos olham com compaixão. Hurricane a trata como uma pessoa comum. É óbvio, claro, que ele não sabe que ela tem uma doença. Só espero que nada disso mude quando ele descobrir.

— Muito obrigada. Não sei o que fiz para merecer isso, mas pode continuar fazendo — Lani diz, espirituosa, enquanto pisca para Hurricane e se vira, voltando para dentro com uma alegria no caminhar.

Ele me olha nos olhos, e eu gesticulo para que ele entre.

— Boa estratégia, senhor. Boa estratégia.

Ele ri, entra e tira a bota, a deixando na porta e caminhando pela nossa pequena casa.

— Não sei do que você está falando.

Coloco a mão em suas costas para levá-lo até a cozinha.

— Ahã. Bem, qualquer que tenha sido sua intenção... está dando certo.

Hurricane sorri, para depois sentir o aroma.

— Meu Deus, o que vocês estão cozinhando? O cheiro é incrível.

Entramos na cozinha, onde Lani está colocando os girassóis em um vaso na bancada e fritando o frango em uma frigideira. Hurricane vai até o fogão e avista alguns pedaços já prontos descansando no papel-toalha e pega um, o enfiando inteiro na boca. Lani, com um pegador em mãos, dá um tapa na mão de Hurricane e balança a cabeça para ele.

— Olha só, mocinho, é para comer quando estiver pronto, do contrário você não vai ter a experiência completa.

— Já está delicioso desse jeito... — Ele lambe os dedos. — Onde você aprendeu a cozinhar? — ele pergunta, puxando uma cadeira, girando e se sentando nela ao contrário perto da bancada.

Lani continua a preparar o frango, e eu vou até a geladeira para pegar uma bebida para ele.

— Com a minha mãe. A tradição havaiana é muito forte na nossa família. Mesmo que a Kaia e eu tenhamos nascido aqui, já fomos ao Havaí inúmeras vezes para visitar nossa *Ohana*, a família.

— Então quer dizer que você tem vários pratos para testar e me fazer de cobaia?

Lani olha de relance para mim, e eu dou de ombros.

— Se você quiser, eu topo.

Hurricane me olha de canto de olho enquanto eu lhe dou uma cerveja.

— Obrigado. Sua irmã contou que eu vou comprar um estúdio de tatuagem para ela?

Lani, de olhos arregalados, vira depressa cabeça.

— Como assim?

Reviro os olhos.

— *Não*, ele não vai.

— *Sim*, eu vou. Ela não vai mais trabalhar naquele lugar de merda.

Lani volta a dar atenção ao frango.

— Não te julgo. O Yuri era uma tragédia anunciada. Se o Hurricane quiser comprar um estúdio para você, aceite, maninha.

Resmungo e lhe dou uma olhada feia.

— Você não está ajudando nem um pouco, Lani.

Ela se vira para mim.

— Pelo contrário... acho que estou, sim.

— Podemos mudar de assunto? — retruco.

Lani sorri e volta a falar com Hurricane.

— Está bem. Certo, qual é o seu animal favorito?

Hurricane dá um gole na cerveja, indiferente:

— Fácil. Com certeza é um jacaré.

Nós duas viramos a cabeça para ele.

— Um jacaré? Mas por quê?

— Eu tenho um de estimação... — Ele dá de ombros como se fosse normal. — Gosto muito dele.

Lani arregala os olhos, perplexa, mas eu, por algum motivo, não fico nem um pouco surpresa com essa descoberta.

— Você tem um jacaré de estimação? Um jacaré de carne e osso, mandíbulas ferozes e que vai te comer se você chegar perto?

Hurricane dá outro gole na cerveja.

— O Bayou lida melhor com ele do que eu, mas, sim. Ele fica no pântano nos fundos do clube.

— Será que eu quero saber *por que* você tem um jacaré de estimação? — pergunto.

Hurricane aperta os lábios.

— Provavelmente não.

Meu estômago embrulha só de pensar nas possibilidades.

— Certo...

Ele dá um tremendo sorriso, pisca e depois volta a dar atenção à minha irmã.

— Bem, Lani, já que estamos falando sobre animais, qual é o *seu* animal favorito?

Ela ergue o pegador no alto.

— Veja bem, é uma pergunta difícil porque você não foi específico.

Hurricane semicerra os olhos para mim, enquanto eu reviro os meus. *Lá vamos nós.*

— Não fui? — ele pergunta.

Lani ri.

— Você não disse se é um animal real ou místico, e isso pode mudar tudo completamente.

Hurricane assente, como se tivesse mergulhado de cabeça nisso:

— Bem, para mim, se estamos falando de animais místicos, sem dúvidas é uma fênix. Um pássaro de fogo? É legal pra caramba.

— Nada disso, *tem* que ser um Cérbero. Pensa só... o bicho é o braço direito do Diabo e te arrasta para o Inferno. Ele é invisível e te faz em pedacinhos sem que ninguém saiba o que aconteceu. A criatura é *fodona*.

Hurricane arregala os olhos e dá uma risadinha.

— Para alguém que parece tão adorável e inocente, você é um tanto endiabrada, Lani.

Ela dá de ombros.

ATRAÍDO 151

— Eu sei — ela responde numa voz tão pura que chega a enganar. Minha irmã, essa pessoa imprevisível.

— Não deixe essa carinha fofa te enganar, Hurricane. Ela é um terror e não me dá sossego.

Lani ri de desprezo.

— Você ficaria perdidinha sem mim.

— Sempre.

Lani se vira para Hurricane.

— Então... você deu o cano na gente na primeira vez, não mandou mensagem, não ligou...

— Tive que resolver uma coisa no clube. Não sou o tipo de pessoa que pede desculpas, mas foi péssimo eu ter deixado vocês duas esperando sem avisar... foi bem escroto.

Lani sorri devagar.

— Bem, eu te perdoei assim que você me deu as flores, então tudo certo entre nós.

Continuo aqui, parada e de pé, percebendo que ele está mesmo se esforçando. Ainda não sei por quê, mas é bom não estarmos batendo boca.

— Certo, o jantar está pronto. Kaia, você vai se sentar ali, do outro lado da mesa. O Hurricane e eu vamos nos sentar aqui, para que vocês fiquem um de frente para o outro, *olhem bem nos olhos* e *sintam* a conexão.

Hurricane ri, e eu encaro Lani, gesticulando "Mas que porra?" com a boca. Ela me ignora, empratando a comida, enquanto circundo a mesa para me sentar no lugar que me foi ordenado. Lani consegue ser muito mandona quando encana com alguma coisa. Assim que me sento, eu a observo entregar o prato a Hurricane, que vem até a mesa e se senta de frente para mim.

Ele levanta a cerveja num brinde, e eu faço a mesma coisa com o copo d'água, batendo os dois no instante em que Lani chega à mesa.

— Obrigado, Lani. Você se superou, parece tudo muito bom — Hurricane declara.

Só que, quando olho para cima, Lani está com a mão paralisada no ar, ainda a caminho de colocar o prato na mesa e com os olhos anuviados. Meu coração sobe à boca.

— Lani — eu a chamo, ficando de pé abruptamente.

CAPÍTULO 18

KAIA

Não dá tempo de fazer nada antes que o prato atinja o chão. A louça estilhaça, o *Mochiko chicken* voa por todos os cantos; Lani se contorce e desaba. Ela arqueia as costas para longe do chão de taco.

Hurricane cai de joelhos ao lado dela, e eu dou a volta na mesa, correndo e deslizando pelo chão enquanto tento alcançar Lani tão depressa que meu coração dispara. Porém, quando a alcanço, Hurricane já a colocou na posição correta, com sua cabeça no colo dele.

De olhos marejados, olho nos dele, e não há nada ali além de empatia cintilando ao ajudar Lani com a convulsão. Seguro na mão dela, meus lábios tremem, e eu olho para o meu relógio para cronometrar o tempo.

— Vamos lá, maninha, está tudo bem. Você se lembra daquela vez que fomos para o Havaí e saímos do porto em um catamarã? Eu, você e a mamãe. — O sacolejo do seu corpo começa a diminuir, tremendo vez ou outra, então continuo falando: — O pôr do sol estava tão lindo, e nós jantamos aquele assado delicioso, mas o papai… — Deixo escapar uma risada suave. — Ele ficou com dor de barriga e o banheiro era no andar debaixo. Ele teve que correr para não cagar nas calças.

Hurricane sorri, sem nunca deixar de me olhar nos olhos, enquanto eu continuo na tentativa de trazer Lani de volta.

— Quando o catamarã enfim atracou, o papai disse…

— *Nunca mais eu entro num barco* — Lani balbucia. A tremedeira parou. Ela ainda está de olhos fechados, sua voz é quase inaudível, mas ela voltou.

— Ei… você está bem? — pergunto.

Ela grunhe, abrindo os olhos devagar, piscando algumas vezes e limpando a garganta.

— Eu fiz…? — Ela olha para baixo, e eu sigo a linha de seus olhos.

Ela quer saber se fez xixi nas calças. Não vejo nada, então acho que não. Essa convulsão foi leve, e Lani saiu dela bem rápido.

ATRAÍDO

— Acho que está tudo bem.

Lani desvia o olhar e percebe que está deitada no colo de Hurricane, o que a faz cobrir os olhos com a mão.

— Que vergonha.

Hurricane tira o cabelo dela do rosto e a mão dos olhos.

— Deixa disso. Não precisa sentir vergonha de mim, nunca. Sinto muito que meu reflexo seja péssimo e eu não tenha conseguido te segurar antes que você caísse. Como está a sua cabeça?

Devagar, ela se mexe para se sentar, enquanto Hurricane sente o galo na parte de trás da cabeça dela.

— Estou bem, só cansada... — ela suspira. — Estraguei o jantar.

Hurricane segura sua mão e a faz olhar para ele:

— Você não arruinou nada. Acho melhor você ir para a cama descansar. Vou ficar aqui com a Kaia para ajudá-la a limpar tudo, então não se preocupe com nada, tudo bem?

Lani mordisca o lábio, depois se vira para mim:

— Tudo bem por você?

Eu estico a mão e lhe acaricio a bochecha.

— Claro. Vem, vamos te levar para a cama. Acho que foi muita coisa para uma noite só.

Lani franze o cenho.

— Eu sinto *muito*.

Hurricane se levanta, puxando Lani consigo.

— Não tem nada que se desculpar. Vamos, eu te levo até a cama.

— Boa noite, Kaia — Lani quase sussurra.

— *Aloha wau 'ia 'oe* — respondo um "eu te amo" enquanto eles caminham a passos lentos pelo corredor.

Não sei o que há na relação desses dois, mas a maneira como Hurricane cuida de Lani faz meus olhos se encherem de lágrimas. Minha boca treme enquanto eu fico aqui, sentada no chão tentando descobrir como chegamos a esse ponto. Há pouco tempo, eu detestava esse homem, odiava tudo o que ele representava. Eu não confiaria pisar no mesmo chão que ele. Agora, observo enquanto ele caminha para longe com a minha irmã, a tratando como se fosse da sua família, como se a adorasse, e eu não tenho ideia de como processar tudo isso.

Devagar, me levanto do chão, sentindo como se eu pesasse toneladas. Cada poro meu lateja enquanto eu me esforço para ficar de pé.

Não é assim que eu queria que a noite acabasse. Mas esta é a minha vida, a vida de Lani. É algo com que temos que nos acostumar. *De alguma forma.*

Pego a pá de lixo, a vassoura e começo limpar o jantar de Lani do chão. Meu coração fica despedaçado por conta de todo o esforço que ela colocou no jantar, sendo que ela sequer o provou. Detesto saber que as coisas são assim para ela. Quem me dera poder lhe dar uma vida melhor.

O mundo consegue ser tão cruel.

Vou até o lixo, onde jogo a bagunça, sigo até a pia e fico ali parada.

Preciso de um segundo.

Um instante para respirar.

Fecho meus olhos marejados, suspiro profundo, seguro a respiração e depois a solto. Só preciso acalmar meu coração, que está acelerado, antes que eu perca a cabeça. Não quero surtar enquanto Hurricane está aqui.

De repente, sinto um braço me envolver pela cintura. Arregalo os olhos e vejo Hurricane, de pé ao meu lado com uma expressão preocupada.

— Você está bem?

A única coisa que quero é me enfiar no abraço dele e de lá nunca sair. Mas isso seria estranho; o fato de ele estar me abraçando agora é ainda mais estranho. Porém, não deixa de ser reconfortante.

— Obrigada pela ajuda. Sei que ela gosta muito de você.

O sorriso dele está ali, mas não é radiante.

— Eu gosto muito dela também. Lani é uma mulher incrível, Kaia, e eu não fazia ideia de que estava doente. Ela sabe esconder bem.

Dou de ombros, suspirando.

— Ela é assim, nunca quer que as pessoas saibam que ela é diferente, que, a qualquer momento, ela pode desabar com uma convulsão... que, algum dia, ela talvez tenha uma convulsão longa demais a ponto de seu cérebro não se recuperar.

Hurricane me abraça mais forte, e eu me sinto acolhida.

— Eu fiz a coisa certa? Era a posição correta? Segurar a cabeça dela? Eu poderia ter feito mais alguma coisa? Só para saber caso, no futuro, você não esteja por perto e eu precise acudir.

Que fofo. É bom que ele queira ajudar.

— Você fez tudo certo. Descobri que falar com ela sobre coisas da nossa vida a ajuda focar em alguma coisa quando ela está fora de si. Mas, se não tiver como você fazer isso, sempre temos alho triturado na porta da geladeira. Se você colocá-lo debaixo do nariz dela, o cheiro a auxilia a voltar a si.

— Isso acontece com frequência?

Suspiro, deixando cair os ombros.

— Mais do que eu gostaria.

— É por isso que você não quer que ela dê uma volta na minha moto?

— Sim... é muito perigoso. Se ela tiver uma convulsão na garupa enquanto você pilota...

— Seria catastrófico. — Ele termina a frase por mim, o que me mostra que ele entende aonde quero chegar. — Mas deixa comigo. Talvez eu tenha uma alternativa.

Arqueio a sobrancelha, olhando de esguelha para o jantar na mesa.

— Você ainda quer comer? Eu meio que perdi o apetite, mas sei que você estava ansioso para provar o frango, então não quero te impedir de co...

— E se embrulhássemos para eu levar, lavássemos a louça e depois relaxássemos na sala assistindo a algum filme para desanuviar a cabeça?

Arqueio a sobrancelha, dando um sorrisinho.

— Como você é caseiro.

— Cala a boca! Vai, embrulha a comida para mim, mulher, estou em fase de crescimento. — Ele dá um tapa na minha bunda só para se garantir e vai até a mesa para pegar os dois pratos.

Aí está ele.

Sorrio, tendo a sensação de que a normalidade está voltando, e sou grata por isso.

Pego os pratos de sua mão, ajeito a comida num *tupperware* e o coloco na geladeira para que, mais tarde, ele leve para o clube. Enquanto ele empilha louças na máquina de lavar, eu encho a pia com água e detergente.

Nós trabalhamos bem juntos. Não tem dificuldade alguma entre nós, como se fôssemos marido e mulher bem caseiros. É bom, de certa maneira. É reconfortante. É tão estranho pensar que nós dois brigamos por tanto tempo só para chegar à conclusão de que deveríamos ser assim, como agora, o tempo todo.

É esquisito.

Quase como se eu não devesse confiar nos meus sentimentos, como se fosse bom demais para ser verdade.

Quando a bolha vai estourar?

Enxaguo a frigideira, e minhas mãos estão cobertas de espuma quando Hurricane para ao meu lado para me ajudar a secar. Ele me encara com aqueles olhos azuis muito claros, e eu não resisto a jogar um pouco de espuma nele.

Ele arregala os olhos assim que a espuma repousa na ponta de sua barba, e eu dou uma risadinha sonora enquanto ele balança a cabeça.

— Ah, você vai se arrepender disso.

Ele começa a enrolar o pano de prato com a mão, o que me faz dar um gritinho por saber exatamente o que ele vai fazer. Então saio em disparada, com ele atrás de mim, batendo na minha bunda com o pano. O tecido estala na minha pele como um chicote, e eu gargalho, dando a volta até a pia mais uma vez, pegando um punhado de espuma e atirando em Hurricane.

Suas pupilas dilatam no instante em que ele corre e fica atrás de mim, me prendendo na pia de costas para ele. Ele encosta a boca no meu ouvido, sua respiração quente faz minha pele arrepiar e meu clitóris estremecer.

— *Sha*, se você quiser que as coisas fiquem molhadinhas entre nós, é só pedir. — Sua voz é baixa e rouca, me fazendo arfar assim que me viro em seu abraço.

Ele ainda mantém as mãos escoradas na pia, de cada lado meu, e eu olho bem no fundo daqueles olhos azuis intensos. Engulo em seco, sem desviar os olhos dos dele. Ele está tão perto, a cerveja que ele bebeu resvala pelo ar entre nós. Meu coração dispara, enquanto o resto do meu corpo lateja, e eu sei que estou pressionando uma perna na outra.

Quem diria que ele falar sobre eu ficar molhada me faria reagir de tal forma?

Ele desliza a mão pelo meu braço, e nós continuamos a encarar um ao outro. É como se o ar estivesse estalando e explodindo como se fossem fogos de artifício, como se estivessem sugando todo o ar, tornando difícil a respiração.

Hurricane se aproxima, e eu deslizo a língua por meus lábios, fechando os olhos, quando um celular apita. Nós nos afastamos por conta do susto, eu solto a respiração que nem sabia estar segurando, e Hurricane dá um passo para trás, esfregando a nuca como se todos os seus músculos estivessem tensionados. Em seguida, ele pega o celular de dentro do bolso da calça, dando uma olhada na mensagem.

Limpo a garganta, me viro de costas para ele e de frente para a pia, para terminar a louça. Há um silêncio estranho entre nós agora.

— Era o Bayou querendo saber se já tínhamos nos matado.

Dou um sorrisinho, olhando por cima do ombro.

— Surpreendentemente, você está se comportando muito bem hoje.

Ele ri.

— Eu sei. Preciso quebrar alguma coisa ou falar algo inapropriado e te deixar toda nervosinha.

Arranco o pano de prato de sua mão.

— Por favor, não.

Seco a frigideira, a guardo e depois limpo a bancada enquanto Hurricane termina a cerveja, parecendo pensativo.

— Você tem Netflix? — ele pergunta.

Dou de ombros e faço uma careta.

— E quem não tem?

Ele caminha até a sala.

— Bem, então vamos, Sha. Vamos começar nossa maratona.

Rindo, eu o sigo. Ele se joga bem no meio do sofá, o que me deixa com uma única escolha, que é me sentar bem ao seu lado.

Ele está se esforçando ao máximo hoje. Acho que só me resta seguir no mesmo embalo.

Assim, eu me sento ao seu lado, e ele passa o braço atrás de mim. Logo pondero que, se vamos fazer isso, que seja para valer, então me recosto nele. Não é um chamego completo, só o suficiente para que ele saiba que, no momento, eu não o odeio tanto. Pego o controle remoto e ligo a televisão, zapeando pelos filmes quando vejo *Resgate*, estrelando Chris Hemsworth. Imagino que, para mim, é um colírio para os olhos e, para Hurricane, muita ação.

Um ganha-ganha, não é?

— Você escolheu esse só por causa do sujeito australiano, não foi? — ele comenta, todo engraçadinho.

Com um sorrisinho malandro, dou de ombros.

— Mas tem ação também.

— Me parece que você tem um fraco para loiros carrancudos e musculosos.

Eu me viro, o olhando de cima a baixo. *Acho que ele tem razão.* Não ligo e me aninho mais ainda nele, que ri, tirando o braço do encosto do sofá e me abraçando.

Agora é oficial: estamos de chamego.

Nunca imaginei que Hurricane fosse disso.

Mas, de novo, eu não o imaginava fazendo várias coisas.

— Então... e a Lani? Ela vai ter convulsões para sempre? É epilepsia? — ele pergunta.

— O termo técnico é convulsão tônico-clônica focal bilateral. É um tipo de epilepsia que ela desenvolveu ainda criança. Surgiu do nada um certo dia e, desde então, ela tem as crises. Enquanto crescia, a Lani teve problemas para atingir os marcos de desenvolvimento em todas as áreas e levava mais tempo para aprender. A única coisa que ela aprendeu muito rápido foi cozinhar, ela sempre teve mão para isso.

Hurricane suspira.

— Pelo que eu consegui provar, estava incrível.

— Ela também teve problemas de comportamento. Quando mais nova, ela era agressiva. Ainda bem que ela superou isso, mas a hiperatividade continuou. É por isso que as pessoas pensam que ela sempre está feliz e animada. Quando ela sai de uma convulsão, a recuperação pode ocorrer em minutos, deixando apenas uma dor de cabeça mediana, ou ser como uma ressaca de dias. Faz tudo parte da epilepsia. O lado bom e o lado ruim.

Hurricane balança a cabeça.

— Eu sabia que tinha algo de especial nela quando a conheci. Ela tem uma aura em torno de si e é uma pessoa incrível por viver a vida que leva. Mas, *Sha*, você também é maravilhosa por ajudá-la dessa forma.

Sinto um orgulho tremendo ao ouvir isso.

— A Lani me inspira todos os dias. Ela é tão forte! A vida dela basicamente se resume à nossa casa. Ela não pode trabalhar, nem dirigir, nem fazer nada que pessoas normais fazem... e, mesmo assim, ela aguenta, mostra para o mundo aquela pessoa feliz que tanto te atraiu. Fico espantada com ela todos os dias.

Hurricane me puxa para mais perto, dando um beijo gentil no topo da minha cabeça.

— Não deve ser fácil para você, sempre se preocupando. Seus pais ajudam?

— O papai está sempre trabalhando, mas a mamãe ajuda. Às vezes, ela vem para cá quando estou trabalhando para ficar de olho na Lani. Mas quem sustenta a casa somos eu e o papai, por isso trabalhamos duro para sustentar a todos.

— Deve ser duro ter todo esse peso nos ombros.

— Pode ser que seja, mas é o que fazemos pela família, não é? E você? Sei que o Bayou é seu irmão gêmeo, mas e seus pais? Onde eles estão?

Ele grunhe.

— É uma longa história.

Eu me viro para encará-lo, olhando de relance para o meu relógio.
— Tenho tempo.
Ele afunda no sofá para ficar mais confortável.
— Não é uma história agradável, e há muito o que falar.
Eu me remexo no sofá e me sento sobre os joelhos para que, assim, eu consiga olhar para ele e lhe dar toda a minha atenção.
— Talvez isso me ajude a te compreender, Hurricane... me conta.
Ele esfrega a nuca, algo que notei que ele faz quando está nervoso ou tenso, e suspira demoradamente.
— Certo... bem, acho que é importante dizer que meus pais não eram pessoas ruins, eles só tomaram as decisões erradas.
Faço uma careta, não gostando nem um pouco do rumo da conversa.
— Está bem...
— Meu pai... ele era o presidente do clube antes de mim. Ele e a minha mãe eram o casal modelo de lá, mas os dois gostavam de beber além da conta, então as coisas às vezes ficavam violentas entre eles. Quando eu era criança, era um ambiente totalmente hostil para qualquer um.
Repouso a mão em seu joelho e dou um sorriso frouxo.
— Sinto muito.
Hurricane arqueia o canto da boca.
— Eles se divorciaram quando eu e o Bayou tínhamos dez anos. A mamãe deixou o clube e arranjou um apartamento, então dividíamos nosso tempo entre o clube e sua casa. Só que a bebedeira dela piorou demais. Ela continuava violenta, mas não tinha mais o papai em quem descontar, então seus ataques se voltaram para mim.
Arregalo os olhos, em sobressalto.
— Como assim? Quantos anos você tinha?
— Mesma idade, uns dez.
— E o Bayou?
— Ele revidava, então ela o deixava em paz. Ela vinha para cima de mim porque eu não bato em mulher, nem mesmo quando elas me agridem.
— Meu Deus! Então sua primeira referência de mulher te fez pensar que todas as mulheres são abusivas? Porque a mulher que deveria te amar incondicionalmente te tratava feito um merda. Ela te machucou... isso não é certo.
Ele dá de ombros.
— Sim, acho que sim.

— O que aconteceu com ela? Ela ainda faz parte da sua vida?

Ele fica tenso, e seus olhos se perdem como se uma lembrança estivesse piscando em sua mente. Aperto seu joelho com delicadeza, o fazendo balançar a cabeça e voltar para mim. Hurricane limpa a garganta e expande as narinas.

— Eu a matei.

Dou um solavanco para trás, mais pelo choque do que por medo ou por ele. Eu só não estava esperando essa resposta.

— Como assim?

Hurricane esfrega o rosto, se movendo para ficar de pé.

— Acho que é melhor eu ir.

Agarro sua mão e o puxo de volta para o sofá.

— Hurricane, por favor, fica... se abre comigo.

Ele me olha nos olhos, e vejo dor em seu semblante. Ele se afunda de novo no sofá. Soltando um suspiro demorado e esfregando o rosto, ele concorda.

— Eu tinha dezesseis anos. Meu pai tinha acabado de conhecer minha agora madrasta, Ingrid, e as coisas estavam indo muito bem entre os dois. Pelo que eu via, a Ingrid parecia bacana. Ela era carinhosa, atenciosa e cuidava de nós. Mas, quando meu pai a pediu em casamento, eu fiquei apavorado de que as coisas pudessem desandar entre eles também. Se eles se casassem, será que não acabariam como meus pais?

Meu coração dispara ao ouvi-lo falar sobre o quanto ele, jovem, estava desolado tentando encontrar seu caminho. Seus pais o feriram de verdade, e isso explica algumas coisas, para ser bastante sincera.

— Quando eles me contaram do casamento, eu entrei em pânico. Pensei que todas as coisas boas que eles tinham construído acabariam. Então fui até onde eu sabia que poderia encontrar a verdade... alguém que não mentiria sobre o que a vida tinha reservado para mim.

Arregalo os olhos ao entender sobre o que ele está falando.

— Você foi ver sua mãe.

— Fui, mas o clima estava péssimo. Todos estavam se preparando para a tempestade do século. Eu sabia que seria das piores, mas eu não estava nem aí, eu só precisava me afastar do clube e ir para algum lugar real... mesmo que isso significasse que eu iria apanhar. Pelo menos, seria sincero.

— Você estava tão perdido... — sussurro.

— E isso nem é o pior, *Sha*.

Eu tinha um pressentimento.

— Certo, me conta.

— Cheguei na casa da minha mãe e, é claro, ela estava bêbada feito um gambá. Os outros moradores estavam protegendo as janelas com tábuas e colocando pesos nas portas, se preparando para o furacão que estava prestes a passar. Seria o maior em anos.

Um tremor bem visível lhe percorre o corpo.

— O vento uivava tão alto que eu já estava começando a me apavorar. Eu tinha deixado minha *verdadeira* família lá no clube e buscado a mulher que me agredia, me odiava, só para encontrá-la desacordada no sofá. — Ele arqueia o canto da boca, cerrando os punhos. — Ela nem consciente estava. Eu nem poderia conversar com ela sobre o que estava acontecendo entre o papai e a Ingrid, isso sem contar o fato de que, se eles se casassem, os filhos da Ingrid seriam meus irmãos de consideração. Tanta coisa mudaria...

Sinto o peito apertar, e a angústia em seu rosto é tão evidente quanto deve ter sido à época.

— Mas ela nunca foi uma mãe, Hurricane. Não de verdade. Ela não merecia ser chamada assim. Para mim, parece que a Ingrid é bem mais uma mãe para você.

Ele dá um sorrisinho praticamente imperceptível.

— Sim... ela é. Só demorei um tempo para entender isso.

— O que aconteceu com a sua mãe afinal?

— Ela estava apagada, não fazia sentido algum conversar com ela. Só que a tempestade do furacão era tamanha que eu não poderia sair dali. Fiz o que pude para preparar a casa para quando ele atingisse a cidade. — Mordisco o lábio, preocupada. — Fiquei acordado a noite inteira ouvindo o uivo do vento e os objetos lá fora colidindo com o prédio. Nunca vou me esquecer do pavor que senti às seis da manhã, quando o furacão Katrina arrebentou Nova Orleans. Eu estava sozinho, com uma mãe desmaiada de tão bêbada sem nem saber o que acontecia ao seu redor, em um apartamento precário que estava, literalmente, sendo despedaçado pela ventania.

Levo a mão ao peito, sentindo meu coração disparado enquanto continuo a ouvir.

— O prédio estava se partindo e rangendo com a força da tempestade. A lateral estava sendo arrancada, e o teto já nem existia mais àquela altura. Eu nunca senti tanto medo na vida. Tudo o que eu queria era o meu pai, mas eu estava preso com a inútil da minha mãe, que dormiu durante o caos inteiro. Eu não conseguia ir até ela porque eu estava preso no banheiro, dentro da banheira e coberto por um colchão. Mas, quando o furacão enfim passou, e eu tive a coragem de sair dali, corri direto até a minha mãe. Não tinha nada que a acordasse, mas eu ouvia gritos ecoando do resto do prédio.

Ele olha para o próprio colo.

— Eu tinha que fazer uma escolha. A mamãe estava num coma alcóolico, e eu não poderia ajudá-la, então saí dali, forçando caminho por entre entulhos, ajudando a retirar as pessoas dos escombros do prédio. As buscas duraram horas até que um sujeito me perguntou sobre a minha mãe...

Hurricane fecha os olhos, pausando por um momento breve.

— Nós fomos ver como ela estava e, quando chegamos lá, seu corpo estava gelado, sua boca, roxa. A rigidez já estava começando a se espalhar. Ela estava morta há um tempo, e eu a abandonei... para ajudar outras pessoas. Se eu estivesse lá...

— Para. Não. Não se culpe. Você tinha dezesseis anos, e estava ajudando as pessoas. Sua mãe bebeu a ponto de ficar inconsciente, não tinha como você tirá-la de lá. Não é culpa sua, não tinha nada que você pudesse fazer.

— Eu fiquei remoendo aquela cena tantas vezes na minha cabeça... eu a deixei morrer, e depois vi seu corpo... — Ele contorce o rosto em uma expressão dolorosa. — E, por um instante foi bom, porque era como se ela tivesse recebido o que merecia. Só que, depois, eu me senti culpado por não ter sido o filho que deveria ser.

Respiro devagar, tudo começa a fazer sentido.

— Seu nome é Hurricane, furacão, por conta disso, não é? — Ele assente. — Você diz para todo mundo que é porque você salvou aquelas pessoas, mas, na verdade, é uma forma de punição, certo? Você se sente sem valor, pensa que não é capaz nem de dar nem de receber qualquer forma de amor, então você se tortura ao escolher o nome Hurricane como um lembrete do inferno pelo qual você passou aquele dia.

Ele se remexe no sofá, desconfortável, e desvia o olhar para longe de mim.

— Não, Hurricane, olha para mim. — Devagar, ele o faz. — Você não precisa erguer essa muralha, você não precisa ser esse babaca mulherengo. Nem toda mulher vai te tratar feito um nada e te abandonar como sua mãe fez.

Ele engole em seco enquanto eu me coloco mais perto dele, segurando seu rosto para que ele olhe para mim. Sua respiração acelera, e ele me encara.

— Hurricane, eu não vou te tratar assim.

Ele dá um suspiro demorado. A atmosfera à nossa volta se eletriza assim que ele me enlaça pela cintura e me puxa para ele, me colocando sentada em seu colo, com uma perna minha de cada lado de seu quadril. Acaricio seu cabelo com uma mão, enquanto a outra mantenho em sua bochecha. Minha respiração fica acelerada quando olho no fundo daqueles olhos azuis resplandecentes. Hurricane desliza a mão pelas minhas costas, e a sensação é maravilhosa, como se a energia ao nosso redor se agitasse por conta da conexão intensa entre nós.

Deslizo o polegar por seu lábio inferior e, na posição em que estou, consigo sentir sua ereção pressionando minha boceta. O latejar cada vez mais intenso me deixa maluca, e minha vontade é me remexer para conseguir a fricção de que eu desesperadamente preciso. Meu tórax sobe e desce com o calor do momento, e eu perco o ar.

Hurricane sempre agiu como essa pessoa indomável e irredutível, mas, neste instante, só consigo encarar sua boca, desesperada para lhe beijar. Hurricane é a única coisa que faz sentido.

— Que se foda! — ele murmura, subindo a mão até o meu cabelo para levar minha cabeça para a frente, e é quando nossas bocas se encontram.

No momento em que nossos lábios se conectam, é como se um raio tivesse caído, me derretendo inteira por dentro. Meu coração vai a milhão, e minha língua dança com a dele no melhor beijo da minha vida — forte, poderoso, ardente —, enquanto Hurricane assume o controle total da situação. Passo os dedos em seu cabelo, o desejando agora que ele está mais perto de mim do que nunca.

Só que isso não basta. Preciso de mais.

Ele desce as mãos e aperta a minha bunda enquanto me tira de seu colo. Dou um gritinho por conta da força com que ele me coloca deitada no sofá, em seguida ficando em cima de mim. Deixo um gemido sutil me escapar dos lábios, e, com as pernas, envolvo Hurricane pela cintura, sentindo seu pau duro roçando forte na minha boceta.

Meu clitóris lateja de tanta vontade que estou, e Hurricane continua se esfregando em mim.

Puta merda!

De prazer, arqueio a cabeça para trás, sentindo enquanto ele desliza a língua pelo meu pescoço e levanta meu vestido.

— Assim... — murmuro, sem fôlego, no instante em que o chão do corredor range.

Nós dois paramos, arfando feito loucos, e eu pisco algumas vezes tentando me recompor.

— Merda — resmungo, empurrando Hurricane com delicadeza para que ele saia de cima de mim. E ele o faz, sem pestanejar nem reclamar, se sentando no sofá e sutilmente arrumando o pau dentro da calça. — Perdão... — Ofegante, tento normalizar a respiração. — A Lani não está bem e talvez precise de mim hoje. Tenho que ficar de olho nela, só para garantir... — Hurricane tenta controlar sua respiração, que também está oscilante, ao assentir, compreendendo a situação. Mas eu continuo mesmo assim: — Às vezes, quando ela tem uma convulsão, pode ser que tenha outra, então preciso monitorar.

Hurricane se inclina até mim, pega minha mão e me puxa até que eu fique sentada.

— Eu entendo totalmente. Posso ficar aqui hoje, no sofá, caso você precise de mim.

Meu coração fica apertado quando penso nisso. Ele tem sido tão incrível, e eu estou o dispensando quando disse que não faria isso.

— Talvez seja melhor você ir. Se você ficar aqui, vou me distrair.

Seus olhos cintilam, e ele dá um sorriso tão radiante que é óbvio que ele entendeu bem o que eu quis dizer. Se ele ficar, a chama entre nós vai queimar ainda mais intensa.

— Se você precisar de mim, me liga? A qualquer hora da noite.

Assinto. Nós nos levantamos do sofá e eu corro até a cozinha para pegar sua marmita. Depois de entregá-la a ele, eu o acompanho até a porta.

— Posso te perguntar mais uma coisa?

Ele ri enquanto calça a bota.

— Eu basicamente dividi a história da minha vida com você. O que é uma coisinha a mais?

— Qual seu nome de batismo?

Hurricane sorri, se aproximando de mim e me dando um selinho. Sinto arrepios descerem por meus braços. Suspiro demoradamente. Em seguida, ele me olha e dá uma piscadela.

— Lynx... Lynx Ladet.

Sorrindo, estendo a mão.

— Prazer em te conhecer, Lynx. Sou a Kaia Māhoe.

Ele ri, aceitando minha mão e depois dando um beijo nela.

— Boa noite, *Sha*.

— *Aloha ahiahi* — respondo outro boa noite.

Ele se vira para ir embora, mas eu o agarro pelo colete. Hurricane gira o corpo, e eu o puxo para perto, lhe dando o último beijo antes que ele se vá. Ele desliza a língua pela minha. O beijo é um pouco mais vagaroso, mais como uma dança do que um beijo intenso e ardente como o de antes. Quando ele se afasta, dá um tremendo sorriso.

— Você não tem noção do que você faz comigo quando fala havaiano.

— Ah, é? Bem... *aloha*.

Hurricane grunhe manso.

— Oi para você também.

— Na verdade, eu falei "tchau".

— É... melhor eu ir — ele responde baixinho, mas continua a me encarar com um baita sorriso. Sorrio e o empurro. Ele ri. — Está bem, estou indo. Nos falamos em breve.

— Muito em breve.

Fico observando sua bunda enquanto ele caminha até a moto. Ele é tão gostoso, e deixá-lo ir é uma dureza, mas Lani sempre vem em primeiro lugar.

Hurricane guarda a comida no alforje, pula na moto e dá partida, acenando sutilmente para mim. Depois, ele se vai. Fecho a porta, na qual me escoro, e solto um suspiro bem demorado.

— Puta... merda!

CAPÍTULO 19

ANÔNIMO

Estou de olho em você...

Você acha que pode me tratar desse jeito, quando tudo o que fiz foi te mostrar como estou ao seu lado?

Você precisa melhorar, Kaia!

Melhorar muito.

CAPÍTULO 20

HURRICANE

Manhã seguinte

A noite com Kaia e Lani me abriu os olhos, com certeza. Eu não esperava que fosse contar minha história para a Kaia da maneira como contei. Nunca faço isso, me abrir assim. Não sou esse tipo de pessoa. Mas, por algum motivo, ver Lani desmoronar daquele jeito, depois observar Kaia cuidando dela, ajudando a superar a convulsão, depois tomando conta dela e me agradecendo por eu estar lá para ajudar, tudo isso mexeu com o meu coração de pedra. Quebrou as barreiras e muros que eu havia erguido, e os tijolos foram caindo, um atrás do outro.

Conversar com Kaia é fácil. Beijá-la foi uma perfeição. Normalmente, ela me enxotar teria me aborrecido, mas, depois de tudo que aconteceu, depois de tudo que eu lhe disse, Lani vem em primeiro lugar.

Sempre virá, e eu compreendo isso.

Compreendo o amor de irmãos. Caramba, meu irmão gêmeo pode até ser um otário na maior parte do tempo, mas eu mataria por Bayou e morreria por ele. Ou seja, eu entendo completamente o vínculo entre essas duas mulheres, ainda mais quando há circunstâncias justificáveis envolvidas.

Mas, neste momento, preciso deixar tudo isso de lado e me concentrar no clube, porque temos trabalho a fazer.

Bodhi, o jovem aprendiz, Omen e eu estamos passando os protocolos de segurança com Dominic, o gestor do porto. Tudo parece estar certo para começarmos a trabalhar para ele e para os outros otários nesta doca. Deixei alguns de meus homens guardando os fundos, caso os capangas do Novikov apareçam para ver quem lhes tomou o posto.

Até agora, tudo certo.

Tudo está correndo perfeitamente bem.

— Se as coisas estiverem do seu agrado, Hurricane, podemos continuar? — Dominic pergunta.

Assinto para Omen, que também concorda.

— Podemos, Dom. Vou deixar meus homens aqui com você... deixe que eles façam o que precisarem. A qualquer sinal de problema, me ligue.

— Se eles fizerem o trabalho direito, não haverá problemas — Dom retruca.

Olho para Omen.

— Você está no comando. Preciso de um relatório completo quando você chegar do outro lado do rio.

— Entendido, Prez. — Ele é um homem de poucas palavras, mas sempre fala a coisa certa.

Eu lhe dou as costas para ir até onde meus outros irmãos estão, escondidos na penumbra, deixando Omen e Bodhi livres para fazer seu trabalho. Eu me agacho ao lado de Bayou e City, ambos me cumprimentando com o queixo quando me aproximo.

— Tudo bem? — City pergunta.

— Tudo bem... por enquanto.

Eu me posiciono no chão para continuar observando enquanto Omen e Bodhi ajudam a carregar os contrabandos para dentro dos barcos; não sabemos o que é, nem precisamos saber. Desde que sejamos pagos para transportá-los, é o que importa.

Tudo está correndo dentro do previsto, mas logo avisto os carros do Novikov passando devagar pela doca. Dou uma cotovelada em City e Bayou. Nós três empunhamos nossas armas e ficamos em posição de ataque.

Sabíamos que isso poderia acontecer. Os Novikov não estacionam, não fazem nada, apenas continuam dirigindo.

Olho para Bayou, arqueando a sobrancelha.

— Mas que estranho... eles viram nossos rapazes na doca, devem saber que oferecemos uma porcentagem menor do que a deles e, ainda assim, não fizeram nada a respeito?

Raid para ao meu lado, coçando o queixo.

— Meu palpite é de que eles não querem ferrar com a distribuição na doca. Provavelmente, eles vão voltar com uma contraoferta para o Dominic.

Dou um grunhido, cerrando os punhos. Esse deve ser o *modus operandi* deles, mas nós fizemos a mesmíssima coisa. É sempre olho por olho, dente por dente. Eles nos atacaram, nós revidamos. É assim que funciona. Ou seja, precisamos nos preparar para oferecer outra contraoferta a Dominic *se* necessário.

Mas, por ora, temos um trabalho a fazer.

Bodhi e Omen estão carregando toda a tralha no contêiner, tudo sai como previsto. Em seguida, eles entram no navio. O rádio chia, anunciando Omen no walkie-talkie.

— Prez, estamos com a carga e em segurança. Vamos atracar do outro lado da margem e pegar uma carona de volta com o reboque. Câmbio.

Coloco o aparelho perto da boca para responder.

— Atenção à traseira. A Máfia passou por aqui. Se certifique de que tudo esteja no lugar. Não sabemos o que eles estão tramando. Câmbio.

— Entendido. Câmbio e desligo.

Há um bipe, e logo o aparelho desliga. Sei que Omen interrompeu a conexão, assim como eu lhe disse para fazer quando tudo estivesse pronto.

Eu me viro e avisto o navio cargueiro deslizar pelo Mississippi sem qualquer imprevisto, então sinalizo para os rapazes para voltarmos à sede. Vamos torcer para que Omen e Bodhi não encontrem problemas do outro lado da jornada.

No trajeto até as motos, ouço meu celular apitar no bolso. Quando o pego, vejo o nome de Kaia aparecer na tela, o que me faz dar um sorriso sutil assim que deslizo a tela para abrir a mensagem.

— Você está parecendo um cachorrinho apaixonado — Bayou provoca.

Depressa, devolvo o celular ao bolso.

— Não amola!

Bayou ri e depois me dá um soco no braço.

— As caras que você faz quando está perto dela... não têm preço.

Resmungo e passo a perna por cima da moto. Estou prestes a dar partida enquanto o otário ri de mim. Porém, eu paro e olho para ele bem sério.

— Na verdade, já que estamos aqui, você acha que dá para mexer nos investimentos? Quero comprar um estúdio de tatuagem.

Bayou dá um solavanco sutil com a cabeça.

— Não sei, cara. Você precisa falar com o tesoureiro sobre as finanças do clube, mas, com a plantação fora da jogada, não acho que seja hora de gastar dinheiro do clube.

Eu já estava ciente dessa merda toda. Não preciso que me deem sermão. Na verdade, não sei bem o que quero de Bayou, mas continuo insistindo.

— E se eu gastar meu próprio dinheiro?

Bayou me encara ainda mais sério.

— Você está falando sério? Você quer mesmo comprar um estúdio de tatuagem para a Kaia?

— E o que te faz pensar que é para a Kaia?

— Eu sou seu irmão gêmeo, Hurricane, te conheço como a palma da minha mão.

— Porra, está bem. Sim, é para a Kaia. O lugar em que ela está trabalhando é tóxico. Os caras do estúdio ficam em cima dela, aqueles malditos.

Bayou, confuso, franze o cenho.

— Pensei que você a detestasse.

Dou de ombros.

— Ela é gente boa.

— Gente boa, é?

— Dá um tempo.

Bayou ri, balançando a cabeça.

— Bem, se você gosta dela e quer que fique segura, então compre o bendito estúdio de tatuagem. Mas não faça isso como uma maneira de controlá-la, Hurricane. Ela não é do tipo que se vende. Você sabe bem de qual tipo estou falando... aquela pessoa que você estala o dedo e ela vem correndo de perna já aberta. Essa merda não vai colar com a Kaia.

Faço uma careta, grunhindo.

— Não se trata de nada disso. E, antes que você diga alguma coisa, sim, eu sei que sou conhecido por fazer isso. Sou um tremendo babaca. Mas você tem razão, a Kaia não vai tolerar minhas merdas. O estúdio vai ser *dela*... sem amarras.

Bayou começa a rir e se afasta, me deixando completamente confuso.

— O quê? *O que foi?* — exijo saber.

Meu irmão volta, dedo em riste.

— Você, maninho, está caidinho de amores.

A verdade me atinge como se fosse um soco repentino no saco, o mesmo saco que Kaia tem firme nas mãos. Não sou capaz de falar nada. Bayou sai andando e me deixa sozinho pensando no que isso quer dizer.

Nunca me permiti sentir algo por uma mulher antes, *porque, quando você gosta de alguém, esse alguém vai te tratar feito um nada, para depois te abandonar.*

Isso me apavora.

Pensar em mim gostando de uma mulher – para além de uma foda casual – é algo com o qual não estou acostumado. O fato de eu não ter insistido com Kaia é uma prova disso. Claro, quando estávamos no sofá, eu teria ido até o fim. Porém, quando ela quis parar, eu respeitei. Não tentei convencê-la de que não tinha problema, de que Lani estava segura, só para conseguir uma trepada.

Não.

Kaia é mais do que isso, e pensar que ela talvez valha o risco me aterroriza. Tento deixar esses pensamentos de lado, porque, se eu pensar demais, pode ser que não tenha mais volta. Dou partida, precisando da vibração da minha amada abaixo de mim; a sensação de uma Harley sempre me tranquiliza.

Acelero e arranco, fazendo o trajeto de volta à sede, tentando não pensar na bagagem emocional que ameaça me afogar na tempestade que se forma.

Kaia poderia me fazer bem. Não preciso sabotar as coisas agora.

Minha mente está longe enquanto piloto. Sequer presto atenção em quanto tempo levei para chegar à sede. A impressão é de que demorou uma eternidade e passou num piscar de olhos ao mesmo tempo.

Estacionamos, e eu e meus irmãos andamos a passos largos até a sede, onde vou até Raid para conversamos.

Ele me cumprimenta com a cabeça quando me aproximo.

— Prez.

— Raid, você é encarregado do financeiro do clube, assim como do meu dinheiro pessoal.

— Você está tentando me dizer algo que não sei, Prez?

— Espertinho! Não. Preciso que você descubra se eu posso, com o meu dinheiro, comprar e montar um estúdio de tatuagem.

Raid semicerra os olhos.

— Eu não sabia que você era tatuador, Prez.

Dou um baita sorriso e um tapa em seu ombro.

— Não sou, mas conheço alguém que é. Quero arranjar um estúdio só para ela.

— Vai ser registrado no seu nome ou no dela?

— No dela. Nada disso está relacionado a mim ou ao clube. Só estou ajudando uma amiga.

Raid gira os ombros.

— Enquanto pessoalmente eu acho que fazer algo tão extremo assim não seja recomendado, ainda mais com suas finanças pessoais, você tem mais do que o suficiente para comprar e montar algo do tipo. Mas, Prez, preciso te alertar... paradas assim, mais ainda para amigos, podem ser uma furada se não forem tratadas da maneira certa. Acho que foi o John D. Rockefeller que disse: "Uma amizade nascida dos negócios é gloriosa, enquanto um negócio nascido da amizade pode significar a morte". Não queira ser morto, Hurricane, só porque você está tentando fazer algo bom.

Sorrio para Raid, lhe agarrando o ombro.

— Você sempre fala as baboseiras mais inteligentes que já ouvi.

— Sou um cara esperto.

— Eu sei, e é por isso que eu sei que você vai encontrar um lugar perto do clube, mas ainda em um bom bairro, onde ela consiga uma visibilidade excelente e um fluxo intenso de clientes.

Raid estala a língua no céu da boca, como se estivesse decepcionado comigo, mas assente mesmo assim.

— Deixa comigo.

— Eu sabia que você se disporia a fazer isso por mim. — rio, lhe dando um tapinha nas costas, e depois me viro para ir até o bar.

Preciso ficar sozinho por um instante para organizar meus pensamentos. Não vou contar para Kaia sobre o estúdio até comprar e deixar o lugar pronto. Vai ser meu presente para ela.

Respiro fundo, deixando que o oxigênio encha meus pulmões, e me sinto bem quanto à situação. Só espero que Kaia não me leve a mal.

Assim que me sento ao balcão, Frankie, sem eu pedir, me serve um uísque. Na última vez em que nos vimos, eu agi feito um filho da mãe sem igual.

Ergo o copo em sua direção e assinto, é assim que peço desculpas.

Ela sorri e pisca, é assim que ela aceita as desculpas.

Nós nos conhecemos bem o suficiente para dizer muito sem falar uma palavra sequer. É por isso que Frankie se encaixa tão bem aqui.

O banquinho ao meu lado desliza para trás, e City dá um tapinha no balcão enquanto se senta. Frankie passa uma cerveja para ele, que gira para olhar para mim.

— A vida por aqui nunca fica entediante. — Ele leva a garrafa à boca.

— Você tem total razão. Como está a adaptação? Já te assustamos?

— Nem um pouco. É como se eu fizesse parte do clube a minha vida inteira.

— Tenho certeza de que há mais por vir. A Máfia não é do tipo que deixa barato. Você está pronto para o show de horrores?

— Nunca estive tão pronto. Estou ao seu lado, Prez, a todo instante.

— E como andam as coisas? Com o Dice e a Izzy? Vocês têm se falado desde que você veio para cá?

City curva o canto da boca.

— Não, cara. Eu só dei o fora, meio que cortei relações.

Arqueio a sobrancelha, girando no banquinho para olhar melhor para ele.

— E eles estão tranquilos com esse gelo?

— A Izzy me liga bastante, o Dice manda mensagem. Eu ignoro os dois.

— Eles não sabem dos seus sentimentos pela Izzy?

Ele faz uma careta.

— Porra, não. Não posso fazer isso com eles. É melhor que eu os deixe viver a vida deles e siga com a minha.

— Bem, agora que você está aqui, não tem por que se preocupar com a Izzy. Vá procurar a Storm, ela vai dar um jeito em você. Se você deixar, ela vai te cavalgar como ninguém.

City ri, direcionando o olhar para a garota do clube que, neste momento, está limpando as mesas. Seu cabelo castanho-escuro repousa em ondas macias em seu ombro, emoldurando o rosto muito pálido. Sua boquinha rosada lhe dá aquela cara de poucos amigos que ela faz tão bem, enquanto os olhos escuros fuzilam a alma de qualquer um. Mas esse é o segredo de Storm, ela é durona, e sabe descontar a própria raiva e frustração em você da maneira certa.

City dá mais um gole na cerveja antes de se levantar.

— Talvez eu faça isso. Obrigado, irmão. — Ele me dá um tapa nas costas, para depois sair andando em direção a Storm.

Rio comigo mesmo, porque meu VP se encaixa perfeitamente aqui no clube. Em pouco tempo e com boas mulheres, City vai ficar bem.

CAPÍTULO 21

KAIA

Fim de semana

Enfim consegui uma folga do trabalho, e sou muito grata por isso, já que as coisas por lá andam uma merda desde que Hurricane deu aquela surra em Yuri. Parece que agora ele está mantendo distância de mim, embora eu não consiga não ficar apavorada se tiver que ir a qualquer lugar do estúdio sozinha. Sempre peço que Quinn vá comigo. Não é o melhor ambiente para se estar, quando você precisa permanecer em constante alerta.

Jackson me chamou em seu escritório de novo, mas dessa vez me deixou explicar o que havia acontecido. Assim que dei todos os detalhes do porquê Hurricane explodiu daquela maneira, Jackson quis arrumar a bagunça. Ele serviu de mediador entre mim e Yuri, nos fazendo chegar a um acordo em que eu não prestaria queixas contra Yuri se ele não processasse Hurricane por agressão. Esse desfecho me pareceu ser o melhor para resolvermos a confusão.

Jackson ficou realmente perplexo com o fato de que Yuri foi capaz de fazer o que fez comigo, mas, mesmo assim, ele continua trabalhando no estúdio. Vai entender…

Eu realmente preciso repensar minhas escolhas profissionais daqui para a frente.

Hoje tenho o dia só para mim, porque a mamãe disse que quer passar um tempo com Lani. Ainda estou nas nuvens por conta do jantar com Hurricane, que se esforçou bastante, então quero retribuir de alguma forma e mostrar que consigo ser legal. Quero lhe mostrar que estou disposta a fazer o mesmo.

Depois de passar no mercadinho para comprar pêssegos e sorvete, e de vasculhar no Google tentando descobrir onde fica a sede do clube, dirijo por pouco tempo até chegar lá, sem saber muito que diabos estou fazendo. A única coisa que sei é que estou tentando ser gentil.

Subo a rua e logo avisto o portão da sede, todo pintado de preto. É um portão alto, cheio de arame farpado e espinhos gigantescos no gradil superior. Este lugar é mesmo bastante ameaçador e passa uma sensação incrivelmente intimidadora. Mas, conhecendo os homens lá dentro como eu acho que conheço, não estou tão ansiosa quanto pensei que ficaria quando chegasse.

Abaixo o vidro do carro, coloco a cabeça para fora e vejo um rapaz jovem, com jeitão de surfista, me encarando de dentro de uma guarita. Ele não parece pertencer a este lugar, mas basta me olhar uma vez e ele já está de arma em punho mirando na minha cabeça. Eu congelo e imediatamente levo as mãos ao alto para fora do vidro. O choque me faz respirar rápido, e sinto a cabeça girar loucamente, considerando que talvez eu tenha cometido um erro.

— Quem é você, porra?! — ele pergunta.

Quero responder, mas minha boca não se move. A única coisa que consigo fazer é fitar, de olhos esbugalhados, esse homem ameaçador, que aponta uma arma para mim, e me perguntar que porra eu estava pensando.

— Responda. *Já.*

Merda!

— Eu... hã... *eu vim ver o Hurricane?* — As palavras escapam de mim, e por alguma razão soam mais como uma pergunta do que como uma resposta.

— E para quê? — ele grunhe, apontando a arma para mim com um pouco mais de vigor.

Jesus Cristo!

Meu coração dispara enquanto permaneço atenta à arma apontada direto para a minha cabeça.

Ele faz uma cara feia e diz:

— O Hurricane não recebe visita. Ou você quer alguma coisa ou está aqui para entregar algo para ele. O que é?

Alguma coisa em sua atitude enfim me tira da posição de garotinha assustada. Estou começando a ficar de saco cheio desse otário.

— Sou amiga dele. Você poderia avisá-lo que a Kaia está aqui?

Ele hesita por um instante, depois murmura alguma coisa em direção ao ombro.

O portão se abre.

— Credo — murmuro bem baixinho. — *Obrigada.* — Meu "obrigada" é falso, cheio de ironia. Dirijo para dentro do local.

Assim que paro ao lado dos carros ali estacionados, avisto Hurricane caminhando em minha direção pelo retrovisor. Bem depressa, estalo os lábios para espalhar o *gloss* e deixá-los mais rosados, depois puxo minha regata para baixo, assim meu decote fica maior.

Mas o que é que eu estou fazendo?

Finalmente Hurricane para ao lado do carro e eu sorrio quando ele abre a porta.

— Ora, ora, eu não esperava te ver por essas bandas.

— *Surpresa!*

Ele me oferece a mão para me ajudar a sair do carro e me olha da cabeça aos pés, sem perder um pedacinho sequer, o que me faz sentir o começo daquele latejar entre as pernas.

Como é possível que baste apenas um olhar dele para me deixar excitada?

Limpo a garganta, vou até a porta traseira e a abro. Hurricane continua atento a cada movimento meu.

— Eu trouxe uma coisinha para você e os meninos.

— Trouxe, é?

— Ahã — balbucio enquanto me inclino para a frente, pegando a cesta de guloseimas.

Assim que me viro, vejo que Hurricane está de olhos fixos na minha bunda.

— Não vou dividir, se estiver falando de você.

Cerro o punho e lhe dou um soco no braço; palavras não são necessárias para aquela reação.

Hurricane ri e eu lhe entrego a cesta. Ele olha para dentro dela e gargalha.

— Pêssegos e sorvete, hã?

— Sabe como é...

— Está bem, então. Vamos entrar para você conhecer o pessoal.

A empolgação ferve dentro mim, e eu dou um pulinho. Hurricane me pega pela mão e me leva em direção à porta da frente. Quando entramos, na mesma hora dou de cara com paredes rústicas de tijolo que berram o estilo clássico de Nova Orleans. Não consigo não sorrir ao ver o bar à frente. As cadeiras de madeira combinam perfeitamente bem com este lugar, cujo espelho atrás do bar dá a impressão de ser um botequim de verdade. À direita, há um sofá de dois lugares virado para a frente de uma mesa grande de sinuca, em cuja ponta há uma única poltrona. Pufes espalhados dão um ar mais casual. Na parede atrás da mesa de sinuca, há metade de uma moto Harley Davison. Acho que ela foi cortada de comprido até o meio e depois pendurada na parede para exibição — é muito legal!

Passamos ao lado de um espaço para atirar em um alvo de jogo de dardos e depois pelo que parece ser uma sala de jantar, onde presumo que todos comam. Perto da sala há uma televisão gigantesca pendurada na parede, e ela deve ter pelo menos 85 polegadas, talvez até mais; neste instante, está ligada passando videoclipes.

Próximo à sala de jantar tem um corredor que leva a outros lugares, mas não sei ao certo quais.

Maravilhada e de olhos arregalados, eu me viro para Hurricane.

— Eu *não* estava esperando por nada disso.

— Você pensou que teria mulheres peladas e chão imundo?

Dou de ombros e assinto, despreocupada.

— Bem, sim.

Ele me abraça pelo ombro, me puxando para si.

— Ah, sua descrente…

Não tem como não perceber todos me olhando, coisa um tanto desagradável, enquanto Hurricane me guia pelo corredor em direção a outro cômodo. Passamos devagar pela porta, e, em seguida, dou de cara com uma cozinha imensa.

— Frankie — Hurricane chama uma mulher parada perto da pia.

Ela se vira e me vê, arregalando os olhos no que só é possível descrever como choque misturado com empolgação.

— Ah, oi! — ela responde, secando as mãos no avental e se aproximando.

Hurricane entrega a cesta de pêssegos e sorvete para ela, que a olha curiosa.

— Você poderia servir uma porção para todo mundo? E guarde um dos potes de sorvete.

Frankie leva a cesta até a bancada.

— Claro, Prez.

Eu olho para ele, confusa, mas ele apenas dá um sorrisinho. E depois pisca.

Mas que diabos foi isso?

Só que não tenho tempo de perguntar, porque logo em seguida ele me leva de volta à área principal.

— Vamos, quero que você conheça todo mundo.

Certo, ele está parecendo uma criancinha numa loja de doces, me arrastando com ele por aí.

Dobramos uma curva e percebemos que o pessoal todo está olhando. Mesmo assim, Hurricane assovia para se certificar de que todos estão prestando atenção – algo que não quero, mas tenho que aceitar de qualquer forma.

— Pessoal, essa é a Kaia. Quero que todos vocês a tratem com muito respeito enquanto ela estiver aqui. Ela é nossa convidada.

— Não sei o que uma lenda feito ela está fazendo aqui com um rabugento que nem você — Bayou zomba.

Nós dois trocamos olhares, e eu sorrio para ele, que está me encarando.

— Eu também não sei, mas pensei que seria legal tentarmos fazê-lo ser menos pau no cu, mesmo que seja só por um tempinho. — brinco.

Hurricane arregala os olhos, me encarando, em seguida olhando para Bayou e depois de volta para mim.

— Está bem, estou vendo como vai ser. Você... — Ele aponta para Bayou. — É bom você se lembrar que eu sou seu presidente. Posso te rebaixar de posto mais rápido do que você é capaz de pegar no seu próprio pau. — Ele se vira para mim. — Quanto a você, *Sha*, vou te fazer pagar por esse comentário de um jeito que vai te fazer estremecer por horas.

Mordisco o lábio inferior e pressiono as pernas para aliviar o formigamento causado por sua insinuação de que vai me punir sexualmente.

— Promete? — retruco, pendendo a cabeça de leve para o lado.

Ele grunhe, deslizando os dedos pelo cabelo, e Bayou apenas ri.

— É por isso que você é uma lenda, Kaia. Você o engambela no joguinho dele mesmo.

— Não é tão difícil decifrá-lo — respondo, colocando a mão no peito de Hurricane enquanto ele me encara, furioso.

— Por que você está aqui mesmo? — ele rebate.

Outro motociclista vem até nós e estende a mão, que aperto.

— Sou o Raid. É um prazer te conhecer. Por acaso você é tatuadora?

Por alguma razão, Hurricane faz uma careta para ele.

— Hã... sim, sou sim. Você quer fazer uma tatuagem?

Ele ergue as mãos.

— Não, senhora. — Ele olha para Hurricane e assente, algo silencioso sendo dito entre eles. — Você é bonita. Qual sua ascendência?

A maioria das pessoas não é tão direta assim, mas tudo bem.

— Meus pais são havaianos.

Raid balança a cabeça como se estivesse pensando em alguma coisa.

— Há grupos mafiosos poderosos em Maui.

Hurricane ri.

— Não acho que a Kaia se importe com suas informações inúteis, Raid.

Gesticulo a mão no alto.

— Tudo bem. Meu pai sempre me contava dos problemas que aconteciam na ilha. Na verdade, ele me disse que essa foi uma das razões pela qual eles saíram do Havaí e vieram para cá. Disse que perto de casa havia muito problema com gangues. Meus pais sabiam que tinham que fugir disso.

— Faz sentido... — Raid sorri. — Enfim, foi um prazer te conhecer.

— Você também.

Frankie, toda sorridente, aparece carregando uma bandeja com tigelas.

— A sobremesa! — ela avisa, e todos arregalam os olhos de curiosidade.

— Eu trouxe pêssego e sorvete para vocês — explico.

Hurricane gesticula para que todos sigam até a sala de jantar, e nós dois entrelaçamos os dedos.

— Perdão por aparecer sem avisar. Eu queria fazer uma surpresa.

Ele se inclina sobre mim, me dando um beijo no topo da cabeça.

— Foi uma boa surpresa, estou feliz por você estar aqui.

Nós nos acomodamos em cadeiras na mesa comprida, com Bayou à minha frente, Hurricane perto de mim e outro gostosão, de cabeça raspada, ao meu lado.

— Oi — ele diz, cheio de pique e vigor.

— Oi, eu sou a...

— Kaia. Sim, dá para perceber só pelo jeito que o Hurricane está te protegendo.

Tento esconder um sorriso.

— Prazer em te conhecer... — hesito, porque não faço ideia de quem ele seja.

— City! Sou o vice-presidente.

— Ah, certo! Então você é o coitadinho que precisa passar a maior parte do tempo com ele?

Hurricane me aperta mais forte.

— Eu ouvi isso, *Sha*.

— Ele é durão, mas justo. Me deu uma chance quando eu mais precisava.

Meu coração se aquece. Hurricane ergue essa muralha enorme, mas, quanto mais fundo você vai, mais percebe que ele é só um homem de coração mole.

Pego um pouco de pêssego e sorvete, olhando para Hurricane ao meu lado enquanto enfio uma colherada na boca. Ele me observa, e eu não deixo de pensar que isso foi uma ideia muito boa. Conhecer os rapazes me abriu os olhos. Claro, eles são um pouco brutamontes, mas apenas reforçam o que eu já sabia.

Hurricane é um diamante em seu estado mais bruto. É preciso apenas continuar lapidando até que se tenha aquela pedra preciosa tão procurada.

Continuamos a conversar, e eu vou conhecendo os meninos e até mesmo algumas garotas do clube durante o que me parecem ser horas. A coisa fluía muito naturalmente, até que Hurricane decide me levar numa *tour* pelo resto do clube.

Pedimos licença, deixando o pessoal seguir com a alegria da noite enquanto ele me mostra o lugar. Não consigo superar o fato do quão grande este clube é. Ele me leva até a Capela, onde as reuniões são feitas, a cozinha e a lavanderia. Depois seguimos pelo corredor em direção a um escritório todo tecnológico, onde Raid maneja as coisas de computação. Em frente ao escritório, fica o arsenal — Hurricane não me levou até lá, e tranquilo por mim. Neste instante, voltamos pelo corredor, onde presumo que fiquem os quartos. Enfim, ele para na primeira porta à direita, perto da Capela.

Hurricane gesticula para que eu entre, e assim faço. O quarto é grande, bastante masculino, bem Hurricane, mas me sinto em casa na mesma hora. A parede é coberta por pôsteres de motocicletas e alguns de bandas de rock clássico, há um bar com pia cheio de bebidas alcóolicas – o que não me surpreende e uma cama *king-size* gigantesca, ocupando quase todo o chão. O cobertor preto de veludo dá a impressão de que se poderia gravar um filme pornô aqui, mas é estiloso ao mesmo tempo.

Combina perfeitamente com Hurricane.

É então que percebo em cima do bar: um pote de sorvete. Um dos que eu trouxe hoje. Arregalo os olhos e me viro para Hurricane.

— Por que o sorvete está aqui?

— Enquanto você estava ocupada conversando com todo mundo antes de passearmos pele sede, eu pedi que a Frankie trouxesse o pote até aqui. Eu tive um pressentimento de que acabaríamos no meu quarto e que, talvez, eu quisesse um pouco.

Sinto uma moleza percorrer o meu corpo, me deixando zonza, então abraço Hurricane pelo pescoço e chuto a porta para fechá-la.

— Como você é presunçoso...

Ele dá um sorriso enorme e ergue as sobrancelhas.

— Eu sei o que eu quero, e o que eu quero está parado bem aqui... na minha frente.

— Você acha que é fácil assim, me trazer até o seu quarto e me seduzir, senhor? — zombo.

Um sorriso malicioso ilumina seu rosto, enquanto ele desliza os dedos por meus braços, me agarrando no pulso e arrancando minhas mãos de seu pescoço. Arregalo os olhos, e vejo um fogo queimando nos olhos dele com uma intensidade que nunca vi antes. Minha perna fica bamba na hora.

— Acho que você vai implorar para eu te foder. Mas, antes, quero você de joelhos.

O desejo em sua voz faz meu estômago revirar. Lá fora, ele agia todo casual e brincalhão, porém, assim que ficamos a sós, seu lado dominador veio à tona. Agora que Lani não está aqui para melar o clima, não sei bem onde fui me meter.

— Não sou uma puta, Hurricane, você não pode me dizer o que fazer.

Ele me puxa mais para perto, me agarrando forte no braço, mas não tanto a ponto de deixa roxo, só o suficiente para doer um pouquinho, o suficiente para me fazer gemer com seu toque. Surpreendentemente, essa dorzinha irradia direto no meu clitóris, que lateja pela intensidade do momento.

— Você não é uma puta, Kaia, longe disso. Mas quero que você chupe o meu pau como se fosse uma... — Sedento, ele me encara com aqueles olhos azuis resplandecentes. — Deixa rolar, seja uma garota má comigo.

Minha boceta pulsa de desejo conforme seu olhar já cheio de malícia se torna ainda mais intenso. Nunca fui uma pessoa de se aventurar, sempre segui as regras à risca. Se há alguém capaz de me fazer ser má, esse alguém é Hurricane. O problema é que ele sabe disso.

— Tira a calça — ordeno.

Ele pega no cinto, enquanto eu vou até o pote de sorvete. Hurricane ri, e eu me viro para ele assim que ouço sua calça bater no chão.

Fico de olhos saltados quando vejo seu pau perfeito e enorme bem duro. Grosso, aparado e todo meu.

Tento conter um sorriso enquanto vou até ele, e depois me ajoelho à sua frente. Ele está tão duro que é como se fosse explodir caso endurecesse ainda mais.

— Veja o que você faz comigo, *Sha* — ele grunhe e estende a mão, a deslizando por meu cabelo para agarrá-lo.

Esse simples gesto é pecaminoso de tão sensual. Com uma mão, abro o pote de sorvete enquanto, com a outra, alcanço a base do pau de Hurricane. Ele é tão grosso que quase não consigo envolvê-lo inteiro com a mão. Entredentes, ele sibila com vontade. Dou uma bombada vagarosa, umedeço os lábios e cubro os dentes assim que levo a boca na direção da cabeça perfeita e volumosa do seu pau.

— Quero sua boca em mim, *Sha*. Agora — ele grunhe mais uma vez, em um tom grave e rouco como se estivesse a ponto de surtar.

Umedeço de novo os lábios e engulo seu pau. Hurricane agarra meu cabelo com mais força, metendo fundo na minha garganta com intensidade e sem aviso algum. Sufoco e engasgo por conta da invasão, e meus olhos lacrimejam por ele foder minha boca com tanta força. Hurricane solta um gemido grave quando se afasta e eu aproveito para me recompor. Ele segura minha cabeça e se enfia na minha boca mais uma vez. Depois de ter conseguido respirar, me sinto mais preparada, então relaxo o maxilar para acomodar muito bem o seu tamanho.

Hurricane é quem manda, movendo minha cabeça no ritmo das estocadas, que são incessantes. Esse homem não estava brincando quando disse que queria minha boca como se eu fosse uma puta. Mas, de um jeito estranho e doentio, ver seu rosto se contorcer de prazer só me faz desejá-lo ainda mais. Meu clitóris pulsa, e saliva se forma e escorre pela lateral da minha boca. Não consigo controlar, Hurricane está tomando o que deseja enquanto fode minha boca com força. Os únicos sons ecoando pelo quarto são os sorvos molhados e respirações ofegantes em meio aos grunhidos de prazer de Hurricane.

— Porra, Kaia, se eu não desacelerar, vou gozar.

Ele geme, arfando frenético em busca de fôlego, mas ainda me mantém no lugar, com o pau descansando rente à minha garganta, e me olha tranquilo. Hurricane se retira de mim por um instante, o que me permite respirar fundo. Com o dedo, ele percorre meu lábio inferior, e eu o fito por entre cílios.

— Você fica tão linda de joelhos.

Ele gosta de me ver vulnerável e me oferecendo para ele. Bem, neste momento, ele está em desvantagem, porque está querendo ir mais devagar, mas eu não estou pronta para isso. A vantagem é minha, e Hurricane parece ter esquecido que eu não sou uma pessoa inibida. Assim como ele, pego o que desejo; e o que eu quero agora é que ele grite o *meu nome*.

Deslizo o polegar pelo sorvete, e a sobremesa gelada recém-derretida cobre meu dedo. Hurricane franze o cenho, porém eu não penso duas vezes antes de espalhar o sorvete pela cabeça do seu pau. Ele estremece, sibilando quando o creme lhe cobre o membro.

Hurricane balança a cabeça.

— Kaia — ele avisa, mas eu o ignoro.

— Estou sendo uma garota má, lembra?

— Kaia — ele avisa mais uma vez.

Não, não estou ouvindo.

Coloco a língua para fora e a deslizo pela extensão do seu pau. Ele solta um grunhido demorado quando lambo o sorvete e, ao mesmo tempo, levo a mão às suas bolas e as pego, fazendo carinho. Hurricane move o quadril por conta do prazer que lhe dou quando passo a língua na pontinha, circulando todo seu pau para pegar o sorvete de baunilha, cujo aroma, junto ao sabor salgado, apenas intensifica o tesão do momento e a excitação que toma conta de mim. Meu clitóris lateja com tanto vigor que eu bem que gostaria de ter três mãos para me satisfazer ao mesmo tempo.

Hurricane geme baixo e vagaroso, agarrando mais o meu cabelo, e eu sinto suas bolas se contraírem e subirem. Ele estremece um pouco como se estivesse quase lá. Seu pau pulsa pelo prazer que lhe percorre, e Hurricane me puxa para a frente com firmeza, trazendo minha boca até quase o talo.

— Porra, Kaia... porra! — ele rosna assim que gozo quente explode na minha boca com uma intensidade que me pega de surpresa.

A pitadinha salgada misturada com o retrogosto de sorvete é incomum, mas não tenho muita escolha a não ser engolir tudo enquanto Hurricane segura minha cabeça no lugar. Depois, expirando lentamente, ele me solta e eu tiro seu pau da minha boca com um estalido. Delicadamente, seus dedos se soltam do meu cabelo enquanto eu olho para cima em sua direção.

Há um sorriso lânguido em seu rosto que me faz dar um sorrisinho malandro por entre cílios.

— Você é tão teimosa... — ele ri e me alcança, me levantando.

Fico de pé, o encaro e seco minha boca com as costas da mão, assentindo.

— Você já deveria saber disso a essa altura.

Ele balança a cabeça, fechando os olhos por um instante, e suspira. Depois, ele se inclina e encosta a testa na minha.

— Por Deus, mulher, eu queria ter gozado dentro de você.

Ergo a sobrancelha, dando um sorrisinho.

— E quem disse que você não pode mais?

Um sorriso vagaroso vai se formando no canto de sua boca, e Hurricane bem depressa tira a calça amontoada em seu tornozelo e a chuta para o lado, para depois me pegar pela bunda e me erguer. Quando ele me prensa na parede, não consigo evitar um gritinho.

Trocamos olhares, que trazem mais uma vez a mesma intensidade de quando entramos no quarto.

— É melhor você se preparar, porque não vou me segurar dessa vez. Arregalo os olhos.

— Você estava se segurando?

Ele arqueia a sobrancelha, desliza a mão entre nossos corpos, por baixo do meu vestido, e solta minhas pernas. Com suas mãos fortes, ele puxa minha calcinha e a rasga num único gesto rápido. Deveria ser pecado o quão sexy é ver Hurricane jogar a peça por cima do ombro. Engulo em seco, ele se aproxima e desliza os dedos pela minha coxa, fazendo a mesma coisa com a boca na minha clavícula.

— Vou te deixar bem molhadinha para mim, *Sha*.

Começo a ofegar quando Hurricane percorre os dedos pelos lábios da minha boceta, para depois pressioná-los em meu clitóris. Deixo escapar um gemido sutil e pendo a cabeça para trás, a encostando na parede, por enfim ser tocada depois de tanto tempo. Ele aperta mais firme, com a pressão certa, e me faz ver estrelas. Mexo o quadril no ritmo do dele, e choramingo, sentindo o clitóris pulsar com o prazer que me toma.

— Hurricane, por favor...

— Isso... implora, Kaia.

Então, ele desliza dois dedos para dentro de mim, os empurrando no ângulo certo para acertar o tão importante ponto. Agarro seus bíceps, porque preciso dele mais perto. Começo a respirar rápido e com dificuldade, enquanto tento manter a compostura, mas é difícil quando o que eu mais quero é me soltar.

Meu corpo treme assim que Hurricane gira os dedos, acertando meu ponto G certinho.

— Vou fazer você se sentir bem assim sempre que eu te tocar. Ninguém mais vai encostar aqui.

— Meu Deus, isso — choramingo, e meu corpo inteiro estremece por conta das sensações que irrompem.

Hurricane estoca os dedos de novo, ao mesmo tempo em que pressiona meu clitóris com o polegar. Um formigamento perpassa por toda a minha pele, a fazendo arrepiar e transpirar. Conforme meus músculos enrijecem, e logo relaxam, a explosão me atinge feito um tsunami, interminável e inclemente. Dou um gemido incompreensível no meu estado de euforia, depois me curvo sobre o corpo de Hurricane, que tira os dedos de dentro de mim e me beija – é um beijo forte, poderoso, que não me dá sequer tempo para me recuperar. Hurricane me envolve inteira.

Nossas línguas dançam, e ele me pressiona na parede de novo. Mal consigo recuperar o fôlego enquanto ele me beija como se o mundo estivesse acabando. Seu pau está firme e rente colado a mim; sinto cada sensação. Preciso desesperadamente dele dentro de mim, mas não antes de um instante para respirar.

Hurricane se afasta, interrompendo o beijo com um sorrisinho sem-vergonha nos lábios.

— Está com dificuldade para manter o ritmo, *Sha*? — ele provoca.

Arfo, pendo a cabeça para a frente e respiro.

— Eu dou conta. — Não vou dar essa satisfação a ele.

— Que bom, porque eu ainda não acabei.

Ele se curva até a calça jeans e pega a carteira, de lá puxando uma camisinha. Hurricane joga a carteira no chão, e, enquanto eu o observo, ele leva a embalagem até a boca, o que me dá o tempo tão necessário para respirar. Com os dentes, ele agarra a beirada da embalagem e a rasga, em um gesto tremendamente sensual, depois cospe esse pedaço inutilizável, pegando enfim a camisinha.

Ainda estou tentando recuperar o fôlego, que já está mais sob controle. Acompanho cada movimento de Hurricane enquanto ele desenrola a camisinha no seu membro enorme. Nunca vou descobrir como ele é capaz de fazer algo tão normal ser tão inebriante.

Hurricane dá dois passos para perto de mim, olhos focados nos meus.

— Preciso de uma palavra de segurança, Kaia.

— O-o quê? — Arregalo os olhos, porque não estava esperando que ele dissesse isso.

— Uma palavra para eu saber se estou indo além do limite.

Nunca fui pega tão desprevenida assim, nem sei por onde começar. Dou uma espiada no chão, vejo o pote daquela delícia gelada e solto:

— Sorvete.

Hurricane assente, em seguida me pegando pelas coxas para me erguer. Suspiro profundamente enquanto envolvo o seu pescoço com os braços, segurando firme quando minhas costas escoram na parede. Ele pressiona o pau na minha entrada e troca olhares comigo.

— Pronta?

Estou?

— Si... — Antes que eu termine de falar, Hurricane estoca com força até o talo.

Seu pau grosso é quase demais para mim, o que me faz gemer alto. Não tenho tempo sequer para me acostumar antes de ele tirar o pau e estocar de novo. Solto mais um grunhido do que um gemido, quando minha cabeça bate na parede com uma sonora pancada.

— Meu Deus! — vocifero, mas uma pontada de prazer me percorre ao mesmo tempo.

— Você é uma delícia, *Sha* — ele grunhe no meu ouvido, e estoca mais fundo, mais rápido, com ainda mais vontade.

Hurricane solta uma das mãos da minha bunda para poder deslizar os dedos pelo meu braço, depois me agarra pelo pulso enquanto se inclina um pouco para trás, deixando um espacinho entre nós, mas sem parar suas estocadas. Não sei como ele consegue, mas ele tem a proeza de pegar meu braço e repousá-lo no meu próprio peito. Não tenho ideia do que ele pretende fazer. Hurricane me olha nos olhos enquanto nós dois arfamos com os movimentos.

— Abre bem a mão, Kaia — ele explica.

Faço como ele diz, cobrindo minha clavícula com a mão aberta. De repente, após mais uma estocada, Hurricane guia minha mão até o meu pescoço, e eu arregalo os olhos quando ele me força a agarrá-lo. Por um instante, entro em pânico, mas, só com o olhar, Hurricane me diz que ele tem total controle. Assim, eu o acompanho quando ele aperta mais minha mão, me fazendo constringir a respiração.

Ele continua as estocadas, pressionando mais firme minha mão em meu pescoço, e minha respiração é quase limitada. Sinto arrepios por conta do perigo correndo nas minhas veias. Nunca fiz nada parecido, mas a excitação, a adrenalina, o quanto é inebriante a loucura e a esquisitice do ato, tudo isso só intensifica a onda causada por tantas sensações.

— Toma, Kaia, assim. Toma... como... só... garotas... más... conseguem — ele grunhe cada palavra no meu ouvido.

Hurricane não é só o nome dele. É também as sensações que ele desperta em mim, o jeito como me faz sentir. É como se ele me atirasse para cima e me jogasse, para lá e para cá, feito uma boneca de pano, só que de uma maneira muito, muito boa.

A cada estocada, nossas mãos apertam ainda mais, e meus olhos começam a saltar por conta do ar limitado. Fico zonza, minha mente rodopia com a tontura. Começo a piscar muito rápido, e é nesse momento que Hurricane alivia a tensão só um pouquinho, voltando a bombar.

— Me fode com vontade — ele me repreende.

Meu Deus!

Desesperada para respirar, esse era o impulso de que eu precisava.

Hurricane gosta de agressividade.

Então vou ser obscena.

Com a mão livre, deslizo os dedos por baixo do seu colete e camisa, cravando as unhas tão forte na sua carne que sei bem que lhe rompi a pele. Sangue morno escorre por meus dedos como gotículas de desejo movido à adrenalina.

— Ahhh! — Hurricane grita um gemido, mas é cheio de prazer, enquanto percorro os dedos por suas costas, com certeza deixando marcas enormes ali. — *Porra, isso.*

Ele me empurra na parede com força, nossas mãos entrelaçadas se apertam, e isso torna minha respiração quase impossível. O efeito, porém, é incrível. O choque da asfixia é como uma descarga por meu corpo, aguçando todos os meus sentidos enquanto eu resisto ao ímpeto da enxurrada sexual cheia de desejo de Hurricane. Ele sustenta meu olhar, e me fode bem fundo com um rosnado quase animalesco. A sensação é tão intensa que mal aguento.

Minha pele está incandescente, e a pressão cresce dentro de mim. Meu instinto é brigar freneticamente em busca um fôlego, mas isso é impossível com a garganta tão comprimida. A tontura faz com que tudo seja aguçado, e eu choramingo quando troco olhares com Hurricane, sentindo os músculos se contraírem com o orgasmo iminente. De repente, tudo fica tão tenso que é como se cada músculo ficasse completamente rígido. Hurricane afasta sua mão, e sobra apenas a minha segurando meu pescoço, e assim permaneço, apertando mais enquanto Hurricane bomba de novo. Ele procura por meu olhar, há uma conexão intensa entre nós no momento em que tudo me atinge feito um furacão, um que remexe minhas entranhas e faz minhas emoções zunirem ao meu redor de um jeito que nunca senti antes.

Hurricane traz à tona algo em mim que eu não sabia ter.

Uma pessoa que eu não tinha ideia de que poderia ser.

Alguém que não existia antes deste momento.

A explosão é tão intensa que deixo escapar um clamor alto conforme cada músculo do meu corpo parece derreter, e não me sobra nada em que me agarrar, apenas ossos e pele.

Hurricane esmurra a parede ao lado da minha cabeça, fazendo ecoar um estrondo alto enquanto ele grunhe:

— Porra!

Ele estremece inteiro, mas depois pausa, e nós gozamos juntos em um clímax profundo que perdura, e perdura, e perdura, como algo que nunca senti em toda a minha vida.

De algum jeito, ele me segura, mesmo que eu esteja feito uma boneca de pano, as pernas parecendo gelatina, e eu me agarro a ele como se minha vida dependesse disso. O medo de que eu vá desabar se tentar ficar de pé se intensifica.

Capaz, enfim, de tomar o fôlego tão necessário, arquejo violentamente ao repousar minha testa no ombro de Hurricane, nós dois voltando do êxtase insaciável.

Ninguém fala uma palavra.

De repente, então, Hurricane começa a rir.

Ergo a cabeça, olhando para ele de testa franzida.

— Você está rindo? Depois *disso* tudo?

Ele se afasta um pouco, tira uma mecha suada de cabelo do meu rosto e me encara.

— Eu poderia jurar que ia te ouvir falar *sorvete*.

De esguelha, espio no chão o pote de sorvete derretido.

— Tenho que admitir que *foi* tudo muito novo para mim, mas... *eu gostei*.

Hurricane me tira da parede e nos leva até a cama, onde gentilmente me deita na coberta de veludo. Eu o observo enquanto ele tira a camisinha e a descarta no lixo.

— Que bom, porque estamos apenas começando.

Puta merda!

Pode ser que eu não sobreviva.

Mas talvez valha a pena.

CAPÍTULO 22

HURRICANE

Dia seguinte

Encaro o teto enquanto Kaia dorme aninhada entre o meu ombro e pescoço. Sinto uma calma enorme nesse momento. Nunca imaginei que tê-la na minha cama seria tão bom. Com cuidado, deslizo os dedos em seu braço, só porque preciso tocá-la enquanto ela dorme um sono profundo.

Não tem como ficar melhor do que isso.

Nunca fui o tipo de sujeito que se apega. Não estou acostumado, então vai levar um tempinho até que eu me habitue.

De repente, o estouro do despertador de Kaia reverbera pelo quarto, o que a faz acordar num solavanco. Atordoada e com o cabelo rebelde todo bagunçado, ela esfrega o rosto tentando entender onde está e o que está acontecendo. Ela me vê, olha para os próprios seios, perfeitos e nus.

— Merda! — diz, em sobressalto.

Ela pula para fora da cama, corre pelo quarto, pega as roupas com pressa enquanto tenta vesti-las ao mesmo tempo. Depois, alcança o celular para desligar o apito incessante.

Eu me escoro nos cotovelos, a observo e franzo o cenho.

— Você precisa ir a algum lugar?

Kaia pega o copo na mesinha de cabeceira e dá um gole, depois faz uma cara de quem chupou limão.

— Isso não é água.

Rio por ela ter tomado algo alcóolico no seco e dou de ombros.

— Desacelera e fica para o café... quer dizer, *brunch*.

— Tenho que ir trabalhar. Foi ótimo... ahn, divertido.

Ai.

Kaia saltita em um pé só tentando calçar a bota, e eu franzo o cenho.

— Você está me dando o fora?

Ela para, e seu semblante se entristece.

— Não. Meu Deus, não. Perdão. — Ela vem até mim e me dá um selinho. — É que... eu deixei a Lani sozinha ontem à noite. Estou me sentindo mal por isso e... preciso ir trabalhar.

Agora é a hora.

— E se você não precisasse ir?

— Mas... *eu preciso.* — Ela dá um sorrisinho.

Olho bem em seus olhos.

— E se você tivesse seu próprio estúdio de tatuagem? Um em que otários puxa-sacos não ficassem em cima de você.

Há um brilho em seu olhar, e ela suspira.

— É só um sonho, Hurricane.

Eu me sento, fazendo o lençol deslizar para longe do meu tórax nu.

— Posso torná-lo realidade para você.

Kaia vira a cabeça bem rápido para me encarar.

— Nós já falamos sobre isso.

— Eu pedi para o Raid procurar um lugar para comprar e montar um estúdio para você.

Ela arregala os olhos, mas não como quem diz "estou chocada e feliz", e sim algo como "estou furiosa e prestes a te assassinar aqui mesmo".

— Você *o quê*?!

— Pensei que fosse um sonho seu. — Dou um solavanco para trás com a cabeça, surpreso com o tom de Kaia.

Ela joga as mãos para cima.

— Meu sonho é que eu conquiste isso sozinha, não como esmola do cara com quem estou transando.

Isso me atingiu em cheio.

— Certo, só estamos transando então.

Kaia balança a cabeça e, frustrada, enfim consegue calçar a bota. Ela pega suas coisas e segue até a porta.

— Não acredito que você fez isso pelas minhas costas.

— E eu não acredito que pensei que você fosse querer.

Ela revira os olhos, bufa e sai do quarto pisando duro, batendo a porta tão forte quando vai embora que a parede inteira estremece e uma das Harley em miniatura cai no chão.

Deixo escapar um grunhido enquanto deslizo a mão pelo cabelo, bastante frustrado.

— Merda!

Deito de novo na cama de barriga para cima, desejando que o colchão me engula. Sou um imbecil por ter falado com ela daquele jeito, mas não consigo entender por que ela não aceita o bendito presente.

Mulher teimosa do caralho.

De repente, alguém abre a porta do quarto, e eu dou uma espiada. É Bayou. Ele entra de peito estufado e com uma expressão mal-humorada.

— A Kaia saiu disparada daqui, batendo portas. Depois entrou no carro e arrancou derrapando do estacionamento. Que porra você aprontou?

— Comprei um estúdio de tatuagem para ela.

Bayou joga a cabeça para trás como se não estivesse esperando que eu dissesse algo do tipo.

— Ah… você o quê?

— Bem, estou comprando um estúdio para que ela não tenha que aguentar os otários com quem trabalha. *Mas não*, ela quer conquistar isso *por conta própria*. Não quer esmola.

— Pensei que você estivesse apenas cogitando a ideia, não que já a tivesse colocado em prática. Você foi lá e fez isso pelas costas dela?

— Eu dei um presente para ela.

— Talvez para a Kaia seja como ir de um lugar de trabalho manipulador e controlador para outro.

— Eu não sou manipulador e controlador.

Bayou arqueia a sobrancelha sem dizer nada, e esse gesto diz tudo, mas eu continuo:

— Bem, eu não seria assim com a Kaia. O estúdio é *dela*, ela pode administrá-lo da maneira que quiser.

Bayou ri, cruzando os braços sobre o peito.

— Acho que você não está vendo o principal, irmão.

— O que é?

— A Kaia é uma mulher independente e forte, que gosta de cuidar dos próprios negócios. Presentinhos *não* fazem o estilo dela. Até eu sei disso, e olha que nem estou transando com ela.

— E aí? Eu tenho que pedir desculpas por querer ajudá-la?

— Você é um idiota. Você deveria ter falado com ela primeiro. Agora vai lá e se explique. Talvez ela te perdoe.

Dou um grunhido abafado.

— *Mulheres*. Não é à toa que eu tenha fugido delas por tanto tempo.

Bayou ri.

— Se você for agora, talvez consiga falar com ela antes do primeiro cliente chegar.

Alongo o pescoço e o corpo.

— Está bem. Cada coisa que eu faço por ela… juro para você que já virei um pau-mandado. — Rolo para fora da cama, fazendo o lençol deslizar para longe do meu corpo nu.

Bayou resmunga.

— Porra, irmão, espera até eu sair do quarto antes de ficar desfilando com sua mala de fora por aí. Não sou obrigado a ver isso logo de manhã.

Ele sai apressado, batendo a porta, e eu dou risada enquanto ando devagar pelo quarto e vou juntando minhas roupas.

Alcanço o copo da bebida que Kaia quase cuspiu, tomo o resto e caminho até a sala. A passos firmes, vou andando, consciente de que Kaia está furiosa comigo por eu tentar fazer algo que considerei um gesto bacana. Não sei o que essa mulher tem que me faz dar piruetas por ela.

Eu não sou assim. Mas ela vale a pena. *Vale muito a pena.*

Vou deixar o orgulho de lado, por mais difícil que seja, e ir até aquele maldito estúdio de tatuagem para me desculpar por ter passado do limite de novo e feito algo sem falar com ela primeiro.

Caminho até a minha moto, me sento nela e dou partida algumas vezes para aquecê-la, provavelmente mais para me acalmar. A verdade é que eu preciso juntar coragem para olhar Kaia nos olhos e admitir que, talvez, eu tenha passado do limite. O problema é que eu não estou acostumado a fazer isso. Nunca me desculpo por nada. Agora aqui estou eu, correndo feito uma garotinha para fazer as pazes com uma mulher esquentadinha. *Que diabos eu estou fazendo?* Eu deveria esquecer toda essa zona e voltar para vida que eu tinha antes que Kaia aparecesse e fizesse meu coração bater de novo.

Expiro devagar e piso fundo no acelerador, arrancando. Preciso da emoção de pilotar para me lembrar de que sou um cara fodão. Faço isso costurando pelo trânsito, infringindo leis e criando o caos em meu rastro, apenas para provar meu ponto; não é só porque eu sou um "pau-mandado", como Bayou tão bem colocou, que isso significa que eu seja menos homem.

Eu ainda sou eu. Ainda sou Hurricane, presidente do NOLA Rebeldes.

Pode ser que Kaia esteja mudando a forma como eu interajo com as mulheres. Talvez ela me faça querer ter apenas uma garota. Mas, fora tudo isso, eu ainda sou um fora da lei.

Talvez eu esteja me enganando. Essa mulher me tem nas mãos, e está me segurando tão forte que vai ser necessário um grande esforço para me livrar dessa coleira.

Droga! Estou cada vez mais sentimental.

Meu estômago embrulha de tanta agitação. Kaia traz à tona o melhor e o pior em mim. Neste momento, acho que ela trouxe o pior: insegurança, baixa autoestima, dúvidas sobre minha capacidade de liderança... tudo que tento evitar, a verdadeira *razão* pela qual não me comprometo com as mulheres. Elas te fazem sentir, e sentimentos são uma merda.

Estaciono no estúdio e dou uma olhada para o carro dela. Começo a suar frio, passo a perna por cima da moto e me pergunto, em nome de tudo que é mais sagrado, o que estou fazendo aqui.

Eu quero mesmo resolver o que aconteceu hoje de manhã? Ou estou aqui para terminar com Kaia porque meus sentimentos estão fora de controle?

Acho que primeiro vou sentir o clima quando entrar no estúdio. Que Deus me ajude se o merda do Yuri estiver lá. Estou a fim de atirar no meio da fuça de alguém, e a dele parece ser o alvo perfeito.

Abro a porta do estúdio e entro. Quinn é a primeira a me ver, e eu olho para a estação de Kaia, mas ela não está lá. Vou até Quinn, que sorri para mim cheia de malícia.

— Oi, bonitão. Eu bem que poderia me acostumar a ver esse rostinho bonito aqui todo dia.

Apoio o cotovelo no balcão.

— Ah, Quinn, você não me aguentaria, meu bem.

Ela ri.

— Que tal se eu te levar num *test drive* para tirarmos a prova?

— Não sei se a Kaia ficaria muito contente com isso. Ou será que ficaria? Anda meio difícil de saber.

Quinn levanta a sobrancelha.

— Será que não cabem três nessa aventura? Sei que dizem que três é demais, mas, a meu ver, três são diversão garantida, se é que você me entende.

Dou risada, me virando.

— Eu costumava concordar, mas não estou a fim de deixar mais ninguém encostar na Kaia. Se eu estivesse, você seria muito bem-vinda, mas a realidade é que a Kaia é minha, só minha.

Acho que acabei de decidir se vou resolver as coisas ou ir embora.

Sei que Kaia é muito importante para mim. Não posso deixá-la partir, mesmo que ela esteja me fazendo questionar tudo.

— Era só isso que eu precisava ouvir... — Quinn assente devagar. — Ela está lá fora conversando com o pai.

Circundo o balcão e vejo Kaia de pé com um homem. Arregalo os olhos quando ele fica mais visível. É o soldado que conheço como Maka.

Um dos soldados de alta patente de Novikov.

Viro bem rápido a cabeça para Quinn, e meu coração bate tão forte que é como se ele fosse pular para fora do peito.

— Aquele homem com quem ela está... é pai dela? O Maka?

Quinn franze o cenho como se estivesse confusa.

— Sim. Por quê?

Bufo feito um touro e começo a andar para trás, balançando a cabeça repetidas vezes.

Não pode ser. Não sei que porra está acontecendo.

O pai de Kaia trabalha para a Máfia Novikov?

Ela estava me enganando esse tempo todo?

É por isso que ela foi tão agressiva quando apareci no estúdio pela primeira vez? Porque ela é, de fato, o inimigo?

Giro sobre os calcanhares e saio disparado dali. Não quero que Maka me veja. Corro para fora do estúdio e até a minha moto. Ouço Quinn me chamar, mas pulo na moto, dou partida e arranco, pilotando de volta até a sede com a mente a milhão.

Não consigo acreditar no que acabei de presenciar.

Sinto o estômago embrulhado de verdade.

Que porra foi isso?

Entro na sede num rompante, estaciono a moto tão depressa que ficam marcas de pneu no asfalto, e dou um salto para fora dela, esbravejando até a entrada. De punhos cerrados ao lado do corpo, tento, com dificuldade, recuperar o fôlego que ainda me falta.

Não acredito que Kaia me enganou.

Estou espumando de raiva, e o fato de que eu estava mudando por ela só joga ainda mais lenha na fogueira. Ela me laçou tão apertado que eu estava prestes a lhe comprar um estúdio de tatuagem, mesmo sem nem conhecê-la.

Eu contei tudo sobre mim para ela. Sobre o meu passado, minhas inseguranças... e ela era uma informante esse tempo todo. Sabe Deus o que ela estava tentando secretamente descobrir no clube enquanto esteve aqui.

Eu estava tão a fim dela que sequer chequei seu passado.

Não acredito que ela me enganou assim.

Entro na sede louco de raiva e sigo direto até a Capela, sem nem esperar que alguém me pergunte o que está acontecendo.

— Irmãos, Missa... *agora*.

Todos se entreolham, mas logo se apressam e me seguem enquanto entro na Capela e me jogo na cadeira, esmurrando a mesa com os punhos, o que produz um estrondo sonoro. Minha respiração continua oscilante.

Eu estou muito puto.

Grudge fecha a porta, e eu sequer bato o martelo, só vou direto ao ponto.

— Kaia é uma agente infiltrada da Máfia Novikov.

Todos arregalam os olhos. Uma expressão perplexa lhes toma o rosto.

— O quê? — Bayou fala, incrédulo. — Não pode ser verdade.

— Eu fui até o estúdio. A Kaia estava conversando com o pai dela. Quando reconheci que ele era o Maka, soldado do Novikov, confirmei com a Quinn. Não há dúvida.

— Calma aí! O Maka é pai da Kaia? Todo mundo sabe que o Maka não tem nada a ver com um mafioso russo típico, mas... pai da Kaia? *Você tem certeza?*

— Eles tinham cara de ser parentes, e a Quinn confirmou.

Raid se ajeita mais para a frente na cadeira.

— Então ela te enganou esse tempo *todo?*

Esfrego a nuca e expiro.

— Não sei, mas, se enganou, ela fez um ótimo trabalho.

— Caramba.... — Bayou balança a cabeça como se não acreditasse no que estou lhes contando.

— Raid, quero que você vasculhe cada canto da sede para ver se encontra escutas ou qualquer coisa que ela possa ter colocado enquanto esteve aqui. Preciso de uma varredura minuciosa. *Agora.*

Raid assente, fica de pé e sai correndo da Capela.

— Não dá para acreditar... — Bayou se vira para mim, e sua expressão é séria. — Você está bem? Sei que você gosta dela.

Ergo o canto da boca em resposta.

— Estou puto. Espumando de raiva. Ela me fez parecer um tremendo de um imbecil. Precisamos mostrar aos Novikov do que somos capazes, forçá-los a sentir como é quando arriscam alguma coisa.

Bayou franze o cenho.

— Do que você está falando?

— Vamos sequestrar a Kaia e usá-la como vantagem contra o Novikov e o pai dela. Vamos dizer que a mataremos se os Novikov não *derem o fora* de Nova Orleans.

Bayou ergue as mãos.

— Hurricane, você está envolvido demais nisso. Não podemos fazer uma coisa dessas.

— *Podemos*, e *vamos*. Eles definiram o limite, e agora nós vamos *destruí-lo*.

Bayou hesita, mas assente.

— Eu te apoio, você sabe que sempre vou apoiar. Mas, como seu irmão gêmeo, acho que você está deixando a raiva te cegar e não está pensando racionalmente.

Esmurro o punho no acrílico e esbravejo.

— Há tempos eu não era tão racional. A Kaia bagunçou o meu julgamento, ela estava me fazendo mudar... mudar quem sou e o que defendo. Eu *não* deixo as mulheres se aproximarem de mim. Isso deveria ter acendido um alerta na mesma hora. Não sei por que não enxerguei.

Bayou hesita enquanto desliza os dedos pelo cabelo.

— Sei lá, não consigo imaginar a Kaia como o inimigo. Ela é muito gentil quando vou fazer uma tatuagem.

— É para nos engambelar, irmão, arrancar informações da gente, é assim que as sereias fazem. As mulheres usam seus poderes *bocetísticos* para nos atrair até elas.

Bayou balança a cabeça.

— Não sei... mas, como eu disse, eu te apoio.

— Ótimo. Quando pegarmos a Kaia, precisaremos de alguém de olho na Lani, que tem epilepsia e não pode ficar sozinha por muito tempo. Sabe Deus quanto tempo ficaremos com a Kaia. Quero que você mande o Grey até a casa delas para vigiar a Lani.

— Você está ciente de que, assim que o pai delas souber que pegamos a Kaia, ele vai atrás da Lani para protegê-la, né?

— Então o Grey pode ficar escondido e de olho nela de longe, até que a família chegue para cuidar dela.

— Para alguém que está furioso com a Kaia, você até que está bem preocupado com ela e sua família.

Encaro Bayou de cara feia e falo entredentes:

— Não me questione e nem questione minhas decisões. Posso até ser um babaca, mas não vou deixar que Lani tenha uma convulsão por conta do estresse causado por *mim* quando ela descobrir que pegamos a Kaia. Não vou deixar que ela fique sozinha sem alguém para cuidar dela.

— Pense bem... é óbvio que você tem um fraco por essas duas. Tem certeza de que você quer sequestrar a Kaia e trazê-la aqui?

Uma onda de ansiedade me atinge. *Certeza eu não tenho*. Ela vai me odiar, isso é certo, mas seu pai é um integrante bem conhecido da Máfia, nossa arqui-inimiga.

Sem dúvida ela sabe disso. Essa mulher tem me passado a perna esse tempo todo. Não tenho alternativa, ela *tem* que ser pega, e eu *tenho* que usá-la contra eles. É nossa *única* jogada.

— Sim, eu tenho certeza.

ATRAÍDO

CAPÍTULO 23

ANÔNIMO

Você não viu quando seu motociclista chegou, mas eu fiquei de guarda, escondido, de olho nele e em você.

Ele sabe, Kaia... e é só uma questão de tempo até que ele desapareça das nossas vidas para sempre.

CAPÍTULO 24

KAIA

Hurricane é um imbecil ignorante.

Seria uma burra se o deixasse me dizer o que fazer. Não consigo entender o que o fez pensar que poderia fazer algo assim. Quer dizer, sejamos sinceros... um estúdio só meu seria incrível. Eu poderia fazer o que eu quisesse, contratar quem eu desejasse, além de ser um jeito de me livrar de Yuri.

Seria épico para cacete. *E se eu reconsiderar?*

Talvez, se eu pagar a Hurricane uma quantia por semana, como discutimos antes, então eu não me sentiria em dívida com ele.

De qualquer modo, vou precisar conversar com ele de novo sobre isso depois que eu me acalmar. A maneira como eu fui embora hoje de manhã foi horrível. Ainda mais depois da noite que passamos juntos.

Já me decidi. No meu intervalo, vou ligar para ele me desculpando por ter agido como uma criança mimada. Fui pega de surpresa, e isso me deixou com raiva. Exagerei. Hurricane fez algo bacana por mim, e eu fui uma escrota.

Vou até Quinn, que está verificando a lista de clientes do dia, mas ela logo olha de relance para mim.

— *Bem...* como foi ontem? Quero *todos* os detalhes.

Espio em volta e percebo Yuri me observando. Reviro os olhos.

— Mas que saco, ele está sempre olhando para mim.

Quinn me abraça e me puxa para longe dele.

— Não esquenta com o Yuri, ele só está triste porque não pode ter *tudo isso*. — Ela me olha da cabeça aos pés com malícia, me fazendo rir. — Olha, eu sei que o Yuri é um babaca, mas você não pode se deixar abater, e, de verdade, ele não vai mais encostar em você. Não depois do Hurricane ter dado uma surra nele e o ameaçado.

Olho por cima do ombro e vejo que ele ainda está me olhando. Detesto o jeito como ele me encara, é muito desconcertante.

— Você está certa, preciso ignorá-lo e tocar o dia.

— É assim que se fala.

Ela dá um tapa na minha bunda quando lhe dou as costas e, revigorada, volto para minha estação. Não sei como, mas Quinn sempre me faz sentir melhor.

Começo a ajeitar as coisas para trabalhar quando sinto alguém parar ao meu lado. Olho para cima e vejo que é Yuri. Meu estômago revira, e eu dou um suspiro mais vigoroso que o necessário.

— Oi.

— Kaia, você sabe que sair com aquele motociclista é cilada, não sabe? Levando tudo em conta...

Pendo a cabeça para o lado e semicerro os olhos para ele.

— Levando tudo em conta? Do que você está falando, Yuri?

— Só estou dizendo para você pensar a quem você é leal.

— Leal? Mas que... — Ele começa a se afastar. — Yuri! Do que você está falando? — Eu o chamo, mas ele me ignora.

Mas, sendo bem sincera, não quero desperdiçar um segundo que seja com qualquer coisa que ele quisesse dizer, então volto a me preparar para tocar o dia, quando meu pai aparece.

Meus olhos brilham assim que o vejo. Vou até ele e lhe dou um abraço apertado.

— Oi, pai.

— *Aloha*, meu amor. Você tem um minutinho para conversar?

— Tenho, vamos lá nos fundos. Vou pegar algo para você beber.

Passamos pela porta e seguimos até a cozinha, onde pego uma lata de Coca-Cola na geladeira para ele. Sei que meu pai trabalha até tarde, e que provavelmente veio direto do serviço para me ver, então um pouco de cafeína vai lhe fazer bem.

É quando percebo a atadura em seu braço e aponto para ela.

— Você se machucou no trabalho de novo?

Ele ri.

— Sim, você sabe como eu sou, sempre vivendo perigosamente.

— Você precisa tomar mais cuidado.

— Sempre, querida, sempre. Agora, vamos ao ponto. Vim aqui por causa da Lani. Ela falou que não quer nada de aniversário, então eu e sua mãe não conseguimos arrancar nada dela. É como tirar leite de pedra.

Rindo, dou de ombros.

— Eu sei. Ela sempre fala que já tem tudo de que precisa.

— Bem, posso te deixar a missão de descobrir o que eu e sua mãe podemos dar para ela? Você sabe como sua mãe é... ela quer mimar a Lani. Eu também quero, mas a sua mãe...

Eu lhe pego no ombro.

— Eu sei. Deixa comigo. Vou descobrir alguma coisa e te aviso.

— Obrigado. Aliás, você parece cansada. Você anda dormindo?

Ontem à noite, não muito.

— Sim, pai, estou bem, e estou no meio do trabalho, tenho que voltar.

Ele dá um sorriso enorme e se inclina para me abraçar.

— *Aloha wau 'ia 'oe.*

— Também te amo.

Ele se vira e sai caminhando até a porta. Eu o acompanho até a saída, depois paro ao lado de Quinn e aceno assim que meu pai vai embora. Logo em seguida, me viro para Quinn, que parece um tanto perdida, o que me faz arquear a sobrancelha.

— Está tudo bem?

Ela quase responde, hesita, mas logo retoma:

— Não é nada... foi bom ver o seu pai de novo.

Dou uma risada sutil, voltando para a minha estação.

— Você está esquisita.

Quinn olha de relance para o computador.

— Não estou esquisita, você que é esquisita.

— Ahã, esquisitona. É por isso que eu te amo.

— Digo o mesmo de você.

Trabalhei o dia todo, quase sem tempo para uma pausa. A coisa está corrida. Eu me sinto mal por não ter ligado para Hurricane, mas, assim que chegar em casa, vou ligar. Talvez eu o convide para ir até em casa, assim poderemos conversar de verdade, deixar tudo muito claro e ser honestos um com o outro.

Acabo de organizar a minha estação e saio do estúdio, deixando que o pessoal do último turno comece a fazer seu trabalho. Preciso ir para casa cuidar de Lani. Mas, antes, vou até Quinn para lhe dar um abraço.

— Até amanhã.

— Boa noite, meu bem. Vá com cuidado hoje.

Isso me faz franzir o cenho. Mesmo assim, assinto e saio disparada daqui. Enquanto sigo até o carro, começo a pensar em Hurricane, no que vou lhe dizer e em como falar direito, para que ele não desligue na minha cara. Ele teve o dia todo para ficar ainda mais furioso comigo. Eu deveria ter mandado uma mensagem, e não deixado esse mal-estar entre nós crescer. A situação é dificílima, então, como diz o ditado, é melhor arrancar o curativo de uma vez.

Entro no carro, dou partida e começo a dirigir até em casa. A rádio está tocando *Undead*, da banda Hollywood Undead, uma música de rock pesado para me deixar ligada no trajeto de volta. Balanço a cabeça no ritmo intenso da música, quando uma van preta cola ao meu lado. Olho para o veículo que mantém a mesma velocidade que eu. Desacelero um pouco, ele também; acelero, ele também.

— Mas que porra é essa, seu babaca?

De repente, a van dá uma guinada brusca na minha direção, o que me faz dar um gritinho quando jogo o carro para a direita, tentando evitar esse desgraçado.

— Para de se jogar em cima de mim! — grito, mesmo que a pessoa não possa ouvir, quem quer que ela seja.

Quando uma outra van aparece à minha direita, me prensando contra a outra, penso: *fodeu!*

Meu coração dispara, a adrenalina me atinge com tanta intensidade que meu estômago embrulha, e eu piso no freio. Vejo quando as duas vans passam velozes por mim, derrapando para tentar dar a volta, mas eu piso no acelerador para cortar entre elas enquanto se viram. O problema é que uma delas acelera e acerta em cheio a frente do meu carro. O airbag abre, atingindo meu rosto com força, e eu sou jogada para o lado enquanto meu carro rodopia. Sou arremessada de um lado para o outro como uma boneca de pano, o carro colide na barreira de concreto da rua. O choque é tão forte que a pressão do cinto de segurança me sufoca.

Fumaça espirala do capô, e eu agarro o cinto, tentando tirá-lo, mas, em pânico, só consigo deixá-lo ainda mais apertado. Estou num embate com o cinto e com a porcaria do airbag, que só dificulta a minha visão, quando a porta é escancarada e três homens usando balaclavas me alcançam. Eu grito assim que um deles alcança o cinto e o destrava com facilidade, enquanto o outro me agarra. Eu esperneio, tentando me livrar deles, mas são três, e são gigantescos... eu não tenho chance alguma.

Cravo as unhas neles, só que eles estão usando jaquetas pretas, ou seja, de nada adianta. Grito por socorro, mas o terceiro sujeito enfia uma meia na minha boca. Quando tento cuspi-la, alguém coloca um saco na minha cabeça e o aperta. Depois, me arrastam até onde presumo que seja uma das vans.

Esperneio e grito, um grito abafado contra a meia, enquanto eles me erguem e me colocam dentro do veículo. Sinto os olhos marejarem. Nunca fiquei tão apavorada na minha vida quanto agora.

De repente, penso em Lani.

Esses caras vão me matar? Vão fazer pior do que me matar? Hurricane vai vir em meu socorro? Ou será que ele nem vai ligar por conta de como as coisas estão entre nós?

Eles amarram minhas mãos, e eu vou aquietando. A van arranca de novo e eu começo a chorar, mas as lágrimas ficam presas no saco que está na minha cabeça. Está tudo escuro. Não consigo falar, nem gritar. A única coisa que consigo fazer é esperar e ver se vão me matar, quem quer que sejam. Por qual razão, eu não sei.

O trajeto leva um tempo. Não sei ao certo para onde estou sendo levada ou, o mais importante, por que eles me querem. A única coisa que me vem à mente é que alguém quer se vingar de Hurricane me usando como isca.

Espero que ele me encontre a tempo.

Enfim, estacionam a van.

Meu coração está tão acelerado que consigo ouvi-lo retumbar no meu tímpano. Eles abrem a porta da van e me agarram, me fazendo andar com eles. O chão aos meus pés parece cascalho. Enquanto tento controlar minha respiração, ouço como se estivessem destrancando alguma coisa. Logo em seguida, uma porta é escancarada. Eles me empurram para dentro — o chão muda para algo mais duro, talvez concreto. Onde quer que estejamos, é um lugar frio, sólido, silencioso, e eu fico apavorada na mesma hora.

— Senta — alguém diz, em uma voz levemente familiar, enquanto sou empurrada para o que penso ser uma cadeira de madeira.

Eu me sento, e um arrepio instantâneo me percorre. Eles amarram minhas mãos e tornozelos à cadeira. Eu espero, por alguma coisa, qualquer coisa, quaisquer respostas que esclareçam quem são essas pessoas e por que estão fazendo isso.

De repente, eles arrancam o saco da minha cabeça. Estou tremendo de medo.

Olho as paredes de concreto, cobertas por plástico, e logo compreendo que estou encrencada.

Cuspo a meia enfiada na minha boca, encarando o sujeito que parece estar no comando e de pé na minha frente.

— Quem *é* você, porra?

Ele dá um passo à frente, se curvando à minha altura e me olhando com seus olhos azuis resplandecentes.

Eu conheço esses olhos.

Uma sensação incômoda toma conta de mim assim que todos tiram as balaclavas devagar. Olho em volta do cômodo com o coração disparado enquanto vou reconhecendo cada um daqueles rostos, mas meu coração para quando reparo no homem à minha frente.

Hurricane.

Franzo o cenho apertado, e a mágoa brota no meu peito dolorido.

Mas que porra é essa?

— Se esse é o seu tipo de pegadinha doentia, Hurricane, posso afirmar com segurança que você passou dos limites.

O olhar duro de Hurricane não muda, e a raiva contida nele me assusta ainda mais quando ele se vira. Ele desliza os dedos pelo cabelo em óbvia frustração.

— Qual tal começar a falar a sério, Kaia?

Jogo a cabeça para trás, puta da vida.

— Mas que porra é essa? Foi você quem me sequestrou.

Ele se vira de novo para me encarar, e sua expressão é tão intensa que eu me arrepio inteira, tanto que me recosto na cadeira. Preciso manter o máximo de distância possível entre nós estando amarrada assim. Nunca tinha visto esse lado de Hurricane, e ele me deixa um tanto apreensiva.

— Você está trabalhando com eles? Foi tudo um plano, Kaia? *Diz logo.*

Arregalo os olhos, eu me assusto com a ferocidade do seu tom.

— Mas de que *porra* você está falando?

Hurricane meio que ri.

— Eu deveria saber que você os protegeria. Eles são a sua família, afinal de contas.

Bem depressa, olho para Bayou para compreender alguma coisa, mas ele apenas balança a cabeça como se estivesse decepcionado comigo.

— Eu não estou entendendo nada. Por que eu estou amarrada feito uma *maldita prisioneira*?

— Porque você é uma inimiga do clube, Kaia, e eu preciso pensar no que vou fazer com você.

Meu coração vem à boca.

Inimiga do clube? Mas que porra?

— Tudo isso é por eu ter ficado puta com você hoje de manhã? Por eu ter ficado chateada pelo estúdio de tatuagem?

Hurricane ri.

— Por que você ainda está fingindo que não sabe do que isso se trata? Como se você não soubesse que estava me enganando. Aposto que se saiu bem aos olhos de *Anton Novikov*, amigo do peito do seu papai.

Hã?

— Quem diabos é Anton Novikov?

Hurricane hesita por um momento, um vislumbre breve de esperança aparece. Mas, tão rápida quanto veio essa centelha, sua defensiva volta.

— Eu te vi conversando com o seu pai, Kaia. Ele é um dos soldados mais importantes do Novikov.

— Como assim *soldado*? Meu pai não é do Exército. Hurricane, acho que você está confuso.

Bayou agarra Hurricane pelo braço e sussurra algo em seu ouvido.

Hurricane assente, se virando para mim.

— Com que seu pai trabalha, Kaia?

— Ele trabalha para uma alguma empreiteira esquisitona de transportes lá nas docas do rio Mississippi. Eles têm muita grana envolvida em vários negócios por toda Nova Orleans. Meu pai ajuda com a parte de transporte, maneja empilhadeiras e essas coisas, *eu acho*.

Hurricane cruza os braços sobre o peito, expandindo as narinas.

— Você está me dizendo que você não sabe para quem o seu pai trabalha?

— É só um trabalho. Eu nunca entrei em detalhes, nunca prestei muita atenção nisso.

— E o que o seu pai faz nesse trabalho exatamente?

Afundo na cadeira, pensando na pergunta por um instante. Irritada, dou de ombros.

— Não sei, nunca tocamos no assunto. Ele sempre sustentou a casa, e é isso. Só sei que tem a ver com transporte.

— Você sabe o quanto isso parece suspeito, não sabe?

Eu me inclino para a frente, arregalando os olhos.

— Não, porque eu não tenho a menor ideia do porquê você me trouxe aqui ou de que porra você está falando.

— Sendo bem sincero... acho que você trabalha com a Máfia Novikov e que, quando você viu uma brecha para estar comigo, você a aproveitou para coletar informação e arranjar uma maneira de acabar com o nosso clube. Uma maneira de levar informação até o Novikov. Penso que você seja... *informante* deles.

Rio irritada e encosto de volta na cadeira.

— Eu estava certa sobre você... — Hurricane arqueia a sobrancelha, confuso. — Você é mesmo um *babaca sem tamanho*.

Ele balança a cabeça como se estivesse esperando por essa resposta. Logo ele se vira e segue até a saída.

Na mesma hora, a ansiedade toma conta de mim.

— Espera! A Lani!

Ele se vira de novo.

— Eu mandei alguém para ficar de olho nela, só para garantir que ela não está sozinha e nem em perigo.

Meus lábios tremem enquanto penso na minha irmã e no quanto ela vai ficar apavorada sem mim por perto.

— Hurricane... *por que você está fazendo isso?*

Ele abre a porta para ir embora.

— Porque, neste momento... eu *não* posso confiar em você.

Hurricane sai, seguido por seus homens, e uma lágrima solitária escorre pela minha bochecha. Eles fecham a porta, me trancando no completo breu. Um medo instantâneo me percorre, e é quase claustrofóbico.

Por quanto tempo vou ficar sozinha aqui?

O que eles vão fazer comigo?

O que é isso que eles estão falando sobre o meu pai?

A escuridão do cômodo começa a se apossar de mim, penetrando em meus poros como se fosse uma planta venenosa. Suas raízes perfuram minha carne, e eu tenho a sensação de que minha alma apodrece a cada segundo que fico aqui, sentada e sozinha, ouvindo a combinação do meu coração disparado com a respiração ofegante. Tudo isso me aflora os sentidos, e o único cheiro que sinto é do meu próprio medo. O suor escorre pela minha têmpora, enquanto sinto o estômago embrulhar tanto que não consigo deixar de me curvar para a frente. Meu coração bate a ponto de me fazer hiperventilar, e meu corpo inteiro fica quente, tanto que mal posso aguentar.

Meu Deus.

Eu vou morrer.

Lani vai ficar sozinha.

Hurricane perdeu o juízo, e eu vou morrer aqui, sozinha.

Eu vou morrer.

Eu.

Vou.

Morrer.

Lágrimas rolam pelo meu rosto enquanto eu tento respirar. Não consigo me acalmar. A escuridão à minha volta é tão intensa que é como se me engolisse inteira.

Preciso sair daqui.

Preciso escapar desse inferno.

Então uso minhas forças para me balançar para o lado.

A cadeira começa a se mexer, o que me faz dar uma risadinha histérica. Quando me balanço mais uma vez, a cadeira pende e cai, se quebrando inteira, e eu atinjo o chão com um baque, fazendo meu ombro dar um solavanco.

Dou um gemido e fico deitada de lado, só esperando a dor diminuir.

— Merda! — murmuro, mas é quando percebo que minhas mãos estão livres da cadeira quebrada.

Com cautela, eu me sento, para depois alcançar os tornozelos e desamarrá-los. Esse pequeno gesto traz uma sensação de vitória.

Porém, ainda estou neste sei lá o quê, sei lá onde.

Não faço ideia de como sair daqui.

Quando me levanto, tudo dói, não só pela queda da cadeira, mas também pelo acidente de carro. Conseguir me mexer me dá certo alívio. Não dá para ver muita coisa, só um contorno muito sutil do lugar. Vou até o canto, apalpando o entorno, tentando encontrar um interruptor, mas, depois do que parecem ser horas mais tarde, ainda não achei nada.

Agacho ao lado do que presumo ser a porta, imaginando que, se eu me sentar aqui e esperar, a próxima pessoa que entrar estará sozinha e eu vou dar conta dela.

Acho que se passaram horas enquanto espero sozinha.

Estou morrendo de fome, minhas pernas estão cada vez mais fracas, e eu considero me deitar no chão para descansar, quando a porta começa a ranger.

Está um breu lá fora, deve ser de noite, e eu reúno todas as minhas forças para acertar a pessoa. Quando Hurricane entra, acendendo a luz e carregando uma bandeja de comida, eu bato a bandeja na cara dele e saio correndo em direção à porta.

Meus pés parecem gelatina enquanto corro o mais rápido possível, mas logo sinto braços fortes me agarrarem pela cintura e me puxarem de volta, batendo a porta em seguida. Choramingo e lhe arranho a pele conforme ele me arrasta até o chão.

— Me solta! — Estou tão cansada, exausta e faminta que não consigo mais lutar, meu corpo simplesmente desiste e desaba no colo de Hurricane.

Ele me segura, e eu choro. Mesmo com ódio dele agora, seu abraço me faz bem. Hurricane hesita nos gestos, mas continua me segurando.

De olhos marejados, ergo a cabeça, e percebo que ele está em um dilema. Neste momento, ele está confuso. Então, em vez de partir para a ofensiva como quero fazer, tento pensar em alguma maneira de convencê-lo de que eu não sou quem ele pensa.

Ergo a mão para fazer carinho em sua bochecha.

Na mesma hora, Hurricane agarra meu pulso, mas sem me afastar, apenas me segura. Ele parece completamente arrasado.

— Kaia… eu quero acreditar em você mais do que qualquer coisa.

— Então acredite — sussurro.

Ele afasta minha mão do seu rosto, desviando os olhos dos meus.

— Os Novikov são nosso maior inimigo, Kaia, e saber que seu pai trabalha para eles é um problemão.

— Por que você não me procurou? Conversou comigo? Por que fazer as coisas desse jeito? — pergunto.

Ele ri, como se fosse a pergunta mais ridícula possível.

— Porque, se você estiver trabalhando para eles e eu te perguntasse de cara, você não iria me falar a verdade, iria?

Balanço a cabeça, suspirando.

— Eu não trabalho para eles, Hurricane.

— Então por que você tentou escapar?

— Porque você me deixou trancada num quarto escuro por horas sem eu ter ideia do que você vai fazer comigo. Fiquei apavorada e entrei em pânico. Isso se chama autopreservação.

— Isso se chama parecer culpada.

Fico de pé, saindo do seu colo e ajeitando a roupa. Mesmo que minhas pernas estejam tremendo feito vara verde, ando até o outro lado do quarto.

— Se você já se decidiu quanto a mim, Hurricane, faça logo o que você tem que fazer. Mas posso pedir uma coisa? *Por favor*, tenha certeza de que estão de olho na Lani.

Hurricane arregala os olhos, se levanta e vem até mim, pisando duro.

— Essa não é a Kaia que eu conheço. Você é destemida. Você é forte e se defende. Cadê sua força, Kaia?

— Usei o pouco que eu ainda tinha para tentar escapar quando você chegou.

— Besteira! Você é mais forte que isso. Você é mais do que imagina. Sei que essa situação é complicada, mas você é a mulher mais forte que já conheci. Você vai conseguir.

— Você está mesmo me fazendo de refém e me dando um discurso motivacional sobre isso? É meio contraintuitivo, não é?

— Viu? Você já está voltando ao normal. Vou trazer alguma coisa para você comer... de novo.

Eu me endireito, aceitando o conselho. Se eu vou ficar aqui por um tempo, então que eu faça o melhor disso.

— Me traz um x-burger, com pickles extra.

Hurricane ri.

— Bem-vinda de volta. Vou trazer.

— Hurricane.

Ele se vira para me olhar, arqueando a sobrancelha.

— Quê?

Tenho medo da resposta, então fico mordiscando o lábio inferior, hesitando.

— Pergunta logo, Kaia.

— Você vai me matar?

O fato de ele ter pausado é o suficiente para me fazer arrepiar inteira e sentir um medo no fundo da alma.

— Não quero te matar.

— Mas vai?

Ele se vira de novo para a porta, segurando a maçaneta.

— Vou buscar o seu x-burger.

Merda.

CAPÍTULO 25

Estou arrasado.

Quero acreditar em Kaia quando ela diz que não sabe de nada. Mas aí é que está o problema com espiões russos: eles são os melhores no que fazem. Eles te fazem acreditar neles, te fazem cair nas suas mentiras.

A questão é que a Kaia não é russa. Sua família é havaiana, então esse é outro ponto que me faz questionar como tudo isso se encaixa.

Estou andando pela sede quando vejo Ingrid e Novah sentadas a uma mesa, ambas me fuzilando com o olhar. Vou até elas, e, no mesmo instante, Ingrid me encara como quem diz "mas que merda você está fazendo?".

— O que você sabe? — pergunto.

— Que você está mantendo uma mulher presa. Você não é *esse* tipo de homem, é, Hurricane? — Ingrid esbraveja.

— É mais complicado do que parece, Ingrid. Há mais coisas em jogo.

— Não importa. Existe uma coisa chamada decência, e, pelo que eu ouvi, você está sendo um babaca com ela.

Espio Bayou por cima do ombro e semicerro os olhos em sua direção. Sentado perto do bar, ele desvia o olhar e dá um gole na bebida.

— O Bayou deveria calar a boca.

— Hurricane, eu te amo. Afinal de contas, você é meu irmão! Mas, pelo amor de Deus, se você gosta dessa mulher, não a trate desse jeito. — Novah suspira.

— O quê? Quem disse que eu gosto dela?

Ingrid dá um sorrisinho.

— Se não gostasse, tenho certeza de que ela estaria nadando com o La Fin agora. Estou certa?

Estou surpreso com o quanto essas duas sabem sobre o clube sem que precisemos dizer nada. Porém, elas frequentam bastante este lugar, e Ingrid foi casada com o papai por anos. Elas sabem como as coisas funcionam por aqui, como nós operamos, como fazemos pessoas de quem não gostamos *desaparecerem*.

Se você tem um jacaré de estimação, ele precisa ser útil.

— Eu tenho que fazer a coisa certa pelo clube.

Ingrid alcança minha mão e a segura.

— E o que é o certo para você? E para ela? Talvez ela nunca te perdoe pelo que está fazendo. Você já pensou nisso, caso esteja errado?

— Não se trata de mim, Ingrid, se trata da segurança do meu clube, dos meus irmãos, da minha família. Se eu não posso confiar nela, de que adianta?

Ela aperta minha mão.

— Você precisa descobrir a verdade, e rápido. Eu te conheço, Hurricane. Ela não estaria mais aqui se você não achasse que ela vale a pena.

Considero esse ponto por um instante, depois pergunto:

— Vocês vão passar a noite aqui?

— Vamos, já está tarde, *bem tarde*. Agora que vimos que você está bem, vamos dormir.

— Você se preocupa demais comigo.

— Família é assim mesmo… — Ingrid se levanta, dando tapinhas no meu ombro. — Boa noite, querido.

— Boa noite…

— Boa noite, bobão — Novah diz, brincalhona.

— Boa noite, pirralha — respondo.

Ela gesticula a cabeça para Bayou, que ergue o copo. As duas, então, seguem para a área onde ficam os quartos.

Vou até City e Bayou, que estão no bar, bebendo, e puxo um banquinho. Frankie me serve uísque sem que eu precise pedir. E eu sou grato por isso.

City me olha de cima a baixo, dando risada.

— Isso aí na sua calça é salada de ovo?

Dou um grunhido, olho para baixo e limpo a salada que Kaia deveria ter comido.

— Nem queira saber. Frankie, por favor, você pode fazer um x-burguer? Sem picles.

— Pode deixar, Prez.

Ela vai até a cozinha, enquanto Bayou me olha, desconfiado.

— Pensei que a Kaia gostasse de picles.

— Ela gosta, mas eu não posso deixá-la mal-acostumada, posso?

— Mas talvez precisemos disso, não? Que ela se sinta à vontade o bastante para conversar com a gente? — City pondera.

ATRAÍDO 211

— Bayou, você a conhece há mais tempo... você acha que ela trabalha para eles?

— Para ser sincero, não. Ela teria tentado arrancar informações nas muitas vezes em que fui tatuar. Horas fazendo uma tatuagem, e ela nunca me pressionou para falar qualquer coisa relacionada ao clube. Do contrário, Kaia não estava nem aí para falar disso, nós sempre conversamos sobre besteiras. Nada disso faz sentido para mim.

— Nem para mim. Mas quais são as chances de eu me apaixonar justamente por uma mulher ligada a eles?

Bayou e City me encaram.

— O que foi?

— Você percebeu o que você acabou de falar? — Bayou pergunta.

— Uma mulher ligada a Novikov? Eu sei, é disso que eu estou falando, é muito...

— Não. Você perguntou quais são as chances de você se apaixonar por uma mulher, e *essa* mulher é a *Kaia*. Hurricane, eu nunca ouvi você dizer que se apaixonou por alguém, *nunca*.

Balanço a cabeça com vontade:

— Eu não falei isso.

City ri, dando um tapa no meu ombro.

— Falou sim, irmão.

Uma sensação sufocante toma conta de mim. Não sou do tipo que se apaixona, ainda mais por mulheres que dormem com o inimigo.

— Não, não falei. Eu não sou esse tipo de homem.

— Todos são *esse* tipo de homem quando se trata da *garota certa*, Prez — City diz.

Bufo, pego o uísque, levo o copo à boca e o bebo num só gole. A ardência é dos deuses. Dou tapinhas no balcão, pedindo mais.

— Eu não estou apaixonado por ela. *Ponto-final*.

— Talvez tenha sido por isso que você foi atrás dela, e agora está questionando sua decisão. Será que é porque você se apegou? — City pergunta.

— Você acha que eu não sei lidar com problemas? Você acha que eu não vou tomar as decisões mais difíceis?

— Não é isso que estamos falando.

— Amanhã, vamos resolver isso. Se Kaia não falar, vamos ligar para o pai dela e propor a troca, ver o quanto ela é importante para eles

Nem um pouco a fim de ouvir os contra-argumentos, saio pisando duro, incerto de como as coisas vão se desenrolar. Mas uma coisa é certa: não acho que eu vá conseguir pregar os olhos esta noite, ainda mais depois do que a Ingrid me disse.

Assim que entro em meu quarto, fecho a porta e logo encaro a cama desarrumada, com os lençóis que eu e Kaia bagunçamos não muito tempo atrás. Me parece tão errado saber que ela está lá fora, trancada num quarto à prova de som, enquanto eu me aninho confortável numa cama gostosa. Arranco a roupa, pulo na cama, desligo a luz e fico encarando o teto, repassando todos os acontecimentos do dia, enquanto espero o nascer do sol.

Dia seguinte

Sinto os olhos pesados, e estou física e mentalmente esgotado por ter passado a noite em claro pensando no que aconteceu. No que vai acontecer. Não sei ao certo como as coisas vão se resolver, e isso me irrita. Na maioria das vezes, eu já sei qual é o próximo passo. Normalmente, já sei a próxima jogada. Mas, agora, não estou saindo do lugar, a água está batendo na minha bunda e eu não faço ideia do quão alto ela vai chegar.

O sol se esgueira pela janela, me avisando de que um novo dia amanhece e, com ele, nascem problemas fresquinhos que com certeza vou ter de encarar. Resmungo, jogando o lençol para longe de mim, me levanto e depois me visto antes de seguir para o salão principal do clube.

Estou farto de ficar esperando.

Estou caminhando quando vejo Bodhi; ele ficou de guarda da Kaia ontem à noite. A passos firmes, vou até ele, que me vê e me cumprimenta erguendo o queixo.

— Bom dia, Prez.

— Como ela passou a noite? — Vou direto ao ponto. Não tem por que ficar enrolando.

— Ela conseguiu dormir um pouco. Levei um cobertor e um travesseiro para ela. Espero que eu tenha feito bem. — Ele fica tenso, incerto sobre como vou reagir.

Querendo ou não, Kaia é uma prisioneira, e deveria ser tratada como tal.

O problema é que eu não consigo torturá-la da maneira como eu normalmente faria. Quero que ela fique confortável, mas que ainda me diga o que sabe. É tudo uma questão de equilíbrio, com o qual não estou acostumado.

Agarro Bodhi pelo ombro para aliviar sua tensão.

— Você fez bem.

Quero ver Kaia, mas estou preocupado com o que pode acontecer, principalmente depois da conversa com Bayou e City ontem. Considerar que eu possa estar caidinho por ela me abalou a alma, então penso que a melhor coisa agora é me manter longe.

Bem, bem longe.

Pelo menos até que eu ligue para os Novikov e lhes diga que ela é nossa refém. Assim, consigo manter a cabeça fria.

Vou até a cozinha, onde Frankie está cozinhando algo muito cheiroso.

— O que você está fazendo?

— Beignets e bacon. Não ficam tão bons quanto os da Du Monde, mas eu tento.

Dou uma risada sutil, vou até ela e pego um dos bolinhos cobertos de açúcar de confeiteiro, o levando direto até a boca.

— Querida, se for frito e coberto de açúcar, vou amar, não interessa quem fez.

Frankie bate na minha mão, salpicando um pouco do açúcar no chão, mas eu a ignoro e enfio esse festival de sabores na boca.

Ela me olha feio.

— Você deveria esperar até o café da manhã ficar pronto.

Dou uma lambida nos lábios, deixando que a delícia açucarada dos deuses deslize garganta abaixo, depois suspiro, num breve momento de felicidade.

— Você está arrancando dinheiro da Du Monde, Franks. Guarde um punhado para mim, pode ser? Preciso resolver umas paradas agora, mas vou querer mais alguns depois. Quero levar um pouco para a Kaia também. Você pode providenciar?

— Claro que sim.

Merda. Eu não deveria levar beignets para ela.

Ergo o resto do meu pedaço no alto, num brinde a Frankie, e depois termino de comê-lo, me virando para voltar por onde vim. Por ora, preciso me contentar com um café da manhã leve. Sinceramente, acho que só consigo comer isso por conta de tantas emoções se apoderando de mim.

Saio da sede para ir até o carro destruído de Kaia. Pedi que os rapazes o rebocassem até aqui depois que a jogamos para fora da pista, assim não levantaríamos suspeitas. Quando abro a porta do passageiro, o metal entorta e range. Dou uma olhada no interior e encontro a bolsa de Kaia, a colocando no banco e vasculhando por dentro até achar seu celular.

Pressiono a tela, mas o aparelho está sem bateria, então fecho a porta de metal que está destroçada e volto para a sede. Preciso de um carregador. Temos o mesmo celular, isso não vai ser um problema. Quando pego o carregador, eu o conecto ao aparelho e espero alguns minutos até que carregue o suficiente. Enfim, consigo ligá-lo, e no mesmo instante um mar de mensagens de Lani pipoca na tela. Fico tenso, torcendo para que ela esteja bem, e então percebo que Kaia não definiu uma senha e nem tem reconhecimento facial para acessar o aparelho. Balanço a cabeça, e fuço em seu celular à vontade.

Abro as mensagens de Lani, vendo que tratam da mesma coisa. Ela está bastante preocupada, mas presume que Kaia esteja passando a noite comigo e que seu celular esteja sem bateria. Ela também diz que vai ligar no estúdio amanhã para perguntar sobre Kaia.

Meu estômago embrulha, a culpa cai sobre mim com força. Gosto de Lani. Não quero magoá-la, mas estou ciente de que ter sequestrado Kaia vai fazê-la me ver com maus olhos. Mas, se Kaia faz parte da mentira do pai, faz sentido presumir que Lani também faça parte disso.

Essa consideração dilacera a minha alma como se fosse uma faca afiada e incandescente.

Será possível que as duas estavam me enganando esse tempo todo?

Sinto minha pressão subir. Começo a suar frio, enquanto me arrepio inteiro, não por um bom motivo. Minha respiração está ofegante quando arranco o celular de Kaia do carregador e o levo comigo. Preciso encontrar Raid.

Caminho até chegar ao seu covil tecnológico, bato à porta, e ele a abre não muito tempo depois.

— Prez? Tudo certo?

— Vou ligar para alguém. Preciso que você grave a ligação e que me arranje um carregador para esse celular.

Eu lhe mostro o aparelho de Kaia. Raid abre mais a porta, me deixando entrar, e depois vai até uma gaveta, de onde tira um fio. Ele se inclina perto de uma tomada e nela pluga o carregador.

— Sem problema. Preciso saber de mais alguma coisa? — ele pergunta, me entregando o fio.

Eu o conecto ao celular de Kaia e me sento.

— Apenas se certifique de conseguir a gravação.

Raid pega o próprio celular, se sentado à minha frente.

— Estou pronto quando você estiver.

Assinto de leve, ouvindo o bipe no celular de Raid quando ele inicia a gravação.

Procuro o contato, o encontro — Papai — e aperto "ligar". O celular começa a chamar. Eu me certifico de deixar no viva-voz enquanto me afundo na cadeira, pronto para entrar no jogo.

— Aloha. — Maka atende com um "oi" carinhoso do outro lado da linha.

— Para quem ainda fala havaiano, você anda passando bastante tempo com os russos, Maka — respondo.

— Quem está falando? — ele rosna.

— Estou com a Kaia. Sei que você trabalha para Anton Novikov e para a Máfia russa...

— Sabe merda nenhuma. Quem é você, porra?

— Você não deveria estar mais interessado no fato de que eu estou mantendo sua filha como refém?

Ele fica quieto por um momento, mas logo esbraveja de novo:

— Você acha que pode subjugar alguém que trabalha para a Máfia? Achou errado. Quando eu descobrir quem você é, vamos te esculhambar como ninguém antes, seu merdinha.

— Se você quiser ver Kaia de novo, vai dizer a Anton Novikov e seus moleques para darem o fora de Nova Orleans. Assim que eu souber que eles saíram da cidade, *para sempre*, eu te entrego a Kaia... *em segurança*. Do contrário... ela morre. — Meu tom de voz é tão monótono que até eu mesmo me pergunto quem diabos eu sou.

Maka faz outra pausa, um gesto que me pega de surpresa.

Se ele amasse a filha, amasse de verdade, sua reação deveria ter sido rápida e instantânea.

— Diga a ela que eu sinto muito. A Máfia vem em primeiro lugar, sempre. Eles não vão sair da cidade, então, se você tiver que matá-la, vá em frente. Os Novikovs não vão a lugar algum.

Arregalo os olhos, dando uma risada fraca, mais pelo espanto do que por qualquer outra coisa enquanto desligo e gesticulo para que Raid pare de gravar.

— Caramba, isso foi pesado — Raid murmura.

— Não acredito que ele vai sacrificar a própria filha. Mas que desgraçado filho da mãe. — Balanço a cabeça, totalmente atordoado.

— Isso muda os nossos planos? — Raid pergunta.

— Sim... isso muda demais os planos. Vem comigo. — Saímos da casa principal em direção ao abrigo à prova de som onde Kaia está sendo feita de refém.

Destranco a porta e entro, apenas para vê-la enrolada no cobertor, encostada na parede, extremamente furiosa.

Ela se levanta num rompante e estremece, largando o cobertor e apontando o dedo para mim.

— Você acha certo me deixar aqui sem ter onde fazer xixi? Minha bexiga não opera milagres, não consigo segurar por muito tempo.

Raid dá um sorrisinho, e eu suspiro.

— Vou te trazer um balde...

— *A porra de um balde?!* Hurricane, eu *não* vou mijar num balde. Me leve lá para dentro. Preciso me aquecer um pouco e de um belo café da manhã, está um frio de matar aqui. Eu *não* sou quem ou o que você pensa, então chega de me tratar como uma bendita refém e *me deixe ir embora*.

Não quero nada além de poder levá-la até a sede para que ela descanse. Ela está cheia de hematomas, de sangue ressecado, e definitivamente está mancando. Mas, antes preciso, dar um jeito no problema, só por garantia, porque, se ela estiver me enganando e isso tudo for parte do plano deles, não quero ser um imbecil e cair na armadilha.

— Preciso que você ouça uma coisa.

Ela bufa.

— Pode ser depois que eu for ao banheiro?

— Não estou te impedindo.

Kaia me olha feio.

— Não vou mijar na calça na sua frente, Hurricane.

— Então você não está tão desesperada assim, não é? — Olho por cima do ombro. — Raid — eu o chamo, e ele dá um passo à frente com o celular em mãos. — Kaia, quero que você preste atenção e me diga o que acha.

— Por que eu deveria *te* ajudar?

— Você tem coisa melhor para fazer?

Ela me olha feio, apertando os lábios.

— Está bem! Mostra logo.

Raid aperta o *play*, iniciando o vídeo da minha conversa com o pai

ATRAÍDO

dela. Presto atenção em suas expressões faciais quando Maka passa de um havaiano amável para um russo assassino num piscar de olhos. O olhar de Kaia é frenético enquanto ela escuta as palavras do próprio pai, logo caindo em desespero quando ele me diz para *deixá-la* morrer. Há lágrimas em seus olhos, ela se afasta de mim num rompante e suas pernas quase vacilam quando ela se move tão depressa assim.

— Não. Não. Isso só pode ser uma armadilha.

Gesticulo para o celular.

— Você viu o vídeo com seus próprios olhos. Agora você entende por que não confiamos na Máfia e nas pessoas que trabalham com eles, Kaia. Seu pai está disposto a te deixar morrer do que dar o aviso a Anton Novikov. Você precisa entender nossa situação, precisa entender por que eu tive que me certificar de que você não está trabalhando para eles quando te vi falando com o seu pai.

Ela começa a chorar, e o lamento faz meu coração doer.

— Eu não fazia ideia disso. Nunca ouvi meu pai falar assim. Ele pareceu tão...

— Frio? É assim que a Máfia trabalha, Kaia.

Ela seca o rosto, caindo no chão, exaurida.

— Então é isso... Você vai me... me matar agora?

Balanço a cabeça, me sento no chão, de frente para ela, e observo sua expressão exausta.

— Me diz uma coisa... você sabe de algo que possa nos ajudar?

— Ajudar com *o quê*, Hurricane?

— Com a guerra que estamos travando. Pode ser um lugar que o seu pai sempre frequenta sem a família. Alguém que ele visita, mas que vocês não podem ir junto. Qualquer coisa que nos ajude. Você não *deve* nada a ele, Kaia... ele te abandonou. Agora, você pode se salvar... *e salvar a Lani*.

Seus olhos faíscam de raiva.

— *Você está ameaçando a minha irmã?*

Levanto as mãos para acalmá-la.

— Não, não, de jeito nenhum. O que eu quero dizer é... se você nos ajudar, você pode impedir que Lani seja outra vítima do seu pai e da Máfia. Se ele está disposto a te sacrificar, vai fazer a mesma coisa com a Lani. Nos ajude e *nós protegeremos vocês duas*.

Seu tórax sobe e desce, como se ela estivesse tentando recuperar um fôlego que não existe.

— O problema é que eu não sei de merda nenhuma. Sei que você pensa que eu sou uma *espiã* para o meu pai, mas, Hurricane... eu não sabia de nada disso.

Eu acredito nela.

Ela não arriscaria a vida de Lani.

— Apenas pense... tem alguma coisa que você possa me contar? Qualquer coisa que ajude.

Ela hesita, fitando o teto como se estivesse se esforçando. De repente, ela me encara de olhos avermelhados.

— Meu pai sempre se encontra com um sujeito, agora que parei para pensar. Meu pai disse que ele é russo. Eles se encontram num bar lá na Bourbon Street e passam horas juntos.

— Você sabe me dizer quando e qual bar?

— No Lou Lou, lá pelas dez da noite, toda sexta.

— Hoje é sexta.

— Então ele vai estar lá sem falta.

— Então acho que vamos dar uma passada na Bourbon Street.

Fico de pé, prestes a sair da sala, quando Kaia limpa a garganta.

— Hum-hum!

Eu me viro, arqueando a sobrancelha, confuso.

— Eu ainda preciso fazer xixi.

Dou risada, gesticulando para ela.

— Vem, vamos.

Ela corre até mim, e eu não consigo deixar de perceber como ela está mancando. Ainda assim, não falo nada, apenas repouso a mão na sua lombar. Raid também está ao lado dela, apenas para garantir que consigamos pegá-la caso ela decida fugir. Entramos na sede, e, na mesma hora, Kaia se sente intimidada com todos os motociclistas olhando em sua direção, cada um deles achando que ela é nosso Inimigo número um. Sinto seu corpo estremecer enquanto a levo até o banheiro. Assim que abro a porta, ela se vira, me encara e estica as mãos amarradas para mim.

Arqueio a sobrancelha, dando um sorrisinho.

— E o que eu devo fazer com isso?

— Não vou conseguir me limpar se minhas mãos estiverem amarradas, espertalhão.

Resmungo, mas pego minha faca e corto as tiras prendendo seus pulsos. Instintivamente, deslizo os dedos pelas marcas vermelhas ali, fazendo Kaia olhar para a minha mão lhe acariciando a pele.

— Olha só, para quem não deveria se importar comigo, você está demonstrando isso de um jeito muito esquisito.

Suspiro, ainda segurando suas mãos para avaliar os danos.

— Eu nunca disse que deixei de me importar, apenas que eu não sabia se podia confiar em você.

— Mas e agora? Você acha que pode confiar em mim?

— Vamos ver se você vai sair do banheiro na paz e voltar para o abrigo como uma boa prisioneira. Se suas informações baterem, daí vou pensar se posso confiar em você ou não.

Ela curva o canto da boca.

— Você sequer pensou em como tudo isso me faz sentir em relação a *você*?

Isso me atinge como um soco na boca do estômago.

E um chute no saco.

Eu gosto dela, isso é bem óbvio.

Fiquei tão focado na possibilidade de Kaia ser uma traidora que sequer parei para considerar o que vai acontecer caso, de fato, ela não seja.

— O clube é a minha prioridade. Preciso manter todos a salvo. Você precisa entender isso, Kaia.

— Hum... Mas isso não significa que, quando tudo acabar, quando você perceber que eu não sou uma super espiã, eu ainda vá ficar por perto esperando que você recobre o bom senso. A maneira como você está me tratando... — ela gesticula as mãos — é completamente inaceitável.

Meu estômago embrulha enquanto a encaro.

Ela é a primeira mulher com quem tive uma conexão que não fosse puramente sexual. Ela me faz sentir coisas de que nunca pensei ser capaz.

E, neste momento, estou botando tudo a perder.

Porque o papel de um presidente é tomar conta do seu clube, não do seu coração.

— Eu entendo.

Depois disso, ela se vira e vai mancando banheiro adentro.

Solto um suspiro profundo, esfrego o rosto e sinto o peso de tudo me atingir em cheio, de uma vez. Sei que meus irmãos estão de olho em cada gesto meu neste momento, mas é tudo mais difícil do que eu pensei que seria.

A pressão entre ser o melhor presidente possível, fazer o que é certo para o clube e ponderar todas as opções existentes – incluindo o que é certo para os meus sentimentos e emoções – é um jogo desigual.

Não considero o que as mulheres querem, apenas pego o que preciso delas e as dispenso. Sempre fiz assim.

Só que a Kaia virou uma chave dentro de mim. Não sei como. Não sei por quê. A única coisa que sei é que ela está fodendo comigo, de todas as maneiras possíveis e imagináveis.

Não acredito que ela seja um membro da Máfia, e tenho quase certeza de que ela não sabia nada sobre o envolvimento do pai, o que significa que, ao colocar o clube em primeiro lugar, eu ferrei nossa relação de forma monumental.

A porta do banheiro abre e Kaia sai. Com o olhar sombrio de quem andou chorando, ela me encara sem abrir a boca enquanto manca em minha direção. Por ora, não há nada que eu possa falar. Coloco mais uma vez a mão em sua lombar e a levo, devagar, lá para fora até o abrigo. Sua perna parece ter piorado, porém ela entra na sala sem reclamações e se vira para mim, enquanto eu me mantenho à porta.

Trocamos olhares. Meu coração dispara dentro do peito quando Kaia balança a cabeça, se vira e sai mancando para dentro da cela onde é mantida refém sem me dizer uma palavra sequer.

É... *estamos fodidos.*

CAPÍTULO 26

HURRICANE

Mais tarde, naquela noite

Passei o dia tentando me distrair.

Kaia anda ocupando demais os meus pensamentos, fazendo eu me sentir um covarde.

Não gosto disso nem um pouco.

Então estou feliz que vamos sair hoje à noite em uma missão de reconhecimento. Kaia nos disse que seu pai gosta de sair nas noites de sexta-feira para conversar com um dos soldados da Máfia no bar Lou Lou, que fica na Bourbon Street. É para lá que estamos indo.

É começo de fim de semana, então, como de costume, a cidade está bombando. O povo de Nova Orleans está nas ruas, junto aos muitos turistas que abarrotam a cidade. É barulhento, tumultuado, e eu amo essa atmosfera. Se você não curte uma vida agitada, não more em Nova Orleans.

Conforme meus irmãos e eu andamos pela Bourbon Street, as luzes neon iluminam o caminho em tons de rosa, verde e amarelo. Homens nas sacadas dos estabelecimentos jogam colares de conta para as mulheres bêbadas, que, aqui embaixo, sacodem vigorosamente os peitos de fora – uma cena que vejo sempre. Os ritmos melódicos do jazz ecoam dos muitos bares fervilhando de gente beberrona e festeira. Algumas vieram pela diversão; outras, pelos negócios; outro tanto, por prazer; e outras viveram aqui a vida inteira. É uma mistura eclética de gente bêbada que gosta da farra.

Artistas de rua dançam e cantam conforme passamos por eles. A multidão se aglomera, deslumbrada. A rua está mesmo muito cheia de vida hoje. City arregala os olhos enquanto observa cada detalhe. Eu lhe agarro o ombro e me aproximo para que ele me ouça.

— Outra noite podemos te trazer aqui para você liberar geral.

Ele ri.

— Eu topo.

Vejo o Lou Lou logo à frente, então aceno para os rapazes, abrindo caminho até chegar a esse bar tão exótico. Enquanto inspecionamos o interior, tentamos manter a discrição, o que não é difícil, considerando a clientela. Não estamos vestindo nossas roupas habituais hoje, havia muita chance de sermos reconhecidos. Quando avistamos Maka sentado, na companhia de outro soldado Novikov que já vimos antes, gesticulo para os meus rapazes se sentarem. Não vai dar para ouvir nada da conversa deles, mas podemos ficar de olho e, com certeza, os seguiremos quando eles forem embora. Gesticulo para que Grudge vá buscar uma rodada de bebidas para nós. Ele e Bodhi seguem para o bar, tentando se esconder dos dois soldados da Máfia.

Ou seja, por ora, a única coisa que podemos fazer é relaxar, aproveitar a atmosfera do lugar, esperar e vigiar.

A espera dura uma eternidade. É quase raiar do dia quando Maka e o amigo saem da Bourbon Street. A vigilância demorou, mas nós os seguimos e, pelo que parece, vai valer a pena. Quando estacionamos a van atrás de um arbusto, espio por um binóculo através do para-brisa.

— Eles entraram naquele prédio, certo? — pergunto a City, que está de motorista.

— Entraram, sim. Pelo jeito dos carros e pela quantidade de soldados andando pelo estacionamento, eu diria que aqui é a sede principal.

Sorrio, falando no walkie-talkie.

— Tiramos a sorte grande, rapazes. Fiquem escondidos enquanto vamos embora, mas procurem se lembrar desse lugar, porque vamos voltar. Agora, precisamos ir para a sede e bolar um plano. Câmbio.

Eu me viro para City e afirmo:

— Isso vai ser épico.

City ri, depois dá partida, nos levando de volta à sede.

Assim que chegamos, nos reunimos na Capela. Precisamos resolver isso o mais rápido possível, caso algum de nós tenha sido visto nos arredores.

Eu me sento à ponta da mesa, batendo o martelo enquanto os outros se acomodam.

— Certo, precisamos pensar num jeito de acabar com eles, com todos eles. Me deem ideias, rapazes.

— Por mim, poderíamos mandar aquele lugar pelos ares — Quarter sugere.

— Me parece perfeito, mas *como*?

Omen se senta mais à frente, punhos na mesa.

— Posso usar os explosivos C4 que estão no estoque. Sei mexer com eles por conta dos meus dias de Exército.

Um sorriso largo ilumina o meu rosto.

— Perfeito pra cacete.

City se vira para mim.

— Eu sei que sou novo por aqui, mas você tem certeza de que quer partir para o ataque contra o Máfia? Se eles revidarem, podemos começar uma guerra para a qual não estamos preparados.

— Mas, se vencermos e arrasarmos com boa parte dos russos, não vai ter valido a pena?

City faz careta.

— E se o pai da Kaia estiver lá quando tudo vier abaixo? E aí? E se ela não te perdoar por você ter matado o pai dela?

Não posso me dar ao luxo de pensar nisso. Infelizmente, preciso pensar no que é melhor para o clube, e isso significa livrar Nova Orleans da Máfia Novikov.

— Vou precisar viver com isso. Omen, junte os equipamentos. Vamos fazer isso... hoje à noite. — Bato o martelo na mesa e me levanto, dispensando todo mundo.

Meus irmãos precisam se preparar.

Vamos partir para a guerra hoje.

Vai ser grandioso, e talvez sangrento.

Talvez a gente perca alguns homens.

Mas, se tudo correr conforme o plano, a Máfia vai se foder. Eles vão sangrar até morrer, e não terão escolha a não ser bater em retirada.

Isso tem que dar certo. Não importam as consequências.

Antes que tudo vá pelos ares, saio da Capela e penso que o pai de Kaia talvez morra durante o ataque, e isso me deixa inquieto. Algo dentro de mim deseja ir vê-la, apenas para me certificar de que ela está bem, porque, assim que a guerra começar, não terá Kaia e eu.

Para sempre.
Ela não vai me ver como nada além de um matador.

Um assassino.

Que é o que eu sou. Quando se trata de derrotar a Máfia, eu assumo esse rótulo com orgulho. Porém, *ela* me ver assim, quando se trata da sua família, machuca.

Mas o clube sempre vem em primeiro lugar.

Abro a porta do abrigo à prova de som e encontro Kaia perto do fundo, sentada. Entro, fecho a porta e me aproximo, parando na frente dela, que sequer me olha. Ela está fria, distante, um vazio escuro daquilo que já fomos um dia.

Dou um suspiro pesado, pensando que devo ser sincero com ela. Não tem por que deixá-la no escuro, não agora.

— Vamos atacar a sede da Máfia hoje à noite. Se as coisas correrem conforme o planejado, talvez sejam intensas e sangrentas... — eu pauso por um instante. — Pode ser que seu pai seja pego no meio do fogo cruzado, Kaia.

Ela não diz nada, seu lábio inferior treme, e uma lágrima grossa lhe escorre pela bochecha. Ela apenas assente, virando o rosto para longe de mim.

Ela não me quer aqui. Entendo. Acabei de lhe dizer que talvez matemos seu pai hoje. Um homem que ela ama. Um homem que a traiu.

Seus sentimentos devem estar confusos agora. E eu vou deixá-la aqui, sozinha, pensando no que vamos fazer com a sua família.

Eu *sou* um tremendo de um babaca.

Viro-me, lhe dando as costas, nem um pouco a fim de lhe causar mais dor, e saio do abrigo. Tranco a porta, repousando a mão ali e suspirando demoradamente.

— Perdão, Kaia.

É quando me viro para voltar à sede. Deixá-la aqui não me parece certo. Só de pensar nela perdida nos próprios pensamentos enquanto eu estou fora em ação me corrói por dentro. Por conta disso, vou até Frankie.

Seus olhos brilham quando me vê.

— Ouvi dizer que vamos dar um jeito na Máfia hoje, Prez. Você deve estar uma pilha.

— Estou ansioso para terminar essa merda logo. Tenho uma missão para você enquanto estivermos fora.

Ela arqueia a sobrancelha.

— Claro. O que é?

— Quero que você faça companhia para a Kaia enquanto não estivermos aqui. Faça com que ela se sinta o mais confortável possível. Outra coisa, leve um kit médico com você para tratar os ferimentos dela e checar as outras lesões. Garanta que ela vá ficar bem enquanto fazemos isso.

Frankie assente, mostrando que entendeu.

— Pode deixar, Prez. — Ela vai embora, e Omen vem até mim a passos largos.

— Estamos prontos, Prez. O estoque está na van.

Dou um assovio que percorre toda a sede, chamando a atenção de todos.

— Certo, irmãos, vamos nessa.

Começamos a caminhar até a saída em direção às vans. Não vamos de moto para não fazer muito barulho, então enchemos três vans e partimos todos para o mesmo local.

Sinto as mãos transpirarem, e minha perna balança, inquieta, não de nervoso, mas de empolgação. Esses desgraçados têm sido uma pedra no nosso sapato desde que me entendo por gente, e agora temos a chance de fazer algo concreto quanto a isso.

Não vamos botar tudo a perder.

Não podemos.

Estacionamos a uma distância curta da sede da Máfia. Não queremos deixar as vans perto da localização real, então precisaremos andar pelo restante do trajeto. Nosso bando se junta em frente a um cemitério bastante antigo, e eu gesticulo para que meus homens me sigam. Conforme adentramos o cemitério sombrio, a luz da lua cintila sobre os túmulos seculares, dando um ar todo misterioso à ação. O vento uiva pelas árvores, de cujos galhos pendem plantas que parecem teias e que oscilam com a brisa, como se saídas de um filme de terror.

Assim que passo por uma lápide, uma aranha gigantesca rasteja a centímetros do meu rosto, o que me faz curvar o canto da boca enquanto continuo andando com cuidado por este cemitério tenebroso. De repente, surgem lanternas e sussurros à frente. Eu me agacho atrás de um túmulo enorme, com meus homens atrás de mim conforme nos escondemos da ronda óbvia do cemitério. O problema é que os guardas estão se aproximando, e estamos em muitos para tentarmos sair de fininho pelo outro lado do túmulo, considerando que eles estão vindo na nossa direção.

Nós nos apressamos, tentando fazer silêncio enquanto nos separamos, cada um se esconde atrás de uma lápide alta. De repente, ouço um barulho abafado, o que me faz olhar de relance e ver que Raid caiu dentro de uma cova aberta. Dou um sorrisinho. Nós continuamos no mesmo lugar, parados feito estátua, e a guarda, de lanterna em mãos, se vira para inspecionar, mandando luz na nossa direção. Eu me agacho ainda mais atrás da lápide, me certificando de ficar bem escondidinho. A mulher hesita, mas logo depois continua sua ronda.

Esperamos alguns minutos até que os guardas estejam longe o bastante para que nós possamos fazer menos silêncio. Depois, corremos até a cova aberta, sobre a qual nos curvamos e vemos Raid com uma cara apática.

— Mas que merda. Olha só, isso pode ser um sinal.

Rio para mim mesmo, me inclino junto com City, e puxamos Raid para fora do buraco retangular.

— Pensei que você não acreditasse em mau agouro — falo.

— Temos um bem na nossa frente. — Raid aponta para o nosso irmão Omen, cujo nome significa "mau agouro", e depois se limpa com alguns tapinhas.

Omen resmunga e sai andando, e eu dou um sorrisinho, agarrando Raid pelo colete.

— Vamos, estamos quase lá. Nada de superstições hoje.

Cruzamos o cemitério de ponta a ponta até chegar ao muro. Lá embaixo, um pouco à frente, está a sede, então nos posicionamos.

— Certo. Todos sabem o que fazer?

— Sim.

— Vamos nessa, e rápido — eu lhes digo.

Omen para ao meu lado.

— O explosivo está pronto, Prez.

— Certo... vamos lá.

Gesticulo para City e Bayou, que ficarão comigo. Raid está tomando conta das câmeras e lidando com o aparato tecnológico. Omen, Hoodoo e Quarter partem para se esgueirar pelas fronteiras do lugar, enquanto Grudge, Ghoul e Bodhi ficam na retaguarda, preparando a munição.

Se fizermos a coisa direito, o restante do pessoal não precisará se infiltrar no perímetro. Poderemos nos manter atrás da cerca e operarmos tudo daqui.

Bayou, City e eu nos dirigimos até a fronteira de armas em punho, conforme sinalizamos para Omen, Hoodoo e Quarter andarem. Eles se apressam até a beirada da cerca, tentando achar uma entrada, enquanto

Raid hackeia o sistema de segurança para impedir que eles os vejam entrando no complexo.

City, Bayou e eu ficamos alertas. Precisamos que nossos três irmãos cumpram sua parte sem deslizes, porque nosso plano inteiro depende de que eles consigam colocar as bombas nas saídas de ar da sede. Se eles não conseguirem se infiltrar e nós formos pegos aqui fora, bem, teremos que lutar com unhas e dentes.

Os rapazes se apressam pelos fundos do perímetro enquanto nós, ansiosos, os observamos. Então, avistamos um guarda indo na direção deles.

Hora de entrar em ação.

Sinalizo para City e Bayou, alinhando nossos fuzis, prontos para defender nossos irmãos lá dentro. Precisamos protegê-los, a qualquer custo. Eu miro no guarda que segue na direção dos meus rapazes, e o silenciador solta um barulho abafado assim que atiro na direção do peito do guarda. A bala acerta na mosca, espirrando sangue na parede. O corpo cai no chão e a arma desliza pelos pedregulhos.

Infelizmente, isso faz com que alguns guardas percebam nossa presença. Precisamos agir, e já.

Outro guarda inspeciona os arredores, prestes a falar algo no walkie-talkie, quando Bayou atira — uma única bala na cabeça. A lateral do rosto do guarda esfacela, e seu corpo cai no chão com um baque alto antes que ele consiga avisar pelo rádio.

O restante dos guardas se vira em direção à cerca de palha, bem onde estamos escondidos, então Bayou, City e eu não esperamos. Continuamos abaixados atrás dos arbustos, e os guardas não sabem de onde estamos atirando quando começamos a disparar, um tiro atrás do outro.

Não temos tempo para ficar esperando. Precisamos garantir que Omen, Hoodoo e Quarter completem a missão dentro da sede. Do contrário, a coisa toda vai desandar bem rápido.

Soldado atrás de soldado caindo.

Droga! De repente, um alarme soa por todo o complexo.

Porra.

Provavelmente deixamos um escapar, e ele avisou pelo walkie-talkie.

Não temos muito tempo.

Um bando de soldados sai correndo de dentro da sede, e essa visão me deixa tenso. Nós realmente temos que proteger nossos rapazes quando eles saírem das tubulações de ar. Eles começam a correr em direção à cerca, mas Bodhi se levanta com a metralhadora e abre fogo. O ratatá da metralhadora enquanto ela faz os soldados em pedacinhos conforme correm até a cerca é uma obra de arte. Sangue e carne explodem bem diante dos meus olhos, e Grudge pega um dos lança-granadas de Omen, o ajeitando sobre o ombro. Trocamos olhares, e é quando eu avisto nossos rapazes correndo em direção à cerca. Assinto para Grudge.

— Acerte em cheio, Grudge! — grito para ele, que não pestaneja.

Ele lança a granada bem no meio da próxima leva de soldados que vem em nossa direção. O estrondo machuca meu ouvido, enquanto membros de muitos corpos voam pelo pátio. Ao menos dez soldados da Máfia esfacelam no raio da explosão.

Omen, Hoodoo e Quarter correm até o perímetro, sob chumbo grosso, e eu sinalizo para que meus rapazes abram fogo para proteger os três assim que mais soldados os avistam. Balas zunem pelo ar enquanto eu miro em um deles, lhe acertando bem no joelho. Sua perna é estraçalhada, dando um solavanco em sua metralhadora, e ele mata dois dos próprios companheiros quando sua arma continua a disparar assim que ele cai. Não consigo não rir, porque isso dá a chance para que os meus homens cheguem à cerca.

Omen sinaliza para mim assim que desliza ao meu lado, arfando em busca de fôlego.

— Os explosivos estão nas tubulações.

Hora do show.

Assinto, dando o sinal.

— Vai explodir! — Omen grita, segurando um botão.

Nós nos agachamos, cobrindo o ouvido, prontos para o impacto enquanto nos protegemos. Sinto o calor antes de vê-lo, e então a onda de choque me atinge, me derrubando de bunda no chão. O calor escaldante me faz pingar de suor. Um verdadeiro inferno explode e se eleva em uma nuvem de chamas, gás tóxico e fumaça em forma de cogumelo, e meu ouvido ainda ressoa por conta da explosão.

Os caras da Máfia que não foram pegos no estrondo não podem ter sobrevivido ao calor.

Sentado sobre os joelhos, me viro para olhar a sede. O teto inteiro está pegando fogo, metade da lateral veio abaixo, e fumaça espirala de cada saída. Um sorriso vagaroso vai iluminando o meu rosto enquanto ouço os gritos agudos dos soldados da Máfia sendo queimados vivos, como um coro musical ecoando pela noite.

Tem quem chame isso de carma. Bem, enfim lhes trouxemos o deles.

Meus irmãos se recompõem depois da explosão, e nós ficamos ali, espiando através dos arbustos o caos que criamos, a destruição que trouxemos a Anton Novikov e seus minionzinhos patéticos. Respiro e inspiro profundamente, observando esses russos mafiosos dos infernos correndo para fora do complexo, enraivecidos por sua ruína. O tempo deles está quase no fim, e eu estou os contemplando enquanto literalmente pegam fogo.

Há quem diga que eu sou perverso.

Talvez até mesmo cruel por deixar esses homens queimarem vivos.

Mas eles são muito piores do que nós poderíamos ser.

Os atos abomináveis que eles fazem em nome do seu líder, Anton, são imensuráveis. Esses homens merecem o inferno em que estão queimando neste momento, e eu estou muito grato por ter sido aquele que os mandou direto para as profundezas do inferno.

Ficamos sentados, apenas os observando queimar, já que estão mortos de qualquer forma... cada homem vai ao chão com uma morte excruciante.

Então eu o vejo. O pai de Kaia, correndo para lá e para cá, com a metade inferior do corpo totalmente engolida pelas chamas.

Merda! Quero fazê-lo sofrer, ficar assistindo enquanto ele corre e grita em agonia, ouvir seus momentos finais em gritos de uma dor lancinante.

Mas não posso fazer isso com Kaia.

Arma em riste, dou um único tiro, que corta o ar. Maka é atingido entre os olhos e cai no chão feito uma boneca de pano em chamas.

Morto.

Dou um suspiro demorado, sentindo minhas entranhas revirarem. Sinto muito por Kaia, e serei obrigado a lhe dizer que fui eu quem matou seu pai.

Não tem mais volta.

Bayou agarra meu ombro, trocando olhares comigo.

— Você fez a coisa certa. Ele estava sofrendo. Se você falar isso para ela, talvez ela encare um pouco melhor.

Respiro, expandido as narinas.

— Não vai adiantar, irmão. — Limpo a garganta e me dirijo aos meus rapazes, enquanto os últimos gritos de alguns soldados vão enfraquecendo. — Não tem como sabermos se todos os Novikov morreram, mas tinha muitos aqui hoje. É uma vitória e tanto para nós. Vamos voltar para a sede e comemorar.

Todos celebram enquanto nos viramos para o complexo, contemplando a destruição da sede da Máfia. Estou torcendo para que Anton

Novikov esteja no meio das chamas porque, do contrário, ele vai reagrupar seu esquadrão e vir para cima de nós.

Com vontade.

E rápido.

Com cada grama de selvageria que ele tiver.

E a nossa festa terá sido em vão.

A comemoração está a todo vapor, então ligo para Grey e lhe peço que traga Lani até a sede. Também lhe disse para explicar que foram Hurricane e Kaia que falaram para ele fazer isso, assim é mais provável que ela aceite vir acompanhada de um estranho.

Todos estão bebendo, festejando e se divertindo. Minha vontade de comemorar é imensa, mas há um incômodo no meu coração, que continua me dizendo que matei o pai de Kaia e Lani. Que, enquanto comemoramos, ela permanece trancada no abrigo porque eu sou um covarde de ir lhe dizer o que aconteceu.

Termino minha bebida num gole e sigo até o abrigo. O que eu mais quero é celebrar com meus irmãos, mas eu preciso contar para a Kaia sobre seu pai. Faz pouco tempo que ela descobriu que ele trabalhava para a máfia russa e, para ela, ele ainda é um homem incrível, mesmo que fosse deixar que ela morresse pelas mãos do meu clube sem dar a mínima para isso.

Abro a porta do abrigo e entro, sem saber ao certo como lidar com a situação. Kaia está encolhida no chão, enrolada no cobertor, e olha para mim espantada.

— Alguém foi ver se a Lani está bem? — É a primeira coisa que ela me pergunta.

Na verdade, eu pensei que ela perguntaria do pai, mas eu deveria saber que Lani é sua prioridade.

Eu me aproximo e me sento de frente para ela.

— O Grey vai trazê-la para cá. Ele está de olho nela.

Ela parece relaxar, aliviando a tensão dos ombros curvados.

— A Lani deve ter ficado tão preocupada. Estresse não faz bem para ela, e você sabe muito bem disso.

A culpa me corrói assim que alcanço Kaia para lhe pegar a mão, mas paro antes. Ela não vai me querer por perto por conta do que estou prestes a lhe dizer.

— Kaia... seu pai...

Seus olhos marejam, seus lábios tremem.

— Foi rápido?

Mexo-me, suspirando.

— Mais ou menos.

— Quem foi?

Hesito.

Ela sabe.

Ela já entendeu.

Ela apenas quer que eu fale em voz alta.

— Eu.

CAPÍTULO 27

HURRICANE

Seu rosto ficou vermelho de raiva. Ela cerrou o maxilar e seus olhos brilhavam pelas lágrimas que ela tanto tentava controlar.

— Vai. Embora.

O tom da sua voz é duro, mas tranquilo, deixando claro que ela está falando sério. Não conheço Kaia há muito tempo. Nós nos bicamos aqui e ali, discutimos, trepamos, mas ela nunca me olhou do jeito como me encara agora.

Meu coração bate feito louco, e eu, por instinto, tento alcançar Kaia. Ela dá um tapa na minha mão, colocando o dedo em riste no meu rosto.

— Se você encostar em mim, eu juro por Deus que te mato. Vai ser meu objetivo de vida, Hurricane.

— Kaia, eu...

— *Não*. Nem ouse tentar explicar. Para mim, ele era meu pai, o homem que me criou, o homem que se desvirtuou para tomar conta da Lani, da minha mãe e de mim... *a qualquer custo*. Ele não era um mafioso russo ou sei lá o quê, como você está tentando fazê-lo parecer. E quanto a *você*... é você quem está destruindo a *minha* família. — Ela se levanta e se afasta de mim com raiva. Eu dou um pulo para ficar de pé e vou atrás dela.

— Eu não queria que você descobrisse assim, Kaia, que seu pai não era quem você pensava que ele fosse. Você acha mesmo que eu *quero* ser o vilão desse show de horrores? Você acha que eu *quero* que você me odeie?

Ela vira abruptamente, vindo em minha direção a passos cheios de fúria.

— Eu acho que você queria me conhecer. Que eu era sua maneira de chegar aos russos. Você diz que eu fui enviada para te espionar. Bem, agora começo a achar que essa é a explicação para o que você estava fazendo *comigo*.

Embasbacado, dou uma risada.

— Kaia, se eu quisesse te usar para conseguir informações sobre os russos, você não acha que eu teria te perguntado antes? Você não acha que teríamos conversado sobre isso?

Ela ergue as mãos no alto:

— Eu. Não. Sei. Não sei como essas coisas funcionam. Não é como se meu pai tivesse me treinando na arte da espionagem. Eu *não* sou uma espiã como no filme *Operação Red Sparrow*.

— Graças a Deus! Embora a Jennifer Lawrence esteja bem gostosa no fi...

— *Por que você está fazendo piadinhas agora, porra?!* — ela grita, me empurrando com força no peito.

Levanto as mãos, assentindo.

— Você está certa. Eu não deveria fazer pouco caso da situação. É que eu não sei mais o que dizer, Kaia.

Seu olhar intenso me atravessa.

— Diga que você sente muito. Diga que você não queria me magoar, que você não queria matar o meu pai e deixar minha família na pior. Eu vou ter que ralar muito agora para sustentar a casa. Você não queria que eu trabalhasse *naquele lugar*. Bem, agora você me deixou sem escolha. Vou ter que arranjar mais dois empregos em qualquer lugar para conseguir pagar as contas, e talvez tenha que ser num lugar de bosta.

Ela vem para cima de mim, me acertando forte. Kaia se contorce enquanto me empurra. Ela deve estar com dor em algum lugar por conta dos machucados de quando a jogamos para fora da rua. A força de seus golpes me joga para trás, um atrás do outro, mas eu não a impeço, enquanto me encosto na parede. Kaia me bate, golpe atrás de golpe, violentos, enquanto lágrimas rolam por seu rosto. Eu deixo que ela me agrida. Ela precisa disso, precisa descontar sua irritação, mesmo que talvez machuque os braços. Sinceramente, com a culpa que sinto, eu quero a punição.

— *Revida!* — ela grita, dando um soco na minha barriga.

Perco o ar, mas balanço a cabeça.

— Não.

— Revida, seu desgraçado *patético*! — ela berra na minha cara, erguendo o punho fechado e o acertando na lateral do meu maxilar.

Minha cabeça dá um solavanco para o lado e eu sinto a dor tomar conta de mim. Kaia soluça tanto que há bolhas de muco saindo de seu nariz.

Ela está um caco.

Seus golpes vão diminuindo enquanto ela soluça. Trocamos olhares, e o dela está desolado.

— Por que você não revida? — Kaia sussurra.

Eu olho para ela e respondo:

— Porque... eu mereço.

Ela grunhe como se estivesse frustrada, me dando as costas e pisando duro até o outro canto do abrigo.

— Não me venha com essa, Hurricane. Você não tem o direito de se sentir mal pelo que fez.

Eu me afasto da parede, e Kaia vai ao chão. Eu corro até ela, ajoelhando ao seu lado, desesperado para tocá-la, confortá-la de alguma maneira.

— Aí é que está, Kaia. Eu não queria matar o seu pai, porque sei que ele significa muito para você.

— Então *por quê?*

— Ele escolheu o lado dele... escolheu o clube em vez de você. Acho que você está se esquecendo de que ele não é o homem que você conhecia. Ele era um assassino frio e calcu...

— E você não é?

Touché.

Respiro fundo, dando de ombros.

— Talvez eu seja, mas eu nunca deixaria minha família ser uma vítima de guerra... por nada no mundo.

Mais lágrimas lhe escorrem pelas suas bochechas avermelhadas, mas Kaia logo as seca.

— Não acredito que ele ia deixar você me matar. Eu só... não consigo me conformar com isso, e você ainda me tirou todas as chances de conversar com ele para entender tudo.

Suas palavras são como um chute no saco.

Respiro muito fundo, pois sei que, pelo resto da vida, Kaia vai ficar questionando cada gesto do pai, cada coisa que ele lhe disse. *Será que o relacionamento deles sequer era de verdade?* Eu sou o babaca que lhe tirou qualquer chance de conversar com ele para descobrir os motivos de Maka ter feito o que fez.

— Eu sinto muito — murmuro.

Não é algo que digo com frequência. Se é que digo. Não reconheço meus erros.

Não me arrependo de tê-lo matado, nem um pouco, mas sinto muito por ter privado Kaia de conseguir respostas, deixando para ela uma vida cheia de dúvidas e arrependimentos.

Trocamos olhares, e seu lábio inferior treme.

— Foi difícil para você dizer isso, não foi?

— Difícil pra cacete.

Ela desvia o olhar, se movendo para ficar de pé.

— Não quero mais ficar trancada aqui, Hurricane.

Eu me levanto com ela, assentindo.

— A Lani deve estar para chegar, se é que já não chegou. Vamos entrar, assim pensamos no nosso próximo passo?

— Não tem *nosso*, Hurricane... *não* somos um time. Você me abandonou quando eu mais precisei de você.

— Isso não é verdade...

— *É sim*. Vou pegar a Lani quando ela chegar e nós vamos direto para casa. Acho que já passamos tempo demais com o NOLA Rebeldes. Você só nos trouxe problemas. Agora, será que dá para entrarmos?

A questão é: ela tem razão.

Se não fosse por mim, seu pai ainda estaria vivo, sua família, inteira. Ela tem todo o direito de me odiar.

Gesticulo para a porta, e meus pés parecem pesar toneladas enquanto ando até a saída. Kaia me segue, mancando ainda mais assim que abro a porta do abrigo e sigo de volta à sede. Fico de olho em Kaia para que ela não saia correndo mesmo com a perna machucada, ela anda no mesmo ritmo que eu.

Assim que entramos no clube, vejo Grey acompanhado de Lani, que mais parece um peixe fora d'água.

Kaia os avista ao mesmo tempo que eu, e sai correndo o mais rápido que consegue. Ela tromba na irmã com força, lhe dando um abraço apertado. Lani se segura em Kaia e a afasta para lhe dar uma boa olhada.

— Mas que raios aconteceu com você? Você está com cara de quem morou num buraco por um ano. E o que são todos esses machucados, ataduras e a perna manca?

Kaia olha para mim por cima do ombro. É um olhar ferrenho e duro. Ver quanta raiva ela sente de mim agora acaba comigo.

Lani me espia de relance, parecendo confusa ao segurar Kaia pelo ombro e obrigar a irmã a olhar para ela.

— Fala comigo.

Paro atrás de Kaia.

— E se nós formos até a Capela para conversarmos? Lani, precisamos te contar umas coisas.

Os olhos de Kaia lacrimejam mais uma vez, e Lani entristece.

— Certo... parece coisa séria. Kaia, você está doente ou algo assim?

Kaia pega Lani pela mão e começa a puxá-la até a Capela. Frustrado, esfrego a nuca enquanto as sigo.

Assim que entramos neste lugar sagrado, os olhos de Lani cintilam.

— Uau! É muito maior do que eu imaginei. Estava pensando numa mesa, talvez uma janela bem alta, mas nada co...

— Sente-se, Lani — eu a interrompo.

Ela arregala os olhos, focando em mim, depois em Kaia, depois em mim de novo.

— Certo... é *mesmo* bem sério.

Eu me sento no lugar de sempre, na ponta da mesa, enquanto Kaia e Lani se sentam ao meu lado, perto da porta. Eu me ajeito mais na ponta da cadeira, repousando as mãos fechadas na mesa, tentando encontrar as palavras certas para lhe contar sobre o pai sem lhe causar uma convulsão.

— Antes de mais nada, quero que você saiba que você e a sua irmã significam muito para mim...

— Você está terminando com a gente? — Apavorada, Lani arregala os olhos.

Kaia sorri.

— Como assim, Lani?

Lani olha para a irmã abruptamente.

— Somos um combo, eu e você. O Hurricane pode até estar caidinho de amores por você, mas eu e ele somos amigos. Nós três somos um time. Se ele terminar com você, vai ter que terminar comigo também, mas eu não quero isso. Eu gosto de ser amiga dele.

Não consigo evitar que um sorrisinho tome meu rosto, porque eu me sinto assim também. Nós três éramos um time, um combo. Lani é uma parte de Kaia, e eu gosto muito dela. Perder Kaia significa perder Lani, e isso machuca o mesmo tanto, só que de um jeito diferente.

Kaia se vira para a irmã e pega suas mãos.

— Lani, às vezes, não dá para consertar tudo.

— O que aconteceu? Vocês dois pareciam feitos um para o outro.

Kaia me olha; eu, por minha vez, olho para Lani.

Vou contar a verdade para ela.

A verdade completa.

Não importa o quanto seja difícil ouvi-la.

— O clube está em guerra com um inimigo, a Máfia Novikov, desde que me lembro...

Lani arqueia a sobrancelha.

— Calma, você disse Novikov?

Pendo a cabeça para o lado, estreitando o olhar em sua direção.

— Disse. Você sabe algo a respeito?

Nervosa, ela balança o joelho e suspira.

— Meu pai... eu o ouvi mais de uma vez falando sobre alguém chamado Novikov e a Máfia. Ele acha que eu não escuto suas conversas quando estou na casa dele, mas eu sou mais esperta do que as pessoas pensam.

Kaia olha para a irmã.

— Calma aí... você sabia que o papai estava metido em alguma coisa suspeita?

Lani dá de ombros.

— Sim. E de que outro jeito você acha que ele conseguiria pagar por tudo com tanta facilidade?

Kaia emudece, me olhando para que eu continue.

— Lani, tem mais coisa...

— Eu imaginei.

— Quando eu descobri quem seu pai era, que ele trabalhava para o inimigo, eu meio que perdi o juízo. Pensei que Kaia estivesse me usando para conseguir informações para o pai de vocês... para a Máfia.

Lani dá uma boa olhada na irmã e faz uma careta.

— Você está com a mesma roupa de quando saiu de casa e não voltou. Você não estava aqui toda de amorzinho com o Hurricane... ele te prendeu aqui, não foi?

— Eles me sequestraram, me trouxeram para cá e me prenderam em um abrigo congelante com quase nada de comida e raros momentos para ir ao banheiro. Foi um inferno.

Lani me encara, e não há nada além de decepção em seu rosto.

— *Por quê?* Por que você fez uma coisa dessas, Hurricane?

— Achei que não poderia confiar nela, que ela estivesse me enganando. Eu estava puto, magoado, não estava pensando direito.

— Não mesmo. Não é surpresa nenhuma ela te odiar.

— Ah, Lani, *não* é por isso que eu o odeio.

Lani arregala os olhos, arfando.

— Não?

Mexo-me, continuando:

— Eu disse para o seu pai que eu mataria a Kaia se ele não avisasse aos Novikov para saírem de Nova Orleans. Pensei que ele escolheria a Kaia, que se esforçaria para convencê-los a ir embora... mas foi o contrário.

Lani dá um sorriso frouxo, como se já esperasse essa resposta.

— Ele escolheu a Máfia em vez da Kaia.

— Me disse para matá-la porque a Máfia era mais importante.

Kaia balança a cabeça, como quem ainda não consegue se conformar. Mesmo tendo ouvido a gravação, é como se não fizesse sentido para ela.

Lani aperta a mão da irmã.

— Deve ter sido duro de ouvir.

— *Duro de ouvir? Não* pode ser verdade, Lani. O papai nunca nos abandonaria.

Lani pende a cabeça para a frente.

— Isso não é *totalmente* verdade.

Kaia e eu a encaramos.

— Como assim? — Kaia pergunta.

Lani engole em seco, piscando algumas vezes.

— Quando eu tinha uns sete anos, por aí, eu estava na cidade com a mamãe fazendo compras quando vi o papai entrar em um beco. Eu falei para a mamãe que eu já voltava e segui o papai até lá. Ele estava conversando com um tal de Anton, acho que era isso...

Sinto o estômago embrulhar pensando até onde essa história vai.

— Enfim... eles estavam falando sobre a Máfia, mas eu não estava entendendo nada. Anton me viu e disse que eu valeria muito na mão dele. — Tensiono o maxilar, enquanto ela continua: — Fiquei apavorada, e o papai disse que só me venderia se ele pagasse o dobro...

Kaia arfa, chocada, tampando a boca com força até demais.

— O Anton não quis e disse ao papai que se certificasse de que eu nunca me lembraria daquela conversa. Por conta disso, ele sinalizou para outro homem, que me jogou no chão de concreto. Bati a cabeça tão forte que desmaiei.

— O quê?! — Kaia grita, sem acreditar.

— Kaia, eu acordei no hospital, e, depois disso... — ela pausa, seus olhos marejam — a epilepsia começou.

Uma lágrima grossa escorre pela bochecha de Kaia, e Lani continua:

— Eu disse ao papai que não me lembrava de nada do que tinha acontecido um mês antes do acidente. Queria que ele acreditasse que eu não sabia nada sobre a Máfia, que eu não tinha lembrança alguma daquela noite... — Ela seca as lágrimas. — Sendo bem sincera, acho que, se eles achassem que eu sabia, teriam dado continuidade à compra e venda, ou talvez até pior, já que agora eu estava com um problema de saúde. Por isso fingi a perda de memória. Os médicos explicaram que era um tipo de amnésia relacionada à epilepsia. Ainda bem que eles acreditaram. Eu os ouvi conversando no quarto do hospital, dizendo que eu não era mais uma ameaça para a Máfia, que eu era mercadoria danificada. Papai disse: "Ninguém vai querer uma coisa defeituosa que nem ela, ela está completamente estragada". E mais: "Ela vai ser um problema para mim pelo resto da minha vida". Foi duro ouvir o papai falar assim de mim. Por isso, dali em diante, sempre que eu o ouvia falar da Máfia, eu saía do lugar e ignorava. Eu costumava pensar que a epilepsia era uma punição por eu ter mania de ouvir a conversa dos outros. Agora, tenho consciência de que ela me salvou de um destino muito pior.

Kaia chora feito criança, mal se contendo.

— Como assim? Por que você não me contou?

— Eu fiquei com muito medo, sentia que estava sendo punida por me intrometer naquela conversa, que, por eu ser uma abelhuda, teria que conviver para sempre com as convulsões.

Fico enjoado. Se eu pudesse voltar no tempo, não teria atirado no pai delas, teria deixado o desgraçado queimar até morrer.

Aquele filho da puta não merecia uma morte rápida.

Ele merecia um esquartejamento demorado, longo, vagaroso, membro por membro.

Desgraçado de uma figa.

Kaia começa a soluçar e abraça Lani.

— Eu sinto muito por você ter se sentido sozinha por tanto tempo.

— Eu não estava sozinha. Eu tinha você e a mamãe, e, agora, o Hurricane.

Kaia funga, se virando para mim.

Eu sei o que ela quer que eu diga.

— Lani, meu clube atacou a sede da Máfia. Seu pai estava lá... — Hesito, e Lani se concentra em mim. — Eu o tinha na mira, então aproveitei.

— Você atirou no nosso pai? — Lani pergunta.

Meu coração bate um pouco mais rápido.

— Eu matei o seu pai.

Lani empalidece. Kaia aperta mais forte a sua mão, mas Lani não chora. Ela não reage, apenas assente, se virando para Kaia.

— É por isso que está esse climão entre vocês?

Kaia estreita os olhos para a irmã.

— Ele *matou* o nosso pai.

Lani umedece os lábios, balançando a cabeça.

— Você coloca nosso pai num pedestal, Kaia. Para mim, ele não era tudo isso. Sinto muito que você esteja sofrendo por ele estar morto, mas para mim... — ela pausa por um instante — é um alívio. Não preciso mais viver com medo de ser vendida para os russos.

Kaia olha para mim, fazendo cara feia.

— Eu quero ir para casa.

Lani suspira.

— Talvez devêssemos ficar mais um pouco, pelo menos até a poeira abaixar com a Má...

— Eu. Quero. Ir. Para. Casa.

Kaia passou por coisa demais. Ela vai surtar se a pressionarmos muito. Ela precisa digerir tudo isso sozinha.

Tenho que deixá-la ir.

— Vou pedir que alguém vá ver como vocês estão de tempos em tempos, apenas para garantir que está tudo bem. Ainda não sabemos o que os Novikov que restaram vão fazer em retaliação. Se quiserem ir embora, isso não está aberto a discussão.

Kaia se levanta da cadeira.

— Está bem.

Lani se levanta devagar. Vejo arrependimento e tristeza em seu rosto.

— Vamos te ver de novo?

Vou até ela, a puxando para um abraço.

— Espero que sim.

Ela se aninha em mim, como se fosse minha irmãzinha. Quando olho para Kaia, que nos observa atenta, não consigo decifrar muito bem sua expressão. É de tristeza? De arrependimento? Não dá para dizer. O que eu sei é que, se eu nunca mais tiver Kaia nos meus braços de novo, vai ser uma merda. Estou bem ciente de que vou precisar dar duro nesse quesito, mas, por ora, tenho que deixá-la ir.

Solto Lani, logo indo em direção a Kaia, mas ela dá um passo gigantesco para longe de mim.

Cedo demais.

Entendo.

— Estarei aqui sempre que precisarem.

Há um vislumbre, uma centelha de algum sentimento em Kaia quando seu lábio treme e os olhos brilham ao me encarar.

— Obrigada por se importar tanto com a Lani. Significa muito para mim.

— Eu me importo com você também, Kaia.

Ela fecha os olhos como se estivesse sentindo uma dor imensa, depois me dá as costas, pega Lani pela mão e segue até a porta da Capela.

— Nos vemos por aí, Hurricane.

Assim, sem mais nem menos, ela sai mancando, pisando em meu coração no caminho.

Nunca pensei que eu seria o tipo de sujeito que deixa uma mulher me fazer sentir assim, completamente fodido.

CAPÍTULO 28

ANÔNIMO

Você sumiu por dias.
Aposto que está com aquele motociclista.
Posso te tratar bem melhor do que ele.
Ele sequer é um homem *de verdade*.
Mas sumir desse jeito, Kaia, não faz o seu tipo.
Eu preciso te proteger. Te proteger dele.
Quando eu te encontrar, vou fazer você pagar por essa insolência.

CAPÍTULO 29

KAIA

O dia seguinte

O jato de água quente queima minha pele enquanto vou me esfregando, tentando tirar a sujeira. Lágrimas rolam por meu rosto, e esfrego a esponja a ponto de machucar. Soluçando, deslizo pela parede até me sentar no chão do box.

Estou um caco.

Aconteceu tanta coisa...

E tanta coisa se revelou.

Pensei que eu fosse uma mulher forte e confiante, mas quanto eu ainda preciso aguentar?

Meu pai não era quem eu pensava que fosse. Minha irmã guardou um segredo *gigante* de mim praticamente durante toda a nossa vida. E vai saber quanto minha mãe realmente sabe.

Será que fui mesmo ingênua a esse ponto durante todo o tempo, pensando que meu pai era perfeito?

Enquanto a água escorre pelo meu cabelo, eu soluço com o rosto escondido nas mãos, tentando descobrir meu lugar no mundo. Antes que tudo acontecesse, pensei que esse lugar poderia ser ao lado de Hurricane. Ele não é perfeito, mas combinamos muito um com o outro. *Como pode ter dado tudo tão errado?*

A questão é que Lani está do lado dele. Ela, assim como Hurricane, vê a maldade no meu pai. Porém, eu não conheci ninguém dessa tal Máfia de que tanto falam. A única coisa que sei é a maneira como o NOLA me tratou quando pensavam que *eu* era a vilã.

Claro, eles não me trataram tão mal assim, apenas me privaram das conveniências do mundo moderno. Mas, de toda forma, se precipitaram, supondo que eu era a Inimiga Número Um. Essa suposição é imperdoável, certo?

Hurricane poderia ter perguntado.

Em vez disso, jogou meu carro para fora da rua. Ele poderia ter me matado! Estou toda machucada por causa dele. Sejamos sinceros: se ele tivesse perguntado, logo teria percebido que eu não sabia de nada e teria nos poupado dessa confusão. A questão é que ele reagiu por raiva, e isso me deixa puta. É como se o que tínhamos não significasse nada para ele. Tudo aquilo que construímos juntos foi ralo abaixo no instante em que ele pensou que eu o tivesse traído. Hurricane sequer se dispôs a me dar uma chance.

Como perdoá-lo por isso?

Ele até poderia ter razão quanto ao meu pai, mas eu tive poucas horas para lidar com o fato de que ele não apenas trabalhava para a máfia russa, mas também estava disposto a fazer qualquer coisa por eles, até mesmo colocar a própria família em risco.

Que tipo de desgraçado doentio faz uma coisa dessa?

Finalmente encontrei forças para sair do chuveiro, ainda mancando, mas já me sinto um pouco melhor por ter me permitido chorar. Eu precisava desse alívio. Eu me seco, coloco a roupa e vou até a sala onde Lani está sentada no sofá, aninhada assistindo televisão.

Eu me sento ao lado dela, me aconchegando, precisando da minha irmãzinha. Ela me abraça e dá um beijinho no topo da minha cabeça.

— Perdão por nunca ter contado o aconteceu com o papai. Eu fiquei com medo, a vida inteira. Não sabia se os russos voltariam para me levar embora. A única coisa que eu sabia era que, depois daquele encontro, eu desmaiei e acordei com epilepsia. Pensava que, se eu fizesse mais alguma coisa errada, ou contasse para alguém, sabe Deus o que poderia acontecer, entende?

Eu a abraço forte, tentando conter o choro; já chorei demais.

— Ainda não me conformo. Caramba! O papai foi a causa da sua epilepsia e eu ainda tenho dificuldade para acreditar. Você sabe me dizer se a mamãe sabia?

Ela dá de ombros.

— Eu nunca contei nada para ela, mas suspeito que sim. Na verdade, acho que ela tinha tanto medo do papai quanto eu.

— Vocês duas sempre me pareceram tão felizes e extrovertidas. Nunca pensei que tivesse algo errado… sou muito burra!

Lani se senta mais ereta, me fazendo olhar para ela.

— Ei! Não é culpa sua. Ninguém sabia o que tinha acontecido, eu mantive segredo. Na maioria das vezes, eu fingia. Queria que nosso pai pensasse que eu estava bem e que nunca pensava na Máfia ou no que tinha acontecido. Eu não queria dar um motivo para que o Anton me levasse embora. Ou seja, se eu me mostrasse sempre feliz e animada, estaria tudo certo. É um comportamento que fui aprendendo com o passar dos anos.

— Eu que deveria te proteger... mas foi você quem me protegeu esse tempo todo.

Lani dá de ombros.

— Eu te amo, e família serve para isso.

— Bem, se um dia você quiser desabafar e me contar como realmente se sente, por favor, abra seu coração. Quero ser seu ombro amigo.

Ela se inclina, me abraçando.

— Isso é muito importante para mim, mas digo o mesmo a você. Sei que tem mais coisa nessa cabecinha aí.

Suspiro e me afundo no sofá.

— O papai falou para Hurricane me matar... ele escolheu a Máfia em vez de mim. Ouvi isso por mim mesma e não consigo parar de pensar na gravação.

Lani pega minha mão, a apertando.

— Sinto muito que você tenha ouvido isso dele, Kaia. Ele era uma pessoa ruim. Eu sempre soube. Quando descobri como nosso pai era de verdade, fiquei exatamente como você está agora: magoada, descrente, me sentindo traída. São sentimentos válidos. Só acho que você precisa lembrar que, em meio a tudo, o vilão é o papai, não o Hurricane e o clube.

— Entendo você achar que o Hurricane ter matado o papai foi uma bênção, mas o fato é: ele me sequestrou e pensou que eu o tivesse traído. Ele me machucou física e psicologicamente no processo.

Lani olha nos meus olhos.

— Eu sei disso, mas tente entender o lado dele. O Hurricane pensou que você trabalhasse com o papai, que você estivesse tentando acabar com o clube. Você não acha que ele merece um desconto? Ainda mais depois de você descobrir do que a Máfia é capaz.

Talvez ela tenha razão. Talvez eu precise pegar mais leve com Hurricane. Porém, preciso de um tempo. Não consigo perdoá-lo agora. Talvez nunca. Estou magoada, e ele agiu de um jeito bem merda comigo.

Não acho que conseguiremos superar isso.

— Sabe do que estamos precisando? — Tento mudar de assunto.

— Do quê?

— De uma noite só das garotas. Vou chamar a Quinn para vir aqui, daí podemos pedir pizza e sorvete. Que tal?

Lani sorri devagar.

— Pizza com abacaxi?

— Claro que sim! Somos havaianas!

— Você sabia que o criador da pizza havaiana na verdade é canadense?

— Certo, sabichona, mas você vai querer abacaxi ou não?

— Sim, por favor... abacaxi extra. — Lani dá um sorrisão malandro.

Sempre posso contar com a minha irmã para me alegrar, muito embora devesse ser eu a lhe colocar para cima depois de tudo o que ela me contou hoje.

— Vou ligar rapidinho para a Quinn, fazer o convite e depois pedir sua pizza com abacaxi.

— Obrigada, eu amo você.

Vou até a cozinha dando risada. Assim que paro de rir, ligo para Quinn. Eu sumi da face da Terra dias atrás, ela deve estar morta de preocupação. O celular chama apenas três vezes antes de ela atender.

— Por onde raios você andou? Você está bem? Quem eu preciso matar? Você está bem? — ela reitera.

Dou uma risada sutil, me sentando à mesa de jantar na cozinha.

— Eu... não estou muito bem.

— Ah, não. O que aconteceu?

— Tanta, mas *taaanta* coisa. Você pode vir aqui? Vou pedir pizza, um monte de sorvete e te contar tudo.

— Já estou no carro. Preciso levar meu taco de beisebol? Ou uma arma? Eu tenho uma. Não tenho medo daquele motociclista gostosão.

Dou um sorriso, sentindo o coração apertar. *Eu amo essa mulher.*

— Eu aceitaria, mas a Lani nos mataria se machucássemos o Hurricane, então, melhor não.

— Droga, eu estava bem a fim de dar uma surra em alguém. Bom, já estou dando partida. Chego em dez minutos, ou sete, se eu pegar os faróis abertos.

— Maravilha, até já.

É um alívio ter alguém do meu lado vindo para cá, alguém que sei que vai me apoiar. Volto para a sala, logo avistando um único farol passando pela janela da frente e ouvindo o ronco inconfundível do motor de uma Harley deslizando preguiçosa pela rua.

— O Hurricane mandou alguém para ver como estamos.

Lani pula do sofá, correndo até a porta da frente. Ela espia lá fora e acena para o irmão NOLA. Ele acelera algumas vezes antes de disparar rua abaixo.

— Quem era? — pergunto, me deixando levar pela curiosidade.

— É o Grey, ele é aprendiz. Já o vi por aqui algumas vezes.

— Acho que o Hurricane está mantendo sua promessa de nos vigiar.

— Gosto da ideia, me sinto mais segura.

Também gosto, por qualquer razão maluca que seja.

Volto para o sofá, onde me sento para pedir nossa comida pelo aplicativo. Deixamos a televisão ligada em uma série porcaria qualquer e nos cobrimos com um cobertor. Alguns minutos depois, ouço Quinn estacionando na rua.

— A Quinn chegou — comento quando me levanto do sofá e vou até a porta, embora meio devagar.

Depois do banho, tenho a impressão de que tudo dói ainda mais, cada músculo do meu corpo lateja. Provavelmente eu só precise de uma boa noite de sono.

Ela toca a campainha várias vezes. Eu rio e abro a porta, a encontrando ali, parada e usando um macacão de látex, como aquele da Britney Spears no clipe *Oops!... I Did It Again*, mas preto. Sendo bem sincera, ela está meio que parecendo uma dominatrix. Quinn dá um sorrisinho e rapidamente me puxa para um abraço de urso. Dou risada quando o macacão faz um barulho rangido assim que retribuo o abraço.

— Oi! Você está querendo ser uma Barbie Safada ou o quê? — provoco.

Ela me ignora, se afastando e me olhando no fundo dos olhos.

— Você não tem ido trabalhar, não consigo falar com você. Por favor, me conta logo o que está acontecendo. — A seriedade com que fala deixa bem claro que ela não está para brincadeira. Quinn ficou mesmo muito preocupada.

Eu lhe pego pela mão e a puxo para dentro.

— Vem, eu te conto aqui dentro.

Fecho a porta e a levo até a sala para nos sentarmos com Lani, que fica mais ereta. Nós nos acomodamos no sofá, juntas.

Coloco a mão no joelho de Quinn e suspiro, tentando prepará-la para a versão resumida do que aconteceu.

— Resumindo... meu pai estava envolvido com a máfia russa, e o clube do Hurricane é seu inimigo. Ou seja, basicamente, ele me sequestrou e pediu meu resgaste para meu pai, mas não deu certo... — Quinn estreita o olhar para mim, como se estivesse fazendo um esforço tremendo para acompanhar tudo. — Aí o Hurricane matou meu pai e agora está tudo uma zona.

Quinn dá um solavanco com a cabeça, obviamente chocada com o que acabei de lhe contar, e aperta minha mão.

— Hein? Nem sei o que dizer. Primeiro de tudo, você está bem? — Ela olha para Lani. — Vocês estão bem?

Lani dá um sorriso frouxo, e eu dou de ombros.

— Ainda processando as coisas, acho.

Quinn esfrega a testa como se estivesse tentando entender tudo.

— O Hurricane matou o seu pai? Como?

— Foi retaliação. O NOLA explodiu uma espécie de sede do Máfia com eles lá dentro.

Percebo uma estremecida no olhar de Quinn, como se eu tivesse dito algo que a irritou. Estou prestes a lhe perguntar se ela está bem quando a campainha toca.

— Ah, chegou a comida. Já volto.

Eu me levanto, pego o dinheiro da mesa e sigo até a porta, finalmente me sentindo mais leve por ter conversado com alguém sobre tudo isso, alguém que não vai me julgar por eu me sentir confusa.

Abro a porta, logo cumprimentando o entregador.

— Oi!

O jovem está com a pizza e os potes de sorvete em mãos. Eu lhe entrego o dinheiro, mas ele semicerra os olhos para mim.

— Ah, perdão, moça, mas aqui só tem vinte dólares.

Olho para a nota, ele tem razão.

— Poxa, me desculpa. Vou buscar o resto. Você pode esperar um minutinho?

— Sim — ele murmura, como se não estivesse nem aí para o trabalho.

Corro pelo *hall* até a minha bolsa, pego outra nota de vinte e volto apressada para a entrada, onde o entregador me espera impaciente.

— Perdão. — Eu lhe dou o dinheiro, e ele faz que vai me dar o troco. — Pode ficar — digo.

— Obrigado, moça — ele agradece

— Tenha uma boa noite.

— Você também.

O entregador vai embora. Entro em casa e volto para a sala com a pizza em mãos, mas Lani e Quinn não estão ali.

Franzo o cenho, dando de ombros e indo até a cozinha. Quando entro, meus olhos quase soltam para fora assim que vejo Lani amarrada a uma

ATRAÍDO 249

cadeira, com um pano enfiado na boca, e Quinn atrás dela, segurando uma faca enorme na garganta da minha irmã.

Deixo a pizza e o sorvete caírem devido ao medo extremo que começa a tomar conta de mim. Lani está de olhos arregalados, e eu ergo as mãos, respirando tão depressa a ponto de, talvez, hiperventilar.

— Quinn, o que você está fazendo?

Ela gesticula para a cadeira ao lado de Lani.

— Sente-se, Kaia.

Hesito, e não saio do lugar, chocada demais para me mexer, então Quinn pressiona mais a faca na garganta de Lani, lhe arrancando umas gotículas de sangue.

— Está bem, está bem, está bem. Só não a machuque! — grito, correndo até a cadeira e me sentando.

— Boa menina — Quinn fala, pegando algumas braçadeiras e amarrando minhas mãos, para depois forçar um pano para dentro da minha boca.

Meu coração dispara enquanto ela anda na nossa frente.

Mas que porra está acontecendo? Não faço ideia.

Tudo que sei é que ninguém na minha vida é quem diziam ser, e pensar nisso me apavora. Não sei por quê, mas a única coisa em que consigo pensar é *no quanto de ajuda psiquiátrica eu vou precisar se sairmos vivas dessa.*

— Agora que vocês duas estão... amarradinhas e dispostas a ouvir, acho que chegou a hora de sermos sinceras umas com as outras. Vocês não acham? — Quinn exige saber.

Lani e eu apenas a encaramos, incapazes de nos mexer, de responder, apavoradas para além do limite.

Quinn balança a faca no alto como uma psicopata, me encarando com perversidade no olhar.

— *Não acham?!* — ela grita, cheia de maldade.

Eu e Lani assentimos. Não podemos fazer muito além disso.

Quinn sorri, um sorriso ameaçador. Acho que uma chave virou na sua cabeça e ela enlouqueceu.

— Sabe, Kaia, quando o seu pai me contratou para ficar de olho em você lá no estúdio, caso algum membro do clube aparecesse para tatuar, eu nunca esperaria que acontecesse o que aconteceu. Ficar perto de você... — Ela ri, como se tivesse se tocado de alguma coisa — mexeu comigo. Fui enviada para te proteger, tomar conta de você... — Ela se aproxima, se inclinando tão perto do meu rosto que vejo os tons violeta de seus olhos fixos nos meus — mas há algo de especial em você, Kaia.

Ela se aproxima mais, dando um beijo vigoroso na minha testa. É tão agressivo e forte que faz minha cabeça ir para trás.

Conforme Quinn se afasta, ela vai raspando a faca pela minha clavícula, me deixando sem ar . *Ela é totalmente louca!*

— Eu fui obrigada a ficar te vendo de gracinha com Hurricane... — Ela me cheira. — Você me magoou. Pensei que tivéssemos um lance, que você chamava de amizade, mas eu sabia... eu sabia que, com o tempo, poderíamos ser muito mais.

Arregalo os olhos, enquanto tento impedir que minha adrenalina vá às alturas e me faça desmaiar. Preciso proteger Lani. Mas como? Neste momento, não tenho certeza.

— Eu sempre fiquei atenta, procurando te manter a salvo de todos aqueles babacas que queriam te machucar. O Yuri foi uma pedra no sapato com a qual eu não esperava lidar. Mas o Hurricane? Ele é a verdadeira razão pela qual me colocaram lá para te vigiar.

Eu me viro para Lani, cujos olhos estão começando a ficar vidrados. São sinais de uma convulsão, e eu não posso fazer nada para ajudá-la.

Aguenta firme, Lani. Aguenta firme.

— Eu estava lá quando o Hurricane viu você e o seu pai juntos no estúdio. Eu tinha certeza de que ele pensaria que vocês trabalhavam juntos, achei que ele cortaria relações com você. Nunca imaginei que ele te sequestraria. Foi *culpa minha*. Eu falhei com você, Kaia. Só que ver você se envolvendo com o Hurricane me enojava. *Me deixou em pedacinhos*. Fiquei ao seu lado a *cada* passo, e aí você me jogou de escanteio. E o que o Hurricane fez na hora do vamos ver? Ele escolheu o *clube* ao invés de *você*.

Quinn se aproxima de novo, escorando as mãos no meu joelho, olhos fixos nos meus.

— Eu *nunca* faria isso, Kaia. Eu sempre escolheria você... — Ela endireita a postura, andando para lá e para cá. — Mas agora... agora, por sua causa, eu não posso ficar do seu lado. Por sua causa, eu serei *obrigada* a escolher a Máfia. Como retaliação ao Hurricane, sou a *única* pessoa capaz de nos vingar pelo ataque à sede. Eu tenho que tirar da jogada a pessoa de quem ele *mais* gosta... — Ela balança a cabeça, levando a faca aos lábios e beijando a lâmina — mesmo que me *mate* por dentro ter que fazer isso.

Ela começa a andar até mim mais uma vez.

— Sinto muito, Kaia, mas você *não* me deixou escolha.

Minha ansiedade vai a um milhão, e eu tensiono inteira quando Quinn se apressa até mim. Lani grita com o pano na boca, porém é tão abafado que ninguém além de nós conseguiria ouvir. Quinn pega a faca, a usando para cortar a frente da minha camiseta. Eu me debato na cadeira, o que só facilita para que Quinn rasgue a peça.

— Seja uma boa menina e *sangre* para mim! — ela grita, alucinada em sua empolgação, enquanto abre minha camiseta, deixando o sutiã à mostra.

Então ela coloca a faca de lado e a começa a cortar uma camada fina do meu peito. Eu berro assim que uma sensação de ardência rasga o topo do meu seio, e, na mesma hora, meus olhos se enchem de lágrimas enquanto Quinn arranca a minha pele.

Nunca senti uma dor tão intensa. Quinn afasta a faca de mim, sangue escorre pelo meu corpo, como um rio de puro tormento. Ela chacoalha a lâmina com fragmentos de pele na mesa e dá uma risada breve. Depois, Quinn se endireita, ereta, e leva a faca aos lábios, botando a língua para fora e lambendo o sangue da lâmina.

Deus do céu!

Arfo com dificuldade, procurando controlar o medo que me toma. Preciso ficar bem e consciente. Olho para Lani, e dá para dizer que ela está perdendo e recobrando a consciência. Ela está prestes a ter uma convulsão.

Quinn se aproxima para mais uma rodada, deslizando a faca pelo tecido da minha calça de moletom para cortá-lo. Meu corpo inteiro estremece assim que ela deita a lâmina mais uma vez, e eu tensiono, apenas esperando pela dor prestes a me atingir. Quinn desliza a faca pela minha coxa, e é impossível que eu não grite de agonia mesmo com o pano na boca. Arfo, e gotículas de suor me cobrem a pele. Meu corpo treme por conta da dor intensa. Não sei quanto mais consigo aguentar.

Ao longe, um ronco fraco de uma Harley me chama a atenção, mas tão rápido quanto ressoa, ele vai embora, me deixando sem um pingo de esperança.

Nada a que me agarrar.

Quinn vai me matar hoje. E vai ser uma morte dolorosa.

Só torço para que ela seja rápida, porque não consigo aguentar muito mais.

CAPÍTULO 30

HURRICANE

Não sei mais que porra fazer comigo mesmo, a não ser beber até apagar.

Então é exatamente isto que estou fazendo. Sentado no bar, uísque no copo, me sinto um fracasso, mesmo que tenhamos vencido a batalha das batalhas.

Porra, talvez tenhamos vencido a guerra.

City para ao meu lado e puxa um banquinho. Ele está com um sorrisão radiante em seu rosto.

— Quando as coisas ficaram difíceis para mim lá em Los Angeles, o melhor que eu fiz foi liberar energia.

— Não vou comer ninguém. Meu velho eu com certeza faria isso. Mas não consigo pensar em outra mulher ago...

— Não, Prez, estou dizendo para você ir dar uns socos, malhar, correr, para canalizar a frustração. Suar bastante sempre melhora as coisas.

Eu lhe agarro o ombro.

— Acho que vou amar ter você por aqui.

City ri assim que parto em direção à academia. Tiro o colete e a camisa, enrolando as mãos em ataduras, pronto para acertar alguns sacos de boxe. Respiro bem fundo, dando o primeiro soco, sentindo o peso de tudo sair de mim; em seguida, atinjo o saco com o outro punho. Vou construindo pressão, esmurrando com garra, soco atrás de soco atrás de soco, descontando frustração, raiva e mágoa acumuladas.

Penso em tudo que perdi.

Razor.

Kaia.

Meus pais.

Em como tudo na minha vida parece ser um horror após o outro.

Meus sentimentos vêm à tona, estou prestes a surtar, como se tudo estivesse caindo em cima de mim, quando Grey aparece correndo, acompanhado de City e Bayou, todos ofegantes e agitados.

Paro os socos, agarrando o saco oscilante, e tentou recuperar o fôlego.

— O que... está... acontecendo? — Resfolego numa respiração entrecortada.

O olhar de Grey é intenso.

Tem algo errado.

— Fiz outra ronda pela casa das meninas porque tinha visto um carro estacionar na garagem. Só que, dessa vez, a Lani não acenou para mim como sempre, o que levantou suspeitas. Como você me disse para não falar com elas, eu não falei. No entanto, assim que eu voltei para cá, pedi para o Raid verificar a placa do carro. Descobrimos que o registro está no nome de Natasha Novikov... prima do Anton.

— O quê? Tem um Novikov na casa da Kaia agora?! — grito.

— *Agorinha mesmo* — Grey reitera.

Nem me incomodo de vestir a camisa, apenas coloco o colete às pressas, sem sequer tirar as ataduras e corro disparado para dentro da sede.

— Irmãos, estamos indo para a casa da Kaia. *Agora*. Ela está em perigo. — Me viro para Grey, e Raid vem correndo até nós. — Você tem uma foto dessa mulher, da Natasha Novikov?

Raid me mostra a carteira de motorista vinculada à placa, o que me faz curvar o canto da boca, nervoso.

— Porra! É a Quinn. Temos que ir.

Corremos até as motos. Não hesito nem espero antes de disparar em direção à casa de Kaia. Fico todo arrepiado pela ansiedade. Sou tomado por um sentimento inquietante ao pensar que, durante todo esse tempo, havia outro Novikov bem debaixo do nosso nariz. Se Kaia e Lani estiverem em perigo, sabe lá Deus o que a Máfia... o que Natasha vai fazer com elas para se vingar de nós por termos bombardeado sua maldita sede.

Estacionamos na rua próxima à casa de Kaia. Pulo da moto, meu coração dispara por estar tão perto e tão longe. Reúno meus rapazes em torno de mim, preciso lhes dar instruções bem claras.

— Quero a Quinn viva. Não a espantem, *não* atirem para matar. O que quer que façam, não deixem balas perdidas atingirem Kaia e Lani. Fui claro?

— Sim, Prez — todos respondem.

— Quero duplas. Circundaremos a casa pelos fundos e pela frente, assim não há escapatória. É um ataque coordenado. Precisamos salvar a Kaia. Vamos.

Disparamos, com City à frente do grupo dos fundos, enquanto eu levo os outros até a frente da casa. Sinalizo para que o meu time se dirija ao alpendre. Subimos as escadas devagar, tentando fazer com que a madeira não ranja sob o peso de tantos pés. Nós nos agachamos embaixo das janelas, e eu me aproximo da porta.

Verifico meu relógio, esperando o sinal de Raid, que está com City nos fundos. A mensagem que chega diz "três segundos" – é quando sinalizo para os rapazes. Com os dedos, conto até três e, em seguida, golpeamos a porta. É Bayou quem derruba a desgraçada, ao mesmo tempo em que City e Raid fazem a mesmíssima coisa nos fundos.

Corremos casa adentro, armas em punho, quando avisto Quinn – ou, como agora a conheço, Natasha – fugindo feito louca da cozinha. Gesticulo para que Bayou vá atrás dela, enquanto eu corro por onde ela veio.

Assim que entro na cozinha, a primeira coisa que me atinge é o cheiro metálico de sangue; depois, Kaia, perdendo e recobrando a consciência.

Ela está destruída.

Mas é com Lani que preciso lidar agora, porque ela está amarrada à cadeira e convulsionando.

— Merda!

Grey para ao meu lado, pegando seu canivete de resgate para cortar as amarras de Lani. Tiro o pano da boca dela, e nós a deitamos no chão. Os espasmos diminuem. Ela devia estar convulsionando há um tempo.

— Grey, arranja um punhado de alho e passa debaixo do nariz dela.

Ele franze o cenho.

— Como assim?

— *Anda logo.*

— E onde raios eu vou encontrar alho?

— Tem um pouco triturado na porta da geladeira.

Grey corre até lá, e eu olho para Kaia. Preciso ter certeza de que ela está bem, porém sei que ela gostaria que eu cuidasse primeiro de Lani. Grey se agacha ao meu lado de novo, agora com o alho em mãos, e eu lhe agarro o ombro.

— Tudo bem?

Ele assente.

— Deixa comigo, Prez. Vai cuidar da sua garota.

Eu me levanto e corro até Kaia para lhe soltar. Seu corpo tomba para a frente, mas eu a pego bem a tempo, e ela cai em meus braços. Tiro o pano da sua boca, porém sua respiração é fraca.

— Kaia. Querida... *fala comigo* — praticamente grito, mas ela continua perdendo a consciência e voltando.

Hoodoo corre e se agacha ao meu lado.

Ele arregala os olhos, balançando a cabeça.

— Prez, isso vai além da minha capacidade. Vou parar o sangramento, mas ela precisa de ajuda fora da minha alçada.

Os ferimentos são horrendos. Seguro Kaia, sentindo meus músculos tensionarem de tanta adrenalina fluindo, porque sei que, por enquanto, não há mais nada que eu possa fazer.

Precisamos ligar para a emergência.

— Raid, chama uma ambulância. *Agora*.

Ele puxa o celular do bolso às pressas para fazer a ligação. Hoodoo pressiona a gaze no pior ferimento de Kaia. Continuo com ela aninhada no meu peito. Ela não responde a nada do que eu faça ou fale. Pensar que cheguei tarde demais e que Natasha estava agindo bem debaixo do meu nariz esse tempo todo me corrói por dentro enquanto eu a acalento em meus braços. Estou ensanguentado, o que é preocupante, porque isso significa que Kaia está perdendo sangue demais. Só quero mantê-la viva, assim poderemos levá-la ao hospital.

Volto minha atenção a City, que segura Quinn.

— Leva essa aí para a sede antes que a ambulância chegue. Os paramédicos vão querer que a polícia cuide dela. Mas as únicas pessoas que vão lidar com um maldito Novikov somos nós.

City faz que sim com a cabeça, e vai embora com Omen e Quinn. Dou uma espiada em Lani, que vai ficando consciente aos poucos. É provável que ela também precise de assistência dos paramédicos – vai saber a severidade dos danos causados por essa convulsão.

Ouvimos sirenes soarem distantes. Olho para os rapazes, todos de pé, apavorados feito animais. Ninguém sabe ao certo o que fazer porque, assim que a ambulância chegar, vai parecer que somos nós os responsáveis por isso.

Eu sei, mas não me importo, desde que as meninas recebam a ajuda necessária.

Os paramédicos chegam e hesitam ao entrar na casa, prestando atenção em cada um de nós, enquanto um vai direto até Lani, e, o outro, até Kaia e mim.

— Você precisa se afastar da vítima. Os policiais estão a caminho, chegarão aqui num minuto, então não dificultem as coisas.

Faço uma cara feia, abraçando Kaia mais apertado.

— Não fomos nós. O desgraçado que fez isso fugiu assim que arrombamos a porta e entramos aqui.

— Ele está falando a verdade — Lani, deitada no chão, diz bem devagar. — O responsável fugiu no instante que ouviu o barulho das motos. O Hurricane e os rapazes nos salvaram.

Dou um sorriso frouxo para ela, agradecendo a qualquer força divina que seja por Lani estar bem.

— Ainda assim, você precisa se afastar para que eu a examine direito.

Cada poro meu quer se negar a isso.

Nunca mais quero soltar Kaia. Mas, se isso é para o seu bem, então é o que preciso fazer.

Com delicadeza, eu a deito no chão, depois me afasto, sendo tomado de ansiedade enquanto o paramédico se aproxima para cuidar dela.

— Os ferimentos são profundos. Precisamos levá-la para o hospital, e rápido. Ela precisa de uma transfusão, porque perdeu sangue demais, e com certeza vai precisar de cirurgia de transplante de pele para recuperar os danos.

— Então você está esperando o quê? Leve-a para a porra da ambulância.

— Só uma pessoa pode acompanhá-la.

O outro paramédico, que examina Lani, se levanta.

— Essa paciente precisa ir com a gente também. Ela teve uma convulsão prolongada, e sua pressão ainda está muito baixa.

Eu quero, mais do que qualquer coisa, subir naquela ambulância com elas, mas sei que não há espaço e, neste instante, elas precisam uma da outra. Enquanto os paramédicos colocam Kaia na maca, vou até Lani para abraçá-la.

— Nos encontramos no hospital. Você está bem?

Seus olhos estão marejados.

— Sim, obrigada por estar aqui. Eu sabia que você nos protegeria.

— Sempre, Lani. Sempre.

Saímos da casa. Os paramédicos colocam as duas dentro da ambulância, e sinto meu coração disparar, como se fosse explodir no peito. A impressão é que uma parte minha morreu ao ver Kaia tão machucada. Enquanto observo a ambulância partir, todos os sentimentos me atingem feito um tsunami. Eu me curvo, escorando as mãos no joelho, e suspiro. É uma sensação avassaladora e tento não pensar no que eu teria feito se Kaia tivesse morrido.

É aí que a ficha cai.

Estou completa e incondicionalmente *apaixonado* por ela.

CAPÍTULO 31

Estaciono no hospital, desesperado para ver Kaia. Acompanhado dos rapazes, corro pelo pronto-socorro até chegar ao balcão.

— Estou aqui para ver a Kaia Māhoe.

A enfermeira olha para mim, vendo que estou de colete, sem camisa e coberto de sangue. Ela faz uma careta.

— Você é da família?

Hesito, respirando com dificuldade.

— Não, mas…

— Sinto muito, mas apenas familiares podem entrar. Próximo! — ela chama, me dispensando.

Meu sangue ferve de raiva assim que bato a palma da mão no acrílico, me controlando para não enfiar um pouco de juízo na cabeça dela.

— Mas que droga! — grito, lhe dando as costas e começando a andar, para lá e para cá.

Imagino que eles estejam examinando Kaia, e só presumo que ela deva entrar em cirurgia. A única coisa que posso fazer é ficar aqui, esperando até que alguém apareça para me dizer qualquer coisa.

Então eu fico andando. De um lado para o outro. Meus irmãos, sentados e à espera, me dão forças.

Minhas pernas estão doloridas, minhas costas ardem.

Preciso muito ir ao banheiro, mas de jeito algum vou arredar o pé daqui por nada para o caso de alguém aparecer com notícias.

Horas se passaram. Sinto que vou enlouquecer.

Estou apavorado com a possibilidade de perdê-la. Nunca me senti assim por alguém. Mesmo que Kaia me odeie, mesmo que ela nunca mais queira me ver, eu vou esperar.

Outra coisa em que estou pensando é que eu não sei onde Lani está; estou preocupado com ela também. O único ponto positivo é que Bayou ligou para Ingrid pedindo que ela viesse, e ela está aqui, me dando um apoio silencioso – exatamente o que preciso. Não sei o que minha madrasta tem, mas tê-la aqui comigo me acalma. Ela sempre foi uma fonte de onde tiro forças, e, neste momento, preciso disso. Preciso da sua influência tranquila e alma cuidadosa.

Ingrid para ao meu lado, agarrando meu braço para conter meus passos incessantes.

— Sei que você está preocupado, mas ficar andando tanto assim só vai te exaurir. Senta um pouco, descansa as pernas. A Kaia vai precisar de você, mas, nesse ritmo, você não vai conseguir ajudá-la.

Deslizo a mão pelo cabelo, trocando olhares com Ingrid.

— Eu não posso perdê-la.

Ela me acaricia a bochecha, em um toque maternal.

— Eu sei, meu amor. Eu sei.

Eu lhe dou as costas, continuando os passos frenéticos.

— Acabei de encontrá-la, e as coisas entre nós estão uma merda. Eu só...

Não dá para aguentar mais, então volto pisando duro até a recepção.

— Hurricane! — Ingrid me chama, mas eu a ignoro.

Bato no balcão de novo, chamando a atenção da enfermeira da forma errada.

— Eu preciso vê-la. Me fazer ficar aqui é um crime. Eu estou mandando você me deixar entrar, ou eu mesmo vou lá e...

A porta da emergência se abre, interrompendo meu discurso inflamado. Por um momento, chego a pensar que minha gritaria resolveu e que vão me deixar entrar, mas então Lani vem correndo em direção aos meus braços, e eu a abraço muito apertado.

— Lani, você está bem? Aquela vadia te machucou? — pergunto, me afastando, a examinando inteira, passando a mão em seus braços.

Ela funga, chorosa.

— Estou bem. A Kaia está se recuperando.

Aliviado, eu suspiro, sentindo como se fosse vomitar a qualquer momento por conta do estresse.

— Eles não me deixaram entrar porque eu não sou da família.

Os olhos de Lani brilham de determinação. Ela me arrasta até onde a enfermeira está.

— Como você *ousa* não deixá-lo entrar?! A Kaia e o Hurricane vão se casar, então ele *é* da família.

A enfermeira arregala os olhos.

— Por que você não me falou?

Limpo a garganta, dando de ombros.

— Eu não sabia que isso contava, se não, eu teria falado.

— Mas é claro que conta. Perdão, senhor. Pode ir lá ver sua noiva.

Eles abrem as portas, enquanto eu olho para os rapazes, que gesticulam para que eu vá logo.

— Vamos esperar o tempo que for preciso, Prez — City me avisa.

Olho para Lani, que está agarrada a mim com um sorriso sutil. Balanço a cabeça, gesticulando com a boca:

— Noivos, é?

Lani ri.

— Uma mentirinha inofensiva não machuca ninguém.

— Você é incrível pra cacete, alguém já te disse isso?

— Aaah, obrigada, cunhadinho.

— Jesus… A Kaia vai te matar por ter dito isso.

— Sim, ela vai, mas estou muito feliz por você estar aqui comigo. Vê-la daquele jeito… — Lani para de falar, e eu apenas a abraço.

— Sinto muito que não tenhamos chegado mais rápido. Eu fodi com tudo, não procurei descobrir quem a Quinn era quando a conheci. Falhei com vocês duas.

Lani suspira.

— A meu ver, Hurricane… você nos salvou.

Chegamos a um quarto. Lani respira fundo, puxando a cortina em seguida. Kaia está deitada na cama, ligada a aparelhos e toda enfaixada.

Ela está um trapo, e eu me sinto um inútil. Não há nada que eu possa fazer por ela a não ser estar aqui.

Lani aponta para a cadeira ao lado da cama, para onde vou, logo alcançando a mão de Kaia e deitando a cabeça em sua barriga.

— Sinto muito, Kaia.

Lani vai até a cadeira do outro lado da cama, e nós nos sentamos — por horas, ficamos somente esperando. Não dizemos e nem fazemos nada. Só esperamos.

Fico pensando em tudo que aconteceu, principalmente se Kaia gostaria que eu estivesse aqui. Muita coisa pode acontecer quando ela acordar, inclusive ela querer que eu vá embora.

Esperamos mais. Continuamos a não falar e nem fazer nada. Só esperamos.

Até que, finalmente, Kaia começa a mexer as pálpebras e os dedos repousados na minha mão.

— Kaia? — sussurro, chamando a atenção de Lani.

Nós dois nos sentamos mais para a frente conforme ela vai se mexendo, cada um de um lado dela, lhe segurando as mãos.

Kaia tremula os olhos e, enfim, os abre. Primeiro, ela olha para Lani, que chora em silêncio. Kaia vai serpenteando a mão até encontrar o rosto da irmã e, devagar, envolve sua bochecha úmida.

— *Aloha wau 'ia 'oe* — ela fala um "eu te amo" rouco.

Lani se inclina até Kaia, lhe dando um beijo na bochecha e fechando os olhos em um cumprimento havaiano.

Aperto a mão de Kaia, que olha na minha direção, finalmente percebendo que estou do outro lado da cama. Ela parece indiferente à minha presença, e esse gesto dói mais do que quero admitir.

— Obrigado por ter aparecido. Não sei se estaria viva se você não estivesse lá.

— Tenho muito para te compensar, Kaia, mas eu já queria começar... se você me permitir.

— Eu estou tão brava... furiosa, na verdade. Mas eu sei que os russos são os vilões da história. Eles estavam por toda parte, e eu sequer percebi. Sou uma tola em vários sentidos, mas serei *eternamente* grata por você ter me mostrado o que estava acontecendo.

Sinto o coração apertar. *Talvez fique tudo bem entre a gente?*

— Eu só quero te ver segura e feliz, só isso.

— Mas será que eu vou estar *completamente* segura com você, Hurricane? Sinceramente, não vai ser assim sempre? — A expressão amarga em seu rosto me diz tudo de que eu preciso saber.

O problema é que talvez ela esteja *certa*.

Uma vida comigo só lhe trará dor de cabeça. O clube está sempre cercado de problemas, e eu também, por ser o presidente.

Faz parte da vida dentro de um clube. Somos uma grande família, mas uma família com problemas e confusão com os quais muitas não precisam lidar.

Fico de pé, soltando sua mão, mesmo que isso acabe comigo. Lani balança a cabeça assim que dou um passo para trás.

— Vou deixar você descansar — digo, indo até a saída.

— Não — Lani choraminga, se levantando e me seguindo.

Eu me viro para ela e ergo a mão.

— Você precisa ficar aqui com a sua irmã.

Lani olha por cima do ombro, depois se vira para mim de novo.

— Vou te acompanhar até a porta.

Abraço Lani, e nós dois seguimos até a saída. Meu coração dispara conforme me afasto de Kaia, provavelmente pela última vez. Estou feliz por tê-la visto, por ela ter conseguido falar comigo, pelo fato de que ela vai conseguir superar essa bagunça tremenda.

Chegamos ao corredor, onde puxo Lani para um abraço apertado.

— Você sabe que eu sempre estarei aqui por você, não sabe? Se você precisar de mim, é só me ligar.

— Meu aniversário é mês que vem... você pode ir jantar com a gente?

Balanço a cabeça.

— A Kaia não iria me querer lá. Ela não vai gostar nem um pouco disso.

— Bem, você iria como meu convidado? O aniversário é meu, então posso chamar quem eu quiser. *Por favor*, me diz que vai.

Meu coração vai ao pé ao ver o desespero no olhar de Lani. *Não dá para falar não.* O que é que essas mulheres Mãhoe têm? Elas me botaram para comer na mão delas com a maior facilidade.

— Está bem! Depois me manda uma mensagem com a data e o horário. Vou estar lá, prometo.

Ela se inclina até mim, me dando um abraço de urso.

— Por que eu tenho o pressentimento de que não vou te ver até lá?

— A Kaia deixou bem claro que não me quer por perto. Preciso dar à sua irmã o espaço de que ela tanto precisa para superar a raiva. Se eu ficar em cima dela, isso só vai afastá-la ainda mais de mim.

Lani suspira.

— Droga! Você está certo... vou conversando com ela e te mantenho atualizado sobre como ela está.

— Diz para a Kaia..: que *sempre* vou pensar nela.

— Pode deixar. Vê se você se cuida, viu?

— Você também. — Dou um beijinho no topo da cabeça de Lani, depois volto até onde meus irmãos estão. Surpresos, todos arqueiam a sobrancelha.

— Ela está bem... se recuperando. Ela está um caco, mas vai ficar bem.

— Então por que você não está lá com ela? — Bayou pergunta.

— Ela não o quer lá... — Ingrid responde por mim.

Apenas assinto, e City agarra meu ombro sem dizer nada; ele não precisa dizer, todos sabemos que eu fodi com tudo.

— Preciso beber. Vamos voltar para a sede.

Ingrid para na minha frente.

— Sinto muito, querido, mas se autodestruir não vai te fazer se sentir melhor quanto a tudo isso.

— Não vai, mas talvez me entorpeça o suficiente para que eu não dê a mínima por um tempo.

— Hurricane...

— Ingrid, preciso fazer isso do meu jeito, ou vou acabar fazendo besteira.

— Tudo bem, querido... apenas tome cuidado.

— Sempre.

Como é que pode uma mulher me fazer sentir tão morto por dentro? Normalmente, quando me sinto assim, recorro a sexo.

Mas não quero isso agora. Não quero ninguém além de Kaia. Ou seja, o esquecimento é a próxima melhor opção.

Vou encher a cara até que eu não consiga mais me lembrar nem o nome dela.

CAPÍTULO 32

HURRICANE

O dia seguinte

A ressaca está de matar.

Meu corpo inteiro dói conforme rolo pelo chão de concreto, tentando entender onde diabos estou.

Abro os olhos e percebo que estou no abrigo à prova de som, enrolado no cobertor que Kaia usou quando dormiu aqui.

Não faço *ideia* de como vim parar aqui ou do porquê dormi no chão, mas imagino que tenha sido para me sentir perto dela.

Essa filha da mãe vai me deixar maluco.

Fico de pé, jogando o cobertor no chão e me recompondo.

Tenho um trabalho a fazer.

Saio do abrigo para voltar à sede, tentando alongar cada músculo dolorido. Assim que entro, os rapazes me olham aflitos, dando a entender claramente que estão preocupados comigo.

Com isso, surgem dúvidas quanto à minha liderança.

Bem, estou prestes a lhes mostrar quem eu sou de verdade.

— Bayou, City e Omen, vocês vêm comigo até a Câmara.

— Está na hora? — Bayou pergunta.

Meus nós dos dedos estalam bem alto quando cerro os punhos, e respondo entredentes:

— Está mais do que na hora.

City e Omen riem, Bayou me dá um tapa no ombro.

— Vamos nos vingar, irmão.

— Mal posso esperar.

Acompanhado dos meus três irmãos, voltamos para onde eu dormi na noite passada. Entramos no abrigo, mas logo seguimos até uma porta escondida.

Bayou desliza para o lado o terminal escondido na parede e digita a senha. A parede começa a correr na horizontal. Se não lhe dissessem, não teria como você saber que há outro quarto aqui.

A questão é que este não é um quarto qualquer. Não. Isso aqui é uma especialidade do Rebeldes. Todo clube tem uma.

É aqui onde meus irmãos perdem a cabeça para a insanidade de seus demônios, deixando que a maldade dentro deles tome conta.

Estamos na Câmara. Aqui há caos e carnificina. Este lugar é o lar de monstros, e nós deixamos que se enfureçam, deixamos que devastem tudo.

Na Câmara, nunca se sabe o que vai acontecer, e você não vai querer ser a vítima sentada naquela cadeira prateada.

Assim que entramos, um cheiro acre nos atinge – um cheiro de carne podre e água sanitária, que combina exatamente com o tipo de coisas que se encontra aqui dentro. Apenas membros de alta patente podem entrar na Câmara, e sob circunstância alguma permitimos mulheres aqui. A menos que elas estejam na cadeira. Se estiverem, é porque fizeram alguma coisa *muito* ruim.

Nunca fui daquelas pessoas que machucam uma mulher. Não há nada que me faça querer encostar um dedo em uma mulher, mas, com o incentivo correto, acho que isso está prestes a mudar. Quando entro na Câmara, Quinn – ou Natasha, seu verdadeiro nome – está sentada, nua e amarrada à nossa ilustre cadeira prateada; o animal dentro de mim ruge, pronto para ser libertado.

Quinn machucou Kaia da forma mais vil. De novo, permitam que eu repita: *eu não machuco mulheres*. Porém, neste caso, estou disposto a abrir *uma senhora exceção*, porque Quinn vai sofrer por ter machucado a minha mulher, a mulher com a qual me importo incondicionalmente.

Quinn vai desejar nunca ter mexido com Kaia, nunca ter ferido Lani, nunca ter me provocado. Ela vai desejar nunca ter nascido.

Bayou fecha a porta pesada de metal, pela qual barulho algum escapa. A Câmara é à prova de som, então o abrigo do outro lado também é, adicionando uma camada a mais de proteção.

Ninguém vai ouvir os gritos dela, mas eu mais do que quero ouvi-los, pode ter certeza disso.

As lâmpadas industriais pregadas à parede emitem tons âmbar pelo ambiente, iluminando o rosto pálido de Quinn. Seu lábio partido está inchado bem onde os rapazes já se divertiram um pouquinho com ela. O chão abaixo dela está coberto por plástico, pronto para receber sangue ou qualquer outra coisa que caia de seu corpo durante o processo. Há também um ralo para drenar excessos.

Atrás de mim, tem uma bancada coberta por todo tipo de ferramentas e instrumentos. Na parede mais ao canto, há uma serra industrial de cortar carne, uma pia, um freezer grande e potes muito bem alinhados e prontos para o uso.

Dou um sorrisinho quando me aproximo, e Quinn direciona o olhar para mim devagar. Não há uma faísca de ansiedade ali.

Acho que isso não me surpreende. Ela *foi* treinada como uma agente russa. Vai ser duro destruí-la, mas *eu vou* conseguir.

Enquanto tiro o colete, Quinn continua me encarando sem dizer nada. No fim das contas, ela revira os olhos quando entrego o colete para Bayou, que o dobra e o coloca com cuidado na ponta mais distante da bancada.

— Você acha que essas coisas me assustam, Hurricane? Você é só um ratinho brincando numa gaiola com alguma coisa desconhecida.

Tiro a camiseta, que também entrego a Bayou.

— Você acha que sou um peixinho fora d'água? Quem é a idiota presa a uma cadeira?

Quinn olha para as amarras de couro em seu pulso, depois, para essas mesmas amarras prendendo os tornozelos bem firme na cadeira. Ela respira fundo, falando em seguida:

— Mesmo *se* você me matar, a Máfia vai vir atrás de você. Não tem como fugir do que Anton vai fazer com você por ter me matado.

Ela despertou o meu interesse.

Caramba, acho que a filha da mãe se salvou por um tempo.

— E qual *é* a sua relação com Anton Novikov?

Ela dá uma risada, como se o que estivesse prestes a responder fosse mudar sua situação.

Eu garanto: não vai.

— Ele é meu primo, costumava tomar conta de mim quando eu era criança. Nosso laço *nunca vai se romper*. Eu faria qualquer coisa por ele e ele por mim. Então, veja bem, Hurricane... você está fodido só por ter me trazido para cá.

Dou um sorriso vagaroso enquanto me inclino até ela, olhando bem no fundo dos seus olhos.

— Ótimo.

Percebo o instante em que Quinn compreende que eu não vou ceder. Seu olho palpita, e seu queixo treme um pouquinho quando ela desvia o olhar de mim para Bayou, depois voltando para mim. Por um segundo, ela é tomada por pânico.

— Você vai mesmo arriscar que Anton venha atrás de você?

— Estou contando com isso... *Omen*! — eu o chamo, me endireitando e indo até ele, que está perto da bancada com as ferramentas.

Omen abre uma gaveta, da qual tira um carregador de bateria onde estão acoplados grampos. Foi Raid quem fez o dispositivo, que mais parece uma bateria de carro. Assinto para Omen, pego o dispositivo de sua mão e volto para Quinn.

— Tenho certeza de que você já sentiu muita dor na vida, Quinn. Ser uma Novikov não deve ter sido fácil.

Ela vira o rosto para longe de mim.

— Meu nome é... *Natasha*.

Hum. Ela quer provar sua lealdade a Anton neste momento. *Interessante*. Bem, tenho as mesmas cartas que ela. Não terei dificuldade alguma em lhe provar o quanto odeio a Máfia, caso Quinn queira ficar de joguinhos.

— Está bem, *Natasha*, se você quiser ser tratada como um Novikov, você será.

Pego um dos grampos, aperto a ponta e o prendo ao seu mamilo. Ela pula de dor. Essas coisas não foram feitas para proporcionar prazer, porque os dentes de metal são afiados, e, conforme cravam na carne de Natasha, gotículas de sangue pingam de seu seio. Ela tenta não reagir, então eu prendo o outro grampo ao seu outro mamilo e digo:

— Você tem ideia de como é ter dez miliampere de eletricidade percorrendo o seu corpo?

— Estou prestes a descobrir.

— Seus músculos vão ficar rígidos, como em uma paralisia. É bastante desconfortável.

Natasha curva o canto da boca.

— Já passei por coisa pior.

Excelente, era exatamente o que eu queria ouvir.

— Bem, então, nesse caso... — Ajeito o medidor, aumentando a voltagem — podemos ir direto para trinta miliampere, que vai te fazer sentir quente e atordoada... e não vamos nos esquecer da parada respiratória certeira.

Ela arregala os olhos e cerra os punhos.

— Eu não faria nada diferente. A Kaia mereceu o que ela...

Seu corpo dá um solavanco, a cabeça é jogada para trás, e o maxilar tensiona. A filha da mãe arqueia as costas por conta da eletricidade que lhe percorre. Enquanto isso acontece, ela fica toda rígida devido à voltagem alta correndo por seu corpo. A intensidade é tamanha que seus olhos saltam.

É lindo de ver.

Antes que seu corpo sucumba, eu desligo o dispositivo. Natasha desaba, aliviada, mas arregala os olhos assim que arfa em busca do ar que lhe falta, e não vem. O medo que toma conta dela neste instante é exatamente o que eu queria ver enquanto ela tenta evitar a falta de oxigênio. Paro na frente dela, tomando muito cuidado para não encostar na cadeira, caso ainda esteja eletrificada, e encaro seus olhos desesperados. Pendo a cabeça para o lado.

— Com medo agora, *Natasha*?

Ela começa a lacrimejar, sacudindo a cabeça bem rápido, ainda arfando em busca de ar, como se fosse um peixinho.

Ela vai voltar a respirar. A qualquer momento.

Seus mamilos estão pretos por conta da eletricidade. Deve estar doendo feito o inferno, mas eu ainda não terminei com essa merdinha. Vou até a pia, pego um copo de água, volto até onde Natasha está e jogo a água em seu rosto. O choque da água fria é o suficiente para fazê-la respirar fundo, e seu tórax sobe e desce a cada respiração. Depois disso, uma lágrima solitária escorre por sua bochecha.

Entrego o copo para City e me reaproximo de Natasha.

— Ainda está se achando a tal?

Ela respira mais devagar, me olhando de olhos marejados.

— Vai. Pro. Inferno.

— Só se você me levar até lá pessoalmente.

— Não vou a lugar nenhum com você.

Dou risada.

— Então acho que você vai ter que ir para o inferno sozinha. Que tal se aumentarmos um pouco a voltagem? Acho que trinta não foi o bastante… cinquenta vai te matar, então vamos ajustar em 45, o suficiente para causar o tanto *certo* de danos. Não muito. Assim, ainda dá para me divertir enquanto você tem uma arritmia. Gosto da ideia de brincar com você enquanto morre.

Natasha se prepara para dizer alguma coisa, mas eu a interrompo ao ligar o dispositivo em 45 miliampere. Seu corpo enrijece, os olhos saltam das órbitas, e os mamilos literalmente pegam fogo por um instante, lhe queimando a pele. Suas unhas ficam pretas, enquanto ela arqueia tanto as costas que eu me pergunto se os ossos estão quebrando. Sangue escorre dos ouvidos, olhos e nariz. Seu corpo inteiro sacode por conta da voltagem que lhe percorre, até que eu percebo que ela não aguenta mais. É quando desligo o dispositivo.

Preciso admitir que vê-la se sacudindo na cadeira prateada só me trouxe alegria. Mas que doente da cabeça eu sou...

Gesticulo para Omen, que vem até mim vestindo luvas. Ele pega os grampos e os retira devagar da carne chamuscada de Natasha. Conforme os grampos se desconectam, eles trazem consigo tendões e pedaços de carne — seus seios praticamente se esfacelam diante de nossos olhos.

Ela não consegue respirar, porém damos um jeito nisso. City joga mais água nela. Natasha arfa, embora não de forma tão dramática como da primeira vez, porque agora ela está bem mais perto de morrer. Ela pende a cabeça para o lado, ficando cada vez mais pálida. Pego uma faca, pois quero que ela vivencie a mesma dor que causou em Kaia.

Eu lhe seguro pelo queixo, a obrigando a olhar para mim.

— Você torturou a Kaia... a fez sangrar. Você a fez sofrer e, ainda assim, disse que a amava... *estranho*... — Inclino a cabeça para o lado. — Quanto a mim, eu gosto de verdade da Kaia, e eu vou te fazer sangrar pelo que você fez a ela.

De olhos marejados, ela me encara e pisca algumas vezes. Sua respiração curta está cada vez mais entrecortada e difícil. Deslizo a lâmina por sua coxa, cortando um pedaço superior da carne. Natasha dá um grito agudíssimo, um que me perfura a alma, um com o qual eu me deleito. Deslizo a faca por toda a sua coxa, arrancando um pedaço enorme e grosso de carne. Seu corpo estremece, e Natasha perde e recobra a consciência. Seu coração já está vacilando, ela não vai aguentar muito mais tempo, então preciso ser rápido.

— Natasha, Quinn... qualquer porra de nome que você queira se chamar, quero que você saiba que você mexeu com a mulher errada. A Kaia é muito mais forte do que você imagina. Ela vai sobreviver, vai sair disso mais forte, mas você... sua vadiazinha insignificante... seu fim da linha é *aqui*. — Ergo a faca, a enfiando na lateral de seu pescoço.

Seus olhos saltam, e sangue esguicha frenético por conta do coração já destruído e acelerado. A cada pulsação desse órgão em falência, sangue espirra por todo o meu tórax nu, enquanto eu observo seu corpo sacudir pela agonia desenfreada que lhe percorre neste instante.

Não sinto nada além de um sentido de dever cumprido. Sei que esta mulher, esta coisa na minha frente, nunca mais vai machucar ninguém. Se eu pudesse sentir algo agora, seria euforia.

Continuamos a nos encarar no momento em que observo a vida se apagar em seus olhos. O esguicho sangrento vai diminuindo, e eu sei que é porque seu coração está desistindo.

— Aproveite o inferno, Natasha.

Puxo a faca, mas logo a cravo de novo em seu pescoço uma última vez para terminar o serviço.

Seu corpo verga inteiro. Não sobra mais nada quando seu coração para e a vida é drenada dessa alma podre.

Respiro fundo e me afasto. Há sangue pingando da ponta dos meus dedos. Fico admirando o meu trabalho, e me dou um segundo para me deleitar em glória.

Deixei Kaia orgulhosa.

Ela teve a justiça feita, embora nunca vá saber o que aconteceu aqui.

City dá um tapa no meu ombro, me entregando uma toalha úmida, enquanto Bayou e Omen vão até o corpo e começam a desamarrá-lo.

— Você fez bem, Prez — City fala enquanto eu me limpo.

Eu me viro para ele, girando os ombros.

— Tenho que admitir que a sensação foi maravilhosa. Kaia teve sua vingança, mesmo que nunca saiba disso.

Ouço quando ligam a serra e me viro, vendo Bayou segurar Natasha enquanto Omen passa o corpo dela pela serra industrial, membro a membro. Metade de um braço é jogado dentro de um pote, e eu dou um sorrisinho assim que volto a atenção para City.

Ele balança a cabeça.

— Não acredito que você ajeitou tudo isso.

— Precisamos dar de comer para o Lan Fin.

City ri.

— Eu já disse o quanto eu amo esse clube?

Agora que estou limpo, pego minha camiseta e a visto.

— Bem, já que você é o vice-presidente, espero que ame pra cacete.

— Me sinto muito honrado de estar aqui. Foi a melhor coisa que fiz.

— Às vezes, só precisamos de uma mudança. Sua vida em Los Angeles estava estagnada... as coisas estavam piorando. Estando aqui, você não tem que se preocupar com tanto drama. Pode fazer suas coisas e viver do jeito que bem entender. Se eu aprendi alguma coisa com a vida, foi que você deve aproveitar as oportunidades assim que elas aparecem, porque, às vezes, não existe segunda chance... e é uma merda quando isso acontece.

— Você ainda está falando de mim, Prez?
— Porra, não sei. Só de pensar em não ver Kaia de novo...
— Você vai vê-la de novo. Se ela soubesse o que você fez por ela...
Ergo a cabeça, olhando bem feio para ele:
— Não... ela nunca vai saber.
— Certo, entendi. Só estou dizendo para você não desistir... ainda não.
É complicado pensar que, na última vez que vi Kaia, ela não queria mais nada comigo. Não vejo como isso pode mudar. Se tem uma coisa que eu sei sobre a Kaia é que ela é teimosa e cabeça-dura.
É o que eu mais gosto nela. Foi o que me atraiu em primeiro lugar.
— Muito bem, o papá do La Fin está pronto. Prez, você quer prestigiar o show? — Bayou pergunta, caminhando até mim com um balde de Natasha em pedaços. Omen guarda o resto no freezer para mais tarde.
— Vamos dar a essa desgraçada o adeus que ela merece.
Saímos da Câmara, e Bayou agarra meu ombro.
— Você mandou ver ontem à noite, bebeu além da conta. Quando conversamos pela última vez, eu disse que você estava começando a gostar da Kaia. Mas agora, depois do jeito como você agiu ali dentro, acho que você está perdidamente apaixonado por ela.
Eu olho para ele, dando de ombros. Nunca fui o tipo de sujeito que se apaixona. Sempre fui daquele tipo que usa as mulheres apenas para sexo, o tipo que transa e manda embora. Mulher alguma jamais mexeu comigo como Kaia fez. Desde que nos conhecemos até agora, ela deu um jeito de tocar fundo em mim, cavando cada vez mais e se abrigando na minha alma. Ela se prendeu a mim, e não há como escapar dessa conexão que temos.
Então eu estou apaixonado?
— Sim, irmão, eu estou *apaixonado* pela Kaia.
— Então por que você *não* está dando tudo de si por ela?
— Porque eu a conheço muito bem. Se eu a pressionar demais, ela vai se afastar cada vez mais. Ela é teimosa, mas, se eu der o espaço de que ela precisa agora, talvez ela repense a situação. Vou agir e consertar as coisas, só preciso ter paciência.
— Nesse meio-tempo, você vai continuar no fundo do poço.
— É por isso que existe a bebida.
Bayou grunhe.
— Toma cuidado... você sabe o que isso fez com nossos pais. Não caia nessa armadilha também.

— Eu sei, estou bastante ciente disso. Isso aqui vai ajudar... — digo, enquanto abrimos a porteira do pântano e pisamos na grama. Alimentar o nosso jacaré com o corpo da mulher que torturou a minha garota me traz toda a clareza de que preciso agora.

La Fin vem nadando em nossa direção através das águas turvas.

— E como isso abriu seus olhos? — Bayou pergunta, me passando o balde.

Pego o pé de Natasha assim que La Fin se aproxima, logo o jogando no pântano. O bicho salta para fora da água, abocanhando o pedaço de carne crua. Uma sensação de dever cumprido toma conta de mim.

— Percebi que farei qualquer coisa pela Kaia. Ela é importante demais para mim.

Bayou pega a metade de um braço e o arremessa ao jacaré de estimação. La Fin abocanha o membro, o segurando com o maxilar, dando um giro mortal na água e espirrando água por todo lado, enquanto nós ficamos aqui, parados observando o animal em seu hábitat.

— E o que você vai fazer quanto a isso?

Respiro fundo, cruzo os braços sobre o peito, como em um desafio, e balanço a cabeça uma vez para frente e para trás.

— O plano envolve uma moto... e a irmã de Kaia.

CAPÍTULO 33

KAIA

Algumas semanas depois

Finalmente estou em casa, mas ainda sinto muita dor. O cirurgião plástico disse que eu levaria semanas para me recuperar direito da cirurgia. No entanto, até agora, tudo parece ótimo.

O que me surpreende, porém, é o fato de Hurricane não ter aparecido para ver como estou. Mas, pensando bem, eu basicamente lhe disse para dar o fora, então ele está apenas respeitando a minha vontade.

Pensei que ele se esforçaria mais, que seria mais determinado. Isso tudo me deixa um tanto perplexa, me faz pensar nele o tempo todo – e Lani percebe.

Ela fica me dizendo para ligar para ele, e que Hurricane lhe disse para me avisar que ele sempre vai pensar em mim. A verdade, entretanto, é que ele não está demonstrando isso.

Ele me deixa tão confusa.

Pensei que eu estivesse zangada com ele. Pensei que estivesse furiosa por ele ter me levado a esse mundo onde tudo ao meu redor foi mudando. Porém, com o passar do tempo, quanto mais eu penso, mais percebo que Hurricane abriu meus olhos para todas as coisas erradas que me cercavam e que eu sequer sabia da existência.

Quem sabe ele não seja o vilão?

Sim, ele matou o meu pai. Porém, quanto mais ouço Lani falar dele, mais raiva e nojo eu sinto.

Como pode um pai fazer isso com as filhas? Como pode um pai pensar em vender o sangue de seu sangue? Outra coisa: como pode um pai ser tão leal ao crime organizado a ponto de me abandonar de bom grado?

Quando penso em tudo isso, eu oscilo entre fúria e compreensão.

Meu pai não era essa figura imaculada que ele tanto me mostrava ser. Ele era um monstro horrendo, e todo mundo percebia, menos eu. Eu me sinto tão burra agora, e, com o passar dos dias, a ideia de continuar zangada com Hurricane me parece cada vez mais sem sentido.

Talvez ele queira isso mesmo, que eu perceba o que estou perdendo enquanto fico brava com ele. Talvez ele esteja me deixando esfriar a cabeça. Se for esse o plano, ele acertou, porque está funcionando.

A campainha toca, e Lani corre até a porta. Continuo sentada no sofá, tentando me manter relaxada por conta dos ferimentos, e é quando a mamãe entra com uma cesta de comida em mãos.

— *Aloha*, minhas meninas.

Fico triste quando vejo minha mãe, porque passo a questionar tudo na vida. Acho que ela percebeu isso, já que ela vem até mim, coloca a cesta na mesa e se senta ao meu lado.

— Kaia, minha filha, como está a sua recuperação?

Não consigo não franzir o cenho. Muito me entristece ver tudo pelo que minha família está passando por minha causa.

— É culpa minha. Como você vai fazer sem o papai? E a sua casa? Como você vai mantê-la?

Ela dá tapinhas no meu joelho e um sorriso enorme.

— Ah, meu amor, você está carregando um peso tremendo. A verdade é que, apesar de ter amado o seu pai do fundo do meu coração, ele mandava em mim com mão de ferro. Não me deixava fazer nada sem a permissão expressa dele... — Ela suspira. — Ou seja, Kaia, agora eu estou livre para arranjar um emprego e fazer o que eu quiser da *minha* vida. Nós nos mudamos para os Estados Unidos para que o seu pai trabalhasse para a Máfia. Agora, enfim estamos livres das amarras deles. Mas você sabe que o seu pai nem sempre foi assim. as circunstâncias o fizeram ser um carrasco. Quando a Máfia descobriu o quanto ele era bom, eles o procuraram, praticamente o caçaram feito os cães raivosos que são... — Ela respira fundo. — Eles me sequestraram e disseram ao seu pai que ficariam comigo se ele não viesse para o país e assumisse um posto com eles. Ou seja, seu pai trabalhou para eles para me proteger... — Ela pausa e suspira. — Só que ele entrou de cabeça no negócio, e começou a gostar do trabalho além da conta.

Rio.

— O papai me disse que tínhamos saído do Havaí por causa de problemas com gangues. Agora, eu acabo de descobrir que ele foi recrutado pela máfia russa. O fato de que ele fez tudo isso para te proteger não vale de nada a partir do momento em que colocou Lani em perigo.

Minha mãe me abraça com delicadeza.

— Fico muito agradecida por tudo ter sido revelado, mas extremamente triste por você ter sido pega no meio do fogo cruzado. No fim das contas, tudo se resolveu, porque enfim estamos livres daquele tirano e podemos viver felizes e sem medo. Você não precisa se preocupar com o dinheiro, querida. Seu pai nos deixou uma bela de uma quantia, temos quase uma poupança. Você só não sabia disso porque ele sempre foi muito regrado nas despesas... regrado a ponto de ser mesquinho. É por isso que ele sempre fez um alvoroço com o fato de você precisar contribuir com a gente, falando que precisávamos do dinheiro. Fazer isso com você era uma palhaçada, mas eu não tinha controle nem voz... meu trabalho se resumia a cuidar da casa e ficar de boca fechada. Do contrário... — Ela vai emudecendo e simplesmente não diz mais nada.

Ainda estou digerindo o fato de que ela e minha irmã sabiam que meu pai era um babaca, então não vou pressioná-la mais.

As duas vão até a cozinha para preparar um lanche, enquanto eu pego um livro e volto para o sofá, pronta para mergulhar em um desses pornôs alienígenas que Lani tanto recomenda. O ronco do motor de uma Harley ressoa em direção à casa.

Lani corre até a porta e espia lá fora, toda empolgada, mas logo desanima ao acenar sutilmente.

— É só o Grey fazendo a ronda.

Decepção toma conta de mim assim que Lani volta a passos lentos para a cozinha.

— Eu estava torcendo para que fosse ele dessa vez.

— Eu sei... sinto muito que você esteja com saudades, Lani. Mas é bacana da parte dele ainda manter alguém de olho em nós.

Lani afunda no sofá ao meu lado.

— E se você mandasse uma mensagem para ele?

Olho para o meu celular, balançando a cabeça.

— E o que eu falaria?

— Comece da maneira mais simples... "oi, tudo bem?".

— Sério? Super simples, hein?

Lani dá de ombros.

— Não é um bicho de sete cabeças.

— Então por que eu me sinto como uma adolescente prestes a mandar uma mensagem para o meu *crush* pela primeira vez?

— Porque você gosta dele de verdade... — Lani dá um sorriso radiante. — Provavelmente *mais* do que gosta. Você só não quer admitir por ele ter te machucado.

— Ele me sequestrou, me fez de refém.

— Só porque ele pensava que você era o inimigo. Ele estava tentando proteger o clube. Isso mostra o quão leal ele é... coisa difícil de se encontrar num cara, para ser sincera.

— Ele mata pessoas.

— Não seria bom saber que Hurricane não hesitaria em te proteger se alguém te machucasse? Você nunca mais precisaria se preocupar com nada.

Dou risada, balançando a cabeça.

— Você tem resposta para tudo, né?

— Ele foi feito para você, Kaia. Vocês nasceram um para o outro. Ele está dando o espaço que você tanto pediu. Pensa nisso. Ele poderia muito bem ficar te amolando, exigindo que você o ouvisse e o aceitasse de volta... isso só mostra que ele te conhece bem.

Mexo-me, assentindo.

— Eu precisava *mesmo* de espaço...

— Exato, então faça a coisa certa e mande uma mensagem. Não precisa ser nada de outro mundo. Apenas fale... oi.

Meu estômago embrulha quando alcanço o celular. Abro o aplicativo de mensagens e digito o nome dele.

> Eu: Oi, só para te avisar que eu estou melhorando... obrigada por me salvar.

Mostro o texto para Lani, que pende a cabeça para o lado.

— Pode melhorar, mas está ótimo para uma primeira mensagem. *Envia logo.*

Dou um sorriso, aperto "enviar" e me acomodo de novo no sofá, sentindo uma pontinha de empolgação me percorrer. Parece mesmo que mandei mensagem para um *crush* da escola – e preciso admitir que ter passado as últimas semanas sem Hurricane foi meio ruim.

A resposta chega antes do que eu havia imaginado, e eu não consigo conter o sorriso radiante.

> **Hurricane:** Fico feliz que você esteja melhor. Andei me perguntando como você estaria, mas não quis pressionar. Quanto a ter te salvado, estarei aqui quando você precisar...

— O que ele disse? — Lani pergunta, ansiosa, como se tivesse quinze anos, não 25. Isso me faz sorrir; a adoração que ela tem por Hurricane é encantadora.

Eu lhe mostro o celular, e ela dá um sorrisinho de lado, bem devagar.

— Viu? Eu falei que ele estava pensando em você.

— Está bem, você tinha razão. Quer um prêmio ou algo assim? — provoco.

Ela ri.

— Não, eu quero que você continue conversando com ele. Não espero um milagre, então um flertezinho de leve é o suficiente. — Ela balança a sobrancelha para mim, e eu resmungo.

— Você é doida, sabia?

Lani volta para cozinha para continuar os lanches.

— É por isso que você me ama.

É, com certeza é.

De volta ao celular, digito uma resposta.

> **Eu:** Eu preciso de você.

Balanço a cabeça, apago a mensagem e digito outra.

> **Eu:** As últimas semanas foram esquisitas... silenciosas.

Envio a mensagem sentindo um frio na barriga de nervoso. De repente, meu celular começa a tocar. Olho para a tela e vejo o nome de Hurricane piscar na tela. Arregalo os olhos enquanto me levanto, fazendo uma careta ao sentir a pele repuxar por conta da cirurgia.

Olho de relance para Lani; ela sabe. Não sei como, mas ela sabe.

— Vai lá atender, estou bem.

No caminho até o meu quarto, para ter mais privacidade, deslizo o botão para atender a chamada.

— Alô?

ATRAÍDO

— Caramba, como é bom ouvir a sua voz. — Seu tom grave e aveludado me derrete inteira na mesma hora. Eu havia me esquecido de como sua voz era gostosa.

Entro no quarto, fecho a porta e sigo até a cama, onde deito em cima da coberta.

— Parece que faz uma eternidade que eu não te vejo.

— E faz, acredite.

— Você está bem? O clube está bem? Nada de retaliação da Quinn ou pelo que aconteceu?

Ele fica em silêncio por um instante, depois suspira.

— Nós demos um jeito na Quinn, não precisa mais se preocupar com ela. Quanto ao resto dos Novikovs, eles sumiram, mas pode ter certeza de que vão se reerguer. Talvez até tenhamos vencido essa batalha, porém estou certo de que instigamos uma guerra.

Começo a me sentir inquieta.

— Quanto tempo você acha que nós temos antes que eles queiram se vingar?

— Não sei, mas estamos monitorando a situação. É por isso que mantivemos Grey de olho em vocês.

— Nós percebemos... agradeço muito ao clube por ainda cuidar de nós, mesmo depois de tudo.

— É como eu disse, Kaia, pode contar comigo sempre que precisar. Para qualquer coisa.

Mordisco o lábio inferior, levo a mão ao cabelo e começo a enrolar uma mecha no dedo.

— Hurricane?

— Oi. — Sua voz soa grave e séria.

— Você acha que se as coisas fossem diferentes, se nós lidássemos com tudo de outro jeito, talvez ficássemos bem um com o outro?

Ele fica quieto por um momento, depois suspira.

— Acho que estamos indo bem. Estamos conversando, isso já é um passo, não é?

Sorrio, sentindo o coração acelerar um pouquinho enquanto encaro o teto. Na mesma hora, relembro quando Hurricane me tomou por completo. Começo a respirar mais rápido e fecho os olhos, tentando não deixar que esses pensamentos se apoderem de mim.

— Kaia? — Seu tom gentil me arranca do meu pânico interno, e eu arregalo os olhos e suspiro.

— Estou aqui.

— Você anda tendo pesadelos? Flashbacks do que aconteceu? — ele pergunta.

Muito.

— Às vezes... tento não ficar pensando nisso.

— Entendo. Sei bem o que um trauma faz com a pessoa... psicologicamente, quero dizer. Se você estiver passando por um momento difícil e precisar de alguém para conversar...

— Eu tenho a Lani.

— Certo... claro. Bem, a oferta continua de pé.

Dou um tapa na testa, fechando os olhos com força.

— Perdão. É um mecanismo de defesa. Estou tentando... eu não queria descontar em você.

— Você passou por muita coisa... coisa demais. Eu não vou dar para trás, Kaia. Não tenho medo de que você grite comigo, me diga que eu sou um babaca, ou qualquer coisa que queira dizer. Caramba, nossa relação começou com você fazendo isso. Estou nisso de corpo e alma, Kaia. Vou permanecer firme. Estarei aqui quando você estiver pronta para nos dar uma chance, porque só Deus sabe o quanto eu esperei por você minha vida inteira... Posso esperar um pouco mais.

Meus olhos marejam totalmente, mas eu pisco, espantando as lágrimas.

— Essa foi a coisa mais gentil que você já me disse.

— Falei do fundo do meu coração.

— Você tem algum compromisso? — pergunto.

— Não, senhora. Sou todo seu pela tarde, e noite se quiser.

— Então eu vou te contar sobre as últimas semanas...

Eu me ajeito para ficar mais confortável na cama, afundando no colchão e sentindo como se o peso que estava me segurando começasse a ficar mais leve. Não sei o que Hurricane tem ou como ele consegue melhorar as coisas, mesmo tendo sido ele o pontapé inicial de tudo isso. Porém, a única coisa da qual tenho certeza é que ele consegue deixar tudo melhor.

Ele faz isso apenas sendo quem é, sem vergonha alguma.

Não posso pedir mais do que isso. Não posso pedir nada além.

Neste momento, tudo o que eu quero é *ele*.

CAPÍTULO 34

HURRICANE

Três semanas depois

Animado, vou andando pela sede em direção ao bar.

Grudge me passa um drink com um tremendo sorrisinho e arqueia a sobrancelha.

— Você andou trocando mensagens com a Kaia de novo?

— Sim, ela está mais maleável comigo. Acho que estou progredindo bem.

— Estou feliz por você, irmão. Cole e eu vamos para Las Vegas daqui a pouco.

Olho para Cole.

— Você está pronto para lutar com gigantes, cara? É um passo e tanto sair do clube e correr atrás do sucesso sem que estejamos lá para te defender.

Cole ri.

— Acho que dou conta. Sou bom de briga. Falando sério, Hurricane, ter sido parte do clube foi muito importante para mim… mas chegou a hora de caminhar com as minhas próprias pernas por um tempo.

Ergo meu drink e nós brindamos.

— Então, um brinde por você estar se tornando um boxeador dos melhores — eu lhe digo.

Grudge brilha de orgulho enquanto abraça o filho adolescente. Eles passaram por muita coisa juntos. Deve ser difícil para ele deixar o filho partir, mas Grudge pode contar com a gente. Nós vamos garantir que ele fique bem enquanto o garoto estiver longe.

— Obrigado por terem me criado do jeito certo. — Cole termina o uísque, depois gesticula para o pai. — É melhor irmos andando se quisermos pegar o avião para Vegas.

— Te vejo quando eu voltar, Prez — Grudge diz.

— Sem pressa, fique com o seu filho pelo tempo que quiser. Ele vai ficar fora por um bom tempo.

Cole sorri e me puxa para um abraço cheio de tapas nas costas, digno de homens.

Ele é um bom rapaz. Vamos sentir saudades dele por aqui.

— Tome cuidado, Cole. Se precisar de nós em Vegas, é só ligar. Pegaremos um avião mais rápido do que o seu pai consegue tirar a calcinha da Frankie.

Cole curva o canto da boca.

— Caramba, eu não preciso saber disso. Mas obrigado, agradeço.

— Certo, vamos andando. Eu te aviso quando pousarmos — Grudge fala.

Assinto. Os dois saem da sede enquanto o restante de nós torce por Cole e sua nova vida.

Eu me viro para Bayou e City e termino minha bebida.

— Bem, vou indo. Tenho um jantar de aniversário para ir.

City arqueia a sobrancelha.

— A Kaia sabe que você vai?

Balanço a cabeça, ficando um pouco tenso.

— Ela não comentou nada, e tenho quase certeza de que Lani também não falou para ela. Ou seja, não faço ideia de como vai ser. Talvez eu estrague todo o progresso ou termine de consertar as coisas.

— Vamos torcer para que o seu plano funcione então.

— Aqui vai a torcida. — Ingrid aparece, me entregando um buquê de girassóis. — Pronto, querido, as flores que você pediu.

— Obrigado. Obrigado por sempre estar aqui para me ajudar quando preciso de você.

— É o que os pais fazem pelos filhos. Eu te amo, Lynx. Vá conquistar a sua garota.

Todos me incentivam enquanto eu me apresso e pulo na minha moto. Dou uma olhada no assento lateral preso a ela com um sorriso radiante, depois sigo até a casa de Kaia.

No trajeto, fico empolgado com a perspectiva de vê-la de novo. Faz um mês desde que a vi pela última vez no hospital. Estou morrendo de vontade de abraçá-la, beijá-la. Quero sentir seu perfume frutado e estar perto dela.

Estaciono, pego as flores do alforje e vou até a entrada. O nervosismo toma conta de mim, mas Lani abre a porta antes mesmo que eu alcance a soleira. Ela se joga nos meus braços, me fazendo rir enquanto se aninha em mim.

— Eu também senti saudades, Lani.

Ela funga, se afastando e dando uma olhada nas flores. Lani arqueia a sobrancelha.

Eu dou um sorriso enorme.

— Perdão, mas não são para você dessa vez.

Ela sorri ainda mais.

— Que bom. A Kaia vai amar.

— É o Grey? — A voz de Kaia é ainda mais linda pessoalmente.

Quando ela aparece na porta, fico totalmente sem fôlego. Como eu posso ter me esquecido do quão estonteante ela é? Quer dizer, claro, eu sempre soube, mas eu não estava preparado. Fico de queixo caído, estagnado no lugar, pasmo, olhando para ela, que está com um vestido amarelo justo e na altura do joelho. Kaia me encara de volta com o mesmo olhar desnorteado no rosto.

Trocamos olhares, e mais parece que a energia ao nosso redor explode, dificultando a respiração.

Kaia é tudo o que eu desejo. Tudo de que preciso.

Conforme sou atraído até ela, meu coração dispara, e eu não desvio os olhos dos de Kaia. Vou absorvendo cada detalhe de sua perfeição impecável. Mesmo com cicatriz e tudo, ela é a mulher mais magnífica que eu já vi na vida. É como se eu estivesse em um barco, e as ondas estivessem me atingindo por todos os lados, chacoalhando o casco, me deixando apenas a opção de segurar firme enquanto a emoção do momento me atinge em cheio no peito.

Kaia treme os lábios, e seus olhos ficam marejados. Eu corro até ela, a pegando e a puxando para mim em um abraço apertado. Ela se encaixa em mim tão fácil, se segurando em minhas costas como se sua vida dependesse disso, e eu deslizo a mão por todo o seu cabelo lindo e rebelde. Eu a seguro, precisando senti-la em mim, nossa respiração está acelerada.

Este momento é tudo de que eu precisava.

— Deus, como eu senti sua falta — sussurro em seu ouvido.

Ela funga, se afastando devagar, e eu olho para a sua boca, onde lágrimas pingam, me deixando com uma vontade desesperada de lamber o sal delas. Mas eu não quero me precipitar. Com isso, dou um passo para trás, e Kaia seca o rosto.

— Eu também senti sua falta.

Levanto as flores e as entrego para ela.

— Não é muita coisa, mas eu queria te mostrar que você é importante para mim.

Ela as aceita, sorrindo de orelha a orelha e sentindo o perfume.

— São lindas... obrigada. De verdade.

— Parece que a Lani sumiu. É melhor irmos atrás dela para eu dar parabéns — digo.

Kaia me pega pela mão, e nós entramos, fechando a porta. O cheiro que recende pela casa é incrível, e eu me lembro muito bem dele.

— Lani, você está fazendo aquele frango de novo? — eu a chamo.

— Adivinhou — ela responde lá da cozinha.

Dou risada enquanto passo por Kaia, que está ajeitando as flores em um vaso, e vou até Lani, lhe envolvendo pelo ombro.

— Feliz aniversário.

Ela sorri para mim.

— Obrigada por ter vindo e mantido sua promessa.

Kaia olha para mim por cima do ombro, arqueando a sobrancelha.

— Que promessa?

— Enquanto você estava no hospital, eu implorei para que o Hurricane viesse jantar hoje, independentemente de qualquer coisa. Ele prometeu que viria.

— Você o manipula demais. Você sabe disso, não sabe? — Kaia balança a cabeça.

Dou um sorrisinho porque sei que é verdade. Lani me tem na palma da mão.

— Mas ele me ama.

— Você é uma peste, Lani... mas *estou* feliz por você ter me surpreendido assim, Hurricane.

Vou até Kaia e a puxo para mim.

— Eu também. — Eu me inclino para a frente, lhe dando um beijo na testa, e Kaia relaxa ao meu toque, enquanto Lani dá risadinhas atrás de nós.

— Certo, a janta está pronta.

Dou mais um beijo na testa de Kaia, depois me afasto com pesar e vou até Lani para ajudá-la a servir o jantar. Quando fico ao seu lado perto do fogão, ela dá uma trombadinha no meu flanco, balançando a sobrancelha para mim e chegando mais perto.

— Vocês dois parecem mais próximos. Não dá nem para explicar o quanto estou animada.

Pego o frango e dou um sorriso enorme.

— Foi só um abraço, Lani, só isso.

— A-hã. Não pareceu de onde eu estava — ela sussurra.

Nós três nos sentamos à mesa, e eu me dirijo a Lani.

— Então, o que você ganhou de presente?

Seus olhos cintilam.

— Minha mãe me deu uma paleta de sombras que eu ando querendo testar. Kaia comprou alguns livros novos de receita que eu estava morrendo de vontade de ter, e... — ela hesita, depois continua — o Grey deu uma passadinha para falar oi.

Arqueio a sobrancelha, dando um solavanco com a cabeça.

— Ele fez isso? — Olho para Kaia, esperando sua confirmação.

Lani tenta conter um sorriso.

— Fez.

Preciso ter uma conversinha com o meu recruta sobre esses novos acontecimentos.

Continuamos o jantar, comemos, rimos, nos divertimos. Depois, enquanto limpamos os pratos, volto a atenção para Lani.

— Muito bem, aniversariante, chegou a hora de ganhar mais um presente.

Ela arregala os olhos.

— Você comprou alguma coisa para mim?

— Você achou que eu fosse aparecer de mãos vazias?

Kaia me observa, tentando descobrir o que é. Então eu as levo até lá fora para mostrar o assento lateral preso à moto. Os olhos de Lani crescem, mas ela não tira nenhuma conclusão, mais confusa do que qualquer coisa.

Dou risada e a abraço de lado.

— Lembra quando você me perguntou se eu te levaria para dar um passeio de moto?

Lani fica na ponta do pé, dando pulinhos de alegria.

— Sim.

Olho de relance para Kaia, depois para Lani de novo.

— Bem, com o assento, você vai ficar segura e ainda dar um passeio. O que me diz? Quer dar uma volta?

Lani dá um pulo, soltando um gritinho agudo.

— Ai... *meu Deus*! Eu *nunca* tive a chance de fazer uma coisa assim. — Ela se vira para Kaia. — Você acha que tudo bem se eu for ali?

O rosto de Kaia se ilumina resplandecente.

— Sim. *Claro* que sim.

Lani faz uma dancinha e sai rebolando até o assento lateral, colocando o capacete enquanto eu dou risada. Kaia me agarra no momento em que estou prestes a sair andando, segura o meu pescoço e me beija.

Surpreso, arregalo os olhos, sentindo uma faísca me acender inteiro. Meu pau lateja com tamanha surpresa, e deslizo as mãos até a cintura de Kaia, colando seu corpo irresistível ao meu. Fecho os olhos, nossas línguas se encontram, e eu enfim tomo as rédeas do beijo. Eu a empurro para trás, a pressionando na lateral da casa. Kaia arfa assim que trombamos na parede de tijolos e nos beijamos num frenesi, como se a vida dependesse disso. Ela entremeia os dedos pelo meu cabelo, me puxando mais para perto, enquanto eu serpenteio as mãos até a sua bunda. Preciso senti-la.

— Hum-hum! — Lani limpa a garganta, para nos lembrar de que não estamos sozinhos. — Vocês vão ter muito tempo para isso depois. Estou aqui, esperando o meu presente de aniversário. — Ela ri. Assim que me afasto de Kaia, meu pau lateja.

É quando olho bem no fundo dos olhos âmbar dela. Ofego, precisando de fôlego; estou sentindo tanta coisa neste momento...

Kaia assente, deixando claro que ainda não terminamos. Ela não precisa dizer nada. Então eu sorrio, vou até a moto e subo.

— Pronta para o passeio da sua vida, Lani querida?

— Estou esperando por isso desde *sempre*. Vamos! — ela diz enquanto se senta ao meu lado.

— Divirtam-se! — Kaia grita assim que dou partida e marcha à ré para sair da garagem.

Lani joga as mãos para cima, falando um "uhu!" bem alto, enquanto eu disparo feito um foguete pela rua. Ela já perdeu tanta coisa na vida por conta das restrições daquilo que pode ou não fazer. Porém, esse gesto simples... isso eu posso lhe dar.

Enquanto dirijo pela rodovia, olho para Lani. Ela está maravilhada, como se enfim estivesse livre, como se, pela primeira vez, pudesse fazer algo perigoso – algo que seu pai lhe roubou anos atrás. É como se ela fosse capaz de fazer algo normal, e, para ela, essa é a melhor sensação do mundo.

Algumas pessoas talvez achem estranho a ligação que tenho com Lani. Não há nada de sexual nisso. Ela é como uma irmã mais nova para mim. É exatamente como me sinto em relação à Novah; eu a amo de todo coração. No entanto, Lani tem alguma coisa que me faria enfrentar o mundo por ela, me faria andar sobre brasa. Só sei que eu daria a vida por ela. Por alguma razão estranha, sinto como se ela fosse mesmo uma irmã gêmea.

Quero cuidar dela. Talvez por ela ser vulnerável. Meu instinto de proteção quer tomar conta dela.

Talvez eu queira proteger tanto a Lani por estar apaixonado por Kaia. Pouco me importa o motivo. Vê-la tão despreocupada agora, aproveitando o passeio, se divertindo com a atmosfera da rodovia, me deixa muito feliz de ter feito isso por ela.

Depois de uma hora de passeio, penso que talvez Kaia esteja preocupada, então volto para a casa delas. Kaia já está lá fora, esperando por nós, quando chegamos. Lani ri feito uma garotinha. Ela está tão transtornada de felicidade que sequer espera até que eu estacione antes de pular do assento, dando pulinhos na calçada. Eu rio, manobrando a moto.

Lani me abraça.

— Esse foi o melhor presente que você poderia me dar. Obrigada. — Ela, então, se vira e olha para Kaia, balança a sobrancelha e, ligeira, corre para casa, me deixando sozinho com a irmã.

Isso, Lani. Como você é discreta...

Apesar que não dá para não notar como Kaia me olha, deslumbrada. Gosto quando ela me olha assim. Se mimar Lani for o suficiente para eu ficar bem com Kaia, tudo bem por mim.

Deixo de lado esse pensamento enquanto caminho até Kaia.

— Eu sei, eu mimo a Lani.

— O segredo para conquistar o coração de uma mulher é fazer a irmã dela inegavelmente feliz.

Dou um sorrisinho, abraçando Kaia.

— Ah, então meu plano está funcionando?

Ela ri.

— Entendi. É você quem está me manipulando, então?

— Está dando certo? — pergunto.

— Com certeza.

— É só o que preciso saber.

Eu me inclino para a frente, lhe beijando de novo, porque preciso senti-la de todas as maneiras possíveis.

Kaia geme enquanto me beija e, devagar, nos leva para dentro de casa. Eu me movo com ela, ainda nos beijando quando entramos, nos tocando sem parar, por todo o corpo. Chuto a porta para fechá-la, agarro Kaia pela bunda e a ergo, o que a faz me envolver pela cintura com as pernas e eu começo a andar pelo *hall* de entrada.

— Ei, vocês querem assistir a um fil...

Ignoramos Lani, apressados para chegar ao quarto de Kaia.

— Bom papo! — ela grita, fazendo Kaia rir enquanto me beija.

Bato a porta assim que entramos. Lani já me impediu de ter o que quero da Kaia uma vez, então agora não vou deixar que ela me atrapalhe. Ainda beijando Kaia, eu nos levo até a cama, onde a deito com cuidado.

Ela me encara com olhos inebriados enquanto tiro o colete e o coloco na cômoda.

— Vou ser gentil, porque você acabou de ser operada, mas isso não quer dizer que eu não vou fazer você gritar o meu nome.

Ela morde o lábio inferior, rebolando para sair do vestidinho amarelo e ficando apenas de calcinha e sutiã de cores diferentes. Porém, olho para as cicatrizes e ataduras que ainda cobrem os ferimentos profundos. Um grunhido grave ressoa em meu peito conforme me ajoelho na frente de Kaia, deslizando os dedos pela gaze branca.

— Essas cicatrizes de guerra só te deixam ainda mais linda, *Sha*.

Seus olhos brilham, como se eu não pudesse ter lhe falado algo melhor neste momento. Não quero focar no que aconteceu. Não quero que ela fique remoendo lembranças do que aquela desgraçada lhe fez, então seguro a gola da minha camiseta e a tiro num gesto ágil.

Jogo a peça no chão, que passa a fazer companhia para o vestido de Kaia. Isso a faz sorrir de novo. Com o dedo, ela vai desenhando o contorno do meu abdômen. O toque sutil incendeia a minha alma. Eu morro de desejo por ela. Já estou duro, então me levanto, tiro rapidamente a bota e a calça jeans, libertando o meu pau de um confinamento apertadíssimo.

Os olhos de Kaia cintilam quando ela vê o meu membro imponente batendo na minha barriga. Dou um passo à frente, parando no meio de suas pernas e a observando na beirada da cama. Kaia passa a língua nos lábios, fazendo a energia no quarto vibrar com uma intensidade só nossa. O pique de adrenalina que me percorre é imenso enquanto me inclino acima de Kaia, lhe beijando o pescoço e deslizando a mão por suas costas para desafivelar seu sutiã.

Meus beijos em sua pele a fazem gemer, eu a provoco e seduzo. Nem comecei ainda. Estou dando apenas uma olhadinha no cardápio, nem entrei nos aperitivos.

Deslizo os dedos até seu quadril, agarrando a lateral da calcinha e a tirando, ao mesmo tempo em que beijo sua coxa. Kaia se mexe como se estivesse impaciente comigo. Não consigo não rir, jogando sua calcinha por cima do meu ombro e para longe.

Ela está observando meu corpo nu quando me aproximo dela mais uma vez, lhe agarrando pelas pernas e a fazendo deitar na horizontal. Kaia obedece e deita de costas, mas, sem aviso algum, eu giro seu corpo. Ela dá um gritinho quando faço isso, assim ela fica com a cabeça virada para mim e pendendo da cama.

Kaia me deseja, está escrito em seus olhos. Ela não sabe ao certo o que estou fazendo, então me aproximo ainda mais, parando até que sua cabeça esteja no meio das minhas pernas e meu pau logo acima dela. Seus olhos cintilam de malícia, e eu dou um sorrisinho.

— Qual é a palavra de segurança, Kaia?

Ela revira os olhos para mim, mas esse gesto me faz inclinar acima dela, agarrar seu mamilo e beliscá-lo com força. Kaia grita, porém eu sei que há uma pontinha de prazer nisso.

— Porra! É sorvete.

Do mamilo, vou para o seio e o empalmo, apertando a carne macia. Ela arqueia as costas, uma reação que me diz que ela gosta do meu toque.

— Boa menina. Se você sentir dor, ou se quiser parar, *fale* a palavra.

Ela compreende.

Pego meu pau e o bombo algumas vezes, para depois alinhar a cabecinha com os lábios de Kaia. Eu me inclino para a frente de leve, deslizando meu membro para dentro daquela boquinha apertada. Dou um gemido gutural ao sentir a umidade quente envelopar meu pau deliciosamente bem.

Kaia agarra minhas coxas, cravando as unhas bem gostoso e com vontade, tanto que tenho certeza de que vão surgir marcas – e é desse jeito que eu gosto –, enquanto ela me chupa com bastante pressão. Mexo o quadril, para a frente e para trás, precisando demais desse atrito. Não quero machucá-la, pois ela já passou por coisas demais, mas sou um animal e, quando o desejo aflora, não consigo evitar.

— Você está me deixando louco, Kaia.

Eu me inclino ainda mais, cravando as mãos em punho no colchão, enfiando meu pau mais fundo, fazendo a cabecinha deslizar por sua garganta apertada, estreita, que pulsa em volta de mim. É tão bom, e eu dou um gemido gutural enquanto Kaia me recebe como uma vadiazinha.

Mas ela não é uma vadia. Ela é minha. Toda minha! E eu quero que ela sinta um pingo do que estou sentindo agora.

Então me inclino um centímetro mais, usando os braços para abrir sua perna. Kaia não vacila nos movimentos quando abaixo a cabeça e me acomodo ali no meio, colocando a língua para fora e lambendo seu clitóris. Ela geme em volta do meu pau, e a vibração só eleva ainda mais a sensação, me fazendo estremecer. Porém, quero que peguemos essa onda juntos, então começo o trabalho, mesmo que seja tão difícil me concentrar devido à euforia que percorre o meu membro neste instante.

Dou mais uma lambida em seu clitóris, e Kaia geme de novo, provocando outro tremor por todo o meu corpo. Enquanto tento me manter de pé, meus joelhos tremem; é muito difícil manter o foco e não me soltar agora. Ela rebola o quadril no meu rosto, sem parar de me chupar cada vez mais fundo. Nós dois gememos, e vibrações nos percorrem, intensificando tudo.

Isso é muito melhor do que eu havia planejado.

Sinto minhas bolas tensionarem, um formigamento sobe desde meus pés até a base do meu pau. A pressão vai se construindo, fecho os olhos, tentando surfar nessa onda. Passo a língua em seu clitóris, de novo e de novo, e Kaia geme, tensionando inteira. Sei que ela está quase lá, junto comigo, e assim aproveitamos o embalo dessa onda avassaladora juntos.

Minhas bolas sobem, a pressão é cada vez maior enquanto Kaia dá um último gemido no meu pau, e esse é o meu fim. Solto gemidos em seu clitóris, e nós falamos alguns palavrões quando o ápice se aproxima e explode em um orgasmo gigantesco. Gozo forte em sua boca ao mesmo tempo em que ela tenta se recuperar do orgasmo intenso.

Estou ofegante. Tiro o pau da sua boca e me deito de costas na cama ao lado dela, tentando me recompor.

Kaia se ajeita mais na cama, assim não fica com a cabeça pendendo.

— Puta merda — ela murmura.

Começo a rir, o que a faz se virar de lado para me encarar.

— Será que o senhor pode me explicar o que é tão engraçado? — ela pergunta.

Dou um suspiro demorado, me ergo e me ajeito para olhar Kaia.

— Eu sabia que tinha um motivo para eu ter me apaixonado por você.

Ela arregala os olhos, dando um solavanco para cima, e me encara. Sua expressão é extremamente séria.

— *Você... me ama?*

Respiro fundo, me sento na cama, de frente para ela, e lhe pego a mão.

— Estou completa e perdidamente apaixonado por você, caidinho de amores, querida.

Chocada, ela ri, mas seus olhos brilham com o que só pode ser felicidade pura. Kaia funga, tentando esconder a emoção.

— Eu também te amo. Tentei *com todas as minhas forças* não te amar. Tentei evitar, mas eu... preciso de *você*.

Nossos lábios se encontram, e nós caímos na cama de novo, com ela deitada em meu peito. Eu a beijo com todo o desejo que me cabe. Passamos por tanta coisa, mas, sendo bem sincero, eu faria tudo de novo se isso significasse ter este momento, aqui e agora, com Kaia.

Levo as mãos até o seu rosto e a afasto de mim; ela me olha.

— Eu sinto muito, Kaia... por te sequestrar, por não acreditar que você não tinha nada a ver com o Máfia. Eu fiquei tão obcecado pela ideia de que você estava me enganando que não pensei, nem por um segundo, que você também estava sendo enganada.

Seu olhar entristece, e ela suspira.

— Entendo por que você fez o que fez, ainda mais depois de vivenciar em primeira mão o que eles são capazes de fazer... depois de ser vítima da violência deles. Compreendo sua relutância em acreditar em mim e... eu te perdoo, Hurricane.

Balanço a cabeça, bufando.

— Você não devia ter que me perdoar. Eu fiz tudo errado. Em vez de reagir daquele jeito, eu deveria ter conversado com você, não raciocinei direito... Quando vi o seu pai, surtei!

Kaia deita a cabeça no meu peito, se aninhando em mim.

— Agora que eu sei como meu pai era de verdade, entendo seus motivos, mas preciso que você me prometa que nunca mais vai me tratar com tanto desrespeito de novo.

Eu a obrigo a me olhar nos olhos.

— Kaia, de agora em diante, você vai ser tratada como a rainha que é... — Eu estremeço com o que estou prestes a dizer. *Nunca* pensei que eu fosse falar isto para uma mulher, mas Kaia vale a pena. Vale a pena perder a cabeça por ela, mudar quem eu sou, mergulhar de cabeça sem colete salva-vidas e me afogar. Ela vale a pena, então chegou a hora. — Quero que você seja minha, quero te fazer minha *old lady*, para que você entre para o clube.

Ela arfa, levando a mão à boca, perplexa.

— Não posso... não posso abandonar a Lani.

Moleza.

— Então ela vem com a gente. Sei que vocês duas são um combo. Se você for minha mulher, e eu quiser você comigo, então a Lani vem junto, simples assim.

Uma lágrima vagarosa escorre por sua bochecha.

— Tem certeza?

Seco a lágrima de seu rosto, dando um sorriso radiante.

— Nunca tive tanta certeza na minha vida, *Sha*.

Kaia se aproxima e me beija, minha língua acaricia a dela, e eu deslizo as mãos até agarrar sua bunda, enquanto Kaia rebola a boceta no meu pau já duro mais uma vez. Dou um gemido durante o beijo quando ela, de repente, se senta, interrompendo o beijo e me prendendo com um joelho de cada lado. Eu deslizo minhas mãos até o seu quadril e seus olhos assumem um brilho malicioso.

— Kaia?

— Qual é a palavra de segurança? — ela pergunta.

Arqueio a sobrancelha.

— Sorvete? — respondo mais num tom de pergunta, e Kaia ergue o quadril e desliza meu pau para dentro da boceta.

Quando ela faz isso, dou um gemido alto. Acho que nunca vou me acostumar à sensação da sua boceta molhada me agarrando apertado enquanto Kaia pulsa à minha volta.

Reviro os olhos com o prazer inegável que me percorre inteiro. Na primeira vez, transamos com camisinha, mas agora, com ela me cavalgando sem preservativo, me permitindo senti-la de verdade, sei que nunca mais vou usar camisinha em nossas transas de novo.

— Porra, Kaia, que delícia você envolvendo o meu pau.

Ela crava as unhas no meu peito enquanto me cavalga, seu cabelo solto e rebelde, seus seios balançam com os movimentos.

É pura poesia viva... é *tão maravilhosa*.

— Mais forte! — Kaia geme, cravando ainda mais as unhas, rasgando minha pele.

Quando lhe agarro pelo quadril, dou um gemido e não me seguro mais pelo medo de machucá-la. Se Kaia deseja que eu perca o controle, então é o que vou fazer. Ao mesmo tempo em que a puxo para mim, estoco dentro dela. Kaia joga a cabeça para trás, sentindo prazer, e eu vou cada vez mais fundo, tão fundo que parece que vou enlouquecer. Mas, sinceramente, pouco me importa neste momento, é *muito* bom.

Vou deslizando a mão por seu flanco, seguindo até seu pescoço, mas ela me segura, agarra meu pulso e o prende na cama ao lado da minha cabeça. Arqueio a sobrancelha quando ela segura o meu pescoço, mas sem apertá-lo por enquanto, é apenas um aviso do que está prestes a fazer. Dou um sorriso radiante assim que trocamos olhares, e os olhos âmbar de Kaia cintilam com intensidade.

— Me fode com vontade, *Sha* — dou um grunhido.

É o incentivo de que ela precisa.

Ela se senta mais uma vez, apertando meu pescoço e restringindo minha respiração, o suficiente para fazer minha cabeça girar na mesma hora. Com a mão livre, toco seu clitóris. Ela precisa saber que o controle não é todo seu, então círculo seu botãozinho sensível. Estoco, ainda movendo o quadril, mesmo que Kaia esteja me segurando.

— Aperta mais forte — digo rouco para a minha *old lady* enquanto pressiono mais o seu clitóris.

Ela geme, apertando ainda mais o meu pescoço, me impedindo de respirar. Vejo estrelas, estremeço e sinto a cabeça girar. Porém, minhas bolas tensionam, enquanto um formigamento sobe pela minha espinha, e eu me certifico de trazer Kaia ao ápice comigo.

Minha pele está incandescente, e uma fina camada de suor a envolve. Começo a arfar, meus olhos saltam das órbitas, mas, como uma boa menina, Kaia não deixa de me apertar – pelo contrário, ela agarra meu pescoço ainda mais forte. Tensiono inteiro, e sua boceta pulsa no meu pau.

— Hurricane... porra... assim... — ela geme, estremece, tensiona e logo relaxa; a pressão nas minhas bolas se eleva.

O ápice, então, me atinge feito um trem, me fazendo gozar forte dentro de Kaia, bem no momento em que ela afrouxa a pegada em meu pescoço e também chega ao clímax, me deixando enfim respirar.

Puxo o ar, minha cabeça zune por conta do alívio imediato, mas ainda me sinto zonzo e sobrecarregado ao mesmo tempo.

Mas eu gostei. Sou esquisito nesse nível.

Kaia desaba em cima de mim, totalmente exaurida, e eu a abraço, a segurando. Nunca vou soltá-la.

Ninguém fala nada, e cada um tenta recuperar o fôlego enquanto nos recompomos do êxtase do orgasmo.

Por fim, Kaia rola de cima de mim, se aninhando no vão entre o meu ombro e pescoço, e assim ficamos, deitados.

Dou um suspiro demorado e faço carinho na sua pele tenra.

— Você está bem? Seus machucados... estão doendo?

Ela dá um sorriso cansado.

— Só do jeito bom.

— Acho que você vai ser uma *old lady* perfeita.

Kaia se escora no cotovelo, me encarando no fundo dos olhos, e os dela cintilam.

— Não sei direito o que exatamente isso significa, mas vou aprender, prometo.

— Basicamente, você vai mandar em todo mundo... do jeitinho que você já faz.

Ela ri, me dando um tapa no tórax, depois suspira, se deitando ao meu lado de novo e encarando o teto.

— Preciso arranjar outro emprego. Não posso voltar para o estúdio, não com o Yuri trabalhando lá, não depois de tudo que aconteceu.

— Ainda bem que eu tenho o estúdio que estou montando para você.

Kaia pula e me encara.

— Você o quê?

— Nunca pensei em cancelar as negociações... só por garantia.

— Você está falando sério?

— Não dá para saber se você está brava ou feliz, então vou esperar para responder.

Ela sorri e se inclina em minha direção, me beijando.

— Feliz! Tão feliz que eu até me casaria com você.

— Cuidado ao falar certas coisas se não estiver sendo sincera.

Kaia dá um sorrisinho, ignorando o que acabei de falar.

— Quando vai ficar pronto?

— Já está lá, só te esperando.

— Não brinca!

— A única coisa que você precisa fazer é achar uma equipe de mudança para você sair do estúdio e mudar para o outro, pronto.

Ela fica em silêncio por um momento, mordiscando o lábio inferior como se quisesse me perguntar alguma coisa, mas estivesse nervosa para falar uma palavra sequer.

Coloco uma mecha do cabelo rebelde atrás da sua orelha.

— Fala comigo. Em que você está pensando?

— A tatuagem em homenagem ao Razor... — Ela desliza a mão pelo desenho. — Se você odiou mesmo, posso tentar consertá-la...

— Eu não a odeio, *Sha*... nem um pouco.

Ela estreita os olhos.

— Estou confusa.

Não sei se vou conseguir explicar do jeito certo, mas preciso tentar.

— O seu desenho, as mudanças, é tudo impecável. É incrível...

— Então por que você jogou o dinheiro em mim como se eu fosse uma prostituta? — Ela franze o cenho como se estivesse zangada.

— É difícil explicar...

Kaia fica mais tranquila, suspirando.

— Por que você não tenta?

Percorro os dedos por sua pele macia; é minha forma de me acalmar enquanto revivo a lembrança.

— Eu queria que ficasse de um jeito. Era uma homenagem, e, ao meu ver, quando você mudou o desenho, foi como se a memória de Razor tivesse sido manchada. Mesmo que o resultado fosse muito melhor do que o desenho original, na minha cabeça estúpida, eu não conseguia superar o fato de que o meu design era para o Razor e o seu não...

— Você sentia que a tatuagem não honrava o seu irmão.

Ela entendeu.

— Exato. Agora eu entendo que foi uma besteira e que eu me exaltei. Eu não deveria ter tratado você daquele jeito, Kaia.

Ela se aninha em mim e sorri.

— Para ser sincera, meio que me deu tesão.

Começo a gargalhar.

— Bem, também fiquei com tesão, sendo bem sincero.

Ela dá um sorrisinho.

— Eu te amo.

— E eu amo você... — Faço carinho em sua bochecha. — Eu nunca disse isso para uma mulher antes.

Ela arqueia a sobrancelha.

— O quê? Nunca?

— Nunca.

— Bem, então estou feliz por ser a primeira. — Seus olhos marejados brilham.

— Primeira e única, querida. Primeira e única.

EPÍLOGO

HURRICANE

Um mês depois

Há uma van estacionada aqui fora, de onde descarrego uma caixa extremamente pesada e a levo para dentro.

Mas eu carregaria milhares de caixas pesadas se isso significasse que Kaia e Lani se mudariam para a sede, coisa que elas estão mesmo fazendo.

Um carro bem caro e nada a ver com o lugar se aproxima. Já torço o nariz, porque sei que Nash, meu irmão postiço, está aqui. Reviro os olhos, enquanto Nash, em seu terno perfeitamente feito sob medida, desce do carro. Ele não se encaixa no clube, e eu não o quero aqui.

Ingrid e Novah saem do carro com ele.

Não faço ideia de como Ingrid conseguiu parir duas pessoas tão opostas como Novah e Nash. Alongo e estalo o pescoço para o lado enquanto vou até eles.

Elas dão um sorriso enorme, e Nash avalia o lugar inteiro, observando cada detalhe, como sempre faz.

Babaca.

— Que bom que você chegou. Está na hora de você conhecer as garotas do jeito certo — anuncio assim que me aproximo.

— Oi para você também — Novah provoca, brincalhona.

— Oi! — Faço careta. — Agora vamos. Quero que vocês conheçam a Kaia.

— Você está mesmo *apaixonado*, hein? Quem diria!?

— Novah Lee, pare de amolar o seu irmão. — Ingrid lhe dá uma bronca.

— Mas ela tem razão, mãe. Sejamos sinceros, o Hurricane nunca foi do tipo que sossegaria com alguém. Aposto que ainda não é... dou, no máximo, alguns meses — Nash fala sem pudor.

Eu o olho de cima a baixo enquanto ele brinca com suas abotoaduras estúpidas.

— Você acha que ficar sentado na sua torre de marfim vai te proteger das garras de uma mulher, Nash?

Ele dá um sorriso, e não há como negar que eu entendo por que as mulheres ficam caidinhas por ele. Nash é um homem bonito, mas complicado. Bruto. Na verdade, ele se parece comigo, antes de Kaia.

— Sou ocupado demais para ter um relacionamento. Eu praticamente administro a empresa do meu pai, então não tenho tempo para coisas insignificantes.

— Meu Deus, irmão, você parece o Hurricane falando. *Só estou aqui para transar. As mulheres só servem para uma coisa* — Novah zomba dele, agravando a própria voz para imitá-lo. Isso me faz dar um sorrisinho.

— Para três adultos, vocês agem feito crianças — Ingrid chama nossa atenção.

Resmungo baixinho e gesticulo para que entremos, enquanto eu carrego esta caixa pesada dos infernos. Logo que entramos, avisto Kaia e Lani perto da mesa de sinuca com Bayou. Deixo a caixa ao lado da porta e levo minha família até a minha outra família.

— Ingrid, Novah... *Nash...* — arrasto o nome dele — essa é a minha *old lady*, Kaia, e a irmã dela, Lani.

Kaia dá um passo à frente, apertando a mão de Ingrid.

— Finalmente! É um prazer te conhecer. — Ela se volta para Novah. — Você também, Novah. — Kaia olha Nash da cabeça aos pés com curiosidade. — E você não é o que eu estava esperando — ela lhe diz.

Nash dá um sorriso vagaroso enquanto estende a mão para a minha mulher.

— Ah... e o que você estava esperando?

— Pensei que você seria... mais alto.

Dou uma risada, e Nash limpa a garganta, sorrindo. Ele não se ofendeu, mas Kaia o deixou intrigado.

Ele olha para mim.

— Ela é ousada, entendi por que você gosta dela. Talvez isso dure *mais* do que um mês.

Dou um passo à frente, tirando a mão de Kaia da mão dele.

— Vai durar para sempre, Nash, então nem pense em dar em cima dela... ou da Lani. Sossega o facho.

Nash ri.

— Está bem! — Ele ajeita o paletó. — Acho que *dá* para ficar feliz por você.

— Como você é generoso... — Novah brinca, dando risadinhas.

— Preciso ser sincera, Kaia, estávamos preocupados com o Hurricane — Ingrid sorri, carinhosamente. — Nunca pensamos que ele sossegaria.

— Ou que alguém iria querer ficar com ele — Novah provoca.

Lani dá risadinhas, mas eu franzo o cenho, me virando e olhando feio para ela, que apenas dá um sorriso enorme.

Ótimo. Lani e Novah vão se unir contra mim. Dá para perceber de longe.

— O que eu quis dizer é que estamos felizes por você ter aparecido — Ingrid termina.

Kaia se aproxima mais de mim, se aconchegando na curva do meu braço. Amo tê-la assim, é o encaixe perfeito.

— Foi difícil por um tempo, mas passamos por tanta coisa ruim que superaremos qualquer problema, penso eu.

— Você é tatuadora, certo? — Ingrid pergunta.

— Sou. O Hurricane comprou um lugar para mim, então estamos ajeitando o estúdio para logo inaugurá-lo. Está ficando muito legal até agora. Mal posso esperar para retomar o trabalho.

Novah arregala os olhos.

— Ah, vou dar uma passada por lá. Estou querendo fazer uma tatuagem que...

— Você não pode fazer uma tatuagem — Bayou esbraveja. — Você é muito adorável e inocente.

Todos nós olhamos para ele.

Nash dá uma risada abafada, digitando alguma coisa no celular. Não tem como afastar um homem de negócios do trabalho por muito tempo.

Novah olha feio para Bayou, como se quisesse esfolá-lo vivo.

— Você é meu irmão postiço, não meu guardião, Bayou. Você até pode achar que sou adorável e inocente, mas já sou adulta o suficiente para fazer uma tatuagem se eu quiser. E o que te faz pensar que eu já não tenho uma?

Rio. Bayou curva o canto da boca, olhando Novah de cima a baixo.

— Você não tem.

Ela balança a sobrancelha para ele.

— Não?

Bayou cerra os punhos ao lado do corpo, e olho para os dois, desconfiado. Sempre existiu uma tensão estranha entre eles, mas a raiva de Bayou neste caso foi um *pouco* além do normal.

Kaia e eu trocamos olhares, mas dou de ombros, enquanto Lani muda de assunto.

ATRAÍDO

— Ouvi dizer que a Frankie faz uns beignet de lamber os dedos. Mal posso esperar para prová-los.

Dou um sorrisinho para ela e pisco.

— São os melhores.

De repente, Grey passa por nós, carregando mais caixas, e olha para Lani.

— Vai ser muito bom ter você aqui, Lani! — ele comenta.

Lani dá um sorriso enorme, mas eu olho bem feio para o recruta.

— Nada disso. Circulando, Grey. Nem pense nisso.

Todos riem, menos Lani, que fica confusa com o que acabou de acontecer.

— O que foi? — ela pergunta.

City, se juntando a nós para um drink, agarra o meu ombro.

— Estou muito feliz por você, Prez.

Eu vejo Kaia conversando com Ingrid, e Lani batendo um papo com Novah. Bayou e Nash também conversam, então aproveito este momento para ter uma conversinha com City.

Vamos até o bar.

— City, eu queria te perguntar como vão as coisas em relação a Izzy. Você está bem?

— As coisas são como devem ser, Prez. Preciso esquecê-la. Eu me mudei para cá para seguir em frente, então tenho que fazer isso.

— Já é meio caminho andado.

A tarde segue tranquila, todos bebem e se divertem, quando meu celular toca, e o nome de Alpha, o presidente do Los Angeles Rebeldes, pisca na tela. Peço licença a todos e vou até a Capela para atender a ligação.

— Ei, Alpha. Tudo certo?

Alpha suspira do outro lado da linha. Na mesma hora, entendo que não é uma ligação para falar de coisa boa.

— Hurricane... vou falar de uma vez e te atualizar sobre o que está acontecendo...

— Certo...

— O Dice se meteu com um agiota e seus capangas. E eles estão atrás dele, cobrando a dívida.

— De que tipo de dívidas estamos falando?

— De jogo. O nome dele não significa "dado" sem motivo. Ele é um bom rapaz, mas tem um vício, e, neste momento, esse vício está colocando as pessoas que o Dice ama em perigo.

Deslizo a mão pelo cabelo, suspirando.

— Como posso ajudar?

— O Dice e o City têm uma pessoa em comum.

Ah, pelo amor de Deus, acho que sei aonde isso vai levar.

— Sim, a Izzy... já sei tudo sobre ela. É por isso que City deixou o seu clube e veio para o nosso.

Alpha bufa.

— Sim, bem, a Izzy está no meio do fogo cruzado por conta da burrada do Dice. Os sujeitos estão atrás das pessoas que ele ama, e ela é o primeiro alvo. Precisamos que ela esteja em um local seguro que não seja em Los Angeles.

— Porra, Alpha. Você não sabe o que está me pedindo...

— Não estou pedindo. Izzy se recusa a ir para qualquer outro em que City não esteja. Ela só confia nele. É ele ou ficar aqui e arriscar que os desgraçados coloquem as mãos nela.

— Porra... Você está me pedindo para convencer City a aceitar isso?

— Estou te dizendo que a Izzy já está a caminho.

Arregalo os olhos, me endireitando na cadeira, sentindo o cabelo da minha nuca arrepiar.

— Jesus Cristo, Alpha! Que porra eu vou falar para ele? City ama essa mulher perdidamente.

— Eu sei, e é por isso que eu tenho certeza de que ele *vai* protegê-la.

Balanço a cabeça e solto um grunhido.

— Que vacilo, Alpha. Não gostei do desenrolar da história. Precisaríamos ter acordado entre nós primeiro.

Ele suspira.

— Se eu tivesse perguntado primeiro, você teria dito não.

— Sem pensar duas vezes. Mas agora esse drama todo pode nos prejudicar, e eu ainda preciso me preocupar com um dos meus rapazes se fodendo. Vou resolver isso agora mesmo, mas... Alpha? Depois, vamos ter uma conversa séria, você e eu. Isso *não* acabou.

— Eu enten...

Desligo na cara dele, estou puto demais para me importar com suas desculpas esfarrapadas.

Espero uns instantes, pensando no que raios vou falar para City. Respiro fundo, me levanto e volto para a sede.

Vê-lo com Kaia, rindo e se divertindo, deixa tudo ainda mais difícil. Seu mundo está prestes a desabar. Ele apenas começou a se abrir, e essa merda vai fazê-lo se fechar de novo.

Maldito Alpha.

Vou até eles, me inclino para a frente e dou um selinho em Kaia, que sorri para mim, mas logo franze o cenho.

— O que foi? Sua sobrancelha está daquele jeito de quando você fica preocupado.

Agarro City pelo ombro e estalo o meu pescoço.

— City, preciso te falar uma coisa.

— Prez, tem gente no portão — Bodhi me avisa pelo alto-falante.

Merda.

— Estamos esperando alguém? — City pergunta.

Viro-me e assinto devagar.

— Sim, mas eu acabei de ficar sabendo, então não me mate quando você descobrir quem é.

City estreita os olhos, e eu gesticulo para que ele me siga até lá fora.

Nós vamos até o portão. Sinalizo para que Bodhi o abra, e logo uma van preta entra.

City me olha de esguelha.

— Quem raios é?

— Sinto muito, irmão.

Ele vira a cabeça bem rápido em minha direção, enquanto a porta da van se abre e Izzy sai lá de dentro.

City esbugalha os olhos ao máximo e para de respirar. A tensão pairando sobre nós é palpável assim que a morena linda olha com tristeza diretamente para City.

Parece que ela quer correr até ele.

Parece que eles querem correr um para os braços do outro.

Mas ambos ficam parados feito estátuas, apenas se encarando.

— Izzy? — City, enfim, diz, numa voz um tanto vacilante.

— City… eu preciso da sua ajuda.

CONTINUA…

AGRADECIMENTOS

Em primeiro lugar, eu gostaria de agradecer à minha mãe, Kaylene Osborn. Obrigada por tudo que você faz por mim. Não apenas por ser minha maior incentivadora e meu apoio, mas também por ser minha editora e dar forma aos meus livros. Eu não conseguiria embarcar nesta viagem sem você. Eu te amo até o infinito.

A Cindy, Diana e Kim. Muitíssimo obrigada por continuarem a me fazer companhia no começo desta jornada. Estou muito feliz por darmos início a uma nova série juntas. Amo ter vocês na minha equipe, e não sou capaz de me imaginar neste universo dos livros sem vocês três me ajudando, apoiando e me guiando durante o processo. Obrigada por tudo.

A Chantell. Eu não sei onde eu estaria sem você neste momento da minha carreira como escritora. Você me apoia tanto! Você é meu ombro amigo quando preciso de ajuda para desenvolver uma cena. Você faz minhas palavras nascerem, e eu sou eternamente grata por ter encontrado você e por você fazer parte da minha equipe. Espero que você saiba o quanto eu te admiro.

A Nicki. Obrigada por tudo. Sua capacidade de revisão é imbatível. Amo o fato de você encontrar detalhes que me escapam aos olhos, ou brechas na história que passam batido por mim. Obrigada por sempre encontrar um tempinho para mim, independentemente de qualquer coisa. E obrigada por amar tanto o Hurricane – ele com certeza é um homem especial.

Às minhas incríveis leitoras-beta. Obrigada por trazerem, mais uma vez, suas reflexões para este livro. Sou muito grata pelo esforço e pelas ideias, e, juntas, somos um ótimo time. Sem vocês, minhas queridas, o início desta série não teria feito o estardalhaço que fez. Então, obrigada.

A Kat and Shandi. Não tem como explicar o que vocês, amigas, fizeram por mim. Vocês duas foram muito além para me ajudar. Não sou capaz de encontrar as palavras certas para lhes agradecer do fundo do meu coração. Sou imensamente grata por ter amigas escritores como vocês para me ajudar e me aguentar fazendo tantas perguntas. Espero que vocês saibam o quanto eu as admiro.

A Dana. Obrigada, de todo coração, por você ser tão paciente comigo. Você é a habilidade e talento em pessoa por fazer as capas originais, e *Atraído* não é exceção. Eu amei a capa. É linda, e mal posso esperar para mostrar as próximas da série.

A Wander e Josh Mario John. Esta capa belíssima não teria ficado tão incrível sem vocês. Wander, você tirou uma das fotos mais impressionantes do Josh que eu já vi. No instante em que a vi, soube que ele era o meu Hurricane e que esta imagem seria de *Atraído*. Muito obrigada por me ceder os direitos de imagem. Sou muito privilegiada por trabalharmos juntos.

A Bella, minha cachorrinha linda, brincalhona e extremamente adorável. Você, sem dúvida, é a luz da minha vida. Você faz os meus dias muito melhores. Não consigo me imaginar escrevendo sem você, mesmo que você esteja ficando cada vez mais velhinha e lenta. Mas você continua a mesma sem-vergonha de sempre. Eu te amo imensamente, Belly-boo.

Obrigada aos profissionais de Relações Públicas da The Hatters, a Oh So Novel e a Grey's Promotion por me ajudarem a promover *Atraído* e pelo fornecimento dos serviços de assistência pessoal. Vocês trabalharam sem parar para me apoiar, então me sinto honrada por tê-los na minha equipe.

Por último, quero agradecer a VOCÊ, leitor. Seu apoio contínuo à minha carreira é altruísta e comovente. Eu amo meus leitores, e não seria possível continuar sem o amor e apoio que vocês demonstram todos os dias. Obrigada por acreditarem em mim. Espero continuar a entretê-los por muitos e muitos anos ainda.

Com amor,
K.E. Osborn.

K.E. OSBORN

Com um talento especial para todas as coisas que exigem criatividade, K.E. Osborn, autora best-seller pelo *USA Today*, ama escrever. Mundos e personagens empolgantes correm por suas veias e ganham vida nas páginas enquanto ela ri, chora e se envolve na narrativa junto com o leitor. Ela se sente totalmente à vontade ao criar heroínas ousadas e machos alfa que renascem das ruínas do passado.

K.E. Osborn encontra conforto numa xícara de chá e na Netflix. Afinal, quem não ama uma boa maratona?

Explosivo. Viciante. Romântico.
https://keosbornauthor.com.au/

A The Gift Box é uma editora brasileira, com publicações de autores nacionais e estrangeiros, que surgiu no mercado em janeiro de 2018. Nossos livros estão sempre entre os mais vendidos da Amazon e já receberam diversos destaques em blogs literários e na própria Amazon.

Somos uma empresa jovem, cheia de energia e paixão pela literatura de romance e queremos incentivar cada vez mais a leitura e o crescimento de nossos autores e parceiros.

Acompanhe a The Gift Box nas redes sociais para ficar por dentro de todas as novidades.

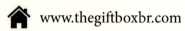 www.thegiftboxbr.com

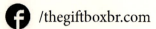 /thegiftboxbr.com

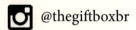 @thegiftboxbr

 @GiftBoxEditora